HEYNE

Das Buch

Das Mädchen Anna, zur Hüterin der machtvollen Herzen Ter'nyoss und Ter'terkrin erwählt, wächst behütet im Ordenshaus der Weißen Hexen auf. Deren Oberste Hexe hat die Herzen gemeinsam mit dem Hochmeister des Ritterordens vom Herzen der Welt und den höchsten Grauen Magiern mit einem Bann belegt, um sie vor der Welt zu verbergen und um Anna zu schützen, deren magische Kräfte noch kaum entwickelt sind. Doch der Magische Rat mit seiner gesammelten Kraft ist kaum mehr in der Lage, die Herzen zu bändigen. Besorgt wendet sich Mellis vom uralten Volk der Grennach, das einst die Herzen schuf, an die Oberste Hexe und verlangt, sie vom Bann zu befreien, um sie in Annas Obhut zu übergeben. In der Zwischenzeit schließt Anna sich dem Heilerschüler Korben an, einem von einem fremden Schicksal gezeichneten Jungen, der in der Unterstadt zwielichtige Kontakte unterhält und es sich zum Ziel gesetzt hat, ein mächtiger Hexer zu werden. Eines Tages macht er Anna, die wieder und wieder von mysteriösen Schwächeanfällen heimgesucht wird, mit einer Frau bekannt, die sich »die Krähe« nennt. Schon bald überstürzen sich die Ereignisse. Korben gerät in Gefangenschaft; um ihn zu befreien, wagt Anna, angestachelt von der Krähe, einen gefährlichen Schritt: Sie ruft das Herz der Welt und das Herz des Todes zu sich …

Die Autorin

Susanne Gerdom, 1958 geboren, arbeitete nach einer Buchhändlerlehre viele Jahre als Schauspielerin und Regisseurin, bevor sie sich dem Schreiben widmete. *Das Herz der Welt* ist nach *Anidas Prophezeiung* (06/9241) und *Die Schwarze Zitadelle* (06/9242) der dritte Band ihrer märchenhaften *Anida*-Trilogie. Die Autorin lebt in Düsseldorf.

SUSANNE GERDOM

DAS HERZ DER WELT

Roman

Originalausgabe

WILHELM HEYNE VERLAG
MÜNCHEN

HEYNE SCIENCE FICTION & FANTASY
Band 06/9243

Umwelthinweis:
Dieses Buch wurde auf chlor- und
säurefreiem Papier gedruckt.

Originalausgabe 02/2004
Redaktion: Angela Kuepper

http://www.heyne.de
Printed in Germany 2004
Umschlagbild: Hans-Werner Sahm/Galeria Andreas S.L., Spanien
www.sahm-gallery.de
Umschlaggestaltung: Nele Schütz Design, München
Satz: Schaber Satz- und Datentechnik, Wels
Druck und Bindung: Ebner & Spiegel, Ulm

ISBN 3-453-87544-3

VORREDE

Am Anfang aller Zeit, als die Baumwesen noch frei über den Rücken der Welt schritten, schufen sie das Volk der Kletterer. Die Grennach, wie sie selbst sich nannten, lebten glücklich auf den mächtigen Schultern ihrer Schöpfer und freuten sich an den schönen Dingen, die sie mit ihren geschickten Händen zu schaffen wussten.

So lebten sie lange in Eintracht mit der Magie der Welt, und sie vermehrten sich und priesen die Baumwesen, die sie geschaffen hatten.

Doch dann drangen groß gewachsene Fremde in die Berge ein, bodenbehaftet und blind für den Zauber, der jedes Leben auf der Welt umgab, und sie töteten die Baumwesen. Dies taten sie nicht aus Bosheit, sondern blind und taub für jede Magie allein aus dem Grund, um aus den toten Leibern der Schöpfer ihre Behausungen und allerlei alltägliches Gerät zu zimmern.

Die Kletterer sahen dem Treiben hilflos zu, denn die magieblinden Fremden waren riesenhaft von Gestalt, wenn auch immer noch winzig gegen die mächtige Statur der Baumwesen.

»Warum wehrt ihr euch nicht gegen das Treiben der Fremden?«, fragten die Grennach ihre Schöpfer. »Ihr seid so viel größer und mächtiger als sie. Zerschmettert sie und vertreibt sie von diesem Ort, der ein Hort des Friedens war.«

Doch die Baumwesen wussten nicht, was Hass oder Tod bedeuteten, denn sie waren ewig, wenn sie nicht getötet wurden. So waren sie den Fremden hilflos ausgeliefert. Schließlich ergaben sie sich in ihr Schicksal, nahmen Abschied von den Kletterern und trieben ihre Wurzeln tief in den Boden, in der Hoffnung, so dem Töten zu entgehen. Dann zogen sie ihren Geist zurück in das Herz, das tief in ihrer Brust verborgen lag, und verstummten für immer.

Lange, lange trauerten die Grennach um die Baumwesen. In der Hoffnung, ihre Schöpfer und Freunde wieder erwecken zu können, schufen sie fünf Herzen der Macht: Ter'terkrin, das Herz der Welt, das größte und mächtigste von ihnen, und aus ihm die vier kleineren Herzen – das Herz des Feuers, das des Wassers, das der Luft und zuletzt das ihnen teuerste: das Herz der Erde.

Doch zu ihrer Enttäuschung konnten die Baumwesen auch durch die vereinte Kraft der zaubermächtigen Herzen nicht wieder erweckt werden. Die Kletterer weinten so bitterlich wie zu jener Zeit, als ihre Schöpfer sich von ihnen zurückgezogen hatten, und nahmen schweren Herzens endgültig Abschied von den Baumwesen.

Eine Frau aber konnte den Gedanken nicht ertragen, für immer von den Schöpfern getrennt zu sein. Sie verließ ihr Volk und ging fort, weiter, als je eine von ihnen fortgegangen war, in eine andere Welt. Ihre Familie und ihre Freundinnen trauerten um sie und gedachten ihrer fortan wie einer Toten.

Die Grennach lernten, ihre Welt mit den fremden Riesen zu teilen, und einige schlossen sogar vorsichtige Bekanntschaft mit ihnen. Sie erkannten, dass sie nicht böse waren, sondern gedankenlos, fühllos gegenüber allen Lebewesen, die nicht ihrem eigenen Volk angehörten, und taub und blind für jede Magie.

Nur einige wenige von ihnen waren in der Lage zu erkennen, welches Leid sie verursacht hatten. Sie waren die Ersten, die Freundschaft schlossen mit den Kletterern. Sie bereuten zutiefst, was ihr Volk den Baumwesen angetan hatte, und gelobten, alles zu versuchen, um ihre schrecklichen Taten zu sühnen. Voller Trauer kehrten sie zu ihrem eigenen Volk zurück und berichteten, was sie erfahren hatten.

Die Grennach fassten neue Hoffnung, dass beiden Völkern vereint gelingen möge, woran die Kletterer allein gescheitert waren. Sie lehrten die Fremden alles, was sie über die Schöpfung und die Schöpfer wussten, und schließlich lehrten sie sie sogar ihre Magie. Die Fremden zeigten sich gelehrig und waren voller Eifer, wieder gutzumachen, was sie in ihrer Blindheit angerichtet hatten.

Doch dann kehrte die Grennach zurück, die Jahrhunderte zuvor fortgegangen war. In der fremdesten Fremde hatte sie das sechste Herz geschaffen und war nun zurückgekehrt, um es gegen die Fremden zu wenden. Es war das Schwarze Herz, Ter'nyoss, das Herz des Todes. Mit furchtbarem schwarzem Feuer kam es über die Fremden. Sie starben unter schrecklichsten Qualen, bis auf ein Mädchen und einen Jungen, die in den Wurzeln des ältesten Baumwesens Schutz gesucht hatten. Als die Schreie der Sterbenden nach einer Ewigkeit endlich verstummt waren, krochen die Kinder aus ihrem Versteck und flohen. Doch etwas von dem Feuer hatte auch sie erfasst, und von da an waren sie und all ihre Nachkommen schwach und sterblich.

Die Kletterer-Frau, die das Schreckliche entfesselt hatte, triumphierte. Doch ihre Freundinnen und ihre Familie wandten sich voller Grauen von ihr ab. Sie verbannten sie mitsamt dem Schwarzen Herzen für alle Zeiten aus ihrer Heimat. Die Frau verfluchte sie und ging zurück, woher sie gekommen war. Und die Kletterer machten sich an die mühevolle und traurige Arbeit, die verkohlten Leichen ihrer einstigen Feinde und späteren Freunde zu begraben. Von jener Zeit an waren sie wieder allein in den Bergen.

Eine alte Legende der Grennach

1

Nach der staubigen und stickigen Hitze in den schmalen Gassen der Unterstadt war es ein kleiner Schock, in die feucht anmutende Kühle des Eingangs zu treten. Der Ziegelboden sandte Kältewellen durch die dünnen Sohlen seiner Sandalen, und die Härchen auf seinen Armen richteten sich auf. Korben rieb fröstelnd über die Ärmel seiner dünnen Tunika und blieb trotz seiner Eile einige Atemzüge lang stehen. Durch die schmalen Fensterschlitze hoch über seinem Kopf stachen Lichtspeere, in denen silbrige Stäubchen flimmerten, und grob behauene Steine schälten sich nach und nach aus dem Dämmerlicht, als seine Augen sich nach der gleißenden Helle der späten Mittagssonne an das Dunkel des Torhauses anpassten.

Korben betrat mit schnellen Schritten den düsteren Durchgang zum Hauptgebäude. Seine Sandalen klatschten laut und unregelmäßig auf den alten Fliesenboden, und im Laufen zerrte er achtlos die beschattende Kapuze in den Nacken. Er fuhr einige Male mit den Fingern durch sein glänzend schwarzes Haar, das wie zerzaustes Rabengefieder emporstand, und klopfte sich hastig den Staub von der hellen Hose, ehe er vor der Tür seines Lehrmeisters anhielt. Nach mehreren tiefen, beruhigenden Atemzügen hob er die Hand und klopfte an.

»Komm herein«, klang es gedämpft und ein wenig ungeduldig an sein Ohr.

Meister Wilber saß vor dem Fenster und hielt ein dickes Buch aufgeschlagen auf den Knien. Korben erkannte die sorgfältig kolorierten Abbildungen des »Vollständigen Buches Heilkräftiger Wiesenkräuter«.

»Du kommst schon wieder zu spät, Junge.« Der Heiler schnitt die gemurmelte Entschuldigung mit einer unwirschen Handbewegung ab. »Seit fast einem Jahr bist du jetzt mein Lehrling, und ich weiß, dass es dein Wunsch ist, in den Weißen Orden einzutreten. Aber solange du nicht in der Lage bist, ein wenig mehr Disziplin aufzubringen, wird die Oberste Hexe dich schwerlich als Novizen akzeptieren.«

Korben senkte den Kopf, weniger aus Beschämung als vielmehr, um seine trotzige Miene vor Meister Wilber zu verbergen. Es stimmte, er wollte dem Orden angehören. Die Oberste Hexe hatte ihn nicht ins Waisenhaus der Residenz abgeschoben, als seine Mutter gestorben war, sondern entschieden, das Kind solle in der Obhut des Ordens aufwachsen. Seine Mutter, an die er sich kaum erinnerte, war eine einfache Hexe gewesen; sie hatte hauptsächlich in der Küche und im Garten gearbeitet, weil ihre Kräfte und wohl auch ihr Verstand nicht stark genug gewesen waren, um verantwortungsvollere Aufgaben zu übernehmen. Das hatte ihm zumindest Alrik, der Novizenmeister der Jungen, mit einer gewissen Häme erzählt, als Korben wieder mal neidisch zugesehen hatte, wie die Novizen sich im Torhof zu einem Ausflug an den Weidensee gesammelt hatten.

»Na komm, Junge, zieh nicht so einen Flunsch«, brummte Meister Wilber nicht unfreundlich. »Du solltest dich nicht so viel in der Unterstadt herumtreiben, sondern lieber ein wenig mehr deinen Studien widmen. Die Älteste würde dich sofort als Novizen annehmen, wenn du bewiesest, dass du zu disziplinierter Arbeit und geduldigem Lernen fähig bist. Und das bist du, das weiß ich.« Er hob in einer hilflosen Geste die Hände und ließ sie wieder sinken. »Was kann ich tun, außer dich wieder und wieder zu ermahnen, vernünftig zu sein? Es wirft kein gutes Licht auf dich, Korben, wenn du dich bei jeder sich bietenden Gelegenheit vor deinen Pflichten drückst. Das musst du doch selbst einsehen!«

Korben bemühte sich um eine offene, treuherzige Miene, was ihm allerdings nicht besonders gut gelang. Sein Lehrmeister verpasste ihm eine alles andere als zärtliche Kopfnuss und schickte ihn an die Arbeit: In einem Zuber, der bereits neben der Tür auf ihn wartete, türmten sich schmutzige Tiegel, Mörser und Porzellanschalen voller undefinierbarer, steinhart eingetrockneter Substanzen. Das verhieß einen unerfreulichen langen Nachmittag in der heißen Küche mit beiden Armen in beinahe kochender Seifenlauge – nicht ganz die Tätigkeit, die er sich für einen brütenden Sommertag ausgesucht hätte.

Er verkniff sich ein Stöhnen, wuchtete den schweren Zuber auf seine gesunde Schulter und hinkte mit seiner klirrenden Last durch die langen Gänge zum Wirtschaftstrakt des Ordenshauses.

Seine erste – und wie er selbst fand, wohlverdiente – Pause legte Korben ein, als die Vorbereitungen für die Hauptmahlzeit des Tages die Küche in einen Ort verwandelten, an dem er sich vor Lärm, Hitze und Betriebsamkeit kaum noch selbst denken hören konnte.

Er flüchtete hinaus in den kleinen Küchengarten, aber selbst dort zwischen den in der Nachmittagssonne duftenden Kräutern und Obststräuchern übertönte das Klirren und Scheppern der Töpfe, das laute Lachen, Schimpfen und Rufen der Küchenhilfen und Köchinnen alle leiseren Geräusche.

Korben warf den Apfel, den er im Hinausgehen aus einem Obstkorb stibitzt hatte, hoch in die Luft und sah zu, wie er rot und gelb blitzend wieder in seine vom heißen Wasser gerötete und aufgeweichte Handfläche fiel. Zufrieden rieb er den Apfel an seinem Ärmel blank und biss herzhaft hinein, während er den Torbogen zu den äußeren Gärten durchquerte. Der Schatten, den die dichten Hecken über den Weg warfen, kühlte sein erhitztes Gesicht, während hinter ihm der Küchenlärm verklang. Mit einem Seufzer ließ er sich unter einer rotgoldenen Buche in das sommerwarme Gras sinken, blinzelte in den wolkenlosen Himmel hinauf und spuckte versonnen einen Kern und den Stiel des Apfels aus. Eine Hummel taumelte brummend an seinem Ohr vorbei, irgendwo in der Ferne schimpfte eine Amsel, und weit oben in der Luft zog ein großer Vogel ruhige Kreise. Wieder einmal wunderte sich Korben, wie wenig in diesem Garten daran erinnerte, dass das Ordenshaus mitten im Herzen der Residenz seinen Platz hatte. Hier herrschte der gleiche Frieden, wie er ihn vom alten Mutterhaus am Fuße der Ewigkeitsberge in Erinnerung hatte. Nur heißer war es hier, viel heißer …

Er erwachte mit einem Ruck. Mit einem kurzen Blick zum Himmel vergewisserte er sich, dass er nicht länger als den dritten Teil einer Stunde geschlummert haben konnte, denn die Sonne stand noch immer über dem Großen Turm des Ordenshauses. Korben streckte sich und stand widerwillig auf. Er verspürte wenig Lust, sich wieder in das Küchen-Tollhaus zurückzubegeben und weiter im heißen Wasser herumzuplanschen, aber Meister Wilber würde in all seiner Gutmütigkeit sicher sehr ungehalten reagieren, wenn sein Lehrling den gesamten Nachmittag ausschließlich mit der Reinigung der Gerätschaften verplemperte und nicht vor der Abendmahlzeit wenigstens noch eine Stunde über seinen Büchern verbrachte.

Mit schrumpeligen Fingern und nahezu taub von dem unablässigen Küchenlärm schleppte er gegen Abend den vollen Zuber mit dem blitzblank gesäuberten Inhalt durch eine Seitentür in den Brunnenhof. Er wollte sich mit seiner Last nicht durch die Schar der jüngeren Novizen drängen müssen, die um diese Zeit die Gänge und Hallen zwischen Küche, Speisesaal und den Schlafräumen bevölkerten und sich die Zeit vor der Abendruhe damit vertrieben, dass sie knobelten und sich unterhielten oder noch ihr Pensum für den morgigen Tag zu lernen versuchten. Ihren Spott hatte er in den letzten Monaten schon zur Genüge über sich ergehen lassen müssen, und deshalb nahm er lieber den kleinen Umweg über die inneren Höfe in Kauf.

Hier war es still und einsam, wie meist um diese Zeit. Morgens herrschte hier ein ständiges Kommen und Gehen; die Schwestern und Brüder des Ordens, Schüler und Novizen, aber auch die im Haus beschäftigten Bediensteten und Handwerker, sie alle nutzten bei schönem Wetter die Höfe, sei es, um in einen anderen Teil der Gebäude zu gelangen oder sich ein wenig an der frischen Luft zu ergehen, bevor die brütende Mittagshitze den Aufenthalt weniger erfreulich machte.

Korben hinkte unter seiner Last bedächtig über das abgetretene Pflaster des Brunnenhofes. Am Ende eines Tages machte sein Bein ihm immer zu schaffen – nicht, dass es sehr viel stärker geschmerzt hätte, es war eher Schwäche, die seine Bewegung unbeholfen machte.

Auf der Bank unter der alten Kastanie, gleich neben dem Brunnenhaus, saß eine hell gekleidete Novizin und blickte reglos auf ihre Hände nieder, die sie in ihrem Schoß gefaltet hatte. Sie war so in Gedanken versunken, dass sie seine Annäherung nicht bemerkte. Strähnen von Bernstein und dunkelrotem Ahorn glänzten in dem dicken dunklen Zopf, der sich über ihre Schulter legte.

Das dreifarbige Hexenhaar schien das Licht der untergehenden Sonne nachahmen zu wollen.

»Hallo, Dummchen«, rief Korben sie an. Der Zopf rutschte von ihrer Schulter, als ihr Kopf hochfuhr, und Korben lachte über die Wut, die auf ihrem Gesicht aufflammte, bevor sie erkannte, wer vor ihr stand.

»Ach, der kleine Krüppel.« Sie rutschte beiseite, damit er sich neben sie setzen konnte. »Du hättest dir fast eine gefangen. Pass auf, ich bin schlecht gelaunt!« Aber sie lächelte, als sie das sagte.

Korben ließ den Zuber zu Boden gleiten und streckte sich ächzend. »Schlechten Tag gehabt, Anna?«, fragte er beiläufig.

Anna zuckte mit den Schultern. »Nicht schlechter und nicht besser als andere Tage«, gab sie zurück. Sie verschränkte die Finger ineinander und zog eine Grimasse. »Schwester Birgid hat sich einen Vormittag lang damit abgeplagt, mir die drei primären Verwandlungen einzutrichtern – kein Problem für mein Gedächtnis, aber wenn ich sie ausführen soll …« Sie schnaubte. »Und gleich muss ich zur Ältesten Herrad und mir meine wöchentliche Ansprache anhören, dass ich mich nicht genügend anstrenge, und mich an die große Tradition meiner Familie erinnern lassen und dass ich ihr nicht gerade Ehre mache, obwohl ich doch sogar das Privileg genieße, eine Lehrerin für mich allein zu haben, und so weiter und so fort …«

Korben nickte mitfühlend. Anna stammte aus einer Familie von Hexen, die allein in den letzten fünf Generationen drei der Ältesten des Weißen Ordens gestellt hatten. Anna selbst aber zeigte nur eine schwache magische Begabung, und trotz all ihrer Bemühungen kam sie mit ihren Studien einfach nicht vom Fleck. Sie hätte längst die fünfte und letzte Stufe ihres Noviziats erlangen müssen, mit der die Grundausbildung einer Hexe ihren Abschluss fand – aber stattdessen hatte sie mit

Ach und Krach die zweite Stufe erreicht und schien dort bis an ihr Lebensende verharren zu wollen.

Anna lachte auf. Korben sah ihre blitzenden honigfarbenen Augen und lachte angesteckt mit, ohne den Grund für ihre Heiterkeit zu kennen. »Weißt du«, sagte sie vergnügt, »es ist schon verrückt. Du wünschst dir nichts mehr, als dass Mutter Herrad dich als Novizen aufnimmt – und ich gäbe alles darum, wenn jemand käme und sagte: ›Anna, geh nach Hause. Das hier ist doch nur Quälerei. Pack dein Bündel und geh zurück nach Sendra.‹«

Korben zog die Brauen zusammen. »Warum tust du das nicht einfach?«, fragte er. »Niemand wird hier festgehalten, die Ausbildung ist vollkommen freiwillig.«

Ihr Gesicht verlor jeden Schimmer eines Lächelns. Sie blickte auf ihre Hände nieder, die mit blassen, honigfarbenen Sommersprossen gesprenkelt waren.

»Ich habe keine Wahl«, antwortete sie knapp. Korben wartete auf eine Erklärung, aber Anna hatte die Lippen zusammengekniffen und sah wütend aus. Er hatte gelernt, sie in Ruhe zu lassen, wenn sie wirklich wütend war, deshalb erhob er sich, stemmte den elenden Zuber und grinste sie schief an. »Wir sehen uns.«

Seine unregelmäßigen Schritte entfernten sich auf dem abgetretenen Pflaster des Brunnenhofes. Anna blickte auf und sah dem schmächtigen jungen Mann mit einem Anflug von Mitleid nach. Mitleid oder Spott – sie wusste nicht, was seinen Stolz mehr verletzte. Nach außen hin schien er sich weder über sein verkrüppeltes Bein noch über die deformierte Schulter zu bekümmern; wenn der Spott der Jungen ihn traf, tat er ihn entweder mit einem schiefen Lächeln ab, oder er ignorierte die dummen Bemerkungen ganz einfach. Anna beneidete ihn manchmal um seine Gelassenheit – ihr fiel es schwer, ruhig zu bleiben, wenn eine der jüngeren Novizinnen sie »Dummchen« nannte. Nicht, dass das so offen geschah wie der Spott, der Korben traf. Dazu war ihre Wut zu gefürchtet. Aber das Gezischel und Geflüster hinter ihrem Rücken, gerade so laut, dass sie es hören konnte, das alberne Gekicher und die bedeutungsvollen Blicke … Anna spürte, wie ihr Gesicht heiß wurde.

Korben dagegen hob allenfalls eine seiner schwarzen Brauen, rümpfte verächtlich die scharfe Nase und würdigte seine Peiniger keines Blickes. »Ignoriere sie«, hatte er ihr einmal geraten, als sie wieder nicht gewusst hatte, wohin mit ihrer Wut. »Wenn du sie ignorierst, hören sie eher damit auf. Aber auch wenn sie das nicht tun – es bringt dich wenigstens nicht jedes Mal so in Rage.«

Sie fand seinen Rat nicht schlecht – aber sie konnte ihm nicht folgen. Und wenn sie ehrlich war, hielt sie seine Gelassenheit nicht für echt. Dazu hatte sie zu oft den Funken in seinen schwarzen Vogelaugen gesehen, wenn einer der Jungen »Krüppel, Hinkebein, Buckelmännchen« zu ihm gesagt hatte. Er hatte Übung darin, seine Gefühle zu verbergen, aber sie wusste, wie stolz er war, und ahnte, dass auch ihn die Schmähworte immer noch trafen.

Anna seufzte und stand auf. Die kleine Glocke, die jeden Tag die Abendruhe einläutete, erklang vom Turm. Man ließ die Oberste Hexe nicht warten, schon gar nicht als dumme kleine Novizin.

Herrads Räumlichkeiten lagen im Ostflügel des Haupthauses und blickten auf den schönsten der Gärten hinaus, den zu betreten den Novizen verboten war. Auf dem Weg dorthin dachte Anna über das nach, was sie Korben von ihrem wöchentlichen Termin mit der Ältesten erzählt hatte. Sie hatte ihm diese Gespräche als Standpauken dargestellt und fragte sich jetzt, warum sie das getan hatte. Weil sie trotz allem einen solchen Nachgeschmack bei ihr hinterließen, obwohl die Älteste in Wirklichkeit immer sehr sanft und verständnisvoll zu ihr sprach?

Anna schüttelte den Kopf und schalt sich ein dummes Ding. Wahrscheinlich hatte sie Korben nur ein wenig Aufmunterung dadurch geben wollen, dass sie ihren eigenen Stand im Gefüge des Ordens noch ein wenig schlechter darstellte, als er ohnehin schon war.

Sie bog von einem der äußeren Gänge in den inneren Bereich des Ostflügels ein. Zu Anfang hatte sie sich ständig verlaufen, aber inzwischen war die verzwickte Geographie dieses alten, verwinkelten Gebäudekomplexes ihr so vertraut wie ihr eigenes Zuhause.

Der innere Bereich war den ausgebildeten Hexen vorbehalten, Novizen betraten ihn nur auf Aufforderung. Anna genoss das Gefühl der weichen Stoffteppiche unter ihren Füßen, die hell auf dem dunklen Steinboden lagen und den Klang ihrer Schritte dämpften. Sanft schimmernde Kugeln aus magischem Licht erhellten den fensterlosen Gang und vertrieben alle Schatten.

Anna bog um die nächste Ecke und war an ihrem Ziel angelangt. Sie klopfte an eine schwere geschnitzte Tür, die im selben Augenblick vor ihr aufschwang.

Sie kannte nur den vorderen Raum der privaten Gemächer Herrads. Hier stand ein kleiner Schreibtisch, und am Fenster wartete der bequem aussehende Lehnstuhl mit den abgewetzten Polstern und verschlissenen Lehnen, der schon Generationen von Obersten Hexen treue Dienste geleistet zu haben schien, so alt und geradezu gebeugt sah er aus. Im Winter stand er vor dem Kamin, aber in der schönen, warmen Jahreszeit genoss Mutter Herrad wohl lieber den Ausblick ins Grüne und die kühlende Brise, die vom Garten her durch die geöffneten Fensterflügel strich.

»Anadia, meine Liebe, ich bin gleich für dich da«, empfing die Oberste Hexe sie mit sanfter Stimme und wies auf einen Stuhl mit gerader Lehne, der neben dem Kamin stand. Anna knickste und ließ sich steif darauf nieder. Mutter Herrad saß an ihrem kleinen Schreibtisch und blätterte noch ein Weilchen mit gerunzelter Stirn in den Papieren herum, ehe sie sie mit einem Seufzer beiseite schob und sich Anna zuwandte.

Die Oberste Hexe des Weißen Ordens war keine groß gewachsene Frau. Sie hatte die helle Haut und das zähe Aussehen einer Frau aus dem Norden des Reiches – Wittbarre oder der nördliche Teil von Beleam. Ihr graublondes Haar war zu einem strengen Knoten geschlungen, aus dem nicht ein einzelnes Härchen den Vorwitz aufbrachte zu entkommen.

Anna wich dem Blick der farblosen Augen nicht aus, sie erwiderte ihn fest und ohne zu lächeln. Mutter Herrad seufzte wieder und schüttelte leicht den Kopf.

»Immer noch voller Trotz?«, fragte sie. »Kind, ich weiß, wie wenig du dich hier wohl fühlst. Aber meinst du nicht selbst, es sei endlich einmal an der Zeit, dich darein zu schicken, dass hier dein Zuhause ist? Du bist eine talentierte junge Frau, auch wenn du das nicht glauben magst – deine Fähigkeiten sind nur beeinträchtigt von dieser bösen Bürde, diesem Fluch, den deine Großmutter dir einst auferlegte.«

Sie pausierte, wartete auf Annas Entgegnung. Die junge Frau aber schwieg hartnäckig und unglücklich.

Mit einer ungeduldigen Geste erhob sich die Hexe und trat hinter dem Schreibtisch hervor. »Wir werden dich eines Tages davon erlösen können«, sagte sie. »Du weißt, dass die besten Köpfe dieses Ordens hart daran arbeiten, diese fatale Bindung zu lösen. Aber bis dahin solltest du das tun, wozu du hier bist: lernen. Dich weiterentwickeln. Stärker und weiser werden. Du weißt, wie stolz deine Mutter auf dich ist …«

Sie unterbrach sich, weil Anna einen leisen Laut ausstieß und widerwillig den Kopf abwandte. Mit zwei

Schritten war sie an ihrer Seite und nahm Annas rundliche Hand zwischen ihre kühlen, mageren Hände.

»Kind«, sagte sie eindringlich und zwang Anna, sie anzusehen. »Kind, deine Mutter ist sogar sehr stolz auf dich – nicht wegen deiner Leistungen im Noviziat. Nein, falsch, auch deswegen. Aber hauptsächlich doch, weil du so stark bist und deine Bürde so tapfer und klaglos trägst. Nun, seien wir ehrlich, *beinahe* klaglos«, setzte sie mit einem schwachen Lächeln hinzu.

Anna benetzte die Lippen. »Warum darf Korben kein Novize sein?«, fragte sie.

Herrad blinzelte, überrumpelt von dem abrupten Themenwechsel. Anna schaffte es selten, die Oberste Hexe aus der Ruhe zu bringen – aber heute war es ihr gelungen. Sie achtete darauf, kein Zeichen ihres Triumphes offen zu zeigen.

»Korben«, sagte die Älteste verdutzt. »Der Kr… – der Lehrjunge des Heilers? Nun, Kind, er ist noch nicht reif für das Noviziat. Zu sprunghaft, zu wenig zuverlässig in seinem Bemühen. Ehrgeizig, ja, ehrgeizig ist er sicherlich. Aber das reicht nicht aus, und ob er das Zeug zu einem Mitglied unseres Ordens hat …« Sie unterbrach sich und räusperte sich unwillig. »Wir reden hier nicht über Korben«, sagte sie streng. »Lenk nicht ab, junge Dame!«

Die Oberste Hexe zog sich wieder hinter ihren Schreibtisch zurück und strich glättend über die Ärmel ihrer weißen Robe. Anna sah mit Unbehagen auf die kostbare Nachbildung des Herzens der Welt, das mit kaltem Feuer auf ihrer Brust funkelte. Der Anblick bereitete ihr jedes Mal eine Gänsehaut, und sie konnte sich nicht erklären, woran das lag.

Herrads Stimme riss sie unsanft aus ihren Grübeleien. »Deine Lehrerin ist recht zufrieden mit deinen Fortschritten.« Die Hexe blätterte wieder in den Papieren auf ihrem Tisch, schien in Gedanken anderswo zu sein.

»Ich denke, du solltest noch einen anderen Stoff dazu nehmen, damit du keine Zeit hast, Trübsal zu blasen. Was würde dir liegen?«

Anna runzelte kurz die Stirn. Ihr rundes Gesicht entspannte sich und zeigte erstmals in diesem Gespräch eine nachdenkliche, ernstlich interessierte Miene, was Herrad mit Wohlgefallen gewahrte.

»Ich weiß nicht«, begann die junge Frau zögernd, »ich würde gern etwas lernen, was weniger mit Magie zu tun hat. Etwas – Brauchbares, Praktisches.« Sie kniff leicht die Augen zusammen. »Was der Heiler lehrt …«, fuhr sie fort.

Herrad verzog den Mund, als hätte sie in etwas Bitteres gebissen. »Entspringt deine Neigung möglicherweise dem Wunsch, deine Bekanntschaft mit dem Lehrling des Heilers zu vertiefen?«, fragte sie säuerlich.

Anna sah sie mit großen, ernsthaften Augen an. »Aber nein«, versicherte sie mit Überzeugung. »Ich würde mich wirklich gern mit der Heilkunst beschäftigen. All die Kräuter und nützlichen Pflanzen, und wie man Krankheiten begegnet und Verletzungen kuriert … das interessiert mich sehr! Und es braucht nicht unbedingt magische Befähigung«, setzte sie leise hinzu.

Der misstrauische Blick wich bei diesen Worten langsam aus Herrads Augen, und Anna sah sie noch dazu mit so entwaffnender Ehrlichkeit an, dass die Oberste Hexe nachgab.

»Nun gut. Ich werde Meister Wilber deinen Wunsch mitteilen. Er soll dich eine Zeit lang unterrichten, und dann sehen wir, ob deine Wissbegier auch Bestand hat oder nur eine Luftblase ist.« Sie nickte kurz und abschließend, und Anna erhob sich, knickste wieder und verließ mit einem erleichterten Aufatmen den Raum.

Meister Wilber zeigte sich wenig begeistert, als Anna zum ersten Mal als seine neue Schülerin vor ihm stand.

Er musterte sie vom Kopf bis zu den Füßen und fuhr sich mit ratloser Miene durch das lockige graue Haar. »Das ist natürlich sehr schön, dass du bei mir lernen willst, Anna«, hob er zögernd an. »Aber ich weiß so schon nicht, wo mir der Kopf steht. Weißt du, ich *habe* bereits einen Lehrling.«

Er wies mit einer halb wütenden, halb resignierten Geste auf den riesigen, mit Büchern, Papier, Gerätschaften und getrockneten Heilkräuterbündeln beladenen Tisch. »Sieh dir das Durcheinander an. Der verdammte Bengel kommt, wie es ihm passt. Vielleicht kommt er auch gar nicht, und dabei sollte er doch heute hier gründlich aufräumen.«

Er fegte einige bekritzelte Blätter von einem Stuhl und ließ sich schwer darauf sinken, ehe er in seinem Lamento fortfuhr. »Ich kann keine Privatschülerin brauchen, ich habe genug damit am Hals, die Novizenklasse zu unterrichten, diesen Bengel festzuhalten, damit er mir nicht ständig während seiner Ausbildung davonläuft und *ganz nebenbei*«, er funkelte Anna aufgebracht an, »ganz nebenbei noch dafür zu sorgen, dass in der Krankenstube nicht alles drunter und drüber geht. Also sag mir – was soll ich mit dir anfangen?«

Er sah sie beinahe flehend an. Anna lächelte, denn sie mochte den zerknitterten alten Mann gut leiden. So fahrig und hilflos er im Kampf mit den Dingen des Alltags auch wirkte, so stark und sicher zeigte er sich, wenn es darum ging, Kranke und Leidende zu beruhigen und ihnen Kraft zu geben.

»Ich werde dir nicht zur Last zu fallen, Meister Wilber«, sagte sie fest. »Ich habe auch keine Angst, mir die Finger schmutzig zu machen. Ich möchte von dir lernen, und dafür, dass du mich lehrst, würde ich dir gern helfen, hier alles in Ordnung zu halten.«

Meister Wilber erwiderte erleichtert ihr Lächeln. »Das hört sich wie ein gutes Geschäft für mich an«, scherzte er. »Darf ich dich denn bitten, heute schon hier anzupacken? Der Junge hat mich im Stich gelassen, und ich finde nichts mehr wieder. Wenn du ein wenig Ordnung in das Durcheinander bringen könntest, wäre ich dir sehr dankbar.«

Er erhob sich und nahm einen Korb mit getrockneten Pflanzenteilen von einem überfüllten Regalbrett. »Ich muss nämlich jetzt in die Krankenstube. Aber heute Abend werde ich ganz sicher Zeit für dich haben.«

Anna schloss die Tür hinter ihm und wandte sich dann mit einem lauten Seufzen dem überladenen Tisch zu, der fast den gesamten freien Platz in dem voll gestopften Raum einnahm. »Schönen Dank auch, Korben«, murmelte sie und zog mit spitzen Fingern ein verschrumpeltes, graubraun grünliches Etwas zwischen zwei Büchern hervor. Sie musterte das undefinierbare Etwas misstrauisch, verkniff sich, daran zu riechen, und warf es angewidert in einen Eimer, der bereits mit ähnlichen Dingen gefüllt neben dem Fenster stand.

Der halbe Vormittag war verstrichen, und die Sonne strahlte warm durch das weit geöffnete Fenster. Anna wischte sich mit dem mittlerweile schmutzig grauen Ärmel ihres hellen Kittels eine kitzelnde Haarsträhne aus dem Gesicht und wusch den Lappen vehement in einem Eimer mit schmutzigem Wasser aus. Dann warf sie ihn in den Eimer zurück, dass es spritzte, und versuchte zum wiederholten Male, die bis zum Ellbogen nassen Ärmel ihres sonst so praktischen Kleidungsstücks so hoch zu krempeln, dass sie ihr nicht ständig ins Wischwasser stippten. Aber es dauerte wie immer nur ein, zwei Armbewegungen, bis die schweren nassen Säume erneut um ihre Handgelenke klatschten.

Anna zerbiss einen Fluch zwischen den Zähnen und hob einen Stapel Bücher vom Boden auf. Um ihre weite Hose war es nur wenig besser bestellt: sie hatte nasse und schmutzige Knie, und auch ihre Sitzfläche war nicht mehr ganz so trocken, wie es für ein allgemeines Wohlbefinden angenehm gewesen wäre. Anna hatte im Eifer des Gefechts nicht daran gedacht, dass sie den Wischlappen auf einem Hocker abgelegt hatte, um beide Hände für einen der vielen Bücherstapel frei zu bekommen, die sich inzwischen auch rund um den Tisch auf dem Boden türmten.

Durch Schaden klug geworden, inspizierte sie dieses Mal vorher den Stuhl, auf den sie sich dann mit einem lauten Stöhnen fallen ließ. Der Tisch war sauber, das lose Papier in ordentliche Stapel gehäuft, die Tiegel, Löffel, Becher, Mörser, Messer und anderen Gerätschaften je nach Sauberkeitsgrad in die Regale geräumt oder in den Abwaschzuber gewandert, und auf dem Tisch lagen nur mehr kleine Häufchen von getrockneten oder frischen Pflanzen, Schalen mit pulverisiertem Material und andere Dinge, deren Aufbewahrungsort sie nicht hatte bestimmen können.

Sie trocknete ihre nassen Hände am Kittel ab und griff neugierig nach dem dünnen Buch, das auf dem Bücherstapel neben ihr lag. Die Sprache, in der das Bändchen verfasst war, war ihr nicht bekannt, und die Abbildungen schienen Stängel, Blätter, farblose Blüten und Wurzeln ein und derselben Pflanze in tausend Varianten, Blickwinkeln und Grüntönen zu wiederholen.

Anna blätterte ein wenig ratlos in dem Büchlein und wollte nach einem anderen greifen, das weniger eintönig schien (sein Titel versprach ein »Verzeychnis wohl sämmtlicher Wohltäter des Magens und Gedärms«), als die Tür aufschwang und Korben hereinplatzte.

»Uff«, stöhnte er und blieb wie angewurzelt stehen, als er den Anblick des sauberen Tisches und der nassen, zerzausten und nicht mehr ganz so sauberen Novizin in sich aufnahm, die ihn nicht allzu freundlich anstarrte.

»Das … was machst du denn hier?«, fragte er dümmlich und schloss die Tür hinter sich.

»Deine Arbeit«, erwiderte sie bissig und stand auf. »Meister Wilber war ganz schön wütend auf dich, glaube ich«, setzte sie hinzu und versuchte, ihre nassen Ärmel über dem Eimer auszudrücken. »Wo warst du?«

Korben bückte sich nach dem überquellenden Abfalleimer. »In der Unterstadt«, erwiderte er mit einer vagen Handbewegung zum Fenster.

»Und was hast du da gemacht?«, fragte Anna weiter.

Korben zog die Brauen zusammen und funkelte Anna über seine scharfe Nase hinweg warnend an. »Warum kümmert dich das?«, fragte er ruhig zurück.

Anna hob beide Hände. »Ich wollte dir nicht zu nahe treten«, sagte sie spitz. »Wenn es dein Geheimnis ist, kannst du es gern für dich behalten. Ich dachte nur, du brauchst gleich eine gute Entschuldigung.«

Korben grinste. »Was treibst du hier eigentlich? Solltest du dich nicht gerade von deiner Lehrerin quälen lassen?«

Anna musste wider Willen lachen. »Ich dachte, ich drücke mich auf angenehme Art davor. Mit dem hier habe ich nicht gerechnet!« Sie umfasste den unordentlichen Raum mit einer weit ausholenden Armbewegung, die den nassen Ärmel um ihr Handgelenk schlagen ließ.

Korben nickte verständnisvoll. »Im Garten irgendwo an einem schattigen Plätzchen hocken, ab und zu ein Kräutlein auszupfen und den weisen Worten unseres Heilers lauschen, während man unauffällig ein Schläfchen versucht, hm? Kannst du dir aus dem Kopf schlagen. Ich habe im letzten Jahr fast ausschließlich gewischt, geputzt, geräumt und Bücher getragen und alles nur Denkbare im Mörser zu Staub zermahlen.« Er verdrehte die Augen. »Und abends dann Pflanzen auswendig gelernt, die ich wohl nie, nie, nie in meinem Leben in einer anderen Umgebung zu Gesicht bekommen werde als zwischen zwei Buchdeckeln …«

Anna klopfte ihm auf den Rücken und verschluckte sich selbst beinahe an ihrem Lachen. »Gut, ich verstehe deine Ausflüge in die Stadt«, ächzte sie. »Aber dennoch«, sie wurde ernst, »verärgere den Heiler nicht so sehr. Wenn er sich am Ende weigert, dich weiter auszubilden …«

»Ich will gar kein Heiler werden«, stieß der junge Mann heftig hervor. »Ich habe weder Talent dazu, noch interessiert es mich. Ich weiß, dass ich ein guter Hexer wäre, wenn die mich nur zur Ausbildung zuließen! Aber ich werde mein Ziel erreichen, und wenn der Weiße Orden mich nicht will, dann …«

Er zügelte seinen Ausbruch und zwang sich zu einem Lächeln. »Danke, dass du diese Arbeit für mich übernommen hast«, sagte er herzlich. »Du hast was gut bei mir.«

Anna nickte und sah ihn nachdenklich an. Korben nahm den Abfalleimer und deutete zur Tür. »Komm und lass dir eins der bestgehüteten und anrüchigsten Geheimnisse des Ordens zeigen – den Komposthaufen.«

Im Lauf der nächsten Wochen stellte Anna fest, dass Korbens Schilderung seiner Lehrzeit bei Meister Wilber durchaus einen wahren Kern enthalten hatte, aber die Wirklichkeit doch weniger trübe aussah, als seine Worte hatten erwarten lassen.

Sie verbrachte zwar einen guten Teil ihrer Zeit damit, Ordnung in den Arbeitsraum des Heilers zu bringen, aber nachdem das erst einmal gründlich geschehen war, nahm der tägliche Anteil an »Strafarbeit«, wie Korben es hartnäckig nannte, nicht mehr übermäßig viel Zeit in Anspruch. Meister Wilber zeigte sich deutlich erfreut über diese Entwicklung, und weil er sich nun nicht mehr so oft über die Nachlässigkeit seines Lehrjungen ärgern musste, schien er sogar großes Vergnügen daran zu finden, die beiden Schüler in seinem Fach zu unterrichten.

Als sie zum ersten Mal im äußeren Garten im Schatten eines riesigen Holunderbusches saßen und den begeisterten Ausführungen Meister Wilbers zu dieser wundervollen Pflanze lauschen durften, blinzelte Anna Korben viel sagend zu. Er grinste und deutete langsam zufallende Augenlider an – aber sie bemerkte, dass er dem Vortrag des Heilers ebenso aufmerksam lauschte wie sie.

Dass Korben keinerlei Neigung und auch wenig Befähigung zum Beruf des Heilers zu besitzen schien, ließ sich allerdings nicht übersehen. Seine Wissbegierde erwachte hingegen immer dann, wenn es darum ging, Tränke, Essenzen und Kräutermischungen zu bereiten, Pillen zu drehen und was der apothekerischen Tätigkeiten mehr war. Bei diesen Aufgaben ging er mit Feuereifer ans Werk, wohlwollend beäugt von Meister Wilber, der sichtlich erfreut war, seinen Lehrling endlich einmal mit dem Herzen bei der Sache zu sehen. Ein Streitpunkt dabei betraf allerdings immer wieder das heikle Thema der giftigen und berauschenden Substanzen. Korben legte, was dies anging, eine hartnäckige Neugier an den Tag, und Meister Wilber erwies sich als ebenso dickköpfig in seiner Weigerung, seine Schüler darin zu unterrichten. Das sei älteren, weiseren Adepten vorbehalten und kein Thema für Jungspunde, die kaum die Kamille von der Brennenden Nessel zu unterscheiden wüssten. Ein weniger sanftmütiger Mann hätte an dieser Stelle sicher ein abschließendes »Basta« hinzugesetzt – aber Meister Wilber war für Machtworte kaum geeignet. Und deshalb kam Korben auch mit aufreizender Regelmäßigkeit immer wieder auf dieses Thema zu sprechen.

Anna hielt sich bei diesen recht einseitig geführten Disputen beiseite und amüsierte sich über die beiden

Männer, über Korbens eifriges blasses Gesicht und seine eindringlich gestikulierenden Hände und über Meister Wilbers sanfte, aber dennoch standhafte Abwehr, mit der er seinen zudringlichen Lehrling immer wieder in die Schranken zu weisen wusste.

Eines Abends saßen Anna und Korben einträchtig nebeneinander auf der niedrigen Mauer neben dem Torhaus. Einige Zeit zuvor hatte unter lauten Hufgeklapper der Hochmeister des Ritterordens vom Herzen der Welt mit seiner imposanten Eskorte den Torbogen durchquert, und sie hatten fasziniert und auch ein wenig belustigt zugesehen, wie die allesamt hoch gewachsenen, breitschultrigen und kampferprobten Ritter abgesessen, ihre Pferde den herbeilaufenden Stallknechten übergeben und dann sporenklirrend und unter Schwertergerassel das Hauptgebäude betreten hatten.

Danach hatten sie bis zum nächsten Läuten auf dem Mäuerchen gesessen und sich über dieses und jenes unterhalten, ein wenig unschlüssig, was sie an diesem Abend noch beginnen wollten.

Korben blickte gedankenverloren über den Hof. In seiner kauernden Stellung mit den hochgezogenen Beinen und dem schmalen, langen Gesicht, der scharfen Nase und den schwarzen Vogelaugen glich er mehr denn je einem Rabenvogel. Anna musste unwillkürlich lachen. »Krah«, machte sie.

Korben sah sie verdutzt an. Anna verschluckte sich und begann zu husten. »Salbei«, riet Korben fachmännisch, während er ihr auf den Rücken klopfte. »Nein, Thymian. Oder sollten wir die Beeren des wohltätigen Holunders als heißen Saft in Betracht ziehen?« Er kicherte.

»Du müsstest eigentlich bei dem Apotheker unten am Altmarkt in die Lehre gehen«, sagte Anna.

Korben runzelte die Stirn. »Ich will weder als Krüdener noch als Heiler mein Leben fristen«, erwiderte er harsch. »Ich …«

»… will ein Hexer werden und damit basta!« beendete Anna seinen Satz. Sie knuffte ihn in die Seite. »Das schaffst du auch«, sagte sie. »Du hast im kleinen Fingernagel mehr magisches Talent als ich in meinem ganzen dummen Kopf!«

Korben packte sie am Arm und schüttelte sie leicht. »Sag so etwas nicht von dir!«, knurrte er. »Es mag sein, dass dein Talent sich nicht recht zeigen will, aber du bist nicht dumm – und das weißt du auch selbst. Dumm sind die, die dich so nennen, diese … diese albernen Novizenküken!«

Anna zuckte scheinbar gleichgültig mit den Schultern, aber sie trug ein Lächeln auf ihrem Gesicht, und ihre honigfarbenen Augen strahlten ihn warm an. »Komm«, sagte sie und sprang von dem Mäuerchen hinab. »Lass uns etwas unternehmen. Ich habe keine Lust mehr, hier herumzuhocken. Machen wir einen Ausflug in die Unterstadt.«

Der junge Mann schaute verblüfft und gleichzeitig erfreut drein. »Meinst du, du schaffst das heute?«, fragte er vorsichtig. Er erinnerte sich noch zu gut an den letzten Ausflug, den sie hatten unternehmen wollen. Sie hatten den steilen Weg zur Unterstadt hinab kaum zur Hälfte bewältigt, da hatte Anna blass und um Atem ringend um eine Umkehr gebeten, und Korben hatte sie voll Sorge gleich bei Meister Wilber in der Krankenstube abgeliefert.

Am nächsten Tag war sie munter und wohlauf wieder zum Unterricht erschienen und hatte auf seine besorgte Frage nach dem Grund ihres Schwächeanfalls nur sehr ausweichend geantwortet. Auch Meister Wilber hatte sich darüber ausgeschwiegen, und Korben war denn auch nicht weiter in die beiden gedrungen, da sie so bedacht darauf gewesen waren, das Thema zu meiden.

Aber seitdem hatte er Anna schärfer beobachtet und feststellen müssen, dass es immer wieder Tage gab, an denen sie blasser als gewöhnlich und offenbar von geschwächter Gesundheit zu sein schien. Darauf aber folgten wieder solche Tage wie heute, da sprühte sie vor Energie, da schien ihr Haar Feuerblitze auszusenden, und ihre Augen funkelten heller als sonst.

»Klar, heute schaffe ich alles«, erwiderte Anna übermütig und zog ihn auf die Beine. »Los, zeig mir endlich, wo du dich immer herumtreibst, wie Meister Wilber es nennt!«

Korben protestierte leise, hinkte aber grinsend hinter ihr her. Der Torwächter nickte ihnen zu, als sie das Häuschen passierten und voller Tatendrang hinaus auf die staubige Gasse traten. Bis zum Abendessen war noch Zeit, und die wollten sie nun weidlich nutzen.

2

Die Oberste Hexe war Hochmeister Rafiels Wunsch nachgekommen, ihn eine ausreichende Zeit vor dem anberaumten Ratstreffen zu empfangen, da er etwas mit ihr zu besprechen habe. Nachdem die Schwester, die ihn zu Herrads Räumen geleitet hatte, mit einem achtungsvollen Knicks die Tür hinter sich geschlossen und ihre Schritte sich entfernt hatten, bot Herrad dem groß gewachsenen Ritter mit einer Handbewegung den bequemsten Sessel an, reichte ihm einen Becher mit gekühltem Wein und faltete dann die Hände unterm Kinn.

»Stillt meine Neugier, Hochmeister«, sagte sie. »Was gibt es zwischen uns zu besprechen, das die anderen Ratsmitglieder nicht hören sollen?«

Rafiel leerte bedächtig seinen Becher und rollte ihn zwischen den Handflächen. Schließlich stellte er ihn auf dem Tischchen neben sich ab, streckte die langen, in staubigen Stiefeln steckenden Beine auf dem hellen Wollteppich aus und richtete seine verwaschen blauen Augen auf die geduldig abwartende Oberste Hexe.

»Es ist nichts, was ich genau benennen könnte«, begann er mit einem für ihn unüblichen Zögern in der Stimme. Herrad musterte den Ritter neugierig. Hochmeister Rafiel war eher ein Soldat als ein Gelehrter. Der

Ritterorden vom Herzen der Welt stellte die Leibgarde des Hierarchen, seine Mitglieder waren geschätzte Lehrer und Ausbilder an den Höfen der Tetrarchen und minderer Adliger. Im Falle von Grenzstreitigkeiten oder gar eines kriegerischen Konfliktes bildeten die Angehörigen dieses Ordens das Herzstück der Streitmacht der Hierarchie. Das hieß nun keineswegs, dass der Orden sich ausschließlich mit Waffenkünsten und kriegerischen Themen beschäftigte. Der Amtsvorgänger Rafiels war ein gelehrter und belesener Mann mit breit gefächerten Interessen gewesen und hatte viel dazu beigetragen, dass alte Schriften aus der Zeit vor dem Abfall der verlorenen Provinz aufgefunden, entziffert und gedeutet werden konnten.

»Was bedrückt Euch, Hochmeister?«, fragte Herrad, als Rafiel nicht fortfuhr. Sie bemühte sich darum, ihre Ungeduld nicht hörbar werden zu lassen, denn sie wusste aus ihren früheren Begegnungen, dass der alte Haudegen sich nicht gern drängen ließ.

»Ach, es ist ein Unbehagen, das ich verspüre«, verkündete Rafiel schließlich mit einem zornigen Auflachen. »Euer Orden und der meine haben so lange mit vereinten Kräften nach dem verschollenen Herzen gesucht«, er griff unwillkürlich nach dem Schmuckstück auf seiner Brust, das dem der Obersten Hexe wie ein Zwilling glich. Herrads Hand zuckte, aber sie beherrschte ihre Regung, es ihm gleichzutun, und legte ihre Hände entspannt in den Schoß.

»Dann wurde es wieder gefunden – durch Eure verehrte Vorgängerin im Amt«, er deutete im Sitzen eine leichte Verbeugung an, die Herrad mit einem Neigen ihres Kopfes beantwortete, »und verschwand für kurze Frist erneut – um endlich mit seiner dunklen Schwester gemeinsam der Obhut eines Kindes anvertraut zu werden, das diese Last zu tragen nicht im Mindesten in der Lage ist.«

Er hatte sich regelrecht in Rage geredet und pausierte nun ein wenig verlegen, griff nach seinem Becher, fand ihn leer und stellte ihn mit einem Ruck wieder ab. Herrad lächelte milde und füllte seinen Becher aus dem irdenen Krug, der zwischen ihnen auf dem Tisch stand, wieder auf.

»Das sind, vergebt mir, altbekannte Tatsachen, Hochmeister«, sagte sie, während er erneut nach dem Becher griff. »Kein Grund, meine ich, auf ein geheimes Treffen mit mir zu drängen.«

Rafiel rang sich ein Zwinkern ab. »Ach, geheim, geheim! – Ihr wisst doch, dass ich diesen verdammten grauen Bastarden nicht über den Weg traue!« Herrads Augenbrauen schossen in die Höhe, und er hob entschuldigend die Hand. »Alte Freundin, ich weiß, dass Ihr insgeheim meine Meinung teilt«, fügte er etwas weniger heftig hinzu.

Herrad äußerte sich nicht dazu, sondern wartete geduldig darauf, dass er endlich zum entscheidenden Punkt käme.

Der Hochmeister wischte einen Spritzer Wein von seiner nachtblauen Reithose und trocknete seine Finger dann gedankenlos an dem weißen Umhang, den er beim Eintreten über die Sessellehne geworfen hatte. »Ihr könnt Euch vorstellen, dass die Pattsituation im Rat mich geradezu rasend macht«, fuhr er endlich fort. »Seit dieser hinterhältige Erzmagus es geschafft hat, dem Hierarchen seinen Günstling als Hofmagier unterzuschieben …«

»Bitte, Rafiel«, unterbrach Herrad ihn ungeduldig. »Es nützt doch nichts, über feststehende Tatsachen zu lamentieren. Erzmagus Rumold ist ein alter Starrkopf, und Magister Fulke interessiert sich zurzeit noch hauptsächlich dafür, seine frische Stellung bei Hofe zu festigen. Aber Ihr müsst zugeben, dass auch der Weiße Orden die Gelegenheiten immer gut genutzt hat, in denen er das Ohr des Hierarchen hatte.«

Rafiel schmunzelte und entspannte sich ein wenig. »Gut, da mögt Ihr Recht haben«, stimmte er versöhnlich zu. »Aber dennoch, liebe Freundin – die Zeiten sind bedenklich, und die Gefährdung, die für uns alle von diesen unkontrollierten und offensichtlich auch unkontrollierbaren Gewalten ausgeht, die diese magischen Kleinodien beinhalten …« Er beendete seinen Satz nicht, sondern sah Herrad mit emporgezogenen Brauen fragend an.

»Sicher«, erwiderte sie ungeduldig. »Auch das ist nichts Neues. Der Erzmagus besteht seit dem letzten Winter verstärkt darauf, die Herzen in seine Obhut zu nehmen, damit der Graue Orden seine Kräfte an ihnen messen kann. Jetzt, da Magister Fulke sich für die Interessen des Ordens an höchster Stelle einsetzen kann …«

»… und wird!«, warf Rafiel grimmig ein.

»… und das auch sicherlich tun wird«, bestätigte Herrad, »werden wir es umso schwerer haben, das zu verhindern.«

Sie seufzte. »Ich werde Erzmagus Rumold heute wohl oder übel den Kompromiss anbieten müssen, einige seiner Ordensbrüder hier bei uns mit den Herzen arbeiten zu lassen.«

Hochmeister Rafiel fuhr auf. Sein kurz geschorenes, silbrig blondes Haar schien sich zu sträuben. »Herrad, beste Freundin!«, sagte er beschwörend. »Das halte ich für äußerst unklug! Wir wissen nicht genug darüber, was alles geschehen kann, wenn man allzu leichtsinnig mit diesen Mächten umspringt!«

Die Oberste Hexe seufzte und erhob sich, um ans Fenster zu treten. »Aber wir haben nicht die geringsten Fortschritte zu verzeichnen, Rafiel. Schon seit Jahren sind wir der Lösung des Rätsels keinen Schritt näher gekommen. Aber die Herzen sind da, sie sind eine Gefahr, und sie wecken in mancher magiebegabten und nicht allzu gefestigten Seele das starke Verlangen, sich ihre

Macht zunutze zu machen. Warum, glaubt Ihr, hielten wir sie sonst so gut bewacht unter Verschluss?«

Rafiel nickte und brummte zustimmend. Herrad fröstelte trotz der warmen Luft, die durch das geöffnete Fenster drang, und hüllte sich enger in ihr Schultertuch.

»Aber diese Bedrohung erscheint mir gering, wenn ich sehe, was die reine Existenz dieser magischen Kleinodien bedeutet. Sie gefährden auf nach wie vor ungeklärte Art die Basis aller Magie in ihrem Umkreis – und ich befürchte, dass es damit noch lange nicht sein Bewenden hat.«

Herrad wandte sich entschlossen um. »Genug gejammert, mein Freund«, sagte sie energisch. »Warum wolltet Ihr mich sprechen? Bis hierher hätten wir uns unseren Atem sparen können.«

Rafiel nickte müde und rieb sich mit seiner großen, narbigen Hand über das wettergegerbte Gesicht. »Ich wollte mit Euch darüber reden, ob wir eine Umstrukturierung des Magischen Rates beantragen sollen«, eröffnete er. »Die Grennach-Älteste weigert sich jetzt schon seit Jahren, an den Sitzungen teilzunehmen. Die Pattsituation, der sich der Rat seit der Ernennung Fulkes zum Hofmagus gegenübersieht, macht uns völlig entscheidungs- und handlungsunfähig – und ich befürchte, dass sich das nicht ändern wird. Wenn wir uns in dieser Zeit der Gefahr etwas nicht leisten können, so ist es ein handlungsunfähiger Magischer Rat!«

Herrad spielte unruhig mit dem Schmuckstück auf ihrer Brust. Die klaren Steine blitzten im Licht der Sonne und warfen funkelnde Regenbogenreflexe auf ihre Hand. »Ich stimme Euch im Grundsatz zu, Hochmeister«, sagte sie förmlich. »Aber wie stellt Ihr Euch eine solche Umstrukturierung vor? Wir können schließlich niemanden aus dem Rat ausschließen.«

»Aber jemanden hinzunehmen«, erwiderte Rafiel schlau.

Herrad starrte ihn an. Eine Weile lang herrschte Schweigen, in der nur das süße Zwitschern und Trillern der Vögel im Garten zu hören war.

»Ich habe in den Dokumenten der Gründungszeit nachgesehen«, fuhr Rafiel endlich fort, als Herrad sich nicht äußerte. »Die Regelungen erlauben eine Erweiterung des Rates in Fällen erwiesener Notwendigkeit. Wenn wir beide uns dafür verwenden, können die Grauen dem nichts entgegensetzen.«

Herrad atmete hörbar aus. »Alter Fuchs«, sagte sie nicht ohne Bewunderung. »Das wäre ein wahrhaft gerissener Schachzug. Aber wer käme für diese ›notwendige Erweiterung‹ in Frage?«

Rafiel hob die Schultern. »Da hoffte ich auf Euren scharfen Verstand«, gab er zu. »Es darf niemand sein, der unserer Sache allzu offensichtlich nahe steht, weil die Grauen sonst gewiss ihr Veto einlegen würden.« Er runzelte die Stirn.

Herrad nickte und verzog das Gesicht. »Das dürfte schwierig werden«, murmelte sie. »Wir sollten darüber noch einmal in Ruhe reden. Wenn wir hier einen Fehler machen, könnte sich diese ausgezeichnete Idee gegen uns wenden. Lasst uns nach der Ratssitzung ein wenig darüber nachdenken und einen gescheiten Plan ersinnen. Aber jetzt ist es an der Zeit, den Rat zu eröffnen.«

Rafiel neigte zustimmend den Kopf und erhob sich. Er griff nach seinem Mantel, legte ihn über den Arm und glättete seine Falten. »Sollten wir nicht, um weitere Gefahren abzuwenden, die Kleinodien endlich unter den Schutz meiner Ritter stellen?«, fragte er unvermittelt.

Herrad, bereits an der Tür, wandte den Kopf und sah ihn groß an. »Darüber haben wir schon mehrfach geredet«, erwiderte sie gereizt. »Das geht nicht, Rafiel. Ich möchte Anadia nicht aus meiner Obhut geben. Und außerdem – wo und wie sollte das Mädchen in Eurer Ordensburg einen Platz zum Leben finden? Wer sollte sich dort um sie kümmern, sie unterrichten?«

Der Hochmeister mied ihren Blick. »Ich habe nicht von dem Mädchen gesprochen«, sagte er hart. »Ich sprach von den Herzen. Sie sind hier einfach nicht sicher. Es wäre ohnehin wahrscheinlich das Beste, sie in ein mächtiges magisches Siegel einzuschließen und irgendwo in den Tiefen des Meeres zu versenken.«

»Hochmeister Rafiel!« Die Oberste Hexe hob eine Hand wie zum Schlag. »Ich halte es wahrhaft für das Beste, Eure letzten Sätze nicht zur Kenntnis zu nehmen. Sie sprechen nicht für Euren klaren Verstand, sondern für Eure hasenherzige Furcht!«

Die beiden funkelten sich aufgebracht an. »Wir reden später noch darüber«, erwiderte Rafiel schließlich gepresst und mit grimmiger Miene. »Ihr seid, was das Mädchen angeht, für meinen Geschmack ein wenig zu gefühlsbetont gestimmt. Es geht um Höheres als ein einzelnes Menschenleben!«

Herrad zog mit einem Laut der Empörung die Luft ein und öffnete die Tür. In verstimmtem Schweigen schritten die beiden den Gang hinunter und stiegen die Treppe zu den unterirdisch gelegenen Gewölben hinab.

Die regelmäßig drei- oder viermal im Jahr anberaumten Treffen des Magischen Rates hatten bis zum Wiederauffinden der beiden Großen Herzen in einem der Räume stattgefunden, die auf den inneren Garten hinausblickten. Dort war die für die Beratung nötige Ruhe und Abgeschiedenheit gesichert. Der Blick auf das sanfte Grün des Gartens im Sommer und das behagliche Wärme ausstrahlende Kaminfeuer im Winter sorgten für eine Stimmung der Gelassenheit und Konzentration, die die früheren Ratssitzungen trotz aller Meinungsverschiedenheiten immer ausgezeichnet hatte.

Das hatte sich in den letzten Jahren in jeder Beziehung zum Schlechteren verändert. Es erschien schlichtweg zu gefährlich, die beiden Großen Herzen im Zentrum der vielfältigen Aktivitäten des Ordenshauses von ihrer magischen Abschirmung zu befreien – und sei es auch nur für Minuten.

Nur noch höchst selten trafen sich deshalb die Ratsmitglieder in der lichten Helle des Tages; die große Mehrzahl ihrer Sitzungen fand nun unter der Erde in einer der lichtlosen Kammern tief unter dem Ordenshaus statt. »Zwischen Zwiebeln, Eingemachtem und Kartoffeln«, hatte Rafiel in einer Aufwallung von Unmut und gelinder Klaustrophobie einmal geäußert, sich aber ansonsten in das Unvermeidliche geschickt.

Das kleine Gewölbe war mit aller Behaglichkeit eingerichtet worden. Dicke Wandteppiche in warmen Farben verhinderten, dass die Kühle der Mauern übermächtig wurde; außerdem sorgte der Kellermeister dafür, dass frühzeitig vor jeder Sitzung ein anständiges Feuer im Kamin entzündet wurde und Getränke zur Erquickung bereitgestellt waren.

Das alles konnte jedoch nicht über den Grund für diese von Licht, Luft und Menschen abgeschiedenen Zusammenkünfte hinwegtäuschen. Seit Jahren ruhte er nun verborgen in einem kleinen Gelass hinter einem der Wandteppiche, störte nachhaltig ihrer aller Nachtruhe und bereitete zumindest der Obersten Hexe inzwischen obendrein heftigste Magenschmerzen.

»Also dann«, sagte Herrad mit einem seufzenden Ausatmen, als sie die Tür hinter sich schloss. Rafiel rieb sich fröstelnd die Hände, obwohl es in dem kleinen Raum wegen des Feuers recht warm war, und blickte sich unbehaglich um, ehe er auf seinem angestammten Stuhl an dem runden Tisch Platz nahm. Er rückte ein wenig näher ans Feuer und blickte grimmig auf seine staubigen Stiefel nieder.

Herrad kümmerte sich nicht weiter um den schmollenden Ritter, sondern schlug den Wandteppich an einer Stelle zurück und öffnete mit einer beschwörenden Handbewegung eine dem Auge verborgene Klappe in der Wand. Ein bläulich schimmerndes magisches Feld verbarg den Inhalt des kleinen Gelasses vor Blicken und verhinderte, dass ein Unbefugter, der wider Erwarten die geheime Klappe gefunden und geöffnet haben sollte, sich ohne weiteres des Inhalts bemächtigen konnte.

Die Hexe atmete tief ein und schloss die Augen. Rafiel, der diesem Ritual schon hinreichend häufig hatte zusehen dürfen, verschränkte die Arme vor der Brust und starrte weiterhin missmutig auf seine Stiefelspitzen.

Herrad fügte ihre Hände zu einer Schale zusammen und bewegte sie behutsam in das magische Feld hinein. Kleine Blitze zuckten zu ihren Fingern hin, und in ihren Handflächen sammelte sich wolkiger Dunst. Das bläuliche Glühen des Feldes verblasste im gleichen Maße, wie das Gedünst in der Schale der Hände sich verdichtete und zusammenballte. Endlich zog Herrad die Hände wieder aus dem Gelass und warf den dunkel brodelnden Ball, aus dem immer wieder winzige Blitze traten, in die Luft.

Leises Donnergrollen erklang, dann schlug einer der Blitze in einen in der Ecke stehenden Hocker ein. Ein Miniatur-Regenschauer ergoss sich über die schwelende Stelle, und das dunkle Gewölk zerfaserte und verschwand.

Ohne zu zögern griff Herrad nun in das Wandgelass, hob ein in ein Tuch gehülltes Kästchen heraus, stellte es ohne weitere Umstände mitten auf dem Tisch ab, schloss mit einer hurtigen Handbewegung das Gelass und ließ den Wandteppich wieder zurückgleiten.

Mit einem Laut der Erleichterung und Erschöpfung ließ sie sich auf den Stuhl sinken, der Rafiel gegenüber stand, griff nach einer der Karaffen auf dem kleinen Serviertisch und goss sich ein Glas Wasser ein.

»Es strengt mich von Mal zu Mal mehr an«, sagte sie leise. »Die Abschirmung ist so stark, wie wir sie mit vereinten Kräften nur wirken können – und dennoch: spürt Ihr den Sog?«

Rafiel bewegte unbehaglich die Schultern. »Ihr wisst, ich bin kein begnadeter Magus«, erwiderte er grollend. »Aber ja, ich spüre es dennoch. Es scheint einem die Seele aus dem Leib saugen zu wollen. Und, verflucht, es bereitet mir *Kopfschmerzen*!«

Herrad lächelte über seinen anklagenden Tonfall. Der alte Krieger schien dieses ungewohnte körperliche Unwohlsein als persönliche Schmähung zu betrachten.

»Mir ebenso, falls Euch das beruhigt«, sagte sie und strich sich leicht über die Stirn. »Trinkt von dem Wasser, ich habe unseren Heiler ein leichtes, besänftigendes Mittelchen hineinrühren lassen. Geschmacklos, versteht sich.« Sie lächelte wieder.

Rafiel sah sie misstrauisch an. »Wollt Ihr unsere verehrten Ratsmitglieder damit einlullen?«

Herrad verneinte müde. »Das wäre wohl kaum ratsam und auch nicht dienlich. Wir brauchen alle einen klaren Kopf – und das Mittelchen vertreibt lediglich ein paar der unangenehmen Nebenwirkungen, die wir in der Nähe dieses magischen Sogs zu erdulden haben.«

»Keine üble Idee«, murmelte Rafiel und trank in einem Zug sein Glas aus. »Sie hätte Euch gern schon früher kommen können.«

»Oh, das ist sie«, erwiderte Herrad mit leiser Schärfe in der Stimme. »Aber Meister Wilber musste erst ein wenig herumprobieren, bis er die rechte Mischung beisammen hatte.«

Ein Klopfen unterbrach sie, und auf ihre Aufforderung hin öffnete eine junge Schwester die Tür und ließ die beiden erwarteten Grauen Magier eintreten.

Die vier Ratsmitglieder nickten sich steif zu, und die

beiden Neuankömmlinge nahmen zwischen Herrad und Rafiel Platz. Vier der Stühle waren nun besetzt, leer blieben wie gewohnt der erhöhte Sitz der Grennach-Ältesten neben dem Hochmeister und der Stuhl rechts neben der Obersten Hexe, den alle wie immer mit ihren Blicken mieden.

»Willkommen, Erzmagus, und willkommen, Magister Fulke«, sprach Herrad förmlich. »Wir sind dann wohl für heute erneut vollzählig versammelt.« Ein Seitenblick streifte den leeren Platz der Grennach.

Erzmagus Rumold, ein gebeugter kleiner Mann mit zerfurchtem Gesicht und einem dünnen weißen Bart, der schütter seinen Mund umrahmte, räusperte sich greisenhaft und langte nach der Wasserkaraffe. »Es ist recht warm hier«, sagte er mit leisem Vorwurf. »Sollte man nicht nach einem Bediensteten rufen, der das Feuer löscht?«

Sein jüngerer Sitznachbar, wie sein Oberhaupt in ein schieferfarbenes Gewand gekleidet, unter dessen Saum die Beine einer hellgrauen Hose und nackte Füße in ledernen Sandalen hervorlugten, griff dankbar nach der Karaffe, die der Erzmagus an ihn weiterreichte. »Ich weiß zwar, was meine verehrte Ratskollegin gemeinhin von dieser Verschwendung magischer Energie hält, aber wenn es den Herrschaften recht ist, müssen wir dafür keinen Diener bemühen«, sagte er. »Es wäre mir ein Vergnügen …« Fragend ließ er die Stimme verklingen und lächelte freundlich in die Runde.

Herrad blickte achselzuckend zu Rafiel hinüber, der seine Zustimmung knurrte. Magister Fulke hob eine rundliche Hand und bewegte seine nicht allzu gelenkig aussehenden Finger in einer die Augen verwirrenden Geste, bei der man nahezu erwartete, seine Fingerglieder sich verrenken zu sehen. Das geschah allerdings nicht, aber dafür erlosch das gerade noch eifrig knackende Kaminfeuer und hinterließ nichts als die Spuren erkalteter Asche und einen geschwärzten kalten Holzklotz in der Mitte der Feuerstelle.

»Seid bedankt«, krächzte der Erzmagus und wischte sich einige Schweißperlen von der Stirn. »So atmet es sich doch gleich leichter.«

Herrad räusperte sich ungeduldig und klopfte sacht mit dem Knöchel auf den Tisch. »Meine Herren, zur Sache.« Sie verschränkte die Hände ineinander und musterte die drei Männer. »Leider kann ich Euch keine bedeutenden Fortschritte vermelden. Um es genauer zu sagen: wir sind der Lösung unseres Problems um keinen Schritt näher gekommen.« Sie blickte finster auf den verhüllten Kasten in der Mitte des Tisches.

Erzmagus Rumold hob seine knotige Hand. »Das hatte wohl auch keiner von uns ernstlich zu erwarten gehofft«, erwiderte er. »Geschätzte Kollegin – wir kommen nun schon seit Wochen und Wochen nicht weiter. Um die Wahrheit zu sagen: der einzige uns bescheidene Erfolg ist, dass wir inzwischen die schlimmsten Auswirkungen dieser wahrhaft unkontrollierbaren Magie mit einem abschirmenden Feld einzudämmen in der Lage sind. Aber wir alle spüren, wie unzulänglich selbst diese Maßnahme uns schützt – und wir wissen nicht, wie lange uns das überhaupt noch gelingen mag.«

Rafiel rutschte unbehaglich auf seinem Sitz herum, erwiderte aber nichts. Herrad hatte das Kinn auf ihre gefalteten Hände gestützt und lauschte mit gerunzelter Stirn, denn sie wusste, worauf der alte Magus hinauswollte.

Der Erzmagus machte eine Pause, in der er seinen trockenen Mund befeuchtete. »Ihr wisst«, fuhr er dann fort, »dass ich es befürworte, die Kleinodien für eine Weile in die Obhut meines Ordens zu übergeben. Eure Hexen«, er nickte Herrad zu, »haben bis hierher ihr Bestes gegeben, aber sie stoßen doch allzu offensichtlich seit geraumer Zeit an ihre Grenzen. Nichts für ungut, geschätzte Kollegin«, setzte er hinzu, »damit will ich Euer Können nicht herabsetzen. Aber dieses Problem ist einfach zu ungewöhnlich und zu ernst, um es allein lösen zu können.«

»Aber Ihr glaubt, es allein in den Griff zu bekommen?«, fuhr Rafiel auf.

Der Erzmagus beachtete den Zwischenruf nicht. »Mein Orden vertritt eine praktischere Herangehensweise an magische Handlungen als der Weiße Orden …«

»Und Ihr wisst, was wir darüber denken«, unterbrach Herrad scharf. »Ich halte Euch in allerhöchstem Maße für sorglos und unbedacht. Jeder Akt der Magie verursacht ein Ungleichgewicht, das …«

»Bitte entschuldigt!«, fuhr der Hochmeister dazwischen. »Wir sollten unsere Zeit nicht mit diesem alten Streit vergeuden. Unsere Positionen sind zu verschieden, und ich sehe nicht, wie wir in diesem Punkt jemals eine Einigung erzielen könnten. Das ist jetzt aber auch nicht von Belang.«

Herrad nickte und hob entschuldigend die Hand. »Fahrt fort, Erzmagus«, sagte sie grimmig.

Der alte Mann nickte und befeuchtete erneut seine spröden Lippen. »Was ich sagen wollte, war dies: Wir sind mit Sicherheit eher als der zögerliche Weiße Orden in der Lage, mit unserer Herangehensweise die magischen Werkzeuge zu bändigen und nutzbar zu machen. Alles, was bisher begonnen wurde, zielte doch einzig darauf ab, die immensen Kräfte der Herzen gewissermaßen zu neutralisieren. Aber das halte ich für eine ausgesprochene – und kaum verzeihliche - Verschwendung. Warum sehen wir nicht lieber zu, uns diese Gewalten nutzbar zu machen?« Er hielt inne und tupfte sich das Gesicht ab.

»Weil wir mit dem Feuer spielen, wenn wir das versuchen«, erwiderte Herrad. »Bitte, Erzmagus, das sind doch keine neuen Überlegungen. Der Rat hat damals entschieden, dieses Wagnis nicht einzugehen, und bisher ist nichts geschehen, was diesen Entschluss in Frage stellen könnte.«

»Aber wir können nicht länger so verfahren wie bisher«, mischte sich Magister Fulke in das Streitgespräch der beiden Obersten ein. »Es wird uns von Mal zu Mal schwerer, den schützenden Bann zu erneuern, und es ist nur eine Frage der Zeit, wann es uns nicht mehr gelingen wird. Was fangen wir dann an? Wäre es nicht sinnvoll, einen anderen Kurs einzuschlagen, ehe es zu spät ist, und so vielleicht eine Lösung zu finden?«

Herrad schloss die Augen. So sehr es ihr widerstrebte, dem jungen Hofmagus Recht zu geben – seine Worte entbehrten nicht völlig der Logik.

»Ich möchte Euch einen Kompromiss anbieten«, sagte sie zögernd, ohne Rafiels warnende Handbewegung zu beachten. »Ich werde die Herzen nicht aus der Obhut meines Ordens geben, denn uns sind sie anvertraut worden, und ich kann und will das nicht leichtfertig verändern. Aber ich bin bereit, einigen Eurer Magister dauernden Zutritt zu unserer Arbeit mit den Großen Herzen zu gewähren. Sie können hier wohnen und arbeiten und ihre Kräfte mit den unseren vereinen.«

Erzmagus Rumold blickte unschlüssig seinen jungen Magister an, der nachdenklich die Lippen spitzte.

»Das entspricht nicht ganz dem, was ich mir vorgestellt habe«, erwiderte Rumold endlich. »Aber ich gebe zu, dass es ein bedenkenswerter Vorschlag ist. Ich werde Euch meine Entscheidung in Kürze mitteilen, werte Ratskollegin.«

Herrad nickte steif und deutete dann auf das Kästchen in der Tischmitte. »Wollen wir für heute darauf verzichten?«, fragte sie.

Der Erzmagus schüttelte den Kopf. »Ein wahrhaft verlockender Gedanke«, sagte er mit einem humorlosen Lächeln. »Aber wir sollten uns lieber vergewissern, dass der Schutz makellos ist, und danach trachten, ihn mit vereinten Kräften zu erneuern.«

Herrad nickte kurz. »Ich errichte den Bann um diesen Raum.« Sie wies mit einer weit ausholenden Armbewegung auf die vier Wände des Gewölbes, die im nächsten Augenblick in einem sachten Glühen zu verschwimmen schienen.

Dann beugte die Oberste Hexe sich vor und schlug den weißen Samt zurück, der ein Kästchen mit dunkel schimmernder Aura verhüllte. Die vier Ratsmitglieder setzten sich auf – Rafiel mit unverhohlenem Widerwillen gegen das zu beginnende magische Werk – und richteten ihre Aufmerksamkeit auf das Objekt in ihrer Mitte.

»Wer bündelt?«, fragte Herrad knapp. »Ich«, erwiderte der Hofmagus und legte die linke Hand auf den Tisch.

»Ich sammle«, erbot sich Rafiel missmutig und legte seine große Hand mit nach oben gerichteter Handfläche ebenfalls auf die Tischplatte.

Herrad blickte Rumold an. »Ich bin heute nicht recht bei Kräften«, entschuldigte sich der alte Erzmagus. »Wenn Ihr nichts dagegen habt, würde ich gern überwachen.«

»Das ist mir recht«, sagte Herrad. »Dann werde ich fixieren.« Sie legte Handfläche an Handfläche und deutete mit den Zeigefingern auf das Kästchen.

Alle vier versetzten sich in leichte Trance. Über dem Tisch bildete sich sanftes Gedünst, das schnell immer dichter wurde und dann in Rafiels Handfläche strudelte. Der Hochmeister schluckte unbehaglich und bewegte sacht die Hand. Die sich sammelnden Nebel flossen aus seiner Handfläche über den Tisch zu Magister Fulke und wirbelten dort in immer enger werdenden Kreisen um seine ruhig daliegende Hand, bis sie sich endlich zu einem dunklen Strang verdichtet hatten. Der Hofmagus schnipste leicht mit den Fingern, der Strang wickelte sich gehorsam um seine Hand, und Fulke schleuderte mit einem scheinbar lässigen Schlenker seines Handgelenks einen sich schnell abwickelnden Faden in Herrads Richtung. Die Weiße Hexe fing den Anfang des Fadens zwischen ihren Handflächen auf, wartete, bis sich der gesamte Strang abgespult und in ihren Händen gesammelt hatte, und blickte dann abwartend zu Rumold.

Als der Erzmagus, der die Augen geschlossen hatte, nach einer Weile nickte, schloss auch Herrad die Augen, atmete tief ein und ließ aus ihren aneinander gelegten Zeigefingern einen Strom blendend hellen Lichts strömen, der auf das Kästchen traf.

Der magische Schild erlosch, und die Welle aus arkaner Energie traf auf die dagegen gewappneten Ratsmitglieder, drückte sie in ihre Sitze zurück und brandete lautlos gegen die durch den Bann geschützten Wände des Raumes.

»Es ist bald zu stark für uns vier«, ächzte Rafiel und richtete sich schwerfällig wieder auf. »Wir sollten uns nicht zu lange damit beschäftigen.«

Der Erzmagus schien gegen eine Strömung anzukämpfen, als er nach dem Kästchen griff und es öffnete. Seine knotigen Finger schlossen sich um die beiden Kleinodien, die auf dem samtigen Futter lagen, und hoben sie heraus.

»Ter'nyoss und Ter'terkrin«, flüsterte Magister Fulke mit ehrfürchtig geweiteten Augen. »Ich vergesse immer wieder, wie schön sie sind …«

Die beiden Großen Herzen lagen in ihrer grünlich schwarz und perlkristallen schimmernden Pracht in der Handfläche des Erzmagus. Rumold starrte die beiden Herzen gebieterisch an. Nach einer Weile schüttelte er ermattet den Kopf und legte die Herzen zurück in ihr Behältnis.

»Will einer von Euch es mit ihnen versuchen?«, fragte

er leise. »Ich vermag sie nicht zu ergründen, dazu reicht meine Kraft nicht aus.«

»Ihr gehört zu den wenigen, die sie überhaupt mit ungeschützten Händen berühren können«, sagte Herrad leise. »Aber ich finde, Rafiel hat Recht. Lasst uns heute nicht damit herumspielen, das führt zu nichts. Erneuern wir den Schutz.«

Wieder postierten sich die Ratsmitglieder wie zuvor um den Tisch. Das Gewölk, das sich in Rafiels Hand sammelte, war nun von anderer Beschaffenheit als beim ersten Mal: jetzt schimmerte es gluthell und funkelnd wie starke Sonnenreflexe im Wasser und bündelte sich um Fulkes Hand in den stetig dunkler werdenden Rottönen eines prächtigen Sonnenuntergangs.

Der Strang, den Herrad entgegennahm, war beinahe dunkelviolett, und als sie ihn auf das wieder geschlossene Kästchen richtete, hatte er Nachtschwärze angenommen.

Als das Werk vollendet war und das Kästchen erneut in seine dunkle Aura gehüllt vor ihnen stand, waren alle Mitglieder des Magischen Rates im höchsten Maße erschöpft.

»Es war gut, dass wir den Bann erneuert haben«, sagte Herrad müde, als sie schließlich über die Treppe zum Licht des Tages emporstiegen. »Der alte Schutz hätte dem nicht mehr lange standgehalten, was denkt Ihr?«

Rumold schüttelte den Kopf und seufzte. »Wir sollten nicht weiter so viel Zeit verlieren«, sagte er. »Es wäre mehr als angebracht, mit vereinten Kräften nach einer Lösung zu suchen. Verehrte Kollegin, ich verstehe zwar Euer Beharren darauf, die Kleinodien nicht aus Eurer Obhut zu entlassen – aber ich halte Euren Starrsinn in Anbetracht der Gefahr, die von dieser ungebändigten Magie ausgeht, für nicht minder gefährlich. Ich bitte Euch, überdenkt Eure Haltung noch einmal. Zudem …«, er hielt sie am Ärmel fest und blieb stehen, während Magister Fulke und Hochmeister Rafiel vor ihnen um die Ecke des Ganges bogen. Herrad sah ihn fragend an. Der alte Magus beugte sich vor und murmelte: »Mein junger Kollege, der die Ehre hat, unserem Herrscher als Magus zu dienen, hat mich davon unterrichtet, dass der Hierarch sich sehr besorgt zeigt. Er hat bereits den Wunsch geäußert, mit unserem Rat gemeinsam nach einem anderen Weg zu suchen, mit diesem Problem umzugehen. Ihr wisst, was das bedeutet. Der Hierarch könnte ohne weiteres anordnen, dass mein Orden sich der Angelegenheit annimmt.«

Er nickte der Obersten Hexe bedeutungsvoll zu und setzte seinen Weg fort. Herrad kniff die Lippen zusammen und folgte ihm mit grimmiger Miene.

Später am Abend saß sie mit dem Ritter in ihren Gemächern. Die Reste einer leichten Mahlzeit standen noch hinter ihnen auf dem Tisch. Beide hatten ihre Sessel dem heruntergebrannten Kaminfeuer zugewandt und hielten einen Pokal mit kühlem Wein in den Händen.

Herrad hatte Rafiel während des Essens von den Worten des Erzmagus berichtet, und der Hochmeister hatte so ergrimmt auf den Tisch geschlagen, dass das Geschirr wie erschrocken geklirrt hatte.

»Es stand zu erwarten«, knüpfte Herrad nun an diesem Punkt an. »Rumold hat seinen Schützling nicht umsonst so geschickt und beharrlich in diese Position gebracht. Wir waren naiv zu glauben, das hätte nicht auch baldige Folgen für unser Tun.«

»Daran können wir nichts mehr ändern«, erwiderte Rafiel. »Zumindest hat Rumold jetzt erst einmal eingewilligt, einige seiner Magister hierher zu entsenden. Damit haben wir ihn vielleicht für einige Zeit ruhig gestellt.«

»Also war es doch kein so schlechter Gedanke von mir, ihm diesen Kompromiss anzubieten, oder?«, zog Herrad ihn auf.

Rafiel schmunzelte. »Ich bin immer noch nicht begeistert davon – aber so haben wir die Sache zumindest noch unter Kontrolle.«

Er gähnte und erhob sich. »Seid mir nicht böse, aber ich bin erschöpft. Darf ich mich zurückziehen?«

»Wir werden morgen weitersehen«, erwiderte Herrad. »Ich bin nicht minder müde als Ihr. Soll ich einen Bediensteten rufen?«

»Danke, ich bin noch nicht so müde, dass ich nicht allein zu meinem Quartier finde«, gab Rafiel lächelnd zurück, und Herrad wünschte ihm eine gute Nacht.

Das Ordenshaus lag in tiefer Ruhe, nur einige Nachtvögel ließen in den Gärten ihren melancholischen Ruf erklingen. Die Oberste Hexe saß noch eine ganze Weile auf die Stille lauschend am offenen Fenster, ehe auch sie sich endlich zur Nacht zurückzog.

3

Das Ordenshaus der Weißen Hexen lag im älteren Teil der Residenz, zwar schon auf dem Hügel, aber der Weg in die Unterstadt war von hier aus fast genauso lang wie der hinauf in die Oberstadt zum Palast des Hierarchen. Der war erst nach dem Abfall des Nebelhorts, der alten Provinz des Hierarchen, in all seiner Pracht oben auf dem Hügel errichtet worden, und die gesamte Oberstadt war nach und nach um ihn herum gewachsen, damit das Gefolge des Hierarchen, der Adel, die Höflinge und Hofbeamten und alle anderen, die in der Nähe des Palastes wohnen mussten oder wollten, angemessenen Platz fanden.

Als Herrin von Sendra war Annas Mutter Elaina auch Mitglied des hierarchischen Hohen Rats und der Lordversammlung und musste sich in dieser Funktion einen großen Teil ihrer Zeit in der Residenz aufhalten. Bevor Annas Großmutter gestorben war, hatte Elaina als Weiße Hexe im Ordenshaus gelebt und gearbeitet, und auch deshalb hatte sie entschieden, Anna dorthin zu geben, obwohl das Mädchen weitaus lieber bei den Grennach geblieben wäre. Die wenigen Jahre, die sie im Großen Nest verbracht hatte, erschienen Anna jetzt als die glücklichste Zeit ihres Lebens.

Zusammen mit ihrer Mutter hatte Anna des Öfteren

die Oberstadt und den Palastkomplex besucht und fand sich in der Ordnung der breiten Alleen und ruhigen Straßen ohne Mühe zurecht.

Die Unterstadt mit ihren verwinkelten und krummen Gassen war dagegen ein völlig anderes Kapitel. Anna folgte Korben voller Neugier auf das, was sie zu sehen bekommen würde. Dass ihr Führer sich in dem verwirrenden Gewimmel der Plätzchen und Sträßchen bestens auskannte, zeigte sich daran, wie sicher er sich seinen Weg bahnte und ohne zu zögern um Ecken bog und in Toreinfahrten hineinlief, die auf den ersten Blick in eine Sackgasse zu führen schienen, dann aber doch einen überraschenden Durchschlupf in eine benachbarte Gasse boten. So führte er sie, wie es ihr schien, auf dem kürzesten Wege zum Altmarkt, den sie von einem früheren Ausflug mit anderen Novizinnen kannte.

Heute allerdings bot sich ihren Augen ein anderer Anblick als bei jenem ersten Besuch. Sie sah sich ein wenig enttäuscht um und fragte: »Wo sind denn all die Buden und Stände hin?«

Korben, der sich gerade zur Überquerung des Platzes anschickte, blickte sie fragend an. Dann lächelte er. »Du meinst den Markt? Der findet nur zweimal in der Woche statt, wenn die Bauern aus der Umgebung hierher kommen und ihre Waren feilbieten. Tut mir Leid, damit kann ich dir heute nicht dienen.« Als er Annas enttäuschtes Gesicht sah, nahm er ihre Hand und zog sie mit sich. »Komm, ich zeige dir etwas, das mindestens genauso gut ist. Den Markt kennt doch jeder!«

Neugierig gemacht folgte Anna ihm über den Platz und in eine Gasse, die so schmal war, dass kaum ein Karren hindurchpasste. Die Eingangstüren der Häuser lagen tiefer als die Straße, und zu jeder von ihnen führten ein paar abgetretene Stufen hinunter. Korben stieg zu einer dieser Türen hinab, drückte sie ohne anzuklopfen auf und bedeutete Anna, ihm zu folgen.

Ihre Augen benötigten ein paar Momente, um sich an das Dämmerlicht anzupassen. Nach und nach schälten sich Einzelheiten des Raumes aus dem Schatten: Regale und Tische, die mit allerlei Zeug voll gestopft zu sein schienen, von der Decke herabhängende Kräuterbüschel, die einen würzigen Geruch verströmten, und eine lange Theke, hinter der Korben soeben verschwand. Dort führte eine Tür in ein weiteres Zimmer, und ihr Begleiter trat dort ohne Umstände einfach ein.

Anna zuckte mit den Achseln und sah sich in dem Laden – denn darum schien es sich bei diesem seltsamen Ort zu handeln – genauer um. In dem Regal neben ihr lagerten hauptsächlich Behältnisse aller Form, Beschaffenheit und Größe. Neugierig öffnete sie einen dunklen Tontopf von der Größe eines Kinderkopfes, und blickte hinein. Eine zähflüssige bernsteinfarbene Masse war darinnen aufbewahrt, und als sie vorsichtig daran roch, zog ein leicht süßliches Aroma in ihre Nase, das sie nicht recht zuordnen konnte. Sie verschloss den Topf wieder und griff nach dem nächsten, in dem sich getrocknete und geriebene Kräuter befanden, die ganz zart nach Pfeffer dufteten.

Anna klopfte den Staub von ihren Fingern und wandte sich einem anderen Regal zu, dessen Inhalt ihr interessanter erschien. Steine und Mineralien in den schönsten Farben lagen aufgeschichtet in Körben und auf Tabletts. Ein bräunlicher Kristall, in dessen Innerem eine kleine Flamme zu leuchten schien, erweckte ihre Neugierde. Sie nahm ihn hoch und hielt ihn ans Auge.

»Das ist ein Burak. Schön, nicht?«, erklang Korbens Stimme. Anna schrak zusammen und ließ den Kristall beinahe fallen. Hinter Korben war ein Mann in den Laden getreten, der wenig älter war als sie beide. Seine magere Gestalt steckte in abgetragenen Kleidern, und er hatte eine Schürze aus schmuddeligem Sackleinen umgebunden.

»Das ist Anna«, stellte Korben sie vor. »Anna, das ist Mika. Ihm gehört all dies.«

Der junge Mann murmelte einen Gruß. Seine nussbraunen Augen unter dem Schopf ebenso brauner Haare streiften schüchtern ihr Gesicht, und er wischte unbeholfen seine Hand an der Schürze ab, ehe er sie Anna reichte. Eine kurze, unbehagliche Pause entstand, in der niemand sich regte oder etwas sagte.

»Das ist – sehr interessant hier«, sagte Anna schließlich und legte hastig den Kristall weg. »Was verkaufst du denn alles?«

»Oh, dies und das«, flüsterte der verlegene junge Mann und blickte Korben Hilfe suchend an.

»Dies und das, genau«, grinste Korben und schob Mika zur Theke. »Komm, alter Junge, spendier uns eine Tasse Tee. Die Mischung, die du mir neulich gebraut hast.«

Der junge Mann nickte erleichtert und verschwand im Nebenraum.

»Er ist ein bisschen schüchtern«, erklärte Korben überflüssigerweise. »Aber du wirst sehen, wenn er mal auftaut, ist er sehr nett.«

Anna biss sich auf die Lippe und nickte ernsthaft. »Was ist das alles hier?«, fragte sie und deutete auf die Gefäße in dem ersten Regal.

»Gewürze, Kräuter, Sirup, Honig, Tee, Zucker und Salz und ein paar illegale Drogen«, erklärte Korben mit mutwillig funkelnden Augen.

Anna fuhr zusammen. »Du machst Witze«, sagte sie verdutzt.

Korben erwiderte nichts, sondern wandte sich pfeifend einem Tisch zu, auf dem die verschiedensten Gerätschaften herumlagen. Er rührte ein wenig darin herum, griff nach einem metallenen Ding, dessen Funktion nicht auf den ersten Blick zu erkennen war, und drehte müßig an ein paar Rädchen herum, ehe er es wieder ablegte.

Anna zuckte mit den Achseln und näherte sich einem Schrank mit Büchern und Broschüren, aus dem sie ein ausgestopftes Reptil mit einem stumpfen gläsernen Auge anschielte. Anna schob das eingestaubte Vieh mit spitzen Fingern und leise angewidert beiseite und zog ein in Leder gebundenes Buch aus dem Schrank. Sie blies den Staub vom Deckel und schlug es auf. Es handelte sich offensichtlich um ein Buch über Magie, denn einige der Zeichen, die sie erblickte, waren ihr von ihren Studien her bekannt. Aber die Sprache, in der das Werk verfasst war, war ihr fremd, und auch die Abbildungen boten keinen Hinweis auf seinen Inhalt. Enttäuscht klappte sie das Buch wieder zu und stellte es zurück an seinen Platz.

Hinter ihr klirrte und schepperte es, als Mika mit einem Tablett in der Hand hereinkam. Mit rotem Kopf stellte er das Tablett auf der Theke ab und bückte sich nach dem Löffel, der ihm heruntergefallen war. Anna trat zu ihm und half dabei, die Becher und Löffel zu verteilen. Dann sah sie aufmerksam zu, wie er mit behutsamen Bewegungen, die sein bisher an den Tag gelegtes Ungeschick Lügen straften, aus einer wunderschönen silbernen Kanne dampfenden hellgrünen Tee in die abgestoßenen Becher schenkte.

»Bitte schön«, sagte er ein wenig atemlos und schob Anna einen Becher hin. »Du musst probieren, ob du ihn mit Honig oder Sirup süßen möchtest. Ich trinke ihn lieber so.«

Er verstummte und senkte sein Gesicht über den Becher, um den Duft des Getränkes einzuatmen. Anna tat es ihm gleich und seufzte. »Das riecht wie Meister Wilbers Kräutergarten im Sommer«, sagte sie entzückt.

»Aber es schmeckt besser«, erwiderte Korben und löffelte Honig in seinen Becher. Er leckte den Löffel ab und pustete über seinen Tee, ehe er einen vorsichtigen Schluck nahm. »Du hast die Mischung verändert«, sagte er vorwurfsvoll.

Mika zog eine Schulter hoch und blinzelte. »So kommt das Aroma besser heraus«, erwiderte er. »Das Sternkraut war zu bitter und zu dominant neben dem Apfelmoos. Ich habe es durch Samtpfötchen ersetzt – ein bisschen süß, ein bisschen scharf.«

Anna trank schweigend und ließ jeden Schluck bedächtig über ihre Zunge rollen. »Das schmeckt großartig«, sagte sie schließlich erstaunt. »So einen guten Tee habe ich noch nie zuvor getrunken.«

Korben lachte breit. »Mika ist ein Künstler«, sagte er. »Du musst seine anderen Tees probieren. Und seine Gewürzmischungen! Wie ich mir habe sagen lassen, sind seine Duftwässerchen für die Damen wohl nicht minder raffiniert.«

Mika wurde aufs Neue rot und senkte verlegen den Blick. »Möchtet ihr noch …«, nuschelte er.

Anna schob ihm den geleerten Becher hin und lächelte ihn aufmunternd an. »Und das verkaufst du alles?«, fragte sie. »Du lieferst deine Tees doch bestimmt auch an den Hof des Hierarchen, oder?«

Mikas Augen traten fast aus dem Kopf, als er sie nun voller Verblüffung ansah. »Aber … aber nein«, stotterte er. »Wo denkst du hin – der Hof! Ich verkaufe alles Mögliche an Trödel und Kram, den Laden habe ich von meinem Großvater geerbt. Der Tee und die Gewürze – das ist nur meine Liebhaberei. Davon verkaufe ich nur selten etwas.« Er verstummte abrupt, offenbar selbst erstaunt über seine Gesprächigkeit.

Korben musterte ihn von der Seite mit einem Lächeln, das Anna seltsam höhnisch erschien. Aber das mochte an der schummrigen Beleuchtung liegen, die in dem kleinen Laden herrschte. »Ich habe ihm schon oft zugeredet, seine Liebhaberei etwas ernster zu nehmen«, sagte er. »Vor allem seine Gewürzmischungen sind zum Teil sehr … interessant.«

Anna musterte ihn aufmerksam, denn seine Worte

hatten einen Unterton besessen, der zu seinem seltsamen Lächeln passte.

Mika stand hastig auf und räumte die geleerten Becher auf das Tablett. »Was brauchst du?«, fragte er ein wenig unhöflich. »Du bist doch nicht einfach nur so zu Besuch gekommen.«

Korben warf Anna einen entschuldigenden Blick zu und zog Mika in einen Winkel des Ladens. Dort redeten die beiden jungen Männer eine Weile gedämpft miteinander. Anna bemühte sich, so auszusehen, als lauschte sie nicht, und wühlte unterdessen eine Kiste mit alten Kleidern durch.

Mika verschwand schließlich hinter der Theke, raschelte dort herum und drückte, als er endlich wieder auftauchte, Korben ein eingewickeltes Päckchen in die Hand, das dieser in seiner Hosentasche verschwinden ließ. »Sei aber vorsichtig damit«, hörte sie Mika murmeln.

»Gehen wir. Ich wollte dir doch noch ein bisschen von der Gegend zeigen«, sagte Korben und zog Anna zur Tür. Sie winkte Mika zu und rief einen Dank für den Tee, dann fiel die Tür hinter ihnen zu, und sie standen wieder auf der Straße.

Wortlos lief Korben die Gasse hinunter, tiefer hinein in ihr unbekannte Gefilde der Unterstadt. Die Sonne stand schon tief, und als Anna den Blick zum Himmel lenkte, sah sie hoch oben im leicht dunstigen Himmel Schwalben kreuz und quer durch die Luft schießen, und ganz in der Ferne hörte sie ihre schrillen Rufe.

»Wohin gehen wir?«, fragte sie nach einer Weile stummen Marschierens. Korben tauchte aus seinen Gedanken auf und sah sie an, als hätte er für den Moment vergessen, dass sie neben ihm lief.

»Entschuldige. Ich habe über etwas nachgedacht.« Er zwinkerte ihr zu. »Und zwar über Mikas Großvater.« Anna blickte ihn fragend an.

»Mikas Großvater gehörte dieser Laden«, erläuterte Korben. »Aber er war kein gewöhnlicher Krämer. Er war ein Magus.«

»Das erklärt die Bücher und Gerätschaften«, meinte Anna. »Aber ich wusste nicht, dass der Graue Orden es seinen Magiern erlaubt, Läden zu führen.«

Korben spitzte die Lippen und pfiff tonlos. »Er war kein Grauer«, sagte er schließlich geheimnisvoll.

Anna runzelte die Stirn. »Ach, komm«, sagte sie zweifelnd. »Welcher Weiße Hexer würde sich in der Unterstadt verkriechen und ausgestopfte Reptilien verkaufen? Die Geschichte wäre doch bekannt!«

Korben grinste nur und erwiderte nichts. Anna riss die Augen auf. »Du meinst ...« Sie schüttelte den Kopf. »Korben, das ist dummes Zeug, da hat Mika dir einen Bären aufgebunden. Den Schwarzen Orden gibt es doch schon seit Ewigkeiten nicht mehr!«

»Deine eigene Großmutter hat sich noch damit herumgeschlagen«, erinnerte sie Korben.

Anna schüttelte noch immer den Kopf. »Das war etwas ganz anderes. Der Orden existierte damals jedenfalls nicht mehr. Wie jeder weiß, wurde er aufgelöst, nachdem er versucht hatte, den Hierarchen zu stürzen und die Macht im Reich zu übernehmen.«

»Wenn du das sagst«, erwiderte Korben sanft.

Anna blieb stehen und stemmte die Arme in die Seiten. Eine ältere Frau mit einem schweren Korb am Arm wäre bei diesem plötzlichen Halt beinahe mit ihr zusammengeprallt und warf ihr einen bösen Blick zu, aber Anna bemerkte es nicht einmal.

»Behandle mich nicht wie ein Kind«, fauchte sie. »Das ist nicht *meine* Meinung, das ist die Wahrheit! Nimm die Zusammensetzung des Magischen Rates.« Sie sah Korben auffordernd an.

Mit aufreizender Geduld zählte Korben wie in der Schule auf: »Der Magische Rat hat sechs Mitglieder, als da wären: die Oberste Hexe des Weißen Ordens, der Erzmagus der Grauen, der Hofmagus, die Älteste der Grennach, der Hochmeister des Ordens vom Herzen der Welt und der Hüter des Schwarzen Ordens.«

Anna knuffte ihn in die Seite und musste dann trotz ihres Zornes lachen. »Du weißt, dass das nicht stimmt. Es sind in Wahrheit die fünf, die du zuerst genannt hast, und der Leere Sitz, der an den abtrünnigen und ausgelöschten Orden erinnern soll. Der Sitz bleibt auch deshalb leer, weil es keinen Hüter mehr gibt – ganz zu schweigen von minderen Mitgliedern dieser verderbten Gemeinschaft!«

Korben setzte sich wieder in Bewegung. »Wenn du das sagst«, wiederholte er.

Anna sah ihm sprachlos nach und beeilte sich dann, ihm nachzugehen. Ein dicker Mann mit mehlbestaubter Hose schob sich aus einer Toreinfahrt zwischen sie und versperrte Anna kurz Sicht und Weg, und als sie sich endlich an ihm vorbeigezwängt hatte, hatte sie Korben aus den Augen verloren. Auch als sie zur nächsten Ecke gelangte, ein paar Schritte auf einen kleinen Platz tat und sich umsah, blieb der junge Mann verschwunden. Sie hielt inne und nagte an ihren Fingerknöcheln, unschlüssig, ob sie einfach aufs Geratewohl weitergehen und auf ihr Glück vertrauen sollte oder ob es ratsamer wäre, den Weg zurück zu versuchen. Das war sicher die vernünftigere Entscheidung, allerdings bezweifelte sie, dass es ihr gelingen würde, den Weg zu Mikas Laden wieder zu finden – geschweige denn das Labyrinth der Gassen bis zum Altmarkt zu bewältigen und von dort nach Hause zu gelangen.

Sie wandte sich um, entschlossen, den Heimweg zu suchen. Das war die Gasse, aus der sie gekommen war. Oder war es doch diese gewesen?

Anna verschluckte einen Fluch. Ein junges Mädchen, das ihr Zögern und ihr unentschlossenes Hin und Her beobachtet hatte, erhob sich von dem Mäuerchen, auf dem es gehockt hatte, und kam zu ihr.

»Du hast dich wohl verlaufen. Kann ich dir helfen?«, fragte es mit ein wenig heiserer Stimme. Anna schrak zusammen, sie hatte die Annäherung des Mädchens nicht bemerkt.

»Ich habe mich tatsächlich verlaufen«, gab sie erleichtert zu. »Mein Begleiter kennt sich hier aus, aber ich habe ihn dummerweise aus den Augen verloren.«

Das Mädchen nickte und berührte beruhigend ihre Hand. »Keine Sorge, du hättest keine bessere Führerin als mich finden können. Ich kenne hier jedes Mauseloch.«

Anna musterte sie für einen Moment. Der kleine und drahtige Körper des Mädchens steckte in etwas zu großen, häufig geflickten und nicht allzu sauberen Kleidern. Das rötliche Haar trug es zu einem unordentlichen Zopf geflochten, und sein braunes Gesicht war zwar sauberer als die Füße in den abgetragenen Sandalen, aber nicht viel. Anna bemerkte, dass das Mädchen sie einer ähnlich gründlichen Musterung unterzog.

»Du bist aus der Hexenschule«, stellte es fest. Anna nickte. »Und da willst du jetzt auch wieder hin, richtig?« Das Mädchen kicherte. »Es verirren sich nicht oft Leute von der Hexenschule hierher. Ich glaube, sie haben Angst, ausgeraubt zu werden oder so.« Das Mädchen griff nach Annas Hand und zog sie mit sich. »Ich heiße Cass. Und du?«

Das Mädchen schlug einen anderen Weg ein, als Korben und sie gekommen waren, wie Anna trotz ihrer Verwirrung bald erkannte. In den engen Straßen war es schon dämmrig, und Anna war froh, dass Cass sie fest an der Hand hielt. Nach einer Weile des schnellen Gehens fühlte sie eine altbekannte Schwäche in ihre Glieder kriechen. »Ach«, stöhnte sie unwillkürlich und blieb stehen, um zu verschnaufen.

»Was ist?«, fragte das Mädchen. »Tut dir was weh?«

Anna schüttelte den Kopf und schnappte nach Luft. »Es geht schon wieder«, sagte sie matt. »Ich bin nur etwas müde, das ist alles.«

Cass sah sich um. »Komm«, sagte sie energisch. »Da hinten können wir eine Pause machen. Hast du Geld?«

Anna nickte nur und bemerkte den gierigen Funken in den grünlichen Augen nicht. »Komm weiter, wir sind fast da«, sagte Cass unbekümmert. Anna folgte ihr und horchte dabei in sich hinein. Den ganzen Nachmittag war sie stark und voller Tatendrang gewesen, aber jetzt hatte sich plötzlich wieder diese erstickend dicke, dunkle Decke über sie gelegt, die ihr jede Energie auszusaugen und ihre Sinne zu benebeln schien. Es war, als hätte sie jemand in einen kleinen Kasten gesperrt und den Deckel gut verschlossen.

Sie prallte gegen Cass, die stehen geblieben war. »Hier hinein«, sagte das Mädchen und wies auf eine offene Tür, aus der Licht drang und Stimmen erklangen. Cass schob sie durch die Tür der Schenke und dirigierte sie an einen freien Platz an einem der langen Tische. Die Schenke war nicht allzu voll, und die Männer und wenigen Frauen, die hier ihr Bier tranken, nahmen keine Notiz von den beiden Mädchen.

Cass ging zur Theke und kam nach ein paar Minuten mit zwei Bechern wieder zurück. »Ich habe gesagt, du bezahlst«, sagte sie und stellte einen Becher vor Anna ab. »Es ist gewürzter Wein, der wird dir gut tun.«

Anna nippte daran und verzog ein wenig das Gesicht. Der Wein war dünn und sauer und die Gewürze kratzten im Hals. Cass zog ihre Füße auf die Bank und nahm einen tüchtigen Schluck. Sie musterte Anna. »Du siehst ganz elend aus. Bist du in Ordnung?«

»Es geht mir gut«, versicherte Anna. »Ich bin müde, das ist alles. Wir sind ein ordentliches Stück durch die Stadt marschiert, und ich bin nicht daran gewöhnt.«

Cass nickte und rieb sich mit der schmutzigen Hand über die spitze Nase. »Bist du eine richtige Hexe?«, fragte sie neugierig. »Dann könntest du dich doch bestimmt nach Hause zaubern, oder?«

»Ich lerne noch«, erwiderte Anna lächelnd. »Aber nach Hause zaubern können sich auch meine Lehrerinnen nicht.«

»Schade. Das wäre doch praktisch«, entgegnete Cass, und Anna hatte das Gefühl, dass das Mädchen sich über sie lustig machte.

»Ich möchte jetzt weiter«, sagte sie bestimmt. Sie stellte den kaum berührten Becher ab und holte ein paar Münzen aus ihrer Tasche. »Meinst du, das reicht?«

Cass griff nach dem Geld und warf zwei der kleineren Münzen auf den Tisch. Den Rest steckte sie wie aus Versehen ein, und Anna ließ es geschehen. Wenn Cass sie dafür aus diesem Labyrinth führte, war es das mehr als wert.

Als sie aus der Schenke traten, war es dunkel geworden. Cass schnupperte in die Luft wie ein kleines Tier und lief dann wieder voran. Langsam erreichten sie nun eine Gegend, deren Straßen zum Hügel hin anstiegen, wie Anna mit Erleichterung bemerkte. Erneut bat sie um eine kleine Pause, in der sie sich ermattet gegen eine Hauswand lehnte, während ihre Führerin ungeduldig von einem Fuß auf den anderen trat.

»Komm weiter«, sagte sie endlich. »Es ist nicht gut, um diese Zeit hier so herumzustehen. Und ich muss ja auch wieder zurück ...«

Wenige Minuten später kamen sie an eine Straßenkreuzung, die Anna bekannt vorkam. Wenn sie sich nicht irrte, würde sie wenig später den steilen Pfad zum Ordenshaus erblicken. »Danke«, sagte sie atemlos. »Danke für deine Hilfe, Cass. Ab jetzt kenne ich mich wieder aus. Wie kann ich dir ...«

»Anna!«, hörte sie eine erleichterte Stimme rufen.

»Den Schöpfern sei Dank, ich befürchtete schon, ich müsste am Ende noch die Oberste Hexe um Hilfe bitten, um dich wieder zu finden!«

Anna blickte den jungen Mann trotz ihrer Erschöpfung mit Grimm an. »Du hast mich ganz schön hängen lassen. Wenn Cass mir nicht geholfen hätte …«

Korben warf dem Mädchen einen flüchtigen Blick zu. »Du hast was gut bei mir«, sagte er.

Cass nickte kurz. »Wir sehen uns.« Sie lächelte Anna an und drückte ihre Hand. »Wenn du dich noch mal verläufst, ruf einfach nach Cass. Unten kennt mich jeder.«

Sie winkte und machte sich auf den Rückweg. Anna sah ihr nach, dann seufzte sie und blickte entmutigt den steilen Pfad zum Ordenshaus empor. Korben nahm besorgt ihren Arm. »Geht es dir wieder übel?«

Anna nickte und machte sich an den Aufstieg, während Korben an ihrer Seite blieb. »Es tut mir Leid, dass ich dich unten verloren habe«, sagte er zerknirscht. »Als ich es merkte, bin ich zuerst zu Mikas Laden zurückgegangen und habe dort auf dich gewartet. Es hätte wenig Sinn gehabt, durch die Stadt zu rennen und nach dir zu suchen.«

Anna war zu atemlos, um darauf zu antworten, also nickte sie bloß wieder.

»Das nächste Mal passe ich besser auf dich auf«, versprach der junge Mann. »Ich wollte dir unbedingt noch den Hafen zeigen.«

Sie drückte seine Hand zum Zeichen, dass sie seine Entschuldigung annahm und ihm vergab. Er lächelte erleichtert. »Komm, gleich sind wir da«, sagte er aufmunternd. »Soll ich dich zu Meister Wilber begleiten?«

Das Torhaus nahm sie auf, und ihre ungleichmäßigen Schritte hallten dumpf in dem Gemäuer wider.

»Nein, lass«, sagte Anna atemlos, »ich gehe gleich in mein Zimmer und lege mich schlafen.« Sie war blass, und unter ihren Augen, die sich zu einem dunklen Bernsteinton verschattet hatten, lagen tiefe, erschöpfte Ringe. Korben schüttelte den Kopf.

»Was ist das bloß?«, sagte er beinahe vorwurfsvoll. »Warum kann Meister Wilber dir nicht helfen? Oder die Älteste?«

Anna zuckte mit den Achseln und versuchte ein schwaches Lächeln. »Mach dir keine Gedanken. Morgen ist alles wieder gut.«

Er sah ihr nach, wie sie zum Wohntrakt der Mädchen ging, und brummte nachdenklich. »Vielleicht kann jemand anderes dir ja helfen«, murmelte er. »Ich werde sie morgen fragen.«

4

»Der Erzmagus hat eingewilligt«, sagte Herrad. Die Oberste Hexe und Hochmeister Rafiel saßen am Morgen zusammen, Papiere und Sendschreiben um sich herum ausgebreitet, und besprachen ihr weiteres Vorgehen nach der gestrigen Ratssitzung.

Rafiel brummte missvergnügt und schob seine zur Hälfte geleerte Teetasse beiseite, um ein Schreiben zu entfalten, das einer seiner Ritter ihm kurz zuvor übergeben hatte.

»Natürlich hat er eingewilligt. Das hindert ihn schließlich nicht daran, den Hierarchen weiter in seinem Sinne zu bearbeiten.«

Herrad lächelte über die Brummigkeit des Hochmeisters und griff nach einer weiteren Scheibe Brot, um sie mit frischer, gelber Butter zu bestreichen. »Ihr esst ja gar nichts«, sagte sie und wies einladend auf Brot, Obst und Käse.

Rafiel schüttelte abwesend den Kopf. »Gleich, teuerste Freundin. Lasst mich dies hier erst lesen.«

Herrad griff nach einem Schriftstück, das vor ihr lag, und las es zum wiederholten Male durch, wobei sie darauf achtete, das Papier dem Honigtopf genügend fern zu halten.

»Also gut«, sagte Rafiel endlich und legte das Schreiben beiseite. »Meine Leute haben in der Schwarzen Zitadelle noch einmal Stein für Stein umgedreht, aber es hat sich nichts Neues daraus ergeben. Falls es dort jemals Archive gegeben haben sollte, so sind sie einem Feuer zum Opfer gefallen. Wir hatten die Hoffnung, geheime Kammern zu finden – aber dort ist nichts außer einer kahlen Ruine.«

Herrad nickte, sie hatte nicht mehr erwartet. »Das hier ist interessanter«, sagte sie und reichte Rafiel das Schriftstück. Er warf einen kurzen Blick darauf und sah sie fragend an.

»Ich habe über Euren Vorschlag nachgedacht, den Rat zu erweitern«, erläuterte sie. »Die Hauptschwierigkeit bei der Durchsetzung dieser Maßnahme wird sein, einen Kandidaten zu finden, auf den wir alle uns einigen können, habe ich Recht?« Als Rafiel nickte, fuhr sie fort. »Dann dachte ich, wir könnten zwei Fliegen mit einer Klappe schlagen. Es bedrückt mich ungemein, dass die Grennach-Älteste unseren Treffen fern bleibt. Die Grennach haben diese Herzen geschaffen, und sie wissen mehr darüber als jedes andere lebende Wesen auf dieser Welt.«

Sie hielt inne und trank von ihrem Tee.

»Worauf wollt Ihr hinaus?«, fragte der Hochmeister mit gelinder Ungeduld.

»Ich hätte die passende Kandidatin für den Rat zur Hand«, erwiderte Herrad gemächlich und deutete auf das Schreiben, das Rafiel unbeachtet in der Hand hielt.

Er zog die Brauen hoch und überflog das Schriftstück mit gerunzelter Stirn. Dann hob er fragend den Kopf. »Es geht um den angekündigten Besuch einer Grennach-Frau beim Orden. Sie will Anadia besuchen.«

Herrad nickte ungeduldig. »Anna hat eine Zeit lang bei den Grennach gelebt«, sagte sie kurz. »Nicht lange, ein halbes Jahr vielleicht. Wir hatten damals die Hoffnung, dass die Grennach in der Lage sein könnten, ihr zu helfen.«

Rafiel schob das Schreiben beiseite. »Was hat das alles mit dem Rat zu tun?«

Herrad schnaubte. »Seid Ihr noch nicht recht wach, Hochmeister?«, fragte sie. »Die Grennach entsenden zurzeit keine Vertreterin in den Magischen Rat. Also lasst uns eine Vertreterin – im doppelten Sinne – wählen. Warum nicht den freien Sitz mit einer Grennach besetzen? Dieses Volk stand unseren Orden immer nahe. Sie werden im Zweifel sicherlich eher in unserem Sinne entscheiden, als den Grauen nach dem Mund zu reden.«

Rafiels Gesicht rötete sich, und er klopfte begeistert mit der Hand auf die Armlehne seines Sessels. »Das ist die Lösung«, bellte er. »Herrad, Ihr seid ein Genie! Kennt Ihr die Grennach, die hierher kommt?«

Herrad nickte. »Schon seit langem. Sie ist eine Freundin von Anadias Familie und kannte auch ihre Großtante, die ja meine Vorgängerin im Amt war. Schon von daher dürfen wir gewiss sein, dass sie keiner Maßnahme zustimmen wird, die Anna in irgendeiner Weise schaden könnte.«

»Und das ist Euch schließlich eminent wichtig«, erwiderte Rafiel.

Herrad sah ihn scharf an. »Das ist es«, sagte sie. »Und damit Ihr endlich einmal wisst, worüber Ihr die ganze Zeit so unbedarft redet, habe ich Anna gebeten, uns zum dritten Läuten ein wenig Gesellschaft zu leisten.« Sie blickte aus dem Fenster und schätzte den Sonnenstand ab. »Das dürfte in wenigen Minuten der Fall sein«, setzte sie hinzu. »Also entrunzelt Eure Stirn, Hochmeister. Ihr müsst das Mädchen nicht gleich mit Eurer finsteren Miene erschrecken.«

Rafiel verschluckte eine harsche Antwort und schenkte sich stattdessen aus der Kanne, die auf einem kleinen

Kohlebecken gewärmt wurde, Tee nach, den er ordentlich mit Honig süßte.

Beide schwiegen eine Weile.

»Also seid Ihr damit einverstanden?«, fragte Herrad nach einer Weile. »Wir schlagen dem Rat die Grennach vor?«

»Wenn sie einwilligt«, erwiderte Rafiel. »Wir wissen ja leider nicht, warum die Älteste unseren Treffen fern zu bleiben geruht. Es ist immerhin möglich, dass diese Weigerung auch für andere Angehörige ihres Volkes Gültigkeit hat.«

»Das werden wir zunächst erfragen«, beschied Herrad. »Mellis ist die Tochter der Ältesten. Ich denke, sie wird in ihrem Namen entscheiden oder zumindest eine gute Einschätzung abgeben können, was die Haltung der Ältesten dazu betrifft.«

Die Turmglocke unterbrach sie mit drei hallenden Glockenschlägen. Kurz darauf klopfte es an der Tür, und Herrad nickte zufrieden, als sie die Erlaubnis zum Eintreten erteilte.

»Komm herein, Kind«, sagte sie, als Anna beim Anblick des Ritters zögerte. »Hochmeister, das ist Anadia, Tochter von Elaina und Großnichte meiner verehrten Vorgängerin Adina.«

Der Hochmeister erhob sich von seinem Sitz und begrüßte die junge Frau mit aller Höflichkeit. Dann schob er ihr einen Stuhl hin und musterte sie unverhohlen, während sie sich niederließ und ihre Hände in die weiten Ärmel ihres Gewandes schob.

»Ich habe eine schöne Neuigkeit für dich«, sagte die Oberste Hexe. »Die Tochter der Grennach-Ältesten wird bald hier eintreffen und wünscht natürlich, dich zu sehen.«

Anna lächelte. »Das ist allerdings eine schöne Nachricht«, sagte sie. »Ich habe Mellis schon so lange nicht mehr gesehen.«

»Du hast gern bei den Grennach gelebt?«, fragte der Hochmeister.

»Aber ja«, sagte Anna lebhaft. »Ich musste mich ein wenig an die Höhe gewöhnen, aber es war wirklich schön dort. Es ist herrlich, in einem so großen Baum zu leben! Und die Grennach waren alle sehr nett zu mir, vor allem Mellis.«

»Du fühlst dich hier im Ordenshaus nicht so wohl?«, forschte Rafiel weiter. Er beugte sich ein wenig vor und legte sein Kinn in die Fäuste.

Anna senkte den Kopf. »Ich bin nicht unglücklich«, erwiderte sie leise. »Es ist sicherlich das Beste so, auch wenn ich manchmal einfach nur gern nach Hause gehen würde. Aber das geht nicht, wie Ihr ja wisst.«

Der Ritter brummelte leise und tätschelte Annas Hand. Herrad sah ihn erstaunt an. »Man hat mir berichtet, dass du dich gestern wieder unwohl gefühlt hast«, meinte die Oberste Hexe.

Anna nickte und hob die Schultern. »Morgens war alles wie immer, aber gegen Nachmittag ist mir dann Kraft zugeflossen, und ich habe mich so stark gefühlt, dass ich in die Unterstadt gegangen bin, zum Altmarkt.« Sie warf einen schnellen Seitenblick auf die Oberste Hexe – es war den Novizen bis zur vierten Stufe nicht erlaubt, das Ordenshaus ohne Begleitung zu verlassen, und sie erwartete, dass Herrad sie fragte, mit wem sie diesen Ausflug unternommen hatte. Aber die Hexe drehte nur unruhig an einem Silberring mit Mondstein, den sie an ihrer linken Hand trug. Also fuhr Anna fort. »Aber zur Dämmerung hat diese Kraft von einem Augenblick auf den nächsten nachgelassen, und der Rückweg ist mir danach sehr sauer geworden.«

Hochmeister Rafiel zog die Brauen empor und sah die Oberste Hexe an. »Das ist schon öfter vorgekommen?«, fragte er.

Herrad nickte. »Regelmäßig mehrmals im Monat«, erwiderte sie. Sie wandte sich der jungen Frau zu. »Wann begann gestern deine Zeit der Kraft? Um das sechste Läuten herum?«

»Es war eine ganze Weile, nachdem der Hochmeister mit seiner Eskorte hier eingetroffen ist«, erwiderte Anna nach einem kurzen Zögern. »Ja, das muss etwa um diese Zeit gewesen sein.«

Herrad nickte und blickte den Hochmeister bedeutungsvoll an.

»Danke, mein Kind«, sagte sie dann. »Geh und ruh dich noch ein wenig aus. Meister Wilber und ich wollen heute Abend wieder mit dir arbeiten.«

Anna unterdrückte ein Seufzen und erhob sich. »Ich komme dann um die gewohnte Zeit«, sagte sie mit ergebener Miene. »Hochmeister, es war mir eine Ehre, Euch kennen zu lernen.«

Als sich die Tür hinter ihr geschlossen hatte, lehnte sich Herrad zurück und faltete die Hände unter dem Kinn. »Der Zusammenhang ist offensichtlich, nicht wahr?«, sagte sie.

Rafiels Miene spiegelte äußerstes Unbehagen wider. »Das war Euch nicht neu«, sagte er mit leisem Vorwurf. »Was hat es Eurer Meinung nach zu bedeuten?«

Herrad stand auf und schob die Schriftstücke, die den Tisch bedeckten, nachlässig zusammen. »Heute Abend werden wir erneut versuchen, Anna von der Bindung an die Herzen zu befreien«, sagte sie geistesabwesend. »Ich hege allerdings keine große Hoffnung mehr, dass uns das in absehbarer Zeit gelingen wird.«

Sie sah dem Hochmeister geradewegs in die Augen. »Die Herzen gewinnen an Kraft – und in gleicher Weise nimmt Annas Kraft ab. Das, was wir auf der magischen Ebene beobachten, spiegelt sich konzentriert in ihr und ihrem körperlichen Zustand wider.«

Rafiel fluchte unterdrückt und entschuldigte sich dann mit einer Handbewegung bei der Hexe. »Das Kind ist tapfer«, sagte er unvermittelt. »Sie hat Angst, das habe ich gespürt – aber sie lässt sich davon nicht beherrschen.«

Herrad lächelte ein wenig überrascht. »Was ist das … mitfühlende Worte für ein störendes menschliches Anhängsel?«

Rafiel knurrte verlegen. »Ihr habt mir noch nichts erklärt, was dieses Phänomen betrifft«, lenkte er ab. »Wenn die magischen Kleinodien ihr die Kraft rauben – warum fühlt sie in dem Augenblick Stärke, in dem der Bann um die Herzen abgeschwächt und aufgehoben wird?«

Herrad zog die Brauen zusammen. »Das begreifen wir auch nicht«, erwiderte sie. »Aber möglicherweise ist es nicht ihre *eigene* Kraft, die sie zu spüren vermeint. Wir sind immer noch unsicher, wie ihre Verbindung mit den Herzen funktioniert – deshalb konnten wir sie bisher auch nicht lösen.«

Rafiel saß noch eine Weile da, in Gedanken versunken, dann bat er darum, auf dem Laufenden gehalten zu werden, und verabschiedete sich von der Obersten Hexe.

Für den heutigen Unterricht hatte Meister Wilber seine beiden Schüler in den gleich neben dem Küchengarten gelegenen Kräutergarten des Ordenshauses bestellt. Korben hatte sich in der letzten Zeit einer größeren Pünktlichkeit befleißigt. Der Heiler zeigte sich deshalb wenig erfreut, als der Nachmittag verstrich und sein Lehrjunge sich immer noch nicht zeigte. Meister und Schülerin knieten in einem der sonnenbeschienenen Beete und zupften Kräuter aus, die in die Irre wuchsen, versetzten junge Pflanzen, damit sie mehr Platz bekamen, und ernteten von jenen Kräutern, die sie zum Vorrat zu trocknen gedachten. Während sie so arbeiteten, erzählte Meister Wilber, was er über die Heilkraft der

Pflanzen wusste, mit denen sie sich gerade beschäftigten. Anna liebte diese Art von Unterricht, der sowohl ihre Hände als auch ihren Kopf beanspruchte, und wunderte sich nur ein wenig darüber, dass Korben sich nicht blicken ließ, denn auch er schätzte das Wissen, das der alte Heiler ihnen auf diese Art weitergab – wenngleich er das nie so recht zugeben wollte.

Meister Wilber richtete sich gerade auf, nachdem er sorgsam das letzte Bündel Hänflingskraut in den Korb gelegt hatte, da kam der junge Mann um die Einfassung des Kräutergartens gelaufen. Sein Hemd klebte ihm am Leib, und die Haare hingen feucht von der Hitze in sein blasses Gesicht. »Verzeiht«, rief er, »ich habe mich verspätet.«

»So ist es, junger Spund«, brummelte Meister. »Ich bin für heute mit dem Unterricht fertig. Was es zu lernen gab, musst du dir nun anderswo besorgen.« Er drehte seinem säumigen Lehrling den Rücken zu und hinderte Anna daran, den Korb zu nehmen. »Lass, den trage ich hinauf. Wir sehen uns heute Abend. Ruh dich bis dahin ein wenig aus.«

Korben wartete, bis der Heiler nicht mehr zu sehen war, dann griff er nach Annas Hand und zog sie in den Schatten einer Buche. »Fühlst du dich kräftig genug, um heute noch einmal mit mir in die Stadt zu gehen?«, fragte er. »Ich möchte, dass du jemanden kennen lernst.«

Anna ließ sich ins Gras plumpsen und lehnte sich gegen den Stamm des Baumes. »Nein, heute nicht.« Sie inspizierte einen Fingernagel, den sie sich bei der Arbeit eingerissen hatte, und versuchte, ihn mit den Zähnen zu begradigen, ohne auf die Erde zu achten, die sich unter ihren Nägeln eingenistet hatte.

»Ach, komm.« Korben schnitt eine enttäuschte Grimasse. »Ich verspreche dir auch, dich nicht wieder zu verlieren. Es wird dir gefallen!«

Anna schüttelte müde den Kopf. »Heute nicht, Korben. Wirklich, es geht nicht. Wer ist es denn? Wieder so ein ulkiger Krämer?«

Korben hockte sich auf die Fersen und sah sie eindringlich an. Seine schwarzen Augen funkelten durch die Schatten, die das Laub des Baumes auf sein Gesicht warfen.

»Ich glaube, dass ich jemanden kenne, der dir helfen kann«, sagte er. »Ach, komm doch mit, Anna!«

Anna lächelte über seine Eindringlichkeit und berührte sacht seinen Handrücken. »Morgen, meinetwegen können wir es morgen versuchen. Wenn ich mich bei Kräften fühle. Heute Abend habe ich wieder eine meiner Heilungssitzungen.«

Korben verzog das Gesicht. »Das heißt, sie probieren wieder an dir herum, und morgen geht es dir schlechter als zuvor.« Er musterte sie neugierig. »Du hast mir nie erzählt, was bei diesen Sitzungen geschieht.«

Anna hob gleichgültig die Schultern. »Ich bekomme selbst nicht allzu viel davon mit«, gab sie zu. »Meistens sorgen sie dafür, dass ich einschlafe – oder zumindest so tief in einer Art Trance bin, dass ich kaum registriere, was um mich geschieht.«

Korbens Miene verfinsterte sich. »Und das lässt du dir gefallen?«, schnaubte er. »Es geht dir schlechter und schlechter, und du weißt noch nicht mal, was sie da mit dir anstellen? Vielleicht sind sie ja überhaupt schuld an deinem Zustand!«

»Meister Wilber würde sicherlich nichts tun, was mir schadete«, sagte Anna fest. »Ich war zu Anfang immer wach bei der Heilung, aber das hat mir zu große Pein bereitet, deshalb lassen sie mich jetzt dabei lieber schlafen. Ich habe eingewilligt, und es ist mir auch recht so!«

»Was ist es denn überhaupt, woran du leidest?«, fragte Korben geradeheraus. Zum ersten Mal, seit sie sich kannten, wagte er diese Frage auszusprechen.

Annas Augen verschatteten sich zu einem dunklen Bernsteinton. »Es ist eine Art Fluch«, sagte sie stockend. »Meine Großmutter hat ihn mir auferlegt – nein«, sie hob die Hand, um Korben zu unterbrechen, der einen erstaunten Ausruf getan hatte. »Nein, sie wollte mir damit nichts Böses. Es ist – ach, es ist zu kompliziert, ich kann es dir nicht erklären. Ich weiß ja selbst nicht recht, wie das alles zusammenhängt.«

»Was tun die Hexen, um dir zu helfen?«, fragte Korben nach.

»Sie versuchen, den Bann zu lösen. Ich glaube, es hat etwas mit einem Schmuckstück zu tun, das einmal meiner Großmutter gehörte – aber ich kann mich nicht genau erinnern. Irgendetwas hindert mich daran, auch nur darüber nachzudenken, und wenn ich es versuche, entzieht es sich mir.«

Korben sprang auf und hinkte erregt auf und ab. »Das klingt alles sehr geheimnisvoll, und ich werde das Gefühl nicht los, dass sie irgendetwas mit dir anstellen, von dem du nichts wissen sollst.«

»Warum sollten sie das tun?«, fragte Anna erstaunt. »Ich mache der Ältesten und Meister Wilber viel Arbeit, und sie sind sehr besorgt und bemühen sich um mich. Ich denke wirklich, dass sie mir helfen wollen und sonst nichts.«

Korben schüttelte hartnäckig den Kopf. »Nein, tut mir Leid, das Gefühl habe ich nicht.« Er kniete neben ihr nieder und nahm ihre Hand. Eindringlich sah er ihr in die Augen. »Versuche heute Abend wach zu bleiben und zu sehen, was sie mit dir anstellen. Meinst du, du schaffst das?«

Anna nickte ohne rechte Überzeugung.

»Gut. Dann berichtest du mir alles, und ich gehe damit … nein, noch besser: Du kommst morgen mit und erzählst alles selbst. Ich habe dir doch gesagt, ich kenne jemanden, der dir vielleicht helfen kann.«

Anna nickte matt und stand auf. »Ich lege mich jetzt ein wenig hin. Wir können dann morgen ja mal sehen.«

Korben stand mit baumelnden Armen da und sah ihr nach, wie sie davonging. Er kaute auf seiner Unterlippe, und zwischen seinen Brauen stand eine steile Falte. »Morgen Abend am Tor!«, rief er, ehe Anna durch das Gartentor ging. »Ich warte auf dich!«

Anna lag auf ihrem schmalen Bett und starrte schlaflos die weiß gekalkte Decke an. Das Gespräch mit Korben hatte sie aufgewühlt, und sie wusste nicht, warum. Vielleicht war es die Erinnerung an ihre Großmutter. Sie drehte sich auf die Seite und legte eine kalte Hand unter ihr Gesicht. Wie hatte ihre Großmutter ausgesehen? Anna schloss die Augen, um sich das vertraute Gesicht besser vorstellen zu können.

Nach einer Weile öffnete sie die Augen wieder und drehte sich auf den Rücken. Es wollte ihr einfach nicht gelingen, Anidas Gesicht vor sich zu sehen. Sie erinnerte sich an eine hoch gewachsene, aufrechte Gestalt und dreifarbiges, von weißen Strähnen durchzogenes Haar, an große, feste und zugleich weiche Hände und eine dunkle Stimme, die lachte und ihr zum Einschlafen Geschichten erzählte von einer Krähe und baumbewohnenden Leuten und einer bösen Hexe in einem dunklen Turm …

Anna blinzelte und schrak hoch. Im Zimmer war es dämmrig geworden, und die letzten Fetzen des Traums wehten um sie herum und verzogen sich mit dem kleinen Luftzug durch das geöffnete Fenster, ehe sie noch einen Zipfel davon erhaschen konnte. Es war eine Krähe darin vorgekommen, die sie mit schwarzen Augen angesehen und dann den Furcht einflößenden Schnabel geöffnet und zu ihr gesprochen hatte …

Anna lachte und schüttelte den Traum endgültig ab. Sie fühlte sich erfrischt und munter und war fest entschlossen, Korbens Rat zu folgen und an der heutigen Sitzung mit wachem Verstand und scharfen Sinnen teilzunehmen.

Die Oberste Hexe selbst öffnete ihr die Tür zu dem Kellergewölbe, in dem diese Sitzungen stattzufinden pflegten. Der Anschein von Verschwörung und heimlichem Tun, den dieser Treffpunkt vermittelte, verlor sich aber gleich nach dem Eintreten wieder, denn in dem Raum mit der niedrigen, gewölbten Decke herrschte eine recht alltäglich wirkende Geschäftigkeit.

Eine Bedienstete kniete vor dem tiefen Kamin und legte Holz nach, denn das Feuer brannte schon seit der Mittagsstunde und hatte das selten genutzte Gewölbe mit behaglicher Wärme erfüllt.

Eine andere Magd hatte die schmale Liege, die Anna inzwischen zur Genüge verhasst war, in die Nähe des Kamins geschoben und breitete nun eine leichte Wolldecke darüber. Um einen Tisch in der Mitte des Raumes standen Meister Wilber und drei in der Heilkunst erfahrene Hexen und beugten sich über ein Buch, das aufgeschlagen zwischen ihnen lag. Sie waren mit gedämpften Stimmen in ein anscheinend lebhaftes Gespräch vertieft, von dessen Inhalt Anna nur Bruchstücke ans Ohr drangen.

»Du siehst erholt aus«, lenkte Herrads Stimme ihre Aufmerksamkeit von der Gruppe ab. Anna bestätigte die Beobachtung der Obersten Hexe und blickte mit Unbehagen auf die Phiole, die ihr entgegengehalten wurde. Drei Fingerbreit einer rötlichen Flüssigkeit schwappten darin, und Anna glaubte den leicht scharfen und dennoch unangenehm faden Geschmack des Mittels schon auf der Zunge zu spüren.

»Ich möchte es heute ohne das probieren«, sagte sie mit einer ablehnenden Handbewegung.

Herrad zog die Brauen empor. »Davon kann ich dir

nur abraten. Du erinnerst dich doch sicher, warum wir dieses betäubende Mittel einzusetzen pflegen.«

Anna unterdrückte ein Schaudern. Glücklicherweise waren die Erinnerungen an frühere Sitzungen inzwischen weitgehend verblasst, aber die Pein, die sie ihr bereitet hatten, zuckte bei dem Gedanken daran erneut in ihren Nerven.

»Ich erinnere mich«, sagte sie gepresst. »Aber ich will es trotzdem versuchen. Dieses eine Mal – damit ich weiß, was mit mir geschieht.«

Herrad seufzte und ging hinüber zu Meister Wilber. Anna strengte ihre Ohren an, um zu erlauschen, was die beiden besprachen, aber die Oberste Hexe und der Heiler redeten zu leise. Endlich nickte die Hexe und winkte Anna, zu ihr zu kommen. Die junge Hexe folgte der Aufforderung und setzte sich gehorsam auf die Kante der Liege. Meister Wilber hockte sich vor sie hin und nahm ihre Hände, während er ihr ernst in die Augen sah.

»Ich kann nicht beurteilen, wie schmerzhaft oder unangenehm die Prozedur für dich sein wird«, sagte er eindringlich. »Du musst sofort etwas sagen, wenn du es nicht mehr erträgst, hörst du? Ich weiß wahrlich nicht, ob es ratsam ist, das alles ohne eine Dämpfung deiner Sinneswahrnehmungen vorzunehmen. Aber wenn du mir versprichst, dass du nicht tapfer, sondern klug sein wirst, willige ich für heute ein, es einmal ohne ein einschläferndes Mittelchen zu probieren.«

Anna nickte, wenn auch verzagt. Die ernste Mahnung des Heilers hatte ihr ein wenig von ihrer Zuversicht und Entschlossenheit genommen. Meister Wilber drückte ihre Hand und deutete dann auf die Liege. »Du solltest dich aber dennoch hinlegen. Schließe die Augen und lass deinen Atem sich beruhigen. Entspanne die Glieder und besänftige deine Gedanken.« Sein fortwährend beruhigendes Zureden half Anna, sich in einen Zustand der Ruhe zu versetzen und ängstliche Gedanken nach und nach auszuschließen. Sie atmete tief und gleichmäßig und lauschte auf die leisen Geräusche, die die Bewegungen und Verrichtungen der Menschen in dem niedrigen Gewölbe verursachten. Kleider raschelten, leise Schritte erklangen, und die Tür klappte zu. Die Bediensteten hatten den Raum verlassen, und allein die Hexen waren noch da. Es war nun sehr still.

Anna wandte träge den Kopf und blinzelte zu dem Tisch hinüber. Das Buch war beiseite geräumt worden und hatte einem dunklen Kästchen Platz gemacht. Anna vermeinte, einen in arkanem Licht glühenden Saum darum zu erblicken, aber in diesem Moment beugte sich die Oberste Hexe zu dem Kästchen hinunter und verdeckte es vor ihren Blicken. Die Hexen bildeten einen dichten Ring um den Tisch, Anna vernahm einige unverständliche Worte, und ein seltsames Gefühl der Schwere nahm von ihr Besitz. Die Luft wurde beinahe zu dick für ihre Lungen, und ein Gewicht drückte auf ihre Brust und benahm ihr zusätzlich den Atem.

Sie zwang sich, ruhig weiterzuatmen und nicht in Panik zu geraten. Nach einer Weile wich die Bedrückung von ihr und machte einem Kribbeln Platz, das ihren ganzen Körper befiel und auch vor dem Inneren ihres Kopfes nicht Halt machte. Anna musste den Drang unterdrücken, sich wie wild zu kratzen, und krallte ihre Hände fest in die Wolldecke, auf der sie lag.

Auch dieses Gefühl verging nach einer Zeit. Anna schlug die Augen auf und blickte wieder zum Tisch hinüber. Der Kreis der Hexen verdeckte immer noch, was sie taten, aber ein bläuliches Glühen säumte ihre Umrisse und ließ sie seltsam unwirklich erscheinen. Anna entspannte ihre Hände und ihren Körper und lauschte auf das leise Murmeln der Hexen. Sie schienen eine komplexe Beschwörung zu weben, denn die Stimmen erklangen ohne Unterbrechung, mal allein, mal zu mehreren im Chor, woben einen Teppich aus Worten und Tönen, der Anna sanft einzulullen drohte. Die Wärme des Kaminfeuers lag wie eine dichte Decke auf ihr, und sie bemerkte, dass sie zu schwitzen anfing. Die Hitzewellen, die sie alsbald überfluteten, wurden immer stärker und regelrecht unangenehm. Anna setzte sich halb auf und zog die Wolldecke von der Liege, um sie zu Boden zu werfen, aber als sie mit ihrem Kopf emporkam, traf sie eine Empfindung wie ein Blitz.

Es war ein gleißend helles Bild, das vor ihren Augen auftauchte. Strahlend weiß vor einem bösartig schwarzen Hintergrund sah sie eine verhüllte Gestalt und vermeinte, aus einer Art Kapuze ein Paar Augen sie starr anblicken zu sehen. Sie musste blinzeln, weil ihr in dem grellen Licht Tränen in die Augen traten, und in diesem Moment schlug die Erscheinung um, verwandelte sich die weiße menschliche Gestalt in einen nachtschwarzen Vogel, dessen Gefieder das grelle Licht geradezu aufzusaugen schien. Anna schloss geblendet die Augen, und die Erscheinung verschwand und machte einem rötlichen Nachglühen Platz.

Sie musste einen Laut von sich gegeben haben, denn das Murmeln der Stimmen brach ab, und Schritte näherten sich ihrer Liege. Als sie die Augen wieder öffnete, kniete Meister Wilber neben ihr und sah sie voller Sorge an. Anna schüttelte leicht den Kopf und beantwortete seine unausgesprochene Frage mit einem leisen: »Es ist alles in Ordnung. Ich habe mich nur erschreckt.«

Der Heiler berührte kurz ihre Stirn und machte ein bedenkliches Gesicht. »Du bist ganz heiß«, sagte er. »Möchtest du einen Schluck Wasser?«

Anna stürzte den angebotenen Becher mit einem durstigen Zug hinunter. Das kühle Wasser rann durch ihre Kehle und brachte augenblicklich Erleichterung. Dankend nahm sie den erneut gefüllten Becher in Empfang und trank ihn in langsameren Schlucken ebenfalls leer.

Dann sah sie zu, wie Meister Wilber zum Tisch zurückkehrte, und erhaschte einen Blick auf das geheimnisvolle Kästchen, dessen Deckel nun offen stand. Das bläuliche Glühen, das sie zuvor schon erblickt hatte, drang daraus hervor. Anna reckte den Hals, um den Inhalt des Kästchens zu erspähen, aber von ihrem Platz aus war das unmöglich. Schon schloss Meister Wilber die Lücke, und das Gemurmel der Hexen begann aufs Neue.

Anna wurde schläfrig. Die erwartete Pein war bisher ausgeblieben, und ihr wurde nachgerade ein wenig langweilig. Sie dachte über die seltsame Vision nach, die ihr soeben zuteil geworden war. War sie, ohne es zu bemerken, eingeschlafen und hatte den Traum vom Nachmittag weitergeträumt? Was hatte es mit dem großen Vogel auf sich, der ihr so seltsam vertraut erschien? Und die verhüllte Gestalt, die den Eindruck erweckt hatte, ihr etwas mitteilen zu wollen – hatte sie im Schatten der Kapuze nicht einen dunklen Stern auf ihrer Stirn erblickt? Sie spürte, wie der Schlaf sich ihrer bemächtigen wollte, und wehrte sich dagegen. Mit wachen Sinnen hatte sie der Prozedur beiwohnen wollen – auch, um Korben davon berichten zu können. Der Freund, zu dem er sie bringen wollte … Ob das ein ähnlich kauziger Mensch sein würde wie Mika, der Enkel des angeblichen Schwarzmagus? Ihre Gedanken kreisten noch eine träge Weile um den sagenumwobenen Schwarzen Orden und die Geschichten, die sie als Kind darüber vernommen hatte, und dann sank sie in einen leichten Schlummer.

Die murmelnden Stimmen wurden lauter, und ihre unverständlichen Worte klangen befehlend. Die Oberste Hexe stieß einen lauten Ruf aus, worauf das Licht aus dem Kästchen grell aufflammte. Ein schneidender, reißender Schmerz in ihrem Kopf und ihrer Brust weckte Anna aus dem oberflächlichen Schlummer und ließ sie aufschreien. Der Schmerz verstärkte sich, wurde unerträglich. Es war, als trachtete eine eiserne Klaue danach, ihr bei lebendigem Leibe das Herz herauszureißen. Sie schrie wieder, und gleichzeitig mit ihrem Schrei flammte das Licht so hell auf, dass die Hexen vom Tisch zurückwichen und ihre Augen bedeckten. Anna sah, wie die Oberste Hexe sich wie gegen einen starken Wind oder schnell strömendes Wasser zu dem Tisch zurückzukämpfen versuchte, die Hände ausgestreckt, um das Kästchen zu schließen. Mit blendender Plötzlichkeit wusste Anna, dass diese Handlung ihr Schaden zufügen würde. Sie richtete sich mühsam auf, dieweil immer noch die allergrößte Pein in ihr wütete, und kam zum Stehen. Der unsichtbare Wind, der die Hexen von dem Tisch zurücktrieb, hinderte sie nicht stärker als ein lindes Lüftchen am Vorwärtskommen. Sie ignorierte die reißenden und zerrenden Schmerzen, so gut es eben ging, und schleppte sich an Herrad vorbei, die kurz vor der Tischkante in Erstarrung gefangen schien. Ihre Augen weiteten sich ungläubig, als sie Anna erblickte, und ihre Lippen formten warnende Worte, die nicht an Annas Gehör drangen. Ein lautes Brausen erfüllte den Raum und erstickte alle anderen Geräusche. Anna griff nach der Tischkante und blickte in das blendende Licht, das unvermindert aus dem Kästchen drang. Durch das Getöse erklangen singende Stimmen, jemand schien ihren Namen zu rufen. Anna beugte sich hinab, griff ohne nachzudenken in das Licht hinein und umfasste einen, nein zwei harte rund-flache Gegenstände, die sich in ihre Handflächen schmiegten, als gehörten sie dorthin. Schlagartig versiegte der Schmerz, erlosch das Licht, legte sich der Wind und verstummte das Brausen.

Anna stand da, in jeder Hand eines der magischen Kleinodien, und starrte mit großen Augen darauf nieder, fragte sich, wie sie die Herzen jemals hatte vergessen können.

Eine Hand umfasste hart ihre Schulter und wirbelte sie herum. »Was tust du?«, schrie die Oberste Hexe und griff nach den Herzen. Anna zog die Hände zurück und barg sie an ihrer Brust.

»Sie gehören mir«, hörte sie sich mit fremd klingender Stimme antworten. »Ich allein bin ihre Hüterin.«

»Du dummes Kind!« Die Hexe schlug die Hände zusammen. »All die Jahre der Mühe, der Arbeit zunichte gemacht in einem Augenblick! Begreifst du überhaupt, was du angerichtet hast? Ihr Schöpfer, helft!« Die anderen Hexen lösten sich aus ihrer Erstarrung und umringten sie, starrten sie an. Anna wich zurück und stieß hart gegen die Tischkante. »Warum wollt ihr sie mir nehmen?«, fragte sie kläglich. »Sie gehören doch mir.«

Meister Wilber tauchte neben ihr auf und berührte besänftigend ihre Schulter. »Sie machen dich krank«, sagte er leise. »Seit Jahren bemühen wir uns darum, dich von ihrer Last zu befreien, das weißt du doch. Komm, leg sie zurück, damit wir sie wieder abschirmen können.«

Anna schüttelte wild den Kopf und umklammerte die Herzen nur noch fester. »Bitte«, flehte sie. »Nehmt sie mir nicht wieder fort. Ich fürchte, ich muss sterben, wenn sie nicht bei mir sind.«

»Sei nicht albern, Anadia«, rügte sie die Oberste Hexe streng. »Du weißt nicht, was gut für dich ist, aber sei dir versichert, dass wir es wissen. Leg nun die Herzen zurück, gehorche!«

Anna zitterte am ganzen Leib. Die scharfen Kanten des weißen und des schwarzen Schmuckstückes schnitten in ihre Finger, aber sie bemerkte es kaum. Der Heiler griff behutsam nach ihrer linken Hand und bog sie von ihrer Brust fort. Seine Finger waren kühl und beruhigend an Annas Puls, und er warf der Obersten Hexe einen um Zurückhaltung heischenden Blick zu, während er Anna zu sich drehte. »Kind, beruhige dich«, sagte er sanft. »Wir wissen, dass die Trennung schmerzhaft für dich ist, aber wir wollen wirklich nur, dass du dir nicht selbst schadest. Diese Kleinodien«, er deutete auf das Herz des Todes, das unheilvoll in Annas linker Hand funkelte, »bedeuten eine Gefahr nicht nur für dich und deine körperliche und geistige Gesundheit, sondern für das gesamte magische Gefüge unserer Welt. Wenn es uns nicht gelingt, die Herzen zu bannen, werden sie uns früher oder später vernichten. Wir können sie aber so lange nicht vollständig abschirmen, so lange du noch mit ihnen verbunden bist, denn das hätte unabsehbare Folgen für dich. Du siehst also, dass wir dir nichts Böses wollen, Anna, ganz im Gegenteil. Wir bemühen uns mit all unseren Kräften um deine Heilung und die Erhaltung deines Lebens!«

Anna liefen bei diesen Worten Tränen über die Wangen, aber nichtsdestotrotz umklammerte sie die Herzen mit aller Kraft. Meister Wilber blickte die Oberste Hexe an, und Herrad griff nun nach Annas anderer Hand. Sie lächelte das Mädchen an und bemühte sich gleichfalls, Anna zu besänftigen.

»Komm, Anadia. Du bist eine vernünftige junge Frau und kannst eine vollwertige und starke Hexe sein, sobald wir unser Werk vollendet haben. Wir sind kurz davor, Kind. Willst du denn wirklich weiter unter dieser Schwäche leiden, die diese magischen Artefakte dir bereiten? Wärst du nicht lieber wie die anderen: stark, gesund und zufrieden mit deinem Leben? Leg die Herzen zurück, Anna. Sie quälen und beschweren dich, und ihre Verlockung, der du nun zu erliegen drohst, ist eine wahrhaft trügerische. Du hast gehört, was Meister Wilber gesagt hat. Du weißt, dass wir dir nichts Böses wollen und nie etwas zu deinem Nachteil getan haben oder tun werden. Deine Mutter hat dich uns anvertraut, weil sie das wusste. Also bitte ich dich: vertrau auch du uns.«

Annas Schultern sanken herab. Sie schloss kurz und schmerzlich die Augen, dann drehte sie sich zum Tisch um und legte sanft die beiden Herzen in ihr Behältnis zurück.

»So ist es gut«, murmelte der Heiler und nahm Anna in seine Arme. »Komm, mein Kind, lass mich dir helfen, damit du dieses fürchterliche Erlebnis hinter dir lässt und erquicklichen Schlaf findest. Morgen wirst du alles Schreckliche vergessen haben.«

Er führte Anna, die kraftlos in seiner Umarmung lag, zur Liege zurück, bettete sie darauf und legte seine Hand auf ihre Stirn. Mit einem geflüsterten Wort der Kraft senkte er das Mädchen in Schlaf, deckte es zu und blickte dann eine Weile auf das verweinte Gesicht hinab.

»Wir kümmern uns gleich um sie«, rief die Oberste Hexe. »Ich benötige jetzt deine Hilfe bei diesem Werk.«

Der Heiler nickte und kehrte an den Tisch zurück. »Machen wir einen Fehler?«, fragte er leise. »Hätten wir nicht erst sehen sollen, welchen Einfluss das Mädchen möglicherweise auf die Herzen hat?«

Herrad gebot ihm, sich auf den Bann zu konzentrieren. Der Zauber kostete die erschöpften Hexen einiges an Kraft und Zeit, und erst als das Kästchen erneut verschlossen und versiegelt war und die anderen Hexen den Raum verlassen hatten, antwortete die Oberste Hexe auf Wilbers Einwand.

»Wie sollte ein unausgebildetes junges Mädchen etwas bewirken können, was selbst die fähigsten Magier und Hexen der Hierarchie nicht vermögen?« Sie blickte ihn streng an. »Du lässt dich von deinem allzu weichen Herzen und deiner Zuneigung zu Anadia leiten und nicht von deinem Verstand. Was hätte ich deiner Meinung nach tun sollen – etwa Anna die Herzen lassen? Diese machtvollen, gefährlichen Werkzeuge in der Hand eines Kindes? Und dann?«

Der Heiler erwiderte ihren aufgebrachten Blick mit Unbehagen. »Wenn du es so sagst, klingt es sicherlich wie eine große Dummheit«, sagte er leise. »Aber wir können doch nicht wissen, wozu Anna fähig ist. Immerhin *ist* sie zur Hüterin der Herzen bestimmt worden. Was auch immer der Zweck dessen war und welche Macht darüber entschieden hat …«

»Wilber, du wiederholst nur alte, längst widerlegte Argumente, und ich bin dessen müde. Wir können ein solches Wagnis nicht eingehen – und ich werde es niemals zulassen, dass irgendjemand Falsches die Herzen in die Hand bekommt, nur weil ein junges Ding sie törichterweise mit sich herumträgt wie billigen Tand!«

Der Heiler zog vor dem Zorn seiner Obersten ein wenig den Kopf ein und verzichtete klugerweise vorerst auf jede weitere Gegenrede.

»Was mache ich mit dem Jungen?«, fragte er, um das Thema zu wechseln. Herrad stieß den Atem aus und setzte sich auf einen Stuhl. Mit matten Bewegungen schenkte sie sich und dem Heiler ein Glas Wasser ein und rieb sich über die Augen.

»Müssen wir jetzt darüber reden?« Sie hob die Hand und schüttelte den Kopf. »Nein, es ist gut. Morgen ist zu viel zu tun, und ich habe dich nun schon zu lange nicht nach seiner Entwicklung gefragt. Was denkst du?«

Meister Wilber blickte ein wenig ratlos auf seine Hände nieder. »Ich bin nicht viel klüger als vor einem Jahr«, gab er zu. »Er ist klug, er ist talentiert, und die magische Begabung, die er geerbt hat, scheint mit jedem Jahr stärker zu werden. Doch ebenso ist er undiszipliniert und ungeduldig. Er interessiert sich vor allem für die dunklen und gefährlichen Seiten der Heilkunst.«

»Wie seine Mutter«, warf die Oberste Hexe ein.

Meister Wilber nickte bekümmert. »Sie hat ihren Irrweg wirklich bereut. Und sie hat den Preis dafür bezahlt.«

»Das mag sein«, gab Herrad scharf zurück. »Den Preis hat leider auch der Junge bezahlt, sieh dir seine Verkrüppelung an. Aber seine Herkunft bedeutet einen unkalkulierbaren Faktor in der Rechnung. Wir wissen kaum etwas über seinen Vater …«

»Nur das, was seine Mutter uns damals erzählte, als sie zurückkehrte, und das war kümmerlich wenig«, stimmte der Heiler zu.

»Kümmerlich wenig, das stimmt. Und von dem Wenigen habe ich ihr nicht die Hälfte geglaubt.« Herrad kniff die Lippen zusammen. »Der Junge trägt ein dunkles Erbe in sich, und wir können es nicht riskieren, ihn auszubilden. Stell dir vor, es wäre die Schuld des Weißen Ordens, erneut einen Schwarzen Magier auf die Welt losgelassen zu haben!«

Meister Wilber schüttelte den Kopf. »Korben ist ein guter Junge«, sagte er nachdrücklich. »Er weiß nur nicht, wohin mit sich und seinen Kräften. Herrad … er spürt sie doch die ganze Zeit, er ahnt, welche Fähigkeiten er besitzt. Wir dürfen ihm die Ausbildung nicht länger vorenthalten, es wäre ein großes Unrecht.« Er beugte sich vor und sah sie eindringlich an. »Der Junge könnte ein wirklich großer Hexer werden. Er würde dem Orden, der ihn ausbildet, sicherlich nicht schaden wollen. Dankbarkeit ist ein starkes Gefühl.«

Herrad schlug mit der Hand auf ihren Schenkel und stand auf. »Nein«, sagte sie laut. »Nein, Wilber, das kann ich nicht verantworten. Ich hege die Hoffnung, dass er eines Tages ruhiger, weniger unbeherrscht, kalkulierbarer für uns wird. Nimm ihn hart ran. Bläu ihm ein, was es bedeutet, erwachsen zu sein und eine Aufgabe zu haben. Vielleicht bildet sich sein Charakter im Lauf der Jahre so, dass wir es wagen können, ihn auszubilden. Zum jetzigen Zeitpunkt kann ich es nicht verantworten. Und das ist mein letztes Wort!«

5

Korben wartete am Abend vergeblich auf Anna. Meister Wilber hatte sich nicht zu ihrem Fehlen während ihres Unterrichts äußern wollen, und da der Heiler sich in ungewöhnlich übler Laune befand, hatte Korben auch nicht weiter gefragt, nachdem auf seine Erkundigung nach ihrem Verbleib nur ein äußerst missgestimmtes Knurren als Antwort erfolgt war.

Auch am nächsten und übernächsten Tag bekam er Anna nicht zu sehen. Sein Lehrmeister bequemte sich immerhin, ihm die Auskunft zu erteilen, sie sei plötzlich erkrankt und bedürfe der absoluten Ruhe und Schonung, aber das konnte Korben nicht beruhigen – nicht, nachdem er wusste, dass Anna sich an dem bewussten Abend einer fragwürdigen Prozedur, angeblich zu ihrer Heilung, hatte unterziehen müssen. Seine vorsichtigen Versuche, Meister Wilber dazu zu befragen, hatten wie erwartet nichts gefruchtet. Das alles gehe ihn nichts an und er solle gefälligst seine neugierige Nase lieber in seine Bücher stecken, hatte der Heiler geblafft. Das Unbehagen, das dabei von ihm ausgegangen war, war beinahe mit Händen zu greifen gewesen und hatte Korben noch zusätzliche Beunruhigung verschafft. Zweimal hatte er versucht, zu Annas Zimmer zu gelangen, war aber jedes Mal von einer resoluten Hexe abgefangen worden, die ihn sehr energisch darauf hingewiesen hatte, dass er sich in dem Teil des Wohntraktes aufhielt, dessen Betreten jungen Männern strikt verboten war. Einen dritten Versuch wollte er nicht riskieren, denn das hätte ihm mit Sicherheit einen offiziellen Verweis eingetragen und ansonsten weiter nichts. Also wartete er mit steigender Ungeduld darauf, dass Anna wieder zum Unterricht erscheinen würde.

»Ich habe keine Ahnung, was sie mit ihr anstellen«, beklagte er sich am Abend des dritten Tages bei Mika. »Und, was das Schlimmste ist, Anna selbst weiß es auch nicht.«

»Hmm«, machte der andere nur und fuhr mit konzentrierter Miene fort, aus einem Mörser feines grünliches Pulver in kleine pergamentene Tütchen zu füllen.

Korben lehnte sich gegen die Theke und sah dem Freund eine Weile stumm bei seiner Tätigkeit zu.

»Ist das die neue Lieferung Glimmergrün aus dem Hort?«, fragte er, als Mika den schweren Mörser kippte, um auch noch das letzte Stäubchen herauszuschütten.

Mika nickte, stellte den Mörser ab und verschloss das Tütchen sorgfältig mit Wachs, bevor er sich die Hände abklopfte und mit einem feuchten Tuch die Theke abwusch.

»Gute Ware?«, fragte Korben beharrlich weiter. Er kannte Mikas Wortkargheit, und gewöhnlich störte sie ihn nicht, aber heute wollte er sich unterhalten.

»Recht gut«, erwiderte Mika und legte den Lappen fort. »Du kannst sie unbesorgt verkaufen, es wird sich niemand darüber beschweren.«

Korben seufzte und zog sich an der Theke hoch, bis er darauf zu sitzen kam. Er griff nach den verschlossenen Tütchen und zählte sie. »Reicht gerade«, murmelte er. »Ich wollte eigentlich ein paar neue Kunden anwerben – unten im Hafen.«

Mika zuckte mit den Achseln. »Mehr habe ich nicht

bekommen. Möglich, dass mit der *Ostwind* noch etwas eintrifft, aber ich bin nicht sicher. Das ist nicht mein üblicher Lieferant.«

Korben steckte die Tütchen in seine Tasche und griff nach dem Becher, der neben ihm stand.

»Was hast du jetzt vor?«, fragte Mika, und Korben wusste, dass er nicht das Glimmergrün meinte.

»Ich wollte Anna zur Krähe bringen. Wenn jemand weiß, was mit Anna los sein könnte, dann sie.«

Mika verzog das Gesicht. »Hast du schon mit ihr darüber gesprochen?«

»Mit Anna? Nicht direkt. Sie weiß, dass ich sie jemandem vorstellen möchte.«

»Sei vorsichtig. Man bekommt nicht immer das, was man gern hätte, wenn man mit der Krähe Geschäfte macht.«

»Alte Unke«, knurrte Korben und sprang von der Theke. »Ich bin nicht so ängstlich wie du.«

»Du bist leichtsinnig«, hielt Mika ihm vor. »Das ist in unserem Geschäft nicht gut.«

»Ohne mich hättest du gar kein ›Geschäft‹, das dir auch nur das Schwarze unter dem Fingernagel einbringen würde«, fuhr Korben ihn an. »Du würdest immer noch versuchen, besoffenen Matrosen irgendwelchen Trödel anzudrehen. Also erzähl du mir nichts von Leichtsinn!«

Mika grinste schief. »Mag sein«, räumte er ein. »Aber du profitierst auch nicht schlecht davon, oder? Ich besorge das Zeug, ich kenne mich damit aus – gut, du inzwischen auch ein wenig –, und ich kümmere mich darum, dass unsere Händler uns zuverlässig beliefern. Ohne mich hättest du nichts, was du verkaufen könntest. Wir sind Geschäftspartner, mein Alter, und damit habe ich wohl auch das Recht, dir zu sagen, wenn du unvorsichtig bist.«

Korben lachte und klopfte seinem Freund auf die

Schulter. »Gut, in Ordnung. Du passt schön für uns beide auf. Aber sorg lieber dafür, dass ich genug Nachschub bekomme, um ein paar neue Kunden gewinnen zu können. Wir wollen doch weiterkommen, oder?«

Er trank seinen Tee aus und hinkte zur Tür. Mika schüttelte lächelnd den Kopf und bückte sich, um aus den Körben unter der Theke Kräuter für eine neue Teemischung zusammenzusuchen.

Trotz seiner forschen Worte grübelte Korben während seiner Runde durch die Unterstadt über das nach, was Mika gesagt hatte. Der junge Händler kannte die Krähe schon lange; Mika hatte Korben mit ihr bekannt gemacht, als er Korbens Neugier an allem, was mit Mikas Großvater zusammenhing, nicht mehr aus eigener Erinnerung hatte stillen können. Seitdem war Korben regelmäßig bei der Krähe zu Gast und betrachtete sich inzwischen als ihren Schüler – auch wenn sie selbst das womöglich nicht so sah. Er wusste nicht, was sie von ihm hielt oder über ihr Verhältnis dachte – er wusste eigentlich nie so recht, was in ihr vorging. Als er ihr von Anna erzählt hatte, hatte sie nur genickt und »Bring sie mal mit« gesagt, mehr war ihr nicht zu entlocken gewesen. Sie hatte nicht sonderlich interessiert gewirkt, aber auch darin konnte er sich täuschen.

Spät am Abend lieferte er den Erlös seiner Verkaufsrunde bei Mika ab und wartete ungeduldig, bis dieser seinen Anteil ausgerechnet und ihm zugeschoben hatte.

»Probleme?«, fragte Mika.

»Keine«, gab Korben ebenso lakonisch zur Antwort. »Nur zu wenig Ware.«

Mika zuckte mit den Achseln. »Kannst du nicht etwas mehr von dem Täubling in Umlauf bringen? Davon habe ich noch reichlich Vorräte.«

»Täubling ist nicht mehr sehr gefragt.« Korben rieb sich mit dem Daumen über die Nasenwurzel. »Das grüne Zeug ist anscheinend bekömmlicher.« Er grinste. »Vielleicht sollte ich es auch einmal probieren. Die kleine Grit – du weißt schon, das Schankmädchen aus dem *Spundloch* – schwärmt regelrecht von den schönen Träumen, die unser Zeug ihr beschert.«

Mika sah ihn erschrocken an. »Mach das lieber nicht«, sagte er. »Ich weiß nicht, ob es nicht auf Dauer doch schädlich ist. Oder man sich am Ende zu sehr daran gewöhnt. Eigentlich …« Er verstummte und kratzte gedankenverloren und mit besorgter Miene mit einem Messer eine Furche in das Holz der Theke.

»Was – eigentlich?«, forschte Korben nach.

»Ich bin nicht sicher, ob es in Ordnung ist, mit solchen Rauschdrogen zu handeln«, bekannte Mika bekümmert. »Wir können niemals sicher sein, dass man sie nicht falsch oder übermäßig anwendet oder …«

»Bei den Schöpfern, Mika!«, rief Korben aus. »Das könntest du genauso gut jedem beliebigen Schankwirt oder Weinhändler vorwerfen! Unsere Kunden sind doch keine Kinder, sie müssen selbst wissen, was sie tun oder besser bleiben lassen!«

Mika schnaubte. »Es bereitet mir trotzdem Kopfschmerzen«, gab er zurück. »Wenn ich nicht froh darüber wäre, dass wir auf diese Weise so gutes Geld verdienen, hätte ich längst damit aufgehört.«

Korben legte besänftigend den Arm um Mikas Schultern. »He, komm. Du zerbrichst dir den Kopf über die falschen Dinge. Denk lieber darüber nach, wie wir unser Angebot vergrößern können. Alles andere überlass ruhig mir.«

Mika nickte, aber mit verkniffenem Zweifel in der Miene. Korben gab ihm einen Knuff und wandte sich zur Tür. »Wir sehen uns morgen oder übermorgen. Mach mir ein paar Tütchen Goldrübe zurecht – Jemmy ist wieder für einige Tage an Land.«

Die Tür klappte zu, und Mika blickte noch eine Weile

mit schief gelegtem Kopf auf das altersdunkle Holz, ehe er seufzte und das Licht im Laden löschte.

Meister Wilber stand am Fenster der Krankenstube und hörte unaufmerksam einer jungen Hexe zu, die neben ihm stand. So weit er ihren verwickelten Ausführungen folgen konnte, hatte sie sich bei einem Konservierungszauber ablenken lassen und sich dadurch einige äußerst unangenehme Prellungen zugezogen. Zu dem Schmerz hatte sie dann auch noch den Spott ihrer Kolleginnen erdulden müssen, und der Heiler war sich nicht ganz sicher, was sie nun von ihm erwartete: Sollte er ihr lediglich eine lindernde Salbe für die blauen Flecken geben oder gleich auch ihre Kolleginnen zurechtweisen? Seine Gedanken schweiften ab und verloren sich bei dem Thema, um das sie schon seit Tagen in jeder freien Minute kreisten.

Sein Unbehagen darüber, wie die Oberste Hexe das Problem mit den beiden Herzen und ihrer Hüterin handhabte, hatte sich seit der letzten, so schwierig verlaufenen Sitzung nur noch vertieft. Er war höchst erstaunt darüber gewesen, mit welcher Mühelosigkeit sich Anna der beiden magischen Kleinodien hatte bemächtigen können, und ihre flehende Bitte, sie ihr zu lassen, hatte ihn zutiefst erschüttert. Bisher hatte er dem Vorgehen seiner Obersten zugestimmt, weil er ebenso wie sie geglaubt hatte, dass Annas Bindung an die Herzen ihr großen Schaden zufügte. Aber dass die endgültige Trennung ihnen einfach nicht gelingen wollte und es Anna immer schlechter statt besser ging – was offensichtlich war –, brachte ihn seit geraumer Zeit ins Grübeln und seine bisherige Meinung stark ins Wanken.

Er seufzte und unterbrach den Wortschwall der darob überaus erstaunten jungen Hexe, indem er ihr einen kleinen Tiegel mit Salbe in die Finger drückte und ihr empfahl, die schmerzenden Stellen gut damit einzureiben. Mit offenem Mund stand sie da und sah ihm nach, wie er sie stehen ließ und aus der Krankenstube eilte.

Als Anna erwachte, fühlte sie sich zerschlagen und verwirrt wie nach einem schweren Fieberanfall. Vage dämmerte ihr, dass sie weit länger als nur eine einzige Nacht hier in ihrem schmalen Bett gelegen und mit ihren Träumen gerungen hatte. Bilder drängten aus ihrer Erinnerung auf sie ein, ehe sie sich im Licht des Tages auflösten – schwarz und silbern funkelnde Edelsteine, die in ihren Handflächen schimmerten und deren Gewicht sie immer noch zu spüren vermeinte, wieder und wieder das lichtlos schwarze Auge einer großen Krähe und ihr bedrohlich geöffneter Schnabel, die sanfte Berührung von Händen, die ihrer Großmutter gehörten, und Stimmen, die sie nicht kannte, die aber lockend und süß nach ihr riefen und eine Sehnsucht in ihr weckten, die schmerzhaft und quälend war.

Anna schüttelte die letzten Fetzen der Traumbilder ab und zog sich mit matten Bewegungen an. Die trotz des geöffneten Fensters dumpfe Luft in ihrer kleinen Kammer trug nicht gerade dazu bei, ihren benebelten Kopf zu klären; deshalb wollte sie sich ein wenig in den Kräutergarten setzen und die Traumkälte in ihren Gliedern von der Sonne vertreiben lassen.

Als sie ihre Kammer verließ, stieß sie beinahe mit dem Heiler zusammen, der eiligen Schrittes um die Ecke bog. »Ah, du bist auf«, sagte er ein wenig kurzatmig und griff nach ihrem Arm, weil sie erschreckt zurückgefahren und dadurch ins Wanken gekommen war. »Das ist gut, denn ich wollte mit dir reden.« Sein prüfender Blick traf ihr blasses Gesicht. »Du isst jetzt ein wenig Suppe, und dann suchen wir uns einen ruhigen Platz, an dem uns niemand stört.«

Anna folgte ihm willig in die Küche; seine Bestimmtheit und Tatkraft hatten sie ein wenig aus ihrer Mattigkeit geweckt. Meister Wilber ließ sich von der Ersten Köchin persönlich einen großen Napf mit köstlich duftender, dicker Gemüsesuppe schöpfen und einen Kanten Brot dazu geben und sah geduldig zu, wie Anna erst widerstrebend und dann mit wachsendem Appetit zu löffeln begann.

Als sie den letzten Rest der Suppe aus dem Napf geschlürft hatte, nahm er sie beim Arm und ging mit ihr hinaus in den Küchengarten.

»Was willst du mit mir besprechen, Meister?«, fragte Anna, durch die heiße, nahrhafte Suppe ein wenig munterer geworden.

»Warte, zuerst muss ich dir helfen, dich zu erinnern«, erwiderte der Heiler und lotste sie zu einer dicht bewachsenen Laube im hinteren Teil des Gartens. Anna hatte oft auf der Bank darin gesessen und Erbsen aus der Schale gepult oder ähnliche Arbeiten verrichtet, wie Novizinnen im ersten Jahr sie im Haus oder in der Küche zu tun bekamen.

Meister Wilber hieß sie nun, sich dort niederzusetzen, und blieb vor ihr stehen. Seine Augen verschleierten sich leicht, als er nun seine Hände an ihre Schläfen legte und sich anschickte, eine leichte magische Trance herbeizurufen, wie sie manches Mal bei heilerischen Zaubern vonnöten war. Anna kannte das Ritual und bemühte sich gleichfalls um einen ruhigen, tiefen Atem und das Loslassen jedes willentlichen Gedankens.

Sie spürte, wie sein tastender Geist sie sanft berührte und gleichsam etwas in ihrem Kopf geradezurücken schien, ehe die geistigen Finger sich ebenso behutsam wieder zurückzogen. Mit einem verwirrten Blinzeln öffnete sie die Augen und blickte Meister Wilber an, der sich nun neben ihr auf der Bank niedergelassen hatte und ihre Hand ergriff.

»Erinnerst du dich?«, fragte er leise.

Anna schluckte und nickte langsam, als die Ereignisse

der vergangenen Sitzung und nach und nach auch all die anderen Erinnerungen, die ihr bisher durch den Zauber verschlossen gewesen waren, in ihren Geist fluteten.

»Die Herzen«, flüsterte sie endlich und drückte krampfhaft die Hand des Heilers. »Warum – warum habt ihr sie mir genommen?«

Meister Wilber seufzte und rieb sich müde über die Stirn. »Du kennst die Erklärung. Sie sind gefährlich, äußerst gefährlich.«

Anna musterte ihn scharf. »Aber du hegst Zweifel daran, und deshalb hast du mir meine Erinnerungen wiedergegeben – und nicht nur die an diese letzte Sitzung.« Sie schwieg, forschte in ihrem Gedächtnis und schlug nach einer Weile erbittert mit der Faust auf ihren Schenkel. »Ihr habt mich in einer Weise manipuliert und wie ein unmündiges Kind behandelt, dass ich es kaum glauben kann! Seit ich hier im Orden bin, lasst ihr mich nicht mit darüber entscheiden, was mit mir oder den mir anvertrauten Herzen geschieht. Was hat euch das Recht dazu gegeben?«

Der Heiler senkte seinen Blick vor ihren vorwurfsvoll flammenden Augen. »Kind, glaube mir, wir haben mit den allerbesten Absichten gehandelt«, sagte er schließlich. »Dein Wohlergehen und deine Gesundheit sind uns nicht minder wichtig als die dringliche Aufgabe, die bedrohlichen magischen Auswirkungen der Herzen zu bannen.«

»Aber vielleicht müsst ihr sie ja überhaupt nicht bannen«, erwiderte Anna heftig. »Du hast selbst gesehen, dass sie mir kein Leid zufügen – ganz im Gegenteil! Ich habe mich noch nie so ganz und heil gefühlt wie in dem Augenblick, als ich sie in meinen Händen hielt.« Sie blickte kurz auf ihre Handflächen nieder, als wollte sie den Anblick Ter'terkrins und Ter'nyoss' beschwören.

Der Heiler rieb über seine faltige Wange. »Wir müssen dich möglicherweise wirklich nicht vor den Herzen selbst schützen«, sagte er schließlich. »Daran hege ich mittlerweile einigen Zweifel. Aber was geschehen könnte, wenn du sie bei dir trügest … Wir dürften dir nicht mehr gestatten, das Ordensgelände zu verlassen, jedenfalls nicht ohne eine wehrhafte Begleitung, einen Schutz …«

»Was befürchtest du?«, fragte Anna ehrlich verblüfft. »Dass mir ein Strauchdieb auflauert und die Herzen stiehlt?«

Der Heiler schnaubte. »Ich denke nicht, dass mich ernstlich irgendwelche Diebe beunruhigen. Aber es gibt zu viele, die von den Herzen wissen und auch, welche Macht sie haben. Den Schöpfern sei gedankt, dass der Schwarze Orden nicht mehr existiert – aber stell dir nur einmal vor, ein ähnlich fehlgeleiteter Adept wüsste von den Herzen und auch, dass du, eine halb ausgebildete junge Hexe, sie mit dir herumträgst. Was glaubst du, was geschehen könnte?«

»Könnte, wäre, sollte«, erwiderte Anna empört. »Das ist doch alles müßige Spekulation. Meine Großmutter und ihre Schwester hüteten Ter'nyoss und Ter'terkrin beinahe ihr ganzes Leben lang, ohne dass von irgendwoher ein schurkischer Magier aufgetaucht wäre, um sie ihnen zu stehlen. Warum also sollte das mir geschehen? Und ebenso haben die Herzen in all den Jahren keinen Schaden angerichtet, nur weil sie existierten.«

Der Heiler schwieg. »Es sind andere Zeiten«, antwortete er schließlich ohne große Überzeugung.

Anna schnaubte und streckte die Beine aus. »Warum hast du mir meine Erinnerung überhaupt zurückgegeben, wenn du doch nur versuchst, euer Tun zu rechtfertigen? Damit ich dir bestätige, dass alles gut und recht war, was ihr mir angetan habt?«

Der Heiler zuckte zurück, als hätte sie ihn geschlagen. »Du musst mir vergeben«, sagte er nach einer Weile, in der es in seinem zerfurchten Gesicht heftig gearbeitet hatte. »Indem ich hier mit dir so offen über alles rede, handle ich schon den Weisungen unserer Obersten entgegen. Ich bin ein alter Mann, ich habe mich nie gegen etwas auflehnen müssen, was eine Oberste Hexe anordnet – einfach, weil ich immer der Meinung war, dass diese Anordnungen richtig und gut im Sinne des Ordens und seiner Mitglieder sind. Aber jetzt und hier …«

Anna legte die Hand auf seinen Arm. »Es tut mir Leid, dass ich gerade dich dafür beschimpfe, der du doch der Einzige bist, der sich wirklich um mich kümmert – und nicht nur um die Herzen und ihre Macht.«

Sie saßen eine ganze Weile schweigend nebeneinander. Das Laub der Obstbäume und der Sträucher im Küchengarten bewegte sich leise im sanften Wind, und im Gebüsch raschelte ein kleines Tier auf der Suche nach Nahrung. In der Ferne krähte ein Hahn, und aus der Küche drang gedämpft das Scheppern und Klappern der Töpfe und Pfannen.

»Nun gut«, seufzte der Heiler nach einer Weile. »Ich muss gestehen, ich bin ratlos. Eigentlich wäre ich nun gehalten, dir deine Erinnerung wieder zu nehmen, aber …« Er hob die Hand, um Annas Protest zu ersticken. »Das werde ich nicht tun«, sagte er entschieden. »Doch ich bitte dich sehr, niemanden merken zu lassen, was ich getan habe. Nicht, bevor wir nicht wissen, was weiter zu tun ist. Ich werde darüber nachdenken müssen. Wahrscheinlich muss ich Herrad von dem unterrichten, was ich getan habe – aber noch soll es unser Geheimnis bleiben. Versprichst du mir das?«

»Ich werde mir der Obersten Hexe gegenüber nichts anmerken lassen, das verspreche ich dir«, erwiderte Anna ausweichend.

Meister Wilber musterte sie mit leicht zusammengekniffenen Augen, aber dann lächelte er und gab ihr einen Klaps auf die Hand. »Du wirst vorsichtig sein, das weiß ich. Lass mich eine Weile über alles nachdenken. Dann sehen wir weiter.« Er erhob sich und klopfte ein paar trockene Zweiglein und Blättchen von seiner Tunika. »Heute solltest du dich noch erholen. Aber ich würde es begrüßen, dich morgen wieder beim Unterricht zu sehen, wenn du dich kräftig genug dafür fühlst.«

Anna nickte nur und blieb noch eine Weile in der Laube sitzen. Vorsichtig, wie man einen schmerzenden Zahn mit der Zungenspitze berührt, erforschte sie ihre wiedergewonnene Erinnerung, freute sich daran, das Bild ihrer Großmutter klar vor Augen zu haben, und ließ die Wut über das ihr Angetane langsam verebben.

Ihre Gedanken und Empfindungen wanderten tiefer in Schichten ihres Wesens, die ihr selbst beinahe fremd erschienen – und dort, in der Mitte ihres Seins, glühte der schwere, machtvolle Kern, der zwar mit ihr verbunden, aber dennoch nicht ganz sie selbst war.

Sie glitt tiefer in Trance und umkreiste diesen fremdvertrauten Bereich mit großer Vorsicht. Er war gleichzeitig innerhalb ihres Selbst und irgendwo außerhalb – etwas wie eine haardünne Schnur ging von ihm aus und verschwand in nebelhafter Ferne. Mit geistigen Fingern tastete sie nach dieser seltsamen Verbindung, die straff gespannt unter ihrem Zupfen zu vibrieren begann wie die Saite einer Harfe, und die Energie, die durch diese Verbindung floss, prickelte in ihrem Geist. Ein leiser Ton erklang, glockenrein und süß, der ihr die Tränen in die Augen trieb.

Der Ton verklang im selben Moment, in dem sie die Augen aufschlug, aber sie vermeinte, sein Echo tief in sich immer noch schwingen zu hören.

Mit den wiedergekehrten Erinnerungen hatte auch ihre Kraft zugenommen und die so überaus dämpfende Mattigkeit ein wenig vertrieben. Annas Magen hatte den

Napf Suppe, den sie am Morgen zu sich genommen hatte, längst vergessen. Er knurrte nun geradezu bösartig und veranlasste sie, ihre Schritte erneut zum Küchentrakt zu wenden. Dort beschwatzte sie eins der Küchenmädchen, ihr einen Kanten Brot und etwas Käse herauszugeben, und zog sich damit in den Brunnenhof zurück, in der Hoffnung, Korben dort zu begegnen. Sie brannte darauf, ihm von dem Vorgefallenen zu berichten.

Als sie gerade den letzten Bissen Käse herunterschluckte und sich die Krümel von ihrem Kittel klopfte, hörte sie seine unregelmäßigen Schritte eilig über das Pflaster stolpern. »Ich habe dich vom Fenster aus gesehen«, rief er ihr zu. »Bist du wieder in Ordnung? Was ist geschehen?«

Er schwang sich neben sie auf die Bank und blickte sie erwartungsvoll an. Anna lächelte über die unverhohlene Freude in seinem Gesicht.

»Das ist eine längere Geschichte«, begann sie. »Hast du Zeit?«

»Meister Wilber hat mir den Nachmittag freigegeben«, erwiderte Korben. »Er sagte, er hätte über etwas nachzudenken.« Er legte den Kopf schief und blinzelte eine Haarsträhne fort, die ihm in die Augen fiel. »Das hat mit dir zu tun, oder?«, folgerte er scharfsinnig.

Anna nickte nachdenklich und berichtete ihm von der Sitzung und ihren Folgen. Korben hatte das Kinn in die Hand gestützt und lauschte konzentriert. Seine schwarzen Augen blickten ihr reglos ins Gesicht, und er äußerte mit keinem Laut seine Empfindungen zu dem, was sie ihm erzählte.

Als Anna schloss, entließ er den Atem in einem langen Stoß und rieb sich mit dem Daumennagel über die Nasenwurzel. »Das ist ja unglaublich«, sagte er endlich.

Anna nickte und fühlte sich seltsam erleichtert. »Was *mache* ich jetzt bloß?«, fragte sie nach einer Weile.

»Sie werden dir die Herzen nicht geben«, sagte Korben.

Anna nickte. »Das glaube ich auch. Selbst wenn Meister Wilber sich für mich verwenden sollte, er wird die Oberste Hexe nicht umstimmen können. Du kennst sie, sie ist so …«

»Stur«, schlug Korben vor.

Anna lachte und wurde gleich wieder ernst. »Wahrscheinlicher ist, dass sie mich wieder in meinen vorherigen Zustand zurückversetzt, damit ich ihr keinen zusätzlichen Ärger bereite«, sagte sie nüchtern. »Meister Wilber wird das kaum verhindern können. Ich hoffe bloß, dass er ihr nicht erzählt, was er getan hat. Dann habe ich wenigstens den Hauch einer Chance, von hier fort zu kommen.«

»Du willst wirklich weg«, murmelte Korben betrübt. Dann hellte sich seine Miene auf. »Komm, das ist jetzt eine gute Gelegenheit. Wir sind beide für heute von allen Pflichten befreit – wir können in die Stadt hinunter!«

Anna erhob sich zögernd, als er aufsprang. »Ich habe jetzt keine große Lust auf einen Ausflug.«

Korben nahm ihre Hand und zog sie mit sich. »Ich habe dir doch erzählt, dass ich dich jemandem vorstellen will. Die Krähe weiß sicher, was zu tun ist. Ich muss nur vorher noch bei Mika vorbei, damit er heute nicht auf mich wartet!«

»Die Krähe?«, murmelte Anna, und ein Schauder flog über ihren Rücken. Sie musste an das Traumbild des schwarzen Vogels denken, das ihr seit einiger Zeit immer wieder erschienen war.

Korben hörte ihr nicht zu. »Sie wird Rat wissen«, sagte er eifrig. »Sie ist klug, nicht so engstirnig wie die Hexen hier, die immer nur sehen, was sie sehen wollen. Sie kann über die Grenzen hinausblicken, in denen hier alle immer feststecken. ›Das geht nicht, das tut man nicht, das gehört nicht zu unserem Kodex, wir sind schließlich der Weiße Orden‹«, äffte er eine nörgelnde Frauenstimme nach.

Anna musste unwillkürlich lachen. »Du machst mich neugierig«, sagte sie, während sie durch das Torhaus liefen. »Wer ist diese Krähe, und woher kennst du sie?«

»Mika hat mich mit ihr bekannt gemacht.« Korben winkte dem Pförtner zu, der träge gegen die Mauer gelehnt in der Sonne saß und ihnen freundlich nachblinzelte.

Auf dem Weg hinunter sprachen sie nicht mehr viel miteinander. Das Laufen strengte Anna an, und sie war froh, als sie endlich vor Mikas Laden standen und Korben ihr die Tür aufhielt.

Der junge Händler kniete auf dem Boden und hatte den Inhalt mehrerer Körbe um sich herum ausgebreitet. Er faltete gerade sorgfältig ein in den leuchtenden Tönen des Sonnenuntergangs gefärbtes Seidentuch zusammen, als die beiden eintraten, und legte es ordentlich in einen Korb zu anderen, ähnlich bunten Tüchern, ehe er aufstand und leise errötend Anna die Hand zum Gruß bot.

»Ich habe neue Ware bekommen«, sagte er entschuldigend und wies auf das Durcheinander auf dem Boden. »Wenn es euch nicht stört, räume ich eben noch alles weg, ehe ich euch einen Tee bereite.«

»Ich mache schon mal Wasser heiß«, erbot sich Korben und verschwand im Hinterzimmer.

Anna sah zu, wie Mika mit geschickten Händen ein Gewirr aus verknoteten Lederriemen entflocht und die Riemen über ein Gestell hängte. Dann kniete sie sich wortlos neben ihn und half ihm, eine Unzahl von Päckchen und Tütchen aus Pergament in einen großen Korb zu legen, den er anschließend unter der Theke verstaute. »Gewürze«, erklärte er und wischte sich einige Schweißperlen von der Stirn. »Hauptsache, sie lagern dunkel, ich kümmere mich später darum, sie in Gefäße umzufüllen.«

Er klopfte seine staubigen Knie ab und lächelte sie an. »Was treibt ihr schon so früh hier in der Stadt? Schwänzt ihr euren Unterricht?« Er verstummte und wischte sich verlegen mit dem Handrücken über die Lippen. »Entschuldige, das geht mich natürlich nichts an«, murmelte er.

Anna beschloss, seinen roten Kopf einfach zu übersehen. »Korben will mich einer Freundin von dir vorstellen.«

Mika bekam große Augen. »Eine Freundin – von mir?«

»›Die Krähe‹ nennt er sie. Er scheint große Stücke auf sie zu halten.«

»Oh«, murmelte Mika. Er pickte unschlüssig ein paar kleine Steinchen aus einer Schale mit Kräutern, die in dem Regal neben seinem Ellbogen stand und überlegte. Dann fasste er sich ein Herz und näherte seinen Mund Annas Ohr. »Sei sehr vorsichtig«, hauchte er. »Die Krähe ist – oder war – eine Freundin meines Großvaters. Ich glaube, dass sie …«

»Was tuschelt ihr denn miteinander?«, unterbrach der eintretende Korben Mikas Wispern. Der junge Händler fuhr zurück, als hätte er sich verbrannt, und begann zu stottern.

»Ich … hmm … weißt du, ich … ich mache uns Tee!« Beinahe fluchtartig verließ er den Laden, und Korben sah ihm verblüfft hinterher.

»Der ist heute ja wieder besonders durcheinander«, brummte er und musterte Anna misstrauisch. »Was hat er dir denn erzählt?«

»Nichts Besonderes«, sagte sie. »Er ist wirklich ziemlich schüchtern, oder?«

Korben lachte, und das Misstrauen wich aus seiner Miene. »Das ist wahr. Und er scheint ein Auge auf dich geworfen zu haben. Aber das rede ich ihm noch aus.«

Anna lächelte, um die leise Beunruhigung nicht zu zeigen, die Mikas Worte in ihr wachgerufen hatten. Mikas Großvater war der angebliche Schwarze Magier gewesen, für den Korben sich so interessierte. Sie glaubte zwar immer noch nicht daran, dass auf dieser Welt noch Mitglieder jenes Ordens herumliefen, aber Korbens Beharren darauf ließ sie zumindest ein wenig unsicher werden.

Als Mika mit dem Tee hereinkam – der ein ebenso wunderbares Aroma besaß wie der letzte, nur dass es sich um einen Tee aus Früchten zu handeln schien –, versuchte sie vergeblich, das Gespräch auf den Großvater zu lenken. Die beiden jungen Männer aber schienen kein Vergnügen an alten Familiengeschichten zu haben und besprachen stattdessen ein wenig über ihren Kopf hinweg Einzelheiten irgendwelcher Geschäfte, die Anna herzlich wenig interessierten.

Sie blickte sich im Laden um, und ihre Gedanken schweiften ab, während sie müßig darüber nachdachte, auf welch seltsamen Wegen wohl das Grennach-Hochzeitsgewand hierher gelangt war, das ihr gegenüber an der Wand neben einem Regal mit Küchengerätschaften hing.

Sie bemerkte erst, dass Korben sie angesprochen hatte, als er ihr sanft auf die Schulter tippte. »Ich habe gesagt, wir wollen dann mal los«, erklärte er auf ihren fragenden Blick hin und wies zur Tür. »So nett es ist, hier zu sitzen und Tee zu trinken, wir haben schließlich noch etwas anderes vor.« Er blinzelte Mika zu, der ein wenig verkniffen nickte. Sie stand auf und verabschiedete sich von Mika, während Korben schon hinausging. Der junge Händler zog sie zum Abschied ein wenig zu sich hin und wisperte: »Sei vorsichtig.« Seine nussbraunen Augen musterten sie eindringlich, ehe er ihre Hand losließ und einen lauteren, für Korbens Ohren bestimmten Abschiedsgruß hinzusetzte.

Annas Unruhe wuchs, während sie neben Korben herging, der seine Schritte weiter hinunter Richtung Hafenviertel lenkte. Außerdem spürte sie langsam wieder die altbekannte, lästige Erschöpfung. Sie bat Korben um eine kleine Verschnaufpause und hockte sich für ein paar Atemzüge in den Schatten neben einen Karren mit Äpfeln und anderem Obst. Der Esel, der vor dem Karren stand, wandte neugierig den Kopf, kaute dann aber ruhig weiter und wedelte nur ab und zu mit seinen langen Ohren, um die Fliegen zu vertreiben.

»Erzähl mir von der Krähe«, bat sie, als sie wieder bei Atem war. Korben stand neben ihr und wippte auf seinen Fußspitzen, die Hände in den Taschen seiner Hose vergraben. Er blickte mit zusammengekniffenen Augen die Straße entlang.

»Wir sind fast da«, meinte er. »Du lernst sie gleich selbst kennen – und da ist auch nicht viel zu erzählen. Sie ist klug, und sie erzählt einem nicht andauernd, dass man für dieses oder jenes noch nicht bereit sei oder dass man erst mal tüchtig lernen solle, bevor sie überhaupt mit einem redet …«

»Sie lehrt dich Magie«, erkannte Anna erschrocken.

Korben zog unbehaglich die Schultern hoch. »Nein – eigentlich nicht«, sagte er zögernd. »Aber sie redet über Dinge, über die noch niemand mit mir geredet hat – was Magie ausmacht. Wie die Welt zusammengehalten wird durch Magie. Was falsch daran ist, unbesonnen und unbedacht Zauber für alltägliche Verrichtungen zu wirken – eigentlich das, was die Weißen Hexen auch sagen. Und doch ist es anders.« Er suchte nach Worten und zuckte nach einer Weile mit den Schultern. »Du wirst selbst mit ihr sprechen, dann siehst du, was ich meine.« Er bot Anna die Hand an, und sie ließ sich von ihm hochziehen.

Der Esel blickte ihnen gleichmütig kauend nach, als sie weitergingen. Anna sah sich neugierig um, denn die

Hafengegend war ihr völlig fremd. Die Häuser hier standen nicht weniger eng als im oberen Teil der Unterstadt, sie wirkten zudem schmutziger und verwohnter, und trotzdem hatte dieses Viertel etwas Freundliches und Leichtes, das Anna gefiel. Sie holte tief Luft und schmeckte Salz auf den Lippen. Eine leichte Brise war aufgekommen und kühlte ihre Wangen.

»Da unten«, wies Korben in eine abzweigende Gasse hinein. »Dort kannst du das Meer sehen.«

Anna atmete verzückt ein. Sie erhaschte einen Blick auf weites, glitzerndes Wasser und eine tief vorbeischießende Möwe, dann verschlossen erneut Häusermauern den schönen Ausblick.

»Dort möchte ich hin«, sagte Anna sehnsüchtig. »Können wir nicht hinunter zum Wasser gehen?«

Korben lächelte sie an. »Das machen wir noch. Ich sehe immer gern zu, wie die Schiffsladungen gelöscht werden und wer alles mitgereist ist. Es ist toll, was hier aus aller Welt ankommt.«

Anna griff erfreut nach seiner Hand und hielt sie eine Weile fest. Wenn man im Hafen sitzen und beim Entladen von Schiffen zusehen konnte, erschien der drohende Besuch bei der mysteriösen Krähe schon in einem weit weniger gefahrvollen Licht.

Korben erwiderte den Druck ihrer Hand und winkte gleichzeitig einem Mann in grob gewebter, weit geschnittener Kleidung zu, der aus einer Schenke trat und mit fältchenumkränzten Augen in die Sonne blinzelte. Seine Haut war von Sonne und Wind zu einem dunklen Holzton gegerbt, und auch der schlingernde Schritt, mit dem er nun auf sie zukam, verriet den Seemann.

»Hallo, Ben«, rief der Mann. »Hast du zufällig was zum Kauen bei dir?«

»Ich wusste gar nicht, dass dein Schiff schon wieder zurück ist.« Korben kramte in dem kleinen Beutel, den er seit ihrem Besuch in Mikas Laden um die Schulter geschlungen hatte.

»Wir sind heute Vormittag angelandet«, gab der Matrose gemütlich zurück und streifte Anna, die ein paar Schritte zurückgeblieben war, mit einem flüchtigen Blick. »War 'ne stürmische Fahrt diesmal, und wir hatten verderbliche Ware an Bord.« Er grinste breit und entblößte ein lückenhaftes Gebiss, das grünlich verfärbt war, als hätte er Gras gekaut. »Und zwei geschwänzte Passagiere, von denen der eine die ganze Zeit seekrank war«, fügte er hinzu, während er die Augen auf Korbens Hand geheftet hielt, die nun ein in gewachstes Tuch eingeschlagenen Päckchen ans Licht beförderte.

»Grennach?«, fragte Anna interessiert.

Der Mann nickte, ohne sie anzusehen. »Kleine Baumratten, jou. Hat man nicht oft auf 'nem Kahn, die mögen wohl 's Wasser nicht.« Er spuckte aus und blinzelte verschmitzt.

Korben wickelte das Päckchen aus und hielt dem Mann einen der grünen Klumpen hin, die aussahen wie Harz.

»Jou, das brauch ich jetzt«, rief der Matrose vergnügt aus, griff mit flinken Fingern nach dem Klumpen und ließ ihn zwischen seinen schadhaften Zähnen verschwinden. Dann holte er einen Tabaksbeutel, eine krumme Pfeife mit zerbissenem Mundstück und ein paar Münzen aus der Tasche seiner weiten Hose, zählte Korben vier davon in die Hand und stopfte kauend seine Pfeife.

»Schönen Tag dann noch«, rief er, tippte grüßend an seine Stirn und entfernte sich wiegenden Schrittes Richtung Kai, kleine Qualmwölkchen aus der Pfeife in seinem Kielwasser hinter sich herziehend.

»Was hast du ihm da gegeben?«, fragte Anna überaus neugierig, während Korben das Päckchen sorgsam wieder einwickelte und den Beutel erneut um seine Schulter schlang.

»Ach, das ist irgendein Harz-Zeug, Mika könnte dir jetzt genau sagen, woher es stammt. Schmeckt scheußlich, ich habe es mal probiert. Eben was, das nur die Seeleute mögen.«

»Wieso trägst du es mit dir herum? Verkaufst du es für Mika?«

»Ja, so ungefähr. Wir sind Partner.« Korben grinste. »Mika ist nicht besonders geschäftstüchtig, wie du dir denken kannst.«

»Wohl ganz im Gegensatz zu dir?«, lachte Anna.

»Ja«, erwiderte Korben ruhig. »Ich verdiene nicht schlecht dabei. So haben wir halt beide was davon.«

Anna musterte ihn von der Seite. Er sah ein wenig verstimmt aus. »Ich habe dich nicht ärgern wollen«, sagte sie besänftigend. »Es ist bloß so komisch – du bist eigentlich immer nur an Hexerei interessiert gewesen, und jetzt verkaufst du ›Harz-Zeug‹ an Seeleute.«

»Man tut, was man kann«, erwiderte Korben, wieder etwas besser gelaunt. »Achtung, hier geht es rein.«

Er schob sich an einer Gruppe von Menschen rund um einen fliegenden Händler vorbei. Der hatte seinen Bauchladen vor sich auf den Boden gestellt und führte gerade vor, wie leicht sich eine kleine lederne Geldbörse mit zwei dünnen Riemen verschließen und an den Gürtel hängen ließ. Eine ältere Frau hatte sich gebückt und kramte in dem Bauchladen herum, ehe sie sich mit einem triumphierenden Ächzen wieder aufrichtete und dem Händler ein paar Muschelknöpfe auf ihrer Handfläche präsentierte. Anna drückte sich ebenfalls an dem Grüppchen vorbei, während das Feilschen um die Knöpfe losging. Ein dürrer Mann befingerte indessen den Lederbeutel, den der Händler ihm in die Hand gedrückt hatte, um für die Verhandlungen beide Hände zum Gestikulieren frei zu haben, drehte ihn von innen nach außen und prüfte eingehend die Nähte.

»Das ist aber schlampig genäht«, hörte Anna ihn noch sagen, ehe sie hinter Korben um die nächste Ecke bog.

Die Häuser in diesem Teil des Viertels drückten sich eng aneinander und standen trotzdem schief und krumm da. Das Haus, vor dem Korben endlich stehen blieb, war ein wenig nach vorn geneigt, so als hätte es Rückenschmerzen. Korben klopfte zweimal an die niedrige Tür und wartete.

»Kommt herein«, rief nach einer Weile ganz aus der Ferne eine dunkle Frauenstimme, »ich habe euch erwartet.«

Korben grinste Anna an, schob die Tür auf und bedeutete ihr voranzugehen. Anna ignorierte das Grummeln in ihrer Magengegend und trat durch die Tür in einen dunklen Gang.

6

Korben schloss die Tür hinter sich und sperrte damit noch den letzten Rest Licht aus. Anna fühlte eine starke Beklemmung wegen der Enge und der plötzlichen Dunkelheit an diesem fremden Ort, und sie musste tief Luft holen, um ihr wummerndes Herz zu beruhigen. Korbens Hand legte sich auf ihre Schulter und schob sie vorwärts. »Sie hat Augen wie ein Nachtvogel«, hauchte er. »Deshalb ist hier nie Licht. Aber wenn du ein paar Schritte nach vorn gehst, ist dort eine Tür. Ich denke, sie ist in der Küche.«

Anna schnupperte. Ein würziger und alt vertrauter Geruch lag in der Luft und vertrieb endgültig alles Unbehagen. »Das ist Kribb«, sagte sie entzückt. »Das habe ich bei den Grennach oft getrunken.«

Korben lachte und griff an ihr vorbei, um die unsichtbare Tür zu öffnen. Der kleine Raum dahinter war fast ebenso dunkel wie der Gang, aus dem sie kamen, aber durch den Spalt unter einer weiteren Tür fiel etwas Licht und wies ihnen den Weg. »Kommt ruhig herein«, erklang erneut die dunkle Stimme, diesmal viel näher.

Korben schob die Tür auf und blinzelte wie Anna in das helle Licht der erstaunlich geräumigen Küche, deren Fenster auf ein kleines überwuchertes Gärtchen blickte, das von hohen Mauern umschlossen war und in dem eine Schar von allerlei Vögeln sich rund um eine Wasserschale tummelte.

»Du bist also Anna«, sagte die Besitzerin der Stimme. Sie hängte einen zerbeulten Wasserkessel über den Ofen und wandte sich dem Mädchen zu, um es eingehend zu mustern.

Anna erwiderte den Blick neugierig. Vor ihr stand eine mittelgroße Frau von unbestimmbarem Alter, stämmig und untersetzt, mit einer krausen dunklen Mähne über der breiten Stirn und beinahe männlich zu nennenden, herben Gesichtszügen. Die dunklen Augen wurden von dichten Brauen überschattet, und eine kräftige Nase saß über einem breiten Mund mit vollen Lippen. Ein starker, nicht unangenehmer Geruch nach herbstlichem Laub und feuchter Walderde ging von ihr aus, und sie war nach Art der Grennach gekleidet, stellte Anna überrascht fest. Die Beine der erdfarbenen weiten Hose ließen ein Paar nackte Füße sehen, ebenso kräftig wie die breiten Hände, die nun einladend auf den Tisch und die Schemel wiesen. »Setzt euch, ich habe uns Kribb bereitet.« Die Frau lächelte mit schneeweiß blitzenden Zähnen. »Das kennst du doch, Anna?«

Anna lächelte genauso breit zurück. »Ich kenne es, und ich liebe es«, sagte sie herzlich.

»Fein, dann lasst uns Kribb trinken.« Die Frau hob ohne Mühe eine große und erkennbar schwere Kanne vom Feuer und schenkte großzügig bemessene Portionen des dunklen Getränks in drei angestoßene Becher.

Anna atmete mit Wohlbehagen den herben Duft des heißen Gebräus ein, pustete sorgsam darüber und nahm dann einen vorsichtigen Schluck, der bitter-süß und kräftig über ihre Zunge rollte. »Ah, gut«, stöhnte sie und leckte sich die Lippen. »Das habe ich zum letzten Mal im Großen Nest getrunken.«

Korben nippte ein wenig misstrauisch an seinem Becher und stellte ihn dann ab. »Ich weiß nicht, vielleicht gewöhne ich mich ja an den Geschmack«, sagte er.

Anna gluckste. »Ich habe Kribb auch nicht auf Anhieb gemocht«, gab sie zu. »Dafür müsste man wahrscheinlich Grennach sein.«

Die Frau saß da, den Becher in der Hand, aus dem sie hin und wieder einen Schluck nahm, und lauschte dem Geplauder ihrer beiden Gäste. Obwohl sie nichts sagte, nur da saß und lauschte, war Anna sich ihrer Gegenwart mit übergroßer Deutlichkeit bewusst. Ihre Präsenz war beinahe greifbar; es war, als bestünde diese Frau aus einer anderen, schwereren oder dichteren Materie als die Dinge in ihrer Umgebung. Aber sobald Anna sie anblickte, sah sie nichts weiter als eine stämmige Frau mittleren Alters, nach der sie sich auf dem Markt oder in der Küche des Ordens nicht einmal umgedreht hätte, um sie eingehender zu betrachten.

Die Krähe stellte ihren Becher ab und füllte mit ihren groben Fingern eine stummelige Pfeife mit Tabak aus einem Beutelchen, das sie aus der Tasche ihrer weiten Hose geholt hatte. Sie entzündete den Tabak mit einem Span aus dem Herd, lehnte sich mit verschränkten Armen gegen die Küchenwand und stieß ein paar behagliche, süß duftende Rauchwölkchen aus.

Dann nahm sie die Pfeife aus dem Mund, deutete mit dem Mundstück auf Anna und fragte: »Du bist also in Schwierigkeiten?«

Anna räusperte sich unsicher unter der beinahe spürbaren Kraft, die von der Aufmerksamkeit der Frau ausging. Ihre schwarzen Augen ließen Anna nicht aus ihrem Bann, als sie jetzt die Pfeife wieder zwischen die Zähne steckte und wartete.

»Ich weiß nicht, was ich sagen soll«, begann Anna stockend und warf einen Hilfe suchenden Blick zu Korben. »Das ist alles recht schwierig zu erklären. Es begann mit meiner Großmutter …«

Die Krähe hob eine Hand und gebot ihr Einhalt. »Deine Geschichte ist mir durchaus bekannt«, sagte sie. »Ich möchte von dir wissen, was du willst.«

»Was … was ich will?«, stotterte Anna verblüfft.

Die Frau wartete, die Augen unter den dunklen Brauen unverwandt auf Anna gerichtet. Korben saß still da und drehte den Becher in seinen Händen. Eine Fliege summte gegen das Fenster und fand schließlich den Weg hinaus durch den geöffneten Spalt an der Seite. Die Vögel, die sich im Hof tummelten, ließen ihr Zwitschern und Rufen erklingen, und im Herd knackte die Glut.

»Ich glaube, ich will einfach nur wieder nach Hause«, sagte Anna schließlich. »Ich will das alles los sein, ich will weder die Herzen noch irgendwelche magischen Kräfte – ich will nur ich selbst sein.«

Die Krähe stieß einen Rauchkringel aus und blickte ihm mit zusammengekniffenen Augen hinterher. »So«, sagte sie. »Na, das sind ja keine großen Wünsche.«

Korben regte sich unruhig auf seinem Sitz. Anna warf ihm einen kurzen Blick zu und sah sein unzufriedenes Gesicht.

»Er versteht es nicht«, sagte die Frau. »Er wünscht sich etwas anderes als du – aber er sollte vorsichtig sein, dass sich seine Wünsche nicht erfüllen.« Sie schmauchte weiter, ohne ihre Worte zu erklären. Korben grinste ein wenig einfältig und trank eilig einen Schluck von seinem erkaltenden Kribb.

»Habt Ihr Mikas Großvater gekannt?«, hörte Anna sich zu ihrer eigenen Verblüffung fragen.

»Ich habe in meinem Leben eine Menge Leute gekannt«, erwiderte die Frau. »Warum fragst du mich das?«

Anna fühlte, dass sie rot wurde. »Ich weiß nicht«, sagte sie aufrichtig. »Ich habe so seltsame Sachen über Mikas Großvater gehört – und über den Schwarzen Orden. Ich weiß, dass es den Schwarzen Orden nicht mehr gibt!«, beeilte sie sich hinzuzufügen, als sie das

Schmunzeln sah, das über das breite Gesicht der Frau glitt. Korben grummelte vor sich hin.

»Da ist dein Freund allerdings anderer Meinung. Er wünscht sich nichts sehnlicher, als diesen Orden zu finden.«

Anna blickte Korben fragend an. Der junge Mann hob verlegen die Schultern und erwiderte nichts.

»Aber das ist doch dummes Zeug«, sagte Anna und sah die Frau um Zustimmung heischend an. »Als meine Großmutter die Herzen gewann, starb die letzte Magierin dieses Ordens.«

»Deine Ururgroßmutter«, sagte die Krähe hart. Ihre Augen mit den grünlich-bläulichen Reflexen blitzten wie Rabengefieder. Anna schluckte.

Die Frau hob die Hand und berührte sacht mit zwei Fingern Annas Stirn. Ein leises Prickeln ging von der Stelle der Berührung aus, und Ann fühlte, wie die übergroße Spannung aus ihrem Körper wich.

»Hab keine Angst«, sagte die Frau erstaunlich sanft. »Du hattest bisher keine Gelegenheit zu begreifen, was mit dir geschieht. Deshalb empfindest du das dir Anvertraute als Bürde – nichts anderes wird dir seit deiner Kindheit erzählt. Aber vielleicht kann ich dir helfen, die Herzen mit anderen Augen zu sehen. Es ist eine große Verantwortung, ihre Hüterin zu sein; aber es ist nur dann wirklich eine Bürde, wenn du nicht mit dieser Verantwortung umzugehen weißt.«

»Kann ich Euch überhaupt vertrauen?«, fragte Anna stockend. »Alle sagen ständig, dass sie mir nur helfen wollen – und ich glaube ihnen sogar. Aber trotzdem wollen sie auch, dass die Dinge so laufen, wie sie sich das vorstellen. Selbst wenn sie mir damit Übles tun. Und auch vor Euch hat man mich schon gewarnt!« Ein wenig erschrocken über die Offenheit ihrer Worte, aber dennoch entschlossen, mehr über die Frau zu erfahren, sah Anna die Krähe fordernd und fragend an.

Die Frau schmunzelte. Ihre schräg stehenden Augen verengten sich in einem dichten Netz von Fältchen, und sie wirkte nicht im Mindesten gekränkt oder beleidigt.

»Nun, wer immer das getan hat, hat natürlich Recht«, erwiderte sie belustigt. »Ich bin gefährlich, mein Kind. Das ist etwas, was dein junger Freund zum Beispiel einfach nicht wahrhaben will.«

Korben richtete sich ein wenig auf und erwiderte: »Das ist doch dummes Geschwätz – und ich weiß auch, wer der Schwachkopf war, der es dir in den Kopf gesetzt hat!« Er funkelte Anna aufgebracht an.

Die Krähe lachte leise. »Siehst du, er will es einfach nicht wahrhaben.« Sie wandte sich an Korben: »Du wünschst dir, dass ich dich unterrichte, dass ich dich lehre, was Macht ist und wie echter Zauber funktioniert. Ich habe dir oft genug gesagt: Sei vorsichtig mit dem, was du dir wünschst. Du kannst nie sicher sein, was du am Ende bekommst!«

Korben zog eine finstere Miene und lehnte sich mit verschränkten Armen zurück. »Ich denke, ich weiß, was ich will«, knurrte er. »Und ich bin kein Dummkopf, der einfach losrennt, ohne zu sehen, wohin er läuft!«

Die Krähe machte eine beschwichtigende Handbewegung. »Das ist ein alter Streit zwischen uns. Aber es geht heute nicht um dich, junger Heißsporn. Deine Freundin braucht mich im Gegensatz zu dir wirklich.«

Anna blickte sie an, zwischen Bangen und Hoffen hin und her geworfen. »Ich traue Euch nicht«, sagte sie. »Ihr habt mir bisher nur gezeigt, dass Ihr über mich Bescheid wisst – aber dafür hat Korben sicherlich gesorgt. Alles andere ist doch nur Gerede.«

Die Krähe zuckte gleichmütig mit den Schultern. »Du hast Recht, ich kann dir viel erzählen. Besser ist es, ich zeige dir, was du von mir zu erwarten hast – aber dafür haben wir jetzt nicht die Zeit und die nötige Ruhe.« Sie erhob sich und sah streng, aber nicht unfreundlich auf die beiden hinab. »Ihr werdet einen freien Tag erbitten, an dem ihr einen Ausflug unternehmen könnt. Korben, du wirst Anna zu mir bringen und kannst dich dann in Ruhe deinen Geschäften widmen.« Sie schüttelte den Kopf, als Korben zu protestieren anhob. »Ich kann dich hier nicht brauchen, wenn ich mit Anna beschäftigt bin. Du würdest dich ohnehin nur langweilen, denn das Ganze betrifft nichts, was für dich von Bedeutung wäre. Keine Sorge, Anna wird dich ohnehin hinterher von allem unterrichten, da bin ich mir sicher.«

Sie nickte den beiden zu und trat ohne ein weiteres Wort durch die Tür zu einem Nebenraum, die sich sanft, aber nachdrücklich hinter ihr schloss.

Anna blickte Korben sprachlos an, aber der zuckte nur mit den Achseln und grinste müde. »Komm, wir sind hier jetzt nicht mehr erwünscht«, sagte er. »Gehen wir zurück, es ist ohnehin schon spät.«

Als Anna endlich auf ihrem schmalen Bett saß, hatte sie das Gefühl, von den Wänden der winzigen Kammer erdrückt zu werden. So müde sie auch war, war sie doch zu aufgewühlt, um schlafen zu können. Sie stand auf und lehnte sich weit aus dem Fenster. Die Bäume rauschten leise in der nächtlichen Brise, und plötzlich verspürte sie den drängenden Wunsch, zwischen Bäumen zu stehen und Gras unter ihren Füßen zu spüren.

Sie zog hastig ihre Kleider über das dünne Untergewand, in dem sie zu schlafen pflegte, nahm ihre Sandalen in die Hand und öffnete leise die Tür. Man achtete im Ordenshaus recht genau darauf, dass die Novizinnen ihren Schlaf bekamen, und deshalb wurde es nicht gern gesehen, wenn nachts jemand durch die Gänge geisterte.

Ihre nackten Füße patschten leise über die kühlen Fliesen, und die Tür zum Küchengarten öffnete sich geräuschlos. Die Angeln dieser Tür waren immer gut geölt, weil die Arbeit im Küchentrakt spät endete und weit vor dem Morgengrauen wieder aufgenommen wurde – und die Erste Köchin, deren Zimmer gleich neben der Küche lag, nicht erpicht darauf war, ständig von einer quietschenden Tür geweckt zu werden.

Die Luft im Freien war samten und roch süß. Anna atmete tief ein und aus und streifte für den kieseligen Weg durch den Küchengarten die Sandalen über die Füße. Im äußeren Garten trat sie vom Weg in das nachtkühle Gras, zog die Sandalen aus und lief barfuß auf die dunkle Silhouette eines kleinen Buchenhains im entfernteren Teil des Gartens zu.

Anna liebte diesen Ort, seit sie im Ordenshaus lebte. Er erinnerte sie ein wenig an das Große Nest – auch wenn die Bäume hier vergleichsweise Zwerge gegen die mächtigen Baumriesen im Reich der Grennach waren.

Das dichte Blätterdach rauschte leise über ihrem Kopf, als sie in das Dunkel des Hains tauchte. Unter ihren Füßen raschelten die ersten herbstlichen Blätter, denn der Sommer war heiß und trocken gewesen, und das Laub der Bäume hatte sich in diesem Jahr schon früh zu verfärben begonnen.

Anna kannte diesen Platz so gut, dass sie sich auch ohne Licht zurechtfand; und so verzichtete sie darauf, ein magisches Feuer zu entfachen, und ging im Dunkeln weiter. In der Mitte des Hains stand die älteste der Buchen, ein mächtiger Baum, dessen Stamm sie nicht mit den Armen umfassen konnte. Sie lehnte für einige Momente ihre Stirn gegen die glatte Rinde und schloss die Augen. »Hallo, Baum«, flüsterte sie. Die Krone rauschte ein wenig lauter, als wollte der Baum sie ebenfalls begrüßen, und etwas bewegte sich darin. Wahrscheinlich hatte sie einen Vogel in seinem Schlaf gestört, der sich nun einen anderen Platz für die Nacht suchte.

Ein welkes Blatt fiel auf ihr Haar, und die Äste über ihrem Kopf bewegten sich sacht. Etwas raschelte, und dann hörte sie einen sanften Plumps neben sich im Moos. Erschrocken öffnete sie die Augen und drehte sich um.

»Ich hätte mir denken können, dass du diesen Platz magst«, sagte eine Frauenstimme. »Ich fühle mich hier auch immer an zu Hause erinnert.«

»Mellis«, rief Anna und breitete die Arme aus. »Ich wusste nicht, dass du heute ankommen würdest!«

Die Grennach umarmte sie und schlang dabei ihren buschigen Schweif herzlich um Annas Handgelenk. »Wir sind schon heute Mittag mit dem Schiff eingetroffen«, sagte sie. »Aber meine Nestschwester Glennis hat die Fahrt schlecht überstanden, und ich musste sie erst zu eurem Heiler bringen, bevor ich nach dir suchen konnte. Wir müssen uns knapp verpasst haben.«

»Ich war mit einem Freund unten am Hafen«, erklärte Anna und zögerte einen Moment, ob sie Mellis heute Nacht schon von der seltsamen Krähenfrau erzählen sollte.

»Wie geht es dir?«, fragte die Grennach und blickte Anna prüfend an. Ihre Augen leuchteten im Dunkeln wie die einer Katze, und Anna wusste, dass Mellis sie genauso deutlich zu sehen vermochte, als stünden sie miteinander im hellsten Sonnenschein.

»Nicht allzu gut«, gab Anna freimütig zu. »Ich möchte von hier fort, Mellis. Sie versuchen, mir die Herzen zu nehmen.«

Mellis seufzte und verschränkte die Arme vor der Brust. »Ich weiß«, erwiderte sie finster. »Meine Mutter ist zutiefst betrübt über all dies. Ich bin hier, um mit der Obersten Hexe darüber zu reden.« Sie reckte sich und gähnte, dass scharfe weiße Zähne aufblitzten. »Aber jetzt muss ich ins Bett, ich bin müde wie ein Stein. Morgen früh werde ich mich mit Herrad auseinander setzen müssen, und dafür brauche ich einen klaren Kopf. Sehe ich dich dann nachmittags, Kleine? Ich habe eine ganze Tasche voller Grüße für dich mitgebracht.«

»Ich freue mich«, erwiderte Anna von Herzen. »Da ist so viel, was ich dir erzählen muss.«

Mellis wickelte ihren Schweif um Annas Handgelenk, als sie zum Haus zurückgingen. Anna genoss das feste, tröstliche Gefühl und die freundliche Wärme, die von dieser vertrauten Geste ausgingen, und sie bedauerte es, sich von ihrer Gefährtin trennen zu müssen, als die Grennach sich verabschiedete und den Weg zum Gästetrakt einschlug. »Wir sehen uns morgen, Anna«, rief Mellis ihr mit einem Winken zu, als hätte sie Annas Bedauern gespürt. Anna winkte zurück und lächelte, um Mellis' leise Sorge zu zerstreuen. Mit einem Mal merkte sie, wie müde sie war und dass der Gedanke an ihr Bett und das weiche Kissen eine starke Verlockung darstellte. Morgen war ein neuer Tag, und es würde ein guter Tag werden, das schwor sie sich.

Der morgendliche Himmel war dunstig verschleiert, es versprach wieder ein spätsommerlich schwüler Tag zu werden. Die Luft auch in den zum Garten hinausgehenden Räumen des Ordenshauses war unangenehm stickig, und deshalb empfing die Oberste Hexe ihren Grennach-Gast ohne weitere Vorrede mit den Worten: »Lasst uns hinausgehen. Ich habe Anweisung gegeben, uns im inneren Garten eine Erfrischung zu servieren.«

Mellis, die auch nach dem Schlaf noch ein wenig müde von der Reise wirkte, stimmte zu, erfreut darüber, nicht noch länger zwischen Mauern eingesperrt zu sein. Dadurch, dass sie in den Belangen der Grennach viel in der Hierarchie unterwegs war, hatte sie sich zwar recht gut an einen Aufenthalt in geschlossenen Räumen gewöhnt – aber sie hätte lügen müssen, um zu sagen, sie finde ernstlich Gefallen daran.

Der kleine innere Garten war von hohen Hecken umgeben, die in der sich erwärmenden Luft einen herben Wohlgeruch ausströmten. Bedienstete hatten zwischen zwei Bäumen ein Sonnensegel aufgezogen, unter dem ein kleiner, hübsch gedeckter Tisch mit zwei bequemen geflochtenen Sesseln auf sie wartete.

»Ihr wisst es Euch wohl ergehen zu lassen«, sagte Mellis anerkennend.

Herrad schmunzelte und schenkte der Grennach und sich selbst aus einem gekühlten Krug, auf dem Wasserperlen glänzten, einen grünlichen Saft aus frisch gepressten Früchten ein. »Glaubt nicht, dass ich jeden lieben Tag so luxuriös beginne. Für gewöhnlich säße ich jetzt an meinem Schreibtisch und quälte mich mit Verwaltungsangelegenheiten. Es ist allein Eure Gegenwart, die mir diesen vergnüglichen Morgen beschert, und ich danke Euch dafür.«

Mellis lächelte kurz und betrachtete das Spiel des Sonnenlichts auf den glänzenden Früchten, die vor ihr in einer Schale lagen. Herrad trank von ihrem Saft und beobachtete die Grennach.

»Ihr spracht von einem Anliegen, das Ihr an mich habt«, brach Mellis das Schweigen. »Wollt Ihr mir davon berichten, ehe ich zu dem komme, weswegen ich hier bin?«

Herrad hob leise befremdet die Brauen, und die Grennach ringelte mit einer entschuldigenden Geste ihren Schweif. »Verzeiht mir meine Unhöflichkeit«, bat sie. »Ich habe eine anstrengende Fahrt hinter mir und bin über einige Dinge in Sorge – aber das ist keine Entschuldigung, Euch nicht mit dem gebührenden Respekt zu behandeln, Älteste.«

Herrad nahm die Entschuldigung mit einem Neigen ihres Kopfes entgegen. »Es stimmt, dass ich eine für uns alle wichtige Angelegenheit mit Euch besprechen möchte«, kam sie nüchtern zur Sache. »Es geht um die Zusammensetzung des Magischen Rates. Die Grennach-Älteste – Eure verehrte Mutter – bleibt weiterhin bei Ihrer Weigerung, den Ratssitzungen beizuwohnen?«

»Das ist richtig. Tallis sieht keinen Grund, ihre Haltung zu ändern.«

Die Oberste Hexe seufzte. Ihr Zeigefinger strich über die beschlagene Oberfläche des Saftkruges und malte eine Spur in die Feuchtigkeit. »Das ist sehr bedauerlich. Ihre starre Haltung verhindert, dass der Rat effektiv arbeiten kann. Sie schadet damit nicht nur einer Sache, die sie selbst mit aufgebaut hat, sondern auch dem allgemeinen Wohl in Zeiten der Bedrohung.«

»Ungefähr so lauteten auch die Worte meiner Mutter, als sie vor meiner Abreise mit mir über Euch und den Magischen Rat sprach«, erwiderte Mellis trügerisch sanft.

Herrad atmete scharf ein. »Der Magische Rat bemüht sich nach Kräften, die Dinge ins Lot zu bekommen, während Eure Mutter aus der Ferne zusieht und sich Urteile anmaßt …«

»Lasst uns einen kühlen Kopf bewahren«, unterbrach Mellis die aufgebrachte Oberste Hexe. »Ihr wisst, dass meine Mutter – als Oberste Sprecherin meines Volkes – Eure Herangehensweise nicht billigt. Ihr hättet Anna die Kleinodien nicht nehmen dürfen, und Euer fortwährender Versuch, die Hüterin gewaltsam von ihrer Verantwortung zu entbinden, ist wider alle Vernunft.«

»Der Magische Rat hat so entschieden, weil er keinen anderen Weg gesehen hat, der Bedrohung Herr zu werden«, entgegnete Herrad. Ihre Stimme klang ruhig, aber die zur Faust geballte Hand zeigte deutlich, welche Mühe es die Oberste Hexe kostete, ihren Grimm zu zügeln. »Eure Mutter hat als Einzige gegen diesen Entschluss gesprochen – aber sie hat keine Alternative angeboten, auf die der Rat sich hätte einigen können.«

»Die Alternative lautete, die Herzen bei ihrer Hüterin zu belassen – so, wie es bestimmt ist!«, erwiderte Mellis nicht ohne Schärfe.

»Ein Kind kann diese Verantwortung nicht tragen!«

»Anna ist kein Kind mehr, sie ist eine junge Frau …«

»… mit mangelhaften magischen Fähigkeiten und infolge ihrer Jugend auch ohne die nötige Reife und den Weitblick, der nötig wäre, um dieser schweren Aufgabe gerecht zu werden.« Herrad reckte den Kopf und funkelte die Grennach an. »Der Magische Rat mit seiner gesammelten Kraft ist kaum noch in der Lage, die Herzen zu bändigen. Ich fürchte mich vor dem, was geschehen könnte. Ich fürchte, dass diese Kräfte frei werden. Schon einmal haben sie dafür gesorgt, dass die Welt, wie wir sie kennen, fast zerstört worden wäre. Ihr kennt die Legende, Mellis! Euer Volk hat sie über all die Zeiten hinweg bewahrt, um auch die Menschen vor der zerstörerischen Kraft der Herzen zu warnen!«

Mellis erwiderte den Blick nicht minder hitzig. »Unsere Ältesten haben angeboten, dass die Hüterin mit ihren Herzen weiter bei uns leben kann. Wir haben damals dem Wunsch Eures Ordens entsprochen, weil wir glaubten, es sei für Anna besser, ihre Kräfte zu nutzen, wenn sie unter ihresgleichen lebt und lernt. Wir haben nicht damit gerechnet, dass Ihr die Hüterin beraubt und zu einer Marionette Eurer eigenen Interessen macht. Ihr spielt mit dem Feuer, und die Gefahr, auf die Ihr Euch die ganze Zeit beruft, um Euer Tun zu rechtfertigen, beschwört Ihr dadurch selbst herauf.«

Herrads Lippen wurden schmal. »Ihr Grennach behandelt uns Menschen noch immer, als wären wir unmündige Kinder. Warum könnt Ihr nicht akzeptieren, dass wir Euch inzwischen ebenbürtig sind? Unsere magischen Kräfte sind unterschiedlicher Natur – aber ich glaube einfach nicht, dass Eure Ältesten besser als wir in der Lage wären, die Herzen unter Kontrolle zu halten. Das Wagnis ist mir schlichtweg zu groß, ich kann und will das nicht verantworten. Als damals die Herzen außer Kontrolle gerieten, war es mein Volk, das beinahe ausgerottet wurde. So etwas darf sich nicht wiederholen!«

»Ich sehe, Euer Starrsinn, was das betrifft, hat sich nicht gewandelt«, sagte Mellis kalt. »Meine Mutter hat mit nichts anderem gerechnet und mir diese Botschaft für Euch aufgetragen: Hütet Euch vor dem Irrweg, auf dem Ihr Euch befindet. Der Magische Rat hat in den Augen der Grennach seine Berechtigung verspielt, für unser Volk zu sprechen und zu handeln. Wir kündigen unsere Zusammenarbeit auf bis zu dem Zeitpunkt, an dem Ihr Euch besinnt und gewillt zeigt, die Herzen ihrer rechtmäßigen Hüterin zurückzugeben.«

Herrad stieß einen erbitterten Laut aus. »Das ist inakzeptabel. Der Rat ist in seiner Handlungsfähigkeit eingeschränkt, wenn die Grennach keine Vertreterin entsenden. Das kann nicht in Eurem Interesse sein, Mellis. Ich bitte Euch, Eure Mutter umzustimmen oder ihre Zustimmung einzuholen, eine andere Angehörige Eures Volkes als Ratsmitglied zu benennen. Euch zum Beispiel.«

Mellis strich nachdenklich die dunkelgrüne Tunika über der weiten Hose glatt. »Ich werde der Ältesten Euer Ansinnen vortragen«, sagte sie. »Aber rechnet nicht zu fest mit einer positiven Antwort. Meine Mutter hat sich recht deutlich ausgedrückt, was den Magischen Rat und seine weitere Unterstützung durch mein Volk angeht.«

Herrad beugte sich vor. »Und wie lautet Eure Meinung dazu?«, fragte sie in versöhnlichem Ton. »Wärt Ihr bereit, diese Aufgabe zu übernehmen, vielleicht sogar gegen den Wunsch Eurer Mutter? Ich habe Euch als eine vernünftige und kluge Frau schätzen gelernt, Mellis. Gerade Ihr solltet die Notwendigkeit erkennen, weiterhin mit uns zusammenzuarbeiten. Die Lage im Magischen Rat erfordert die Anwesenheit der Grennach mehr denn je zuvor – ich darf mit Euch zwar nicht über die Interna des Rates sprechen, aber seid versichert, dass der politische Druck, unter dem ich dort stehe, mehr als schädlich für unsere Sache und damit auch für das weitere Wohlergehen Annas ist!«

Mellis fuhr nachdenklich mit beiden Händen durch ihre fuchsrote Mähne. »Ich bin, was Anna betrifft, der gleichen Meinung wie meine Mutter. Möglicherweise würde ich mich persönlich dennoch anders entscheiden, wenn es um die Ratsmitgliedschaft geht. Aber diese Entscheidung kann ich allein nicht treffen – das obliegt den Ältesten meines Volkes. Immerhin – ich werde Euer Anliegen in Eurem Sinne vertreten. Das zumindest kann ich Euch zusagen.«

»Ich danke Euch«, erwiderte Herrad. »Und ich würde es begrüßen, im Rat mit Euch zusammenarbeiten zu können.«

Mellis nickte kurz. »Ich werde mich bemühen, mit guten Nachrichten zu Euch zurückzukehren.«

»Ihr seid mir jederzeit willkommen.« Herrad blickte der kindgroßen Gestalt nach, die mit langen Schritten zum Haus zurückkehrte, und murmelte: »Grennach!«

7

Korben ahnte, dass er sich ernsthaften Ärger eingehandelt hatte, als sich zwei muskelbepackte Männer wie Wachtürme rechts und links neben ihm aufbauten. Er warf einen schnellen Blick über die Schulter, aber wie erwartet stand dort ein dritter Hüne mit verschränkten Armen und blockierte den einzigen Ausgang der toten Gasse. Korbens Kunde, ein rundlicher, nicht mehr allzu junger Mann mit den scheckig bunten Händen eines Färbers, steckte hastig sein Päckchen mit Sonnenfeuer ein, warf die Münzen zu Boden, die er in der Hand hielt, und suchte das Weite. Der Mann, der den Ausgang versperrte, ließ ihn passieren und lehnte sich dann lässig gegen die Hauswand.

Korben hob das Geld auf, wischte den Schmutz der Gasse davon ab und steckte die Münzen in den Beutel, der an seinem Gürtel hing. Dann trat er einen vorsichtigen Schritt aus der Reichweite der beiden Riesen an seiner Seite und drehte sich um, damit er alle drei im Blick hatte.

»Kann ich etwas für Euch tun?«, fragte er höflich.

Der größere der beiden musterte ihn gelangweilt. »Du bist der Händler, den sie ›Ben‹ nennen?«

Korben räusperte sich. »Korben, Ben, ganz wie Ihr wollt. Womit kann ich Euch dienen?«

Der kleinere Mann schob das, worauf er die ganze Zeit herumkaute, in seine Backentasche und schloss seine Pranke um Korbens Arm. Der Griff bewies, dass ihm kein Schmerz zugefügt werden sollte, solange er sich nicht wehrte – was aber keine Gültigkeit mehr besäße, sollte Korben auch nur das mindeste Zeichen von Widerstand zeigen.

Korben seufzte und fügte sich um der Unversehrtheit seiner Knochen willen. Die Männer nahmen ihn in ihre Mitte und verließen die Gasse, wobei der dritte Mann sich ihnen anschloss.

»Wohin bringt Ihr mich?«, wagte Korben zu fragen, aber wie erwartet erhielt er keine Antwort. Die Männer nahmen keine Rücksicht auf sein lahmes Bein, und als er bei ihrem schnellen Tempo nicht mehr mithalten konnte, griff auch der größere Mann nach seinem Arm, und Korben wurde den Rest des Weges halb getragen, halb mitgeschleift.

Vor der Schenke *Zum Blauen Drachen* ließen die drei ihre unwillige Last endlich fallen und schoben ihn durch die Tür.

Korben schüttelte die verrenkten Arme aus und strich die Haare zurück, die ihm auf dem holperigen Transport durch das Viertel ins Gesicht gefallen waren. Dann sah er sich um. Die Schenke, in der sonst um diese Tageszeit der allergrößte Betrieb herrschte, sodass selbst die geübten Schankmädchen Mühe hatten, die vollen Humpen und Teller durch die Menge zu balancieren, schien auf den ersten Blick leer. Durch die trüben Fensterluken fiel nur wenig vom strahlenden Licht des Tages, und die Luft roch abgestanden und schal nach vergossenem Bier und kaltem Rauch.

Korben trat zögernd einige Schritte in den Raum. Unter seinen Füßen raschelte das Sägemehl, mit dem der Boden bestreut war.

In der hintersten Ecke, an einem der Tische neben

dem riesigen Kamin, saß ein hagerer Mann vor einem üppig gefüllten Teller. Er hielt ein Messer mit einem aufgespießten Stück Braten in der Linken und nahm gerade einen tüchtigen Zug aus dem Humpen in seiner rechten Hand.

Korben rutschte das Herz in die Hose, als er den Mann erkannte. Er hatte noch nie persönlich mit ihm zu tun gehabt, aber jeder in der Unterstadt kannte Samhel, den Meister der Händlergilde.

Samhel ließ sich nicht stören. Seine kleinen dunklen Augen starrten Korben an, während er mit den Zähnen große Stücke von dem Fleisch abriss und kaute. Endlich beendete er sein Mahl, goss den letzten Rest Bier aus seinem Humpen hinterher, rülpste laut und wischte sich den Mund mit einem fleckigen Tuch ab, das in seinem Gürtel steckte. Er reinigte sein Messer, hobelte damit einen Span von der Tischkante, den er sorgfältig anspitzte, und reinigte sich damit die Zähne. Korben, der leise zu schwitzen angefangen hatte, wischte die Hände an seiner Hose ab und verlagerte das Gewicht von seinem schmerzenden Fuß.

»Du bist Ben«, quetschte der Gildenmeister endlich undeutlich an dem Span vorbei, der in seinem Mund steckte. Korben nickte unbehaglich.

»Du weißt, wer ich bin«, fuhr der Mann fort. »Ich sorge dafür, dass hier in der Stadt Ordnung herrscht, dass nicht jeder macht, was er will, und auf diese Weise Unruhe stiftet.« Er musterte Korben kalt, während er aus einem Krug seinen Humpen nachfüllte. Weder der Wirt noch Schankpersonal ließen sich sehen, und Korben war mit dem Gildenmeister und seinen beiden Leibwächtern allein.

Samhel spuckte den Span aus und trank seinen Humpen in einem Zug halb leer. Korben schluckte trocken. Sein Mund war so ausgedörrt, dass ihm die Zunge am Gaumen klebte.

»Du und dein Freund – Mika? –, ihr stiftet Unruhe«, fuhr der Mann fort.

»Mika bezahlt seine Abgaben an die Gilde«, wagte Korben einzuwenden.

Samhel starrte ihn an. »Du solltest mich nicht unterbrechen«, sagte er. »Ich werde dir schon mitteilen, wenn ich eine Äußerung von dir erwarte.« Er lehnte sich zurück und spielte mit dem Messer in seiner Hand. »Ich beobachte dich schon eine ganze Weile. Du handelst mit Waren, für die du keine Lizenz von mir erhalten hast, in einem Gebiet, das dir nicht zugeteilt wurde. Ich habe das laufen lassen, solange du keine nennenswerten Umsätze gemacht hast – aber jetzt häufen sich die Beschwerden der Gildemitglieder gegen dich. Du störst unsere Geschäfte.«

Er fuhr nachdenklich mit dem Daumennagel über seine Nase. »Was mache ich jetzt mit dir? Wenn du älter wärst, hätte ich dich meinen Männern überlassen«, er nickte zu den beiden Männern an der Tür hin, »aber du bist ein junger Kerl, und ich bin bereit, dir deine Unerfahrenheit zugute zu halten und dir dein Vergehen zu verzeihen.«

Korben hatte die Luft angehalten und atmete nun erleichtert aus. Samhel ließ ihn nicht aus den Augen.

»Du wirst für mich arbeiten«, fuhr er fort. »Du wirst einen Teil deiner Einnahmen bei mir abliefern; dafür bekommst du Ware, an die dein Freund und du nicht ohne weiteres herankommt.« Er grinste humorlos. »Außerdem erwarte ich, dass du Augen und Ohren offen hältst und mir alles berichtest, was dir auffällt. Du wirst regelmäßig hierher gerufen werden und mir oder meinen Hauptleuten Rapport erstatten. Dann bekommst du deine Ware, und wir rechnen ab. Hast du verstanden?«

Korben starrte ihn mit offenem Mund an. Ganz offensichtlich zog Samhel es nicht im Mindesten in Betracht, dass er sich weigern könnte. »Aber …«, hob er an, doch

Samhel ignorierte seinen zaghaften Protest. Er erhob sich, schob das Messer in den Gürtel und hakte einen kleinen Beutel los, den er Korben hinwarf.

»Sieh zu, dass du das Zeug etwas unauffälliger verkaufst als deinen üblichen Plunder. Wenn die Wache dich damit erwischt, landest du oben.« Sein Kopf deutete die Richtung an, in der die Festung mit ihren Kerkern lag.

Korben griff zögernd nach dem Beutel und öffnete ihn. Sanft blau glühende Kristalle leuchteten aus dem Dunkel hervor. Er keuchte und zurrte hastig die Lederbänder zusammen, ehe er den Beutel auf den Tisch warf, als enthielte er glühende Kohlen.

»Das mache ich nicht«, rief er. »Damit will ich nichts zu tun haben!«

Der Gildenmeister grinste böse. »Warum diese plötzlichen Skrupel? Du handelst mit allen möglichen nicht ganz legalen Substanzen. Gut, das hier ist was Spezielles – aber dafür bekommst du auch spezielle Preise. Ich denke, ich berechne dir für diesen Beutel vier, nein, fünf Schläge Silber.«

Korben riss die Augen auf. »Seid Ihr wahnsinnig?«, entfuhr es ihm. »Woher soll ich so viel Geld nehmen? Und was, stellt Ihr Euch vor, soll ich meinen Kunden dafür abnehmen?«

Der Gildemeister spitzte die Lippen. »Das ist der Preis für die erste Lieferung – die nächsten werden billiger. Ich finde nur, du und dein Freund, ihr habt eine kleine Strafe verdient. Dafür kannst du in der nächsten Zeit deine Umsätze verdreifachen – ist das nichts? Ich biete dir eine echte Chance, Junge. Ich denke, du bist nicht dumm und erkennst, was gut für dich ist – und was dir schadet.« Seine Augen blickten kalt, und die Härchen in Korbens Nacken richteten sich auf. Er tastete nach dem Beutel und steckte ihn zögernd ein. Samhel lächelte schmal.

»Ich erwarte dich morgen um diese Zeit mit dem Geld«, sagte er. »Du darfst jetzt gehen.«

»Bist du wahnsinnig geworden?« Mikas sonst so leise Stimme überschlug sich fast, und sein Gesicht war fleckig vor Aufregung. »Weißt du, was das ist?« Er wedelte mit dem geöffneten Beutel vor Korbens Nase herum, und der griff eilig danach und zog ihn zu, ehe die bläulichen Kristalle herauspurzelten.

»Ja, ich weiß, was das ist«, erwiderte er scharf. »Verdammt, Mika, ich bin kein Kind mehr. Ich habe genug Kobbal-Süchtige unten im Hafen zu Gesicht bekommen. Glaubst du, ich fände die Klemme, in der wir jetzt stecken, lustig?«

Mika sank auf einen raschelnden Sack und schlug die Hände vors Gesicht. »Was *machen* wir jetzt bloß?«, murmelte er erstickt. »Ausgerechnet dem Schurken Samhel und seiner Gilde in die Quere zu geraten! Ich habe immer pünktlich meine Abgaben gezahlt, damit das nicht geschieht ...«

Korben legte ihm tröstend die Hand auf die Schulter. »Du hast doch damit so gut wie nichts zu tun«, sagte er aufmunternd. »Mich hat er am Haken – und glaube mir, dass ich nach einem Weg suchen werde, das zu ändern.«

Mika schüttelte den Kopf. »Vielleicht sollten wir das Ganze einfach bleiben lassen«, flüsterte er verzagt. »Ich hab meinen Laden, und was ich hier verkaufe, geht Samhel nichts an, solange ich meine Abgaben zahle. Sollten wir uns nicht besser darauf beschränken?«

Korben schlug erbittert die Hände zusammen. »Kommt nicht in Frage«, zischte er. »Was willst du – den paar alten Weiblein in der Nachbarschaft Knöpfe und Mehl verkaufen? Damit verdienen wir nicht mal genug, um uns was zu essen zu kaufen.«

Mika musterte ihn vorwurfsvoll. »Du bekommst alles,

was du brauchst, von den Hexen«, sagte er. »Wozu brauchst du überhaupt Geld?«

Korben knurrte. »Hör auf, dir meinen Kopf zu zerbrechen«, erwiderte er knapp. »Ich trage das gesamte Risiko bei diesem Geschäft. Du weißt, dass ich von hier fort will, wenn niemand in der Residenz mich als Hexen-Schüler aufnimmt. Der Graue Orden unterhält in Witbarre eine Schule, die allen offen steht, aber sie kostet Geld. Gib mir den Schlag Silber; du bekommst ihn zurück, sobald ich das Zeug hier verkauft habe.«

Mika seufzte und stemmte sich aus seinem knisternden Sitz. Er schlurfte zur Theke, fummelte dahinter an einem Dielenbrett herum und zog dann eine Kassette hervor, die er auf die Theke stellte. Korben schüttelte den Kopf. »Ich hab dir schon mal gesagt: Das Versteck findet sogar ein schwachsinniger Einbrecher, ohne sich große Mühe geben zu müssen.«

Mika ignorierte sein Gemaule und zählte bekümmert die hundert Silbermünzen ab. »Damit wären wir so gut wie pleite«, murmelte er und schob Korben das Geld hin. »Womit soll ich jetzt meine Lieferanten bezahlen?«

»Du kriegst es ja wieder«, beschied Korben ihm. »Ich lass dich schon nicht auf dem Trockenen sitzen, Alter, also gib Ruhe. Wer weiß, vielleicht ist das alles ja gar nicht so übel, wie es auf den ersten Blick aussieht.«

»Mögen die Schöpfer deine Worte hören«, flüsterte Mika ergeben.

Ein scharfer, frischer Salbengeruch empfing Mellis, als sie die Tür zu Meister Wilbers Arbeitszimmer öffnete. Anna und der alte Heiler standen Seite an Seite an dem großen Tisch, und Anna verfolgte konzentriert die geschickten Handbewegungen des Mannes, mit denen er Kräuter und grüne Blätter in einem großen Mörser zu einem stark riechenden Brei zerstieß.

»Mach du weiter«, Meister Wilber drückte Anna den

Stößel in die Hand. »Immer schön in eine Richtung, ganz gleichmäßig. Ja, so ist es gut.«

Er wischte die Hände an der Schürze ab, die er umgeschlungen hatte, und wandte sich Mellis zu, die an der Tür stehen geblieben war. Anna lächelte der Grennach zu, während sie weiter die Kräuter zerstampfte.

»Meister Wilber, darf ich Eure Schülerin für eine kurze Weile entführen?«, fragte Mellis höflich. »Ich reise bald wieder ab und habe kaum ein Wort mit Anna gesprochen.«

Der Heiler nickte und nahm Mellis beim Arm, um sie beiseite zum Fenster zu führen. Er beugte sich ein wenig herab und sah die Grennach eindringlich an. »Ich bin nicht glücklich damit, wie mein Orden die Angelegenheit mit den Herzen behandelt«, murmelte er. »Ich habe mitbekommen, dass Eure Älteste ähnlich denkt. Kann das Große Nest nicht seinen Einfluss im Magischen Rat nutzen, um die Situation zu verändern?«

Mellis musterte ihn scharf. »Ihr sprecht gegen Eure Oberste Hexe?«, fragte sie.

Meister Wilber seufzte. Sein faltiges Gesicht wirkte zutiefst bekümmert. »Ich muss gestehen, ich weiß mir keinen Rat. Niemals zuvor habe ich die Entscheidungen meines Ordens in Zweifel ziehen müssen, aber jetzt …« Er breitete in einer hilflosen Geste die Hände aus. »Ich sehe nur, dass die Älteste Herrad in einem Irrtum befangen ist. Sie sorgt sich über alle Maßen, dass großes Unheil über uns alle kommen könnte, und dabei ist sie blind für das, was möglicherweise der rechte Weg gewesen wäre.«

»Was kann ich Eurer Meinung nach tun?«, fragte Mellis erstaunt.

Der Heiler blickte sie ratlos an. »Das Beste wäre, Ihr würdet Anna und die Herzen mit Euch nehmen. Ich weiß, dass sie sich im Großen Nest sehr wohl gefühlt hat – und bei Euch wäre sie vor jeder Gefahr geschützt.

Aber ich glaube nicht, dass Herrad dem zustimmen würde. Der einzige Weg zu einer Änderung der Situation führt über den Magischen Rat.«

Mellis seufzte und tippte mit ihrem scharfen, leicht gekrümmten Zeigefingernagel gegen ihre Zähne. »Ich werde Eure Worte weitergeben, Meister Wilber. Und glaubt mir, nichts wäre mir lieber, als Anna einfach mit mir zu nehmen. Aber ohne die Herzen …«

Der Heiler ließ hilflos die Hände sinken. Mellis erwiderte seinen Blick. »Ich bin jedenfalls beruhigt und dankbar, Euch an Annas Seite zu wissen. Vielleicht könntet Ihr mich weiterhin über das auf dem Laufenden halten, was hier vorgeht?«

Meister Wilber nickte ein wenig unbehaglich. Mellis lächelte ihm beruhigend zu. »Ich verlange nicht, dass Ihr Eure Loyalität Eurem Orden gegenüber in Frage stellt. Es geht mir um Anna – wie Euch ja auch.« Sie blickte sich um. »Habt Ihr einen Rufstein bei der Hand? Sonst müsste ich in meinem Reisegepäck nachsehen, ob ich noch einen entbehren kann.«

Meister Wilber wandte sich wortlos zu der Truhe um, die unter dem Fenster stand, und hob den Deckel. Unter einer Lage von Verbandszeug holte er ein Kästchen hervor und öffnete es. »Zwei habe ich noch«, murmelte er. Er pickte einen Kiesel aus dem Kästchen und reichte ihn Mellis. Sie schloss die Faust um den unscheinbaren kleinen Stein und erfühlte seine Schwingungen, ehe sie behutsam den Kontakt mit dem Geist des Heilers schloss.

Über Wilbers Gesicht glitt ein Lächeln, und er schickte einen kurzen, bestätigenden Gruß an die Grennach zurück. Mellis nickte und unterbrach die Verbindung, bevor sie den Stein sorgfältig in ihre Tasche steckte. »Über weite Entfernungen wird das zwar etwas mühsam, aber für kurze Nachrichten sollte es genügen. Alles Weitere müssen wir ohnehin per Boten ausrichten lassen.«

Der Heiler schloss die Truhe und winkte dann Anna zu. »Ich gebe dir für heute frei. Morgen möchte ich hören, was du dir über die Behandlung von Schnitt- und Schürfwunden gemerkt hast, also bereite dich ein wenig darauf vor.«

Anna folgte Mellis in den Gang hinaus. »Was habt ihr da am Fenster gemacht?«, fragte sie endlich, als sie ihre Neugier nicht länger bezähmen konnte.

»Wir haben uns mit einem Rufstein verbunden«, erwiderte Mellis zerstreut. »Entschuldige, ich bin gleich wieder ansprechbar, aber ich muss über ein paar Dinge nachdenken.«

Anna schwieg und ließ gleichfalls die Gedanken wandern. Ihr bevorstehendes zweites Treffen mit der Krähe beunruhigte sie, und sie wollte Mellis deshalb um Rat fragen.

Ohne dass sie sich über ihr Ziel hätten verständigen müssen, wanderten sie hinaus zum Buchenhain, in dem sie sich schon am Abend zuvor getroffen hatten. Anna streckte sich am Fuß des größten Baumes im weichen Moos aus, während Mellis flink an dem glatten Stamm emporkletterte und in der Krone verschwand. Nach einer geraumen Weile, in der Anna in das dichte Laub hinaufträumte, tauchte die Grennach über ihrem Kopf auf und sprang geschmeidig neben ihr auf den federnden Grund. »Jetzt geht es mir besser«, sagte sie. »Wie haltet ihr Menschen es nur in euren Häusern aus? Je älter ich werde, desto schwerer fällt es mir, vom Wald und vom Großen Nest fort zu sein.«

Anna sah sie mitfühlend an. »Wir sind eben keine Kletterer«, sagte sie. »Aber ich weiß, was du meinst.«

Mellis hockte sich neben sie und rupfte einen verirrten Grashalm aus, den sie zwischen ihre scharfen Zähne steckte.

»Ich habe noch nie mit einem Rufstein arbeiten dürfen«, sagte Anna. »Meine Lehrerinnen meinten, ich solle erst einmal die traditionelle Magie beherrschen, ehe ich mir mit neumodischen Zaubereien meine Handschrift verderbe.«

Mellis schmunzelte. »Und außerdem ist das Grennach-Magie, die man zwar gern nutzt, der man aber trotzdem mit Misstrauen begegnet – richtig?«

Anna lachte auf. »Das sagen sie zwar nicht, aber du hast Recht – so denken sie ganz gewiss.«

Mellis wurde ernst. Knapp zusammengefasst unterrichtete sie Anna von ihrem Gespräch mit der Obersten Hexe und dem, was der Heiler gesagt hatte. »Du siehst, ich kann im Augenblick nicht mehr für dich tun«, schloss sie. »Aber du bist nicht allein, und wir werden einen Weg finden. Habe ich dir übrigens schon all die Grüße ausgerichtet, die ich aus dem Großen Nest für dich mitgebracht habe?«

Eine ganze Weile war Anna nun auf das Angenehmste von allem abgelenkt, was sie bedrückte. »Ich muss dir noch etwas erzählen«, beendete sie schließlich die Plauderei und kam zu dem, was sie beschäftigte. Sie erzählte Mellis von ihrem Treffen mit der Krähe und dem Misstrauen, das sie dieser seltsamen Frau entgegenbrachte.

Mellis lauschte schweigend, die Brauen verwundert zusammengezogen.

»Wie heißt die Frau?«, fragte sie endlich, als Anna geendet hatte.

Anna runzelte die Stirn. »Ich weiß es nicht«, erwiderte sie schließlich. »Jeder, mit dem ich gesprochen habe, nennt sie nur ›Krähe‹. Ich habe gar nicht darüber nachgedacht, dass das nicht ihr Name sein könnte.«

Mellis nickte mit finster bewölkter Miene. Anna sah sie erstaunt an. Sie hatte nicht erwartet, dass Mellis so sonderbar auf ihre Worte reagieren würde. Die Grennach saß eine Weile da und zog gedankenverloren den Schweif durch ihre Finger. Dann stieß sie mit einem beinahe erheiterten Laut die Luft aus und lächelte Anna an. »Es gibt nur zwei Möglichkeiten«, sagte sie. »Entweder ist diese Frau eine dumme und gefährliche Hochstaplerin – und das denke ich – oder …« Sie verstummte und senkte nachdenklich den Blick.

»Oder?«, drängte Anna befremdet nach einer weiteren Weile des Schweigens.

Mellis schüttelte den Kopf. »Die Krähe, die ich kenne, ist seit Jahren verschwunden, und unsere Ältesten sind der festen Überzeugung, dass sie tot sein muss, weil in unserer Welt nichts von ihrer Anwesenheit mehr zu spüren ist. Mein Volk hatte über einen sehr langen Zeitraum hinweg eine enge Verbindung zur Krähe und wusste immer, dass sie da war, auch wenn sie sich oft jahrelang nicht im Großen Nest blicken ließ. Nein, Anna … Vielleicht ist es ja nur ein Zufall, dass sie diesen Namen gebraucht, aber ich an deiner Stelle würde mich von ihr fern halten.« Sie schnalzte erbittert mit der Zunge. »Ich kann sie mir nicht ansehen, ich muss heute noch abreisen. Das Schiff, mit dem ich gekommen bin, legt am Nachmittag wieder ab, und ich kann mir damit einen langen, ermüdenden Ritt quer über Land ersparen.« Sie ergriff Annas Hand. »Bleib von ihr weg. Du weißt nicht, was sie bezweckt, und du benötigst ihre zweifelhafte Hilfe nicht. Halte noch ein wenig aus, Anna, es wird sich alles finden. Du hast Freunde, die sich darum kümmern!«

Anna nickte ohne große Überzeugung. »Wer ist die Krähe, die du kennst?«, fragte sie.

»Sie hat lange Zeit eins der kleinen Herzen für mein Volk gehütet. Das war, bevor deine Großmutter und ihre Schwester die Herzen zusammengeführt haben.« Mellis zögerte. Dann beugte sie sich vor, als hätte sie Angst, ein Geheimnis laut auszuposaunen. »Es heißt, ihr sei einst Ter'nyoss anvertraut gewesen. Anida und Adina haben ihr geholfen, es der Schwarzen Magierin abzutrotzen, und das war auch das letzte Mal, dass Jinqx von einem lebenden Menschen gesehen wurde.«

»Jinqx«, wiederholte Anna sinnend. »An diesen Namen erinnere ich mich. Meine Großmutter hat von ihr gesprochen.« Sie schüttelte den Kopf. »Du hast Recht. Diese Frau kann nicht die Krähe sein, die du kennst. Aber das hat sie auch nicht behauptet ...«

»Halte dich von ihr fern, Anna«, wiederholte Mellis besorgt. »Du hast Schwierigkeiten genug. Handele dir nicht leichtfertig noch mehr davon ein. Du kannst mir glauben: es gibt zu viele dunkle Existenzen und Mächte, die mit aller Kraft danach trachten würden, dich und die Herzen in ihre Gewalt zu bekommen, wenn sie denn wüssten, dass du ihre Hüterin bist. Das ist ein Punkt, in dem ich die Besorgnis der Obersten Hexe durchaus teile! Es ist mir kein angenehmer Gedanke, dass diese Krähe von dir weiß.« Sie blickte zur Sonne empor und seufzte. »Ich muss mein Bündel packen. Anna, sei vorsichtig. Ich werde dafür sorgen, dass die Frau unter die Lupe genommen wird, aber dafür muss ich erst jemanden hierher schicken, und das wird eine Weile dauern. Glennis, meine Reisegefährtin, wird noch ein paar Tage bleiben und dann über Land zurückreisen. Aber sie ist zu jung und zu unerfahren, als dass ich sie mit dieser Aufgabe zu betrauen wagte. Immerhin: sie hat meinen Rufstein, und über den können wir weiter in Kontakt bleiben. Mach keine Dummheiten, versprichst du mir das?«

»Mach bloß keine Dummheiten, alter Junge«, murmelte Mika. Er beugte sich über den Tragekorb mit den langen ledernen Bändern und wog prüfend eins der sorgfältig verpackten Beutelchen in der Hand. Er roch daran und nickte zufrieden, ehe er es wieder behutsam oben in den Korb legte und den Deckel verschloss.

Dann wandte er sich dem fleckigen Spiegel zu, der in

der dunkelsten Ecke des Ladens hing. Sein Versuch, die angelaufene Fläche mit einem Lappen etwas blanker zu polieren, blieb ohne großen Erfolg. Mika seufzte, nahm einen Kamm und einen Napf mit Wasser und bändigte seinen Schopf zu einer, wie er fand, halbwegs präsentablen Frisur. Prüfend drehte er den Kopf vor dem Spiegel, zupfte dann sein Halstuch zurecht und bürstete einige Krümel von seiner am Ellbogen geflickten, aber peinlich sauberen Jacke.

Die dunkle Hose hatte seinem Großvater gehört. Sie war ihm ein wenig zu weit, und die Beine hätten gern etwas länger sein dürfen, aber dafür war sie aus feinem, wenn auch stellenweise leicht abgeschabtem Samt.

Mika nahm den Lappen, mit dem er den Spiegel bearbeitet hatte, und fuhr damit über seine Schuhe. Dann richtete er sich auf, strich die Haare zurück, die ihm wieder in die Stirn gefallen waren, und zupfte ein letztes Mal seine Jacke zurecht.

»So. Auf jetzt«, brummte er ein wenig nervös und schwang den Korb auf seine Schultern. Er rückte die Riemen zurecht, griff nach dem derben Wanderstock, der neben der Tür lehnte, und trat auf die Gasse hinaus.

»Hallo Mika«, rief ihm eine rundliche Nachbarin zu. »Wo geht's denn hin, so fein gemacht? Willst du den Hierarchen besuchen?«

Die alte Witwe Griet, die auf einem Hocker neben ihrer Tür saß und einen Socken stopfte, lachte zahnlos und meckernd. »Den Hierarchen! Ja, der wartet schon auf unseren Mika.«

Der junge Mann grinste verlegen. »Ich liefere nur ein paar Waren aus«, erklärte er und deutete auf den Korb auf seinem Rücken.

Die Nachbarin, die zuerst gesprochen hatte, winkte ihm nach. »Gute Geschäfte, Junge«, rief sie. »Lass dich nicht über den Tisch ziehen!«

Mika stapfte den Hügel hinauf. Am Tor des Ordenshauses verharrte er kurz und setzte sich zum Verschnaufen auf einen Wegstein. Der Pförtner, der neben dem Tor in der Sonne seine Pfeife schmauchte, blickte neugierig zu ihm hinüber.

»Was meint Ihr, guter Mann, kann Eure Küche ein paar feine Gewürze gebrauchen? Oder ganz wunderbare Teemischungen, gut genug für den Gaumen des Hierarchen?«, hörte sich Mika zu seiner eigenen Überraschung rufen.

Der Pförtner zuckte mit den Schultern und kam näher. »Was habt Ihr denn alles in Eurem Korb?«, fragte er neugierig. »Habt Ihr Tabak?«

Mika nickte und schnallte den Deckel ab. Er grub in den Tütchen und Krügen und Beuteln herum und zog endlich ein kleines Päckchen hervor, das er öffnete und dem Pförtner unter die Nase hielt.

»Ah«, machte der entzückt und fingerte eine Prise der krausen hellbraunen Blättchen heraus, um daran zu riechen. »Das ist feine Ware. Was wollt Ihr dafür haben?«

Mika nannte seinen Preis, und ein paar Münzen wechselten den Besitzer. »Was meint Ihr, kann ich Eure Köchin einmal aufsuchen?«

Der Pförtner, der schon damit beschäftigt war, seine Pfeife neu zu stopfen, nickte nur. Er begleitete Mika durch den Torbogen und wies ihm den Weg zum Küchentrakt.

In der riesigen Küche ging es laut und hektisch zu. Töpfe und Pfannen dampften, die Luft war schwer von wohlriechenden Dünsten, und das ohrenbetäubende Scheppern und Klirren wurde noch von schimpfenden Rufen übertönt.

»Die Karotten! Wer hat die Karotten weggenommen? Ich brauche *sofort* die Karotten für die Suppe!«

»Hanne, du Trampeltier! Du sollst die Sauce nicht verschütten, sondern umfüllen!«

»Himmel, die Kartoffeln brennen an!«

Weiteres, womöglich noch lauteres Geschepper und Geklirre ertönte. Mika stand unschlüssig in der Tür und bemühte sich, in dem Gewühl der Küchenhilfen und Köchinnen eine Person ausfindig zu machen, die vielleicht ein wenig Zeit für ihn erübrigen konnte.

»Was willst du?«, fuhr ihn eine füllige Matrone an, die die Ärmel ihrer saucenbespritzten Tunika bis zu den rosigen Ellbogen hochgekrempelt hatte. In der einen Hand hielt sie ein Bündel Wurzeln, und in der anderen ein riesiges Messer.

Mika schluckte. »Ich suche die Köchin … Ich verkaufe Gewürze und …«, flüsterte er und hob der Frau seinen Korb entgegen.

Die verzog das Gesicht. »Warte hier«, befahl sie und pflügte durch eine Schar Töpfe schleppender Küchenmädchen.

Mika stellte ergeben seinen Korb ab und bemühte sich, niemandem im Weg zu sein, was sich schwierig gestaltete. Ständig kam jemand mit Gemüse oder Holz beladen herein oder lief aus der Küche, um irgendetwas zu holen oder fortzubringen. Mika machte sich möglichst dünn und wartete wie befohlen.

Nach einer Weile kam die große Köchin zurück und bedeutete ihm wortlos, ihr zu folgen. Mika schulterte seinen Korb und lief hinter ihr her. Auf der anderen Seite der Küche, neben einem riesigen Herd, auf dem ein waschzubergroßer Suppentopf brodelte, empfing ihn die imposante Gestalt der Ersten Köchin. Sie deutete stumm auf die Arbeitsfläche, die ein beflissenes Küchenmädchen eilig von Schalen, Gemüseresten und Hackbrettern frei räumte, und Mika breitete seine Schätze aus.

Die Erste Köchin betastete prüfend die Päckchen mit Gewürzen, roch daran, kostete davon und schob wortlos einige beiseite. Dann öffnete sie die Tütchen mit Tee, die Mika ihr nervös reichte, roch, kostete und legte auch hier das eine oder andere auf die Seite.

Endlich nickte sie und holte eine Börse aus ihrer Schürzentasche. »Kannst du Zimt besorgen?«, fragte sie. »Und wie steht es mit rotem Koriander?«

Mika nickte eifrig. »Das hier ist nur eine kleine Auswahl«, beeilte er sich zu sagen. »Ich führe in meinem Laden alles, was Ihr Euch an Gewürzen nur wünschen könnt.«

Die Köchin knurrte zufrieden. »Lass dir von Elga aufschreiben, was wir alles benötigen.« Die große Köchin, die ihn durch die Küche geführt hatte, nickte ihm zu, während die Erste Köchin die Münzen abzählte und ihm hinschob. »Kannst du einmal in der Woche herkommen? Bring ruhig alles Mögliche mit, ich kauf dir schon ordentlich was ab.« Auf sein Nicken hin winkte sie hoheitsvoll und entließ ihn.

Mika stammelte einen Dank und folgte der großen Elga in einen ruhigeren Teil der Küche. Dort empfing er eine lange Bestellung, die er am anderen Tag zu liefern versprach, und kurz darauf wischte er sich im kühlen Hof den Schweiß von der Stirn.

»Mika«, hörte er eine erstaunte Stimme. »Was machst du hier? Suchst du nach Korben?«

»Anna«, rief er erfreut. »Ich hatte nicht zu hoffen gewagt, dich zu sehen.« Er strahlte sie an. »Ich folge deinem Rat«, sagte er stolz. »Ich habe mich aufgemacht, um in der Oberstadt Käufer für meine Waren zu finden. Und hier bei eurer Köchin habe ich schon den ersten Erfolg gehabt.«

Anna stemmte die Arme in die Seiten und lachte. »Das ist eine schöne Nachricht«, sagte sie herzlich. »Um diese Zeit traut sich hier kein Mensch in die Küche und stört die Erste Köchin. Du bist ganz schön mutig!«

Mika wurde rot, und Anna lachte wieder. Sie nahm seinen Arm und zog ihn durch ein Tor in den Küchengarten. »Komm mit«, sagte sie. »Ich besorge dir etwas zu trinken. Hast du Hunger?«

Mika schüttelte den Kopf und ließ sich widerstandslos von Anna durch den Garten zu einer schattigen Bank führen. Sie hieß ihn warten und verschwand. Nach einer Weile kehrte sie zurück, einen Krug und zwei Becher in den Händen, und setzte sich neben ihm auf die Bank. »Hier«, sagte sie und drückte ihm einen frisch eingeschenkten Becher mit eiskaltem Saft in die Hand. »Du willst wirklich nichts essen? Dabei siehst du ganz erledigt aus.«

Mika trank mit einem Zug den halben Becher leer und seufzte vor Wonne. »Ah, das war gut nach der Hitze da drinnen. Wie halten die Köchinnen das nur aus?«

»Übung«, grinste Anna. »Ich hab den Küchendienst immer gehasst, aber als Novizin muss man da durch.« Sie musterte ihn vom Kopf bis zu den Füßen. »Gut siehst du aus«, sagte sie anerkennend und hob eine Hand, um sein verrutschtes Halstuch zu richten. »Weißt du schon, wo du in der Oberstadt anfangen willst?«

Mika schüttelte verlegen den Kopf. »Ich war noch nicht oft oben«, gab er zu.

Anna seufzte. »Ich leider auch nicht«, erwiderte sie. »Hin und wieder treffe ich meine Mutter dort, wenn sie in der Residenz ist – aber in den Palastbereich kommst du nicht ohne Passierschein, und selbst wenn, wüsste ich nicht, wer über die Lieferungen für die Küche entscheidet.« Sie krauste nachdenklich die Stirn. »Ich werde wohl Mutter danach fragen müssen«, murmelte sie. Dann hellte sich ihre Miene auf. »Aber ich weiß, wo einer der Bäcker wohnt, der den Hof beliefert. Er hat früher auf Sendra gelebt, ich habe mit seiner Schwester gespielt, als ich klein war.« Sie brach einen dürren Zweig von dem Holunderbusch ab, der neben der Bank stand, und kratzte eine Karte in den Boden. Dann deutete sie mit dem Zweig darauf und erklärte Mika, wie er vom südlichen Stadttor zum Haus des Bäckers gelangte.

»Und sag ihm, dass du von mir kommst«, schloss sie und warf den Zweig beiseite.

Mika nahm ihre Hand und hielt sie einen Moment fest. »Danke. Das ist sehr nett von dir.«

Anna lächelte ihn an. »Du bist ja auch nett«, sagte sie.

Mika wurde rot und stand hastig auf. »Ich … ich gehe jetzt besser los. Ich habe ja noch ein Stück Weg vor mir.«

»Viel Erfolg. Du musst mir auf jeden Fall berichten, wie es gelaufen ist.«

Sie blickte ihm nach, wie er mit seinem Korb auf dem Rücken durch den vorderen Hof stapfte, und lächelte versonnen. Dann bückte sie sich, nahm den Krug und die beiden Becher auf und beeilte sich, zu ihrer Unterweisung bei Meister Wilber zu kommen, zu der sie sich jetzt schon ordentlich verspätet hatte.

Es gestaltete sich weit schwieriger, als Korben gedacht hatte, das Kobbal an den Mann zu bringen. Er hatte bisher kaum Kontakt zu den Kreisen gehabt, in denen mit derart streng verbotenen Stoffen gehandelt wurde, und musste jene Orte, an denen sich Händler und Kunden zu treffen pflegten, erst ausfindig machen. Tagelang trieb er sich in den übelsten und verrufensten Ecken und Kneipen des Hafenviertels herum, hielt Augen und Ohren offen und versuchte bei all dem, nicht zu sehr aufzufallen. Endlich hatte er das Gefühl, einen groben Überblick bekommen zu haben, und machte sich daran, seinen ersten Kunden zu gewinnen.

Der Mann war, seinen Kleidern nach zu urteilen, recht wohlhabend und schien in der heruntergekommenen Spelunke, in der sich Korben ihm genähert hatte, ein wenig fehl am Platze. Er war Korben zuvor schon einige Male an anderen Stellen des Viertels aufgefallen – auch, weil er sich mit Leuten unterhalten hatte, die Korben als Händler der passenden Waren kannte.

Der Mann musterte ihn zwar höchst misstrauisch, als

er sich neben ihm auf die Bank setzte, war dann aber sehr interessiert an dem, was Korben ihm unter dem Tisch zu zeigen wusste.

»Was soll es kosten?«, fragte er. Korben nannte einen Preis, den er für leicht überhöht, aber annehmbar hielt, feilschte ein wenig mit dem Mann und reichte schließlich einige der Kristalle unter dem Tisch zu seinem Kunden hinüber. Der Mann steckte sie in die Tasche und drückte Korben die Münzen in die Hand. »Wann kann ich dich wieder treffen?«, fragte er. »Ich brauche jede Woche diese Menge. Kannst du das zuverlässig liefern?«

»Kein Problem«, sagte Korben ein wenig heiser vor Aufregung. »Nächste Woche wieder hier – um die gleiche Zeit?«

Der Mann nickte und stand auf. Korben blieb noch eine Weile hocken und drehte seinen Becher in den Händen, scheinbar in weinselige Gedanken versunken, während er unauffällig seine Umgebung beobachtete. Ihr Geschäft schien keine Aufmerksamkeit erregt zu haben, und von den abgerissenen Gestalten rundum gehörte mit Sicherheit niemand der Wache an.

Korben gestattete sich ein Aufatmen, trank seinen sauren, dünnen Wein aus und machte sich auf den Weg zu Mikas Laden. Für den heutigen Tag hatte er genug von dieser verlausten Gegend, und er hatte Hunger bekommen. An einem Stand mit allerlei Essbarem kaufte er Brot und Käse und noch ein paar Äpfel dazu und riss schon im Gehen hungrig mit Zähnen eine große Ecke aus dem flachen Brotlaib. In seiner Tasche klimperten die Münzen, und er rechnete sorgenvoll nach, wie lange es wohl dauern mochte, bis er Mika sein Geld zurückgeben konnte. Das würde ihn wohl noch ein paar Tage harter Arbeit kosten, Tage, in denen er sich hauptsächlich in dieser Elendsecke aufhalten würde. Er musste sich also dringend etwas einfallen lassen, um Meister Wilber seine Abwesenheit zu erklären. Das würde alles andere als einfach werden, aber vielleicht hatte die Krähe ja eine Idee. Oder einen passenden Zauber ... Seine Gedanken schweiften ab, und er versank in Träumereien, in denen er als mächtiger Schwarzer Magier den widerlichen Gildenmeister Samhel vor sich auf den Knien kriechen und um Erbarmen flehen sah. Erbarmen, das er ihm selbstverständlich nicht gewähren würde.

In seine Gedanken versunken, hätte er beinahe ein Mädchen umgerannt, das vor ihm durch die Gasse ging. »He, pass doch auf, du Trottel«, schimpfte sie, bevor sie freundlicher hinzufügte: »Ach, du bist es. Wie geht es deiner netten Hexen-Freundin?«

»Oh, hallo Cass«, sagte Korben. »Entschuldige, ich war in Gedanken.« Er sah, wie ihr Blick hungrig an den Lebensmitteln in seiner Hand klebte, und verdrehte die Augen. »Magst du?«, bot er ihr an. Das Mädchen nickte eifrig und riss ihm Brot und Käse fast aus den Händen.

»Danke«, sagte sie mit vollem Mund. »Ich hab schon ewig nichts mehr zwischen die Zähne gekriegt. Samhel hat die Abgaben für mein Gewerbe erhöht.«

Korbens Augenbrauen rutschten nach oben. »Du gehörst zur Händlergilde?«, fragte er verdutzt.

»Hast du gedacht, Bettler und Diebe wären ehrlos?«, fragte sie nicht ohne Stolz. »Danke noch mal. Ich hab's wirklich nötig gehabt.«

»Samhel ist ein Verbrecher«, grollte Korben. »Ich verstehe nicht, warum die Gilde ihn als Oberhaupt duldet.«

»Er hat die Sache im Griff«, gab Cass zurück. »Es waren weit schlimmere Zeiten hier, als die Gilde sich noch nicht überall einmischte. Gut, die Abgaben sind verdammt hoch – aber meistens kann ich sie leisten und hab noch genug für mich übrig. Und wenn ich wirklich mal Hilfe brauche, kann ich mich an die Gilde wenden, das ist ja auch nicht übel. Er hat ein paar recht starke Kerle, die einen bei Bedarf raushauen.« Sie grinste und winkte Korben zu, während sie weiterging. »Grüß deine

Freundin«, rief sie noch, bevor sie in einer Seitenstraße verschwand.

Als Korben Mikas Laden betrat, fiel er beinahe über zwei große halb volle Körbe hinter der Tür. Auf der Theke und auf dem Boden standen und lagen die verschiedensten Behältnisse – Krüge und Näpfe mit Gewürzen, Tees, aromatischen Ölen, Nüssen und Sämereien. Es sah aus, als hätte ein geistig verwirrter Einbrecher versucht, den Laden gleichzeitig auszurauben und umzuräumen.

Korben stieg über eine verrutschte Pyramide erdfarbener haariger Knollen, rutschte auf einigen getrockneten Erbsen aus, die ihrem Sack entkommen waren, und fluchte laut. »Himmelblaue Krötenpest! Was ist denn hier los? Mika, wo steckst du? Soll ich die Wache rufen?«

Im Hinterzimmer polterte etwas zu Boden, und kurz darauf schob Mika seinen erhitzten Kopf durch die Tür. »Setz dich irgendwo hin und stör mich nicht«, rief er. »Ich muss diese Lieferung fertig machen, sie wird gleich abgeholt.«

Der Kopf zog sich zurück, und Korben sah sich missmutig nach einer freien Sitzgelegenheit um. »Hast du was zu trinken für mich?«, rief er.

»Auf der Theke«, erklang es dumpf von nebenan. Es klang, als steckte Mikas Kopf in einem großen Tonkrug. Korben durchsuchte das Chaos auf der Theke und fand unter einem achtlos beiseite geworfenen Stoffbeutel die Kanne mit Mikas Tee. Der dazugehörige Becher blieb auch nach eingehender Suche verschwunden, also griff Korben nach einem leeren Napf in einem der Regale, inspizierte ihn misstrauisch, roch daran, wischte sicherheitshalber noch einmal mit einem Zipfel seiner Tunika darüber und goss sich von dem erkalteten Tee ein. Dann hockte er sich auf die freie Ecke einer staubigen Kiste und streckte mit einem Seufzer sein lahmes Bein aus.

»Was ist passiert?«, rief er. »Hat einer deiner Kunden vor auszuwandern? Oder ist der alte Hunk gestorben, und seine Nichte haut jetzt das Erbe auf den Kopf?« Er musterte den Knollenberg. »Indem sie es in Krammwurzeln anlegt?«

Mika tauchte aus dem Nebenzimmer auf. Er hielt einen Tonkrug in den Händen, den er sorgfältig in ein Stück Rupfen einschlug, ehe er ihn in einem der Transportkörbe versenkte. Korben sah zu, wie sein Freund nun nach und nach die herumliegenden Waren in Behältnisse füllte und ebenfalls in die Körbe legte.

»Jetzt sag schon«, drängte er nach einer Weile. »Wen belieferst du da? Das ist doch keiner von deinen alten Kunden, oder?«

Mika richtete sich auf und wischte sich einen leuchtend gelben Streifen irgendeines Gewürzes von der Wange. »Anna hat mir in der Oberstadt mehrere Türen geöffnet«, erklärte er strahlend.

Korben sah ihn mit zusammengekniffenen Augen an. »Du bist auf dem besten Weg zum Hoflieferanten, hm?«, spottete er.

»Noch lange nicht«, erwiderte Mika friedfertig. »Aber da sind ein paar Hofbeamte, die Bedarf an meinen Waren haben. Und ausgefallene Wünsche – ich muss unbedingt daran denken, dass ich meinen Lieferanten ein paar neue Bestellungen mitgebe.« Er fahndete hektisch nach einem Stückchen Papier, um den Gedanken zu notieren.

Korben blickte nachdenklich zur Decke. »Was meinst du, wäre da ein Markt für unsere Spezialitäten?«

Mika fuhr auf. »Nein!«, sagte er streng. »Korben, nein! Denk gar nicht erst darüber nach. Ich will mir meinen Ruf nicht schon verderben, bevor ich ihn mir überhaupt geschaffen habe.« Er beugte sich vor und sah seinen Freund eindringlich an. »Ich will einen Laden da oben!«, sagte er beschwörend. »Das hier hat keine Perspektive. In der Oberstadt sitzen meine Kunden – dafür würde ich arbeiten, bis ich umfalle!«

Korben schüttelte sich. »Ich stelle mir das gerade vor«, sagte er. »Du stehst in deinem feinen Laden, in feinen Klamotten, machst Kratzfüße vor den Dienstboten der feinen Pinkel, die sich herablassen, bei dir zu kaufen … Was hältst du von einem Angestellten? Und überhaupt, zu all dem gehört noch eine hochnäsige Frau, die dich herumscheucht, ein Trupp Kinder und ein Bauch. Ja, du musst dir unbedingt einen Bauch anschaffen. Hochanständig und höchst ehrbar – und langweilig. Mika, du spinnst.«

Sein Freund grinste. »Nur kein Neid«, sagte er. »Du bist mir jederzeit auf einen Tee willkommen. Aber komm durch die Hintertür, damit du mir meine Kunden nicht erschreckst.«

Korben schlug ihm auf die Schulter und lachte. »Gut, wir werden ja sehen, wie weit du es bringst.« Er schüttelte den Kopf. »Ein Laden in der Oberstadt!«

Mika hörte ihm nicht zu. Nachdenklich blickte er auf die fast fertig gepackten Körbe. »Angestellte«, murmelte er. »Ich könnte eine Hilfe brauchen, wenn das so weitergeht. Das Ordenshaus will auch mindestens einmal in der Woche beliefert werden …« Seine Miene erhellte sich. »Was hältst du von Cass?«, rief er.

Korben starrte ihn an. »Sie ist ein kleines gerissenes Aas, das sich ziemlich selten wäscht«, erwiderte er verständnislos. »Was meinst du damit – ›was ich von ihr halte‹?«

»Sie könnte mir helfen«, erklärte Mika ungeduldig und wies auf das Durcheinander rund um ihn herum. »Sachen in Ordnung halten. Bestellungen einpacken. Aufräumen. So was halt.«

Korben stöhnte und schlug die Hände vors Gesicht. »Du und Cass in der Oberstadt«, sagte er dumpf. »Das bedeutet das Ende der Hierarchie!«

ᛞ

Der Magische Rat traf in diesem Spätsommer auf Bitte der Obersten Hexe noch einmal außer der Reihe zusammen. Da es bei diesem Treffen ausnahmsweise nicht um die Herzen gehen sollte, hatte Herrad das kleine Gartenzimmer herrichten lassen, in dem die früheren Sitzungen immer stattgefunden hatten.

Der Erzmagus sah sich in dem behaglichen Raum um und rieb mit einem wohligen Grunzen die kalten Hände aneinander. »Ah, das waren schöne Zeiten«, murmelte er wehmütig.

Herrad nickte ernst und bat ihre Ratskollegen, Platz zu nehmen. Sie faltete die Hände und blickte in die Runde, um die Aufmerksamkeit der Männer zu gewinnen. »Ihr wisst, warum ich um dieses Treffen gebeten habe«, hob sie an.

Erzmagus Rumold trommelte sacht mit den Fingern auf die Armlehne seines Sessels. »Ihr wollt über den freien Sitz reden«, er wies mit einer angedeuteten Kopfbewegung auf den unbesetzten Platz der Grennach-Ältesten und vermied dabei, wie alle Anwesenden es beinahe schon automatisch taten, zu dem bedrohlich wirkenden Leeren Sitz des Schwarzen Ordens zu sehen.

»Ganz recht«, sagte Herrad und wechselte einen Blick mit dem müde aussehenden Hochmeister Rafiel, der erst kurz vor der Eröffnung der Sitzung im Ordenshaus eingetroffen war. Er hatte seine Füße in den staubigen Stiefel weit von sich gestreckt und wiegte leise den Kopf, als säße er immer noch auf einem Pferderücken. Dennoch war sein Blick hell und wach und sandte ihr Ermutigung für die folgenden Worte.

»Ihr Herren!« Herrad sammelte ihre Kräfte. »Es widerspricht dem Grundgedanken dieses Rates, dass nun schon so lange die Grennach als ein wesentlicher, für das Gleichgewicht der Kräfte wichtiger Faktor unseren Treffen fern bleiben. Ich denke, Ihr stimmt mir zu, dass dieser Zustand in unser aller Interesse so bald wie möglich geändert werden sollte.«

Sie pausierte und wartete auf die Entgegnungen der beiden Grauen Magier. Erzmagus Rumold verzog ein wenig den Mund, nickte aber nach einer Weile widerwillig, während der junge Hofmagus zwar bedenklich blickte, aber dennoch seine Zustimmung murmelte.

»Mein Vorschlag lautet nun – da die Grennach-Älteste ihren Sinn nicht wandelt und, wie mir ihre Tochter mitteilte, dies auch in Zukunft nicht zu tun gedenkt –, das Volk der Grennach um die Entsendung einer anderen Vertreterin zu bitten.«

Der Erzmagus richtete sich auf und öffnete den Mund zu einem Einwurf, aber Herrad bat ihn mit einer Handbewegung, sie fortfahren zu lassen. »Ich habe mit der Tochter der Ältesten schon darüber gesprochen, nicht, um meine verehrten Ratskollegen vor vollendete Tatsachen zu stellen, sondern weil es unsinnig gewesen wäre, diese Sitzung einzuberufen, ohne zuvor in Erfahrung zu bringen, ob die Grennach einer solchen Bitte überhaupt Gehör schenken würden.« Sie breitete mit einer besänftigenden Geste die Hände aus, als die Miene des Erzmagus sich bedrohlich verfinsterte. »Seid versichert, dass ich der Entscheidung des Rates in dieser Sache nicht im Mindesten vorgegriffen habe. Ich habe Mellis nur darum gebeten, unser Anliegen den Ältesten ihres Volkes vorzutragen – und ich habe sie persönlich dazu befragt, ob sie bereit wäre, als Vertreterin der Grennach hier im Rat zu fungieren. Sie schien dem nicht abgeneigt.«

»Ihr hättet Euch mit uns beraten sollen, ehe Ihr derart eigenmächtig eine solch wichtige Angelegenheit in die Wege leitet«, grollte Erzmagus Rumold. »Ich bin ganz und gar nicht Eurer Meinung, dass die Entsendung irgendeiner untergeordneten Grennach unser Problem hier lösen könnte. Der Sitz der Grennach gebührt der Ältesten dieses Volkes. Genauso gut könntet Ihr Euren Sitz Eurem Novizenmeister überlassen – würdet Ihr das tun?«

Die Oberste Hexe erwiderte kühl seinen zornigen Blick. »Ihr redet, ohne nachzudenken«, sagte sie. »Mellis ist nicht ›irgendeine untergeordnete Grennach‹. Als Tochter der Ältesten …«

»Darum geht es doch nicht«, unterbrach sie der Hofmagus und wurde für seine Ungehörigkeit mit einem scharfen Blick der Obersten Hexe gerügt. Unbeirrt fuhr er fort: »Die Besetzung des Magischen Rates ist in seiner Gründungsurkunde eindeutig festgelegt worden. Es ist ausschließlich den Inhabern bestimmter Positionen gestattet, hier an diesem Tisch zu sitzen.« Er wies mit dramatischer Geste auf den Leeren Sitz. »Ebenso gut könnte ich vorschlagen, ein versprengtes Mitglied des Schwarzen Ordens zu bitten, seinen Platz hier im Rat einzunehmen, damit die Mitglieder wieder ihre ursprüngliche Zahl erreichen. Ja, warum tun wir das eigentlich nicht? Es soll doch immer noch Schwarze Magier geben. Laden wir einen von ihnen ein!«

Ein leises Schwirren ertönte in der Luft über ihren Köpfen, beinahe unhörbar, wurde stärker und lauter und beinahe körperlich spürbar. Alle hielten den Atem an.

»Was ist das?«, rief der Hochmeister, der aufgesprungen war und nach dem Dolch in seinem Gürtel griff.

Der schwirrende Ton verdichtete sich zu einem sturmähnlichen Brausen, obwohl kein Lüftchen sich regte. Der Erzmagus deutete mit zitterndem Finger auf den Leeren Sitz, und seine Augen drohten aus den Höhlen zu treten.

Über dem Sessel ballte sich ein dunkles Gewölk zusammen. Es verdichtete sich mit brausendem Ton zu einer festen dunklen Kugel, die sich alsbald ausweitete und menschenähnliche Umrisse annahm. Das Brausen nahm ab und verklang, und mit dem Verschwinden des Lärms wurde die Erscheinung deutlicher und kompakter, bis es schließlich so aussah, als säße eine schwarze, in eine Kutte gehüllte Gestalt in dem Sessel. Immer noch schienen die Umrisse des Sitzes durch die Gestalt hindurch, und auf den Armlehnen ruhten nur der Form nach Ärmel, aus denen keine Hände tauchten. Die Kapuze, die scheinbar einen Kopf umhüllte, ließ kein Gesicht erahnen, aber die Gestalt wandte dennoch den Kopf von einem Ratsmitglied zum anderen, wie um ein jedes starr anzublicken.

Hochmeister Rafiel tastete nach seinem Sitz und ließ sich schwer hineinsinken. Der Erzmagus hatte sich halb erhoben, und seine vorhin noch deutende Hand war hinabgesunken und zitterte leise. Der junge Hofmagus hatte die Hände vor den Mund geschlagen und stieß erstickte kleine Laute aus, und die Oberste Hexe umklammerte die Tischplatte, dass ihre Knöchel weiß hervortraten.

Die Schattengestalt deutete im Sitzen eine kleine, spöttische Verbeugung an. »Ich danke Euch für die freundliche Einladung. Lange genug habe ich darauf warten müssen«, sagte eine Stimme, die wie aus weiter Ferne kam und weder einem Mann noch einer Frau zu gehören schien.

»Wer seid Ihr?«, fragte der Erzmagus heiser.

»Seid unbesorgt«, erwiderte die Stimme. »Ich habe

laut der Gründungsschrift des Rates jede Berechtigung, diesen Platz einzunehmen. Ihr seht in mir das Oberhaupt des Schwarzen Ordens.«

Herrad keuchte. »Das ist unmöglich. Der Schwarze Orden ist aufgelöst worden. Seine Mitglieder wurden hingerichtet oder verbannt. Ihr seid ein Hochstapler!«

Die Gestalt lachte. »Mein Orden hat die Zeit der Verfolgung überdauert. Ihr habt Recht, eine kleine Schar von uns musste in der Verbannung unser Werk fortsetzen. Aber ich bin bereit, mich einer Prüfung zu unterziehen, damit Ihr die Rechtmäßigkeit meines Anspruchs erkennt.«

»Wie sollte eine solche Prüfung aussehen?«, fragte Herrad, deren Neugierde über den Schreck siegte.

Die Gestalt beugte sich ein wenig vor. Aus der Schwärze, die unter der Kapuze herrschte, funkelte schwach etwas hervor, das wie ein ferner, düsterer Stern wirkte.

»Ich werde bei Eurem nächsten Treffen, das, wie ich hoffe, recht bald stattfinden wird, leiblich und nicht nur mit diesem Sendbild anwesend sein. Ihr werdet die Großen Herzen von ihrem Bann befreien und Ter'nyoss in meine Hände geben. Mein Orden hat das Herz des Todes lange gehütet – es wird mich erkennen.«

Die Ratsmitglieder riefen erregt durcheinander. Die dunkle Gestalt erhob sich und wuchs zu riesenhafter Größe heran. »Genug«, donnerte die Stimme, nun gar nicht mehr so fern. »Ich werde kommen und Eure Zweifel zerstreuen. Dann werde ich den rechtmäßigen, angestammten Platz meines Ordens an diesem Tisch endlich wieder einnehmen – und es gibt nichts, was Ihr dagegen unternehmen könnt!«

Die Umrisse der Gestalt zerfaserten, und das dunkle Gewölk löste sich auf.

Die konsternierten Ratsmitglieder brauchten eine ganze Weile, um sich zu fassen. Herrad raffte sich schließlich auf und ließ eine Karaffe mit Wein herumgehen, auf dass jeder einen Schluck der seelischen Stärkung zu sich nehme. Schweigend saßen sie in der Runde und tranken, in Gedanken versunken, die, den Mienen nach zu schließen, nicht allzu fröhlicher Natur waren.

Schließlich ergriff als Erster der Erzmagus das Wort. Er wandte sich seinem jungen Ordensmitglied zu und sagte ergrimmt: »Du verdammter, hirnloser Jahrmarktszauberer!«

Magister Fulke fuhr auf. Sein Gesicht war immer noch bleich vom erlittenen Schock, aber jetzt färbten sich seine Wangen hektisch rot. »Wie hätte ich das ahnen können?«, rief er mit sich überschlagender Stimme.

Ehe der Wortwechsel seinen Lauf nehmen konnte – denn auch Erzmagus Rumold hatte sich aufgerichtet und tief Luft geholt –, ging der Hochmeister mit ruhiger Stimme dazwischen.

»Meine Herren«, sagte er besänftigend. »Die unüberlegten Worte unseres jungen Kollegen haben etwas angerichtet, mit dem keiner von uns jemals gerechnet hätte – auch Ihr nicht, Erzmagus. Gebt ihm deshalb nicht die Schuld für das Geschehene. Früher oder später hätte dieser Magus ohnehin einen Weg gefunden, sich uns zu zeigen, wenn er das vorhatte. Also lasst uns jetzt lieber darüber beraten, wie wir mit dieser misslichen Lage umgehen.«

»Weise Worte, Hochmeister«, brummte Rumold mürrisch, setzte sich aber wieder hin. »Wohlan, dann lasst uns die Sache betrachten. Glaubt Ihr seine Behauptung, der Schwarze Orden existiere noch?«

Die Anwesenden schwiegen. Endlich nickte Herrad mit einem schweren Seufzen. »Ich glaube ihm. Ich habe große Macht gespürt …«

»Allein die Kraft und das magische Wissen, das es braucht, ein solches Sendbild zu erschaffen!«, warf der geknickte Hofmagus ein. »Kaum einer von uns wäre dazu in der Lage.«

Die Ratsmitglieder wechselten unbehagliche Blicke. »Das ist wohl wahr«, gab endlich die Oberste Hexe zu. »Und noch dazu beunruhigt mich, dass er offensichtlich in der Lage ist, uns aus der Ferne zu belauschen.«

»Wie kann das angehen?«, rätselte der Erzmagus. »Dazu müsste er etwas von sich hier im Gebäude eingeschmuggelt haben, einen magischen Gegenstand, der seine Schwingungen empfängt. Das ist doch wohl kaum möglich. Solch ein Gegenstand wäre längst entdeckt worden.«

»Es ist müßig, darüber zu spekulieren«, erwiderte die Oberste Hexe. »Dass er dazu in der Lage ist, hat er bewiesen. Werden wir seine Forderung erfüllen?«

»Bleibt uns etwas anderes übrig?«, fragte der Hochmeister bitter zurück. »Er hat ja Recht – dies ist sein ihm zustehender Platz in diesem Rat.« Er wies mit heftiger Gebärde auf den Leeren Sitz. »Wenn er beweisen kann, dass er der ist, für den er sich ausgibt, können wir ihm den Sitz kaum verweigern.«

Herrad unterbrach die erneut ausbrechende Diskussion nach einer Weile mit einem entschiedenen Klopfen auf den Tisch. »Meine Herren«, sagte sie energisch, »das führt zu nichts. Ich für meinen Teil würde es bevorzugen, den Magus bei unseren Sitzungen offen hier am Tisch zu haben, statt ab jetzt ständig gewahr sein zu müssen, dass er uns belauscht. Ein Gegner, dem ich ins Gesicht sehen kann, ist mir allemal lieber als einer, der, bildlich gesprochen, im Gebüsch lauert. Also lasst uns ihn der von ihm vorgeschlagenen Prüfung unterziehen. Falls er ein Hochstapler sein sollte, haben sich unsere diesbezüglichen Probleme ohnehin erledigt. Und wer weiß – selbst wenn er die Wahrheit sagt, muss er diesen Test erst einmal bestehen.«

»Das wird er nicht überleben«, murmelte der Erzmagus versonnen. »Es ist uns mit gemeinsamen Kräften kaum möglich, die Herzen zu bändigen. Wenn wir ihn nicht dabei unterstützen …«

»So ist es. Und das sollte uns mit Zuversicht erfüllen, auf dass wir uns bald wieder unseren Angelegenheiten widmen können. Und zwar ungestört und unbelauscht.«

Die Magier nickten beruhigt und trennten sich, nachdem sie eine nächste Ratssitzung für einige Tage später anberaumt hatten. Bis dahin würden sich alle von ihrem Schreck erholt und hinreichend für das erneute, diesmal leibhaftige Zusammentreffen mit dem dunklen Magus gewappnet haben.

Die Schenke *Zum Blauen Drachen* war dieses Mal nicht leer und still wie bei Korbens erstem unfreiwilligem Besuch. Es war noch früh am Abend, aber der Schankraum war schon bis zum Bersten gefüllt. Rauch von der großen Feuerstelle hing unter der Decke, und der Qualm zahlreicher Talglichter und Pfeifen gesellte sich in stetem Strom dazu und hüllte den Raum und die lärmende Schar von Zechern darin in ein dickes, nebliges, nach Schnaps und Bier riechendes Tuch.

Korben legte eine Hand vor Mund und Nase und versuchte, nicht zu husten. Seine Augen tränten. Es dauerte immer eine ganze Weile, bis er sich an diese spezielle Form der Atemluft gewöhnt hatte.

Gildenmeister Samhel hielt an seinem angestammten Platz an der Stirnseite des Raumes Hof. Als er Korben erblickte, winkte er ihn ungeduldig zu sich.

»Da bist du ja endlich, Junge. Robar, nimm das Geld und gib ihm seine Ware. Komm her, setz dich, trink ein Bier.«

Korben schob sich auf die Bank und nahm den Krug in Empfang, den einer der Männer ihm grinsend reichte.

Der Gildenmeister beugte sich vor. »Du arbeitest doch bei diesem Heiler. Diesem Wilber vom Weißen Orden.«

Er starrte Korben an, und der nickte zögernd. »Kommst du an all seine Rezepturen heran?«

»Das kommt darauf an«, erwiderte Korben. »Ich bin sein Lehrling, er lehrt mich sein Handwerk. Aber es gibt etliche Gebiete, die Gefahren bergen und mit denen er mich nicht vertraut macht.«

»Gifte«, sagte Samhel.

Korben zuckte mit den Achseln. »Zum Beispiel. Viele heilende Substanzen sind gleichzeitig ein starkes Gift. Wer damit nicht umzugehen weiß …«

Samhel unterbrach ihn mit einer ungeduldigen Handbewegung. »Reden wir nicht herum. Es gibt da einen einflussreichen und hochgestellten Mann, der sich an mich gewandt hat und bestimmte Substanzen von mir erwerben will, die ich nicht so ohne weiteres besorgen kann. Ich weiß, dass dein Meister sich darin bestens auskennt, sein Ruf ist sogar in die Niederungen der Unterstadt und bis an meine Ohren gedrungen.« Er entblößte seine Zähne zu einem humorlosen Grinsen. »Du wirst mir besorgen, was ich brauche. Es ist mir egal, wie du das anstellst, dir wird schon etwas einfallen. Du bist ja ein schlaues Kerlchen.«

Er beugte sich noch weiter vor und flüsterte ein Wort in Korbens Ohr. Der junge Mann wurde blass. »Davon habe ich gehört«, flüsterte er. »Das bekomme ich nie und nimmer. Ich glaube nicht, dass Meister Wilber so etwas in seinen Vorräten hat.«

»Er hat es«, beschied Samhel ihm kalt. »Ich weiß, dass er es hat. Und du besorgst es mir.« Er kniff die Augen zusammen. »Weil ich weiß, dass das nicht leicht für dich wird, gebe ich dir drei Tage Zeit.« Er hob die Hand und deutete zur Tür.

Korben verschluckte seinen nutzlosen Protest und stand auf. Der Nebel, durch den er jetzt ging, war nicht allein auf die verräucherte Luft zurückzuführen. In seinem Elend bemerkte er auch nicht, wie eine Gestalt, die in einer der dunkleren Ecken gesessen hatte, aufstand und ihm folgte.

Vor der Tür atmete er durch, um die kühle, klare Luft des Abends tief in seine Lungen zu saugen. »Verflucht«, murmelte er und lehnte seine glühende Stirn gegen die kalten Steine einer Hauswand. »Was mache ich jetzt?«

Eine Hand legte sich auf seine Schulter. Er fuhr herum und unterdrückte einen erstaunten Ausruf.

»Du treibst dich in schlechter Gesellschaft herum«, sagte die Krähe. »Was suchst du in so einer üblen Spelunke?«

Korben verschluckte die Erwiderung, die er auf der Zunge hatte, und ein Lächeln glitt über das Gesicht der Krähe. »Ich bin ein wenig älter als du«, spottete sie. »Und ich habe viel von der Welt gesehen – nicht nur von *dieser* Welt. Glaube mir, ich nehme keinen Schaden, wenn ich in so einem Laden mein Bier trinke.« Sie musterte Korben mit wieder ernster Miene. »Man hört vieles, wenn man seine Ohren offen hält«, murmelte sie. »Du spielst wieder einmal mit dem Feuer, Korben. Aber diesmal verbrennst du dir womöglich die Finger daran.«

»Das habe ich schon«, gab der junge Mann zerknirscht zu. »Aber glaube mir, ich kann nichts dazu. Der Gildenmeister …«

Die Krähe hob warnend die Hand. »Wir sollten hier nicht stehen bleiben. Komm mit.«

Korben folgte ihr schweigend durch die sinkende Dämmerung. Bis zum Haus der Krähe war es nicht weit, und er fühlte, wie eine Last von ihm abfiel, als er in der warmen Küche saß und mit einem Becher Tee in der Hand in das prasselnde Feuer des Ofens blickte.

»So, erzähle«, sagte die Krähe und setzte sich mit der Pfeife im Mund zu ihm. Korben holte tief Luft und legte ihr sein Dilemma dar.

»Eine dumme Geschichte«, sagte sie, als er zu sprechen aufhörte und sie Hilfe suchend ansah. Sie stand auf und blickte eine Weile in das schwarz spiegelnde Glas der Fensterscheibe. Draußen ließ ein Nachtvogel seinen melancholischen Ruf ertönen.

»Es widerstrebt mir«, sagte sie endlich, »aber ich werde dir aus der Patsche helfen. Und ich hoffe, das ist das letzte Mal, dass ich das tun muss.« Sie blickte den zerknirscht dahockenden jungen Mann finster an. »Schaff dir diese Verpflichtung vom Hals«, fuhr sie fort. »Ich bin nicht bereit, mich weiter mit dir zu beschäftigen, wenn du mit Verbrechern wie diesem so genannten Gildenmeister Umgang pflegst. Und es ist mir egal, ob du dich dazu gezwungen fühlst oder nicht. Sorge dafür, dass er dich in Ruhe lässt. Ich dachte, du verfolgst das Ziel, ein Magier zu werden. Also hör auf damit, ein Händler zu sein. Überlass das deinem Freund Mika.«

Korben senkte gescholten den Kopf. »Ich werde nicht von heute auf morgen aus der Sache herauskommen«, flüsterte er. »Lass mir ein wenig Zeit.«

Die Krähe seufzte. »Komm, leg dich schlafen«, sagte sie nicht unfreundlich. »Du kannst dir hier in der Ecke ein Lager machen. Oder willst du noch zum Ordenshaus zurück?«

Korben gähnte. »Ich bin wirklich zu müde dazu«, sagte er etwas überrascht. »Danke für das Quartier.«

Die Krähe winkte ab. »Morgen kümmere ich mich um dieses Zeug.« Sie verzog das Gesicht. »Es passt mir nicht, diesem Samhel einen Gefallen zu tun«, murmelte sie. »Mal sehen, ob ich ihm das Süppchen nicht versalzen kann.«

»Er braucht die Substanz für einen Kunden«, sagte Korben schläfrig.

»Das glaube ich ihm. Ich frage mich nur, ob sein Kunde das auch weiß – und ob ihn die Erkenntnis, was er da geliefert bekommen hat, nicht etwas zu spät ereilt.« Die Krähe rümpfte die Nase. »Ganz gleich, irgendjemand will irgendjemanden umbringen, und ich habe keine Lust, dabei die Handlangerin zu spielen.« Sie ging zur Tür. »Schlaf jetzt. Ich habe zu tun.«

Eine frühe Sonne blinzelte durch das Fenster, als Korben erwachte. Die Geräusche, die ihn geweckt hatten, deuteten darauf hin, dass jemand Wasser von der Pumpe geholt hatte und nun damit beschäftigt war, das Feuer im Herd zu entfachen.

Korben gähnte herzhaft. »Guten Morgen«, sagte die Krähe. »Wenn du dich beeilst, bist du noch pünktlich im Ordenshaus.« Korben knurrte nur und streckte sich.

»Da auf dem Tisch steht was für dich«, sagte die Krähe beiläufig und ging hinaus. Als sie wieder eintrat, stand Korben da und drehte ein versiegeltes Fläschchen zwischen den Fingern. Es sah aus wie eins von Meister Wilbers Gefäßen.

»Ist es das?«, fragte er beklommen. Die Krähe lächelte. »Ja und nein. Ich habe einen alten Bekannten um einen Gefallen gebeten – er kennt sich mit Giften aus wie kaum einer. Er hat mir etwas gemischt, was genauso aussieht, riecht und schmeckt wie das Zeug, das du besorgen sollst. Wer das hier allerdings einnimmt, wird sich ein paar Tage lang sehr krank fühlen. Vielleicht sieht es auch so aus, als würde er sterben. Aber das ist es dann.«

Korben atmete auf. »Er wird glauben, dass er zu wenig davon genommen hat.«

Die Krähe nickte. »Er wird dir keine Schuld geben. Und niemand wird sterben.«

Korben steckte das Fläschchen sorgsam ein. Dann sah er die Krähe neugierig an. »Der Bekannte, von dem du gesprochen hast – kenne ich ihn? Wo wohnt er?«

Die Krähe schnaubte. »Zu weit weg für dich«, erwiderte sie belustigt. »Ich kann mir denken, wie sehr dir an einer Bekanntschaft gelegen wäre, aber vergiss es.«

Korben biss sich auf die Lippe. »Du warst heute

Nacht bei ihm«, beharrte er. »Also kann er so weit weg wohl nicht wohnen.«

»Was du alles zu wissen glaubst«, lachte die Krähe. »Aber so viel sei dir verraten: er lebt nicht hier auf dieser Welt. Du müsstest schon über die Fähigkeit verfügen, dich durch das Land zwischen den Welten zu bewegen, damit du ihn träfest.« Sie musterte ihn nachdenklich. »Aber vielleicht nehme ich dich eines Tages sogar einmal zu ihm mit. Du würdest ihm gefallen, ihr seid euch recht ähnlich.«

Korben schluckte. Sein Gesicht ließ erkennen, wie beeindruckt und neidisch er war. Die Krähe schüttelte den Kopf. »Du bist wirklich ein dummer Junge. Aber ich denke, du lernst dazu. Geh jetzt. Und denk daran, dem Gildenmeister das Fläschchen erst übermorgen zu geben. Mach ihn nicht misstrauisch damit, dass du zu schnell lieferst.«

Seit Mellis' Abreise schlief Anna unruhig. Nach dem Erwachen wusste sie zwar, dass sie geträumt hatte, konnte sich an ihre Träume aber nicht erinnern. Am Tage musste sie immer wieder an ihre Großmutter denken. Mellis hatte mit ihren Worten über die Krähe wohl eine Tür zu alten Erinnerungen aufgestoßen, aber diese Erinnerungen blieben bruchstückhaft und verwirrend.

Weil sie so mit ihren Gedanken beschäftigt war, fiel ihr nicht auf, dass Korben verschlossen und schweigsam bei ihren Treffen war und auch den Stunden Meister Wilbers seltsam geistesabwesend folgte, obwohl dieser Themen besprach, die gewöhnlich Korbens wachstes Interesse bewirkt hätten.

Einmal fragte er sie beiläufig, wann er sie denn erneut zur Krähe begleiten solle, und nahm ohne weiteren Kommentar zur Kenntnis, dass Anna ihm eine Absage erteilte. Sie wunderte sich zwar ein wenig darüber, aber weil sie müde von einer neuerlichen schlechten Nacht war, verfolgte sie den Gedanken nicht weiter. Dann blieb Korben einige Tage gänzlich dem Unterricht fern, und Meister Wilbers Schimpfen bekam den Unterton leiser Sorge.

Anna war zu müde, um sich Gedanken zu machen. »Er taucht schon wieder auf«, beruhigte sie den Heiler und sich selbst. »Du kennst ihn doch – er hat irgendetwas gefunden, das ihn alles andere vergessen lässt, und wenn er das nächste Mal erscheint, ist er ganz zerknirscht und schwört, dass dergleichen nie wieder vorkommen wird.«

Der Heiler musste lachen und widmete sich wieder seinen Breiumschlägen, bei deren Herstellung sich Anna immer noch jedes Mal die Finger verbrannte.

In der folgenden Nacht wurde Anna wach, weil der Mond auf ihr Gesicht schien. Sie blinzelte in das erstaunlich helle Licht und gähnte verdrossen, während sie den Kopf drehte. Auf dem Hocker neben ihrer Tür saß jemand, wie sie ohne jedes Erschrecken registrierte. »Hallo«, sagte sie verwundert.

»Hallo«, antwortete eine sanfte Stimme. Anna strengte ihre Augen an, aber das Licht des Mondes erleuchtete die dunkle Ecke neben der Tür nicht genügend, dass sie Einzelheiten hätte unterscheiden können. Sie meinte, einen Schimmer weißen Haars zu erblicken und wollte sich aufrichten, um die Gestalt besser sehen zu können, aber ihre Glieder waren matt wie im Schlaf und ließen keine größere Bewegung zu. Ohne deswegen Beunruhigung oder gar Angst zu verspüren, legte sie den Kopf in die Hand und fixierte den Hocker und die sitzende Gestalt. Ihr unerwarteter Besuch war offenbar groß gewachsen, und etwas in der Haltung des leicht geneigten Kopfes weckte eine vage Erinnerung in Anna.

»Wer bist du?«, fragte sie. »Und was willst du von mir?«

Die Gestalt seufzte leise. »Mellis meint es wirklich

gut«, sagte sie. »Aber diesmal solltest du auf ihren Rat lieber nicht hören. Es gibt zu vieles, was sie nicht weiß.«

Anna schluckte kurz. Die Stimme, die sie vernahm, war ihr bekannt, aber es war vollkommen unmöglich, dass diese Stimme hier zu ihr sprechen konnte. »Das ist ein Zauber«, sagte sie laut.

Ihre Besucherin lachte. »Natürlich«, erwiderte sie fröhlich. »Du bist die Hüterin, und ich – wir – waren es einmal. Das ist der Zauber.«

»Wer bist du?«, fragte Anna erneut. Ihre schlafmatten Glieder ließen immer noch keine Bewegung zu. »Ich möchte dich sehen.«

Die Gestalt ließ ein Nicken erahnen und erhob sich, um ein paar Schritte näher zu treten. Das Mondlicht fiel auf ihr Gesicht, und Anna unterdrückte mühsam einen Schrei.

»Hallo, meine Enkelin«, sagte die Frau sanft und ging neben dem Bett in die Hocke. »Du schläfst, weißt du? Ich kann dich nicht erreichen, während du wach bist – und es ist schwer genug, dich zu erreichen, wenn du schläfst.«

»Ich träume das«, sagte Anna erleichtert. »Du bist nicht wirklich meine Großmutter, richtig?«

Die Frau schüttelte den Kopf und lächelte Anna mit einem vertrauten und gleichzeitig fremden Gesicht an. »Du bist die Hüterin«, sagte sie. »Aber du vernachlässigst deine Pflicht. Ich weiß, dass du daran keine Schuld trägst, aber du musst etwas unternehmen. Wir sind immer noch getrennt, und das gefährdet das Gefüge der Welten.«

Ihre Gestalt verzerrte sich, als würde Anna sie durch Wasser erblicken. Zwei Frauen standen vor ihr und streckten ihre Hände nach ihr aus. »Die Schwestern müssen zusammenkommen, hörst du?«, sagte die Stimme, auch sie verdoppelt und verschoben. »Die Krähe kann dir helfen – aber du brauchst sie nicht. Du kannst es allein schaffen. Füge zusammen, was getrennt ist. Rufe die Herzen. Du bist ihre Hüterin.«

Die Stimmen verklangen, und die doppelte Gestalt war verschwunden. Anna stöhnte und fuhr auf. Mondlicht fiel durch das Fenster und malte einen breiten Streifen auf den Fußboden vor ihrem Bett. Der Hocker neben der Tür war leer. Anna wischte sich den Schweiß von der Stirn und sank mit einem Aufseufzen in ihr Kissen zurück. »Welch ein Traum«, murmelte sie, und im Einschlafen hörte sie den krächzenden Ruf einer Krähe.

Im Obstgarten herrschte ungewöhnlich rege Betriebsamkeit, als Anna dort nach dem Unterricht nach einem Plätzchen suchte, an dem sie sich ungestört noch ein wenig in das Buch vertiefen konnte, das Meister Wilber ihr in die Hand gedrückt hatte. Den Obstgarten hatte sie am späten Nachmittag sonst immer fast für sich, und sie genoss es, im Schatten unter einem der großen Apfelbäume zu sitzen und zu lernen, umgeben von süßen Düften und dem Summen der Hummeln und Bienen. Heute aber waren Novizinnen und Küchenhilfen eifrigst damit beschäftigt, Leitern an die Bäume zu stellen und Netze auszubreiten, um die ersten Äpfel und Pflaumen zu ernten.

Anna seufzte enttäuscht und machte kehrt. In der hintersten Ecke des Küchengartens, dort, wo der dichte Holunder über die Mauer hing, lehnte sie sich an die sonnenwarmen Steine und schloss für einige Minuten die Augen. Seit der Heiler ihr ihre Erinnerungen wiedergegeben hatte, fühlte sie sich kräftiger, aber gleichzeitig auch unruhiger. Heute war wieder solch ein Tag, an dem sie den Ruf der beiden Herzen so stark spürte, dass sie vor Sehnsucht fast zersprang. Sie atmete tief ein und wieder aus und dehnte und streckte sich wie eine Katze in der warmen Sonne. Die Frau in ihrem Traum, die beinahe ihre Großmutter gewesen war, hatte ihr geraten, die Krähe aufzusuchen. Aber der Gedanke machte ihr Angst, ohne dass sie hätte benennen können, wieso. Die Frau war freundlich zu ihr gewesen und hatte eigentlich kaum etwas Beängstigendes an sich gehabt. Und dennoch, gerade in der so alltäglichen Umgebung dieser Küche war etwas Fremdes und Verstörendes gewesen, das Gefühl einer Präsenz, die nicht ganz von dieser Welt war – oder mehr, als diese Welt vertragen konnte, ohne dabei ein wenig aus dem Gleichgewicht zu geraten.

Anna zuckte zusammen und öffnete die Augen, denn dicht über ihrem Kopf war etwas auf der Mauer gelandet. Sie blickte empor, direkt in die glänzend schwarzen Augen einer riesigen Krähe.

»Uh«, machte Anna unwillkürlich. Die Krähe neigte den Kopf und öffnete ihren mächtigen Schnabel zu einem spöttischen Krächzen.

Dann hob sie die Schwingen und sprang elegant von der Mauer, um vor Anna auf dem Boden zu landen. Anna beugte sich ein wenig vor, aber der große Vogel wich nicht zurück. Ohne jede Scheu saß er da und sah ihr ins Gesicht.

»Was willst du von mir?«, fragte Anna und erwartete beinahe eine Antwort. Aber aus dem Schnabel des Vogels kam wieder nur das spöttisch klingende, heisere Krächzen. Der Bann schien gebrochen, die Krähe breitete erneut die Flügel aus und flog mit einigen kräftigen Schlägen davon, auf das Ordenshaus zu. Anna sah ihr nach, bis sie hinter einer Hausecke verschwand, schüttelte dann den Kopf und lachte über sich selbst. Hatte sie ernsthaft erwartet, der Vogel gäbe ihr in menschlicher Sprache eine Antwort?

Sie streckte sich und griff nach ihrem Buch. Die Beschäftigung mit den Erkrankungen des Magens und Gedärms würde sie ein wenig ablenken, auch wenn sie ihr nicht dabei helfen würde, endlich eine Entscheidung zu treffen. Vielleicht hatte sie die Krähe ja auch nur geträumt. Oder ihre Traum-Großmutter hatte ihr eine echte Krähe geschickt, um sie zu mahnen und ihr einen Hinweis zu geben, was zu tun sei. Anna schob den Gedanken energisch beiseite und schlug das Buch irgendwo in der Mitte auf. Magenverstimmung, die von verdorbener Nahrung herrührte. Mal sehen, was der Heiler, der dieses Buch geschrieben hatte, dagegen zu unternehmen gedachte …

Am Abend musste sie wohl oder übel endlich wieder einmal zu ihrem Unterricht bei der geduldigen Birgid, die sich in den vergangenen Wochen mehrmals sanft und nachdrücklich darüber beklagt hatte, dass Anna sich nicht mehr bei ihr blicken ließ. Es hatte wenig Sinn, Birgid ernstlich zu verärgern, damit hätte Anna sich nur eine weitere Strafpredigt der Obersten Hexe eingehandelt. Also biss sie in den sauren Apfel und suchte Birgid in dem kleinen Unterrichtsraum auf, in dem sie gewöhnlich um diese Stunde zu finden war.

»Ah, Anna«, rief die Hexe erfreut und klappte das Buch zu, in dem sie gelesen hatte. »Ich hatte mich schon gefragt, ob du dich überhaupt noch an mich erinnerst. Meister Wilber spannt dich doch wohl nicht zu sehr ein?«

Anna verneinte verlegen und setzte sich zu ihrer Lehrerin. Birgid nahm ihre Hand und hielt sie eine Weile lang prüfend zwischen ihren Handflächen. Dann nickte sie und lächelte Anna zu.

»Fang an. Du weißt doch noch, wie es geht?«

Anna seufzte und schloss die Augen. Sie versenkte sich mit einigen tiefen Atemzügen in ihr Innerstes und tauchte hinab zu dem Kern, der ihre magischen Kräfte enthielt. Dabei spürte sie Birgids Anwesenheit hell und warm an ihrer Seite.

Ein mattes Licht leitete sie durch die Dunkelheit. Vor

ihr tauchte die große, schimmernd weiße Perle auf, als die der Kern ihrer Kraft sich ihr darzubieten pflegte.

Wie immer blieb sie stehen, bevor sie in seiner Reichweite war, und sammelte sich noch einmal.

Berühre ihn, flüsterte Birgids Stimme. *Spüre seine Kraft. Es ist* deine *Kraft, dort ist dein innerstes magisches Wesen konzentriert. Fühle es.*

Anna streckte ihre Geist-Hände nach der Perle aus und fühlte das vertraute Prickeln in den mentalen Fingern. Die Perle wuchs vor ihr empor, bis sie sie überragte. Jetzt kam der Moment, vor dem sie sich immer fürchtete.

Geh hinein, erklangen die verhassten Worte.

Anna seufzte unhörbar und trat vor. Die Perle wich zurück. Anna konzentrierte sich und hielt die Bewegung an. Wieder trat sie vor, berührte die weiß schimmernde Wand und spürte den Widerstand, den sie ihrer Berührung leistete.

»Es geht nicht«, sagte sie laut. Sie öffnete die Augen und sah ihre Lehrerin verzweifelt an. »Birgid, es geht nicht. Ich habe es noch nie geschafft, und ich schaffe es auch heute nicht!«

Die Hexe lächelte ihr aufmunternd zu, aber Anna sah die Enttäuschung in ihren Augen. »Kopf hoch, Kind, das kommt schon noch. Vielleicht war es keine gute Idee, nach so einer langen Pause gleich mit dieser Übung zu beginnen. Komm, zeig mir, was du vom Geistfeuer behalten hast.«

Anna stöhnte. Sie streckte die flache Hand aus und schloss die Augen, um sich zu sammeln. Dann öffnete sie die Augen wieder und blickte mit gefurchter Stirn auf ihre Handfläche nieder.

»Denk an die elementaren Kräfte«, sagte ihre Lehrerin ermutigend. »Das Feuer ist wild, aber es ist auch leicht zu bändigen. Stell dir seine Hitze vor, seine Beweglichkeit, die Funken, die von einem brennenden Scheit emporsprühen … lass es in deinem Geist wachsen.«

Anna biss die Zähne zusammen. Mit angehaltenem Atem beobachtete sie, wie ein kläglicher gelber Funke von ihrem Zeigefinger stob und erlosch.

»Gut, weiter so«, lobte Birgid.

Anna entließ den angestauten Atem und schüttelte den Kopf. »Das war es. Mehr geht nicht. Es tut mir Leid.«

Birgid nickte verständnisvoll, und Anna hasste sie beinahe dafür.

»Also gut, lass uns sehen, was du von den Prinzipien der Verwandlung behalten hast.«

»Gleiches zu Gleichem«, zählte Anna auf. »Ich finde die Ähnlichkeiten zwischen dem, was ich verwandeln will, und dem, zu dem es werden soll.«

»Ja?«

»Wenn ich also einen Menschen in einen Vogel verwandeln will …«

»… was zu den schwierigsten Verwandlungen zählt, die eine Hexe beherrschen kann«, warf Birgid mit leisem Tadel ein.

Anna nickte und fuhr fort: »Wenn ich das tun will, sehe ich mir an, was sich bei Vogel und Mensch gleicht, und passe die beiden Bilder im Kopf an. Dann nehme ich all das, was sich unterscheidet, und suche auch da nach dem, was sich gleichen könnte. Das ist das zweite Prinzip: Ungleiches zu Ähnlichem.«

Birgid unterbrach sie. »Ich weiß, dass du das alles wohl gelernt hast. Aber kannst du mir zeigen, wie du es machst?«

Anna verzog das Gesicht. »Ich fürchte, dass ich das nicht kann«, gab sie zu.

Birgid klopfte ihr auf die Hand. »Ach, komm. Das ist Stoff aus dem ersten Jahr. Selbst Kinder können ein Blatt in eine Blüte verwandeln!«

Anna hob die Schultern und griff nach dem grünen Buchenblatt, das Birgid ihr reichte. Ohne große Hoffnung sah sie darauf hinab und vergegenwärtigte sich seine Form, seine Struktur, seinen Aufbau, stellte sich das lebende Blatt an seinem Zweig vor, sah vor ihrem Auge, wie es sich im Wind wiegte und vom Licht lebte.

Einen kurzen Moment lang verschwamm die ovale Form des Blattes und wich einer komplexeren, gefältelten Gestalt. Die Farbe verblasste zu einem hellen Rosa, und einzelne Blütenblättchen schienen aus seiner Mitte zu sprießen.

Dann riss Annas Konzentration ab, und das Blatt lag wieder da wie zuvor. »Ach«, sagte sie laut und enttäuscht.

Birgid tätschelte ihr die Schulter. »Das war schon ganz gut«, lobte sie. »Du bist müde, du hast einen langen Tag hinter dir. Komm, Kind, lass es gut sein für heute. Aber du solltest wieder regelmäßig zu mir kommen, damit du endlich einmal ein paar Fortschritte erlebst. Tu es nicht für mich – tu es für dich.«

Anna nickte mit Tränen in den Augen und ging zur Tür. »Du wirst es eines Tages schaffen«, rief Birgid ihr noch hinterher. »Das weiß ich. Du bist viel stärker, als du denkst!«

9

Das kleine Kellergewölbe war für die anstehende Sitzung hergerichtet. Die Oberste Hexe hatte das Kästchen mit den beiden Herzen aus seinem schützenden Versteck geholt und verhüllt auf den Tisch gestellt, und nun stand sie mit auf dem Rücken verschränkten Händen hinter ihrem Sitz und musterte voller Unbehagen die um sie versammelten Männer.

Die beiden Grauen Magier saßen bereits auf ihren Plätzen und erwiderten ihre Blicke nicht minder besorgt, auch wenn sie bemüht waren, sich dies so wenig wie möglich anmerken zu lassen. Aber das zerknitterte Gesicht des Erzmagus war bleicher als gewöhnlich, und seine buschigen Brauen beschatteten drohend die Augen. Sein jüngerer Ordensbruder indes kaute, wenn er sich unbeobachtet wähnte, auf seinem Daumennagel herum.

Auch der Hochmeister schien sich nicht allzu wohl zu fühlen. Er tigerte in dem Gewölbe auf und ab und trat dabei ein ums andere Mal gegen ein Stuhlbein, was die Oberste Hexe langsam, aber sicher zur Weißglut brachte.

»Bei den Schöpfern, Rafiel, setzt Euch *hin*!«, fauchte sie den Ritter schließlich an. »Ihr bringt uns mit dem Herumgerenne noch um den Verstand!«

Der Hochmeister knurrte aufgebracht, blieb aber stehen und lehnte sich mit verschränkten Armen gegen eine Wand. Seine Fußspitze klopfte auf den Boden, was ihm einen weiteren wütenden Blick der Obersten Hexe eintrug, den er schlichtweg zu ignorieren geruhte.

Eine Weile herrschte Schweigen. Endlich räusperte sich der Erzmagus und murmelte: »Es kann doch nicht angehen, dass wir hier herumsitzen wie Bittsteller, die auf eine Audienz warten!«

Hochmeister Rafiel sah ihn an, als hätte er in etwas Saures gebissen. Aber ehe jemand sich zu Rumolds Worten äußern konnte, schwang ohne Ankündigung die Tür auf. Herrad fuhr herum, um die unachtsame Schwester oder Bedienstete zur Ordnung zu rufen, aber die Rüge blieb ihr auf der Zunge liegen, als sie die dunkel gewandete Gestalt auf der Schwelle stehen sah, auf die sie alle mit so großer Unruhe gewartet hatten.

»Ah«, sagte die Oberste Hexe gepresst. »Ihr habt den Weg ohne Hilfe gefunden, wie mir scheint. Tretet ein.«

Der verhüllte Kopf neigte sich zum Gruß, und die Gestalt schloss leise die Tür hinter sich, ehe sie ohne zu zögern zu dem Leeren Sitz ging und dahinter stehen blieb. Eine schmucklose Hand legte sich auf die Lehne. Herrad ertappte sich dabei, wie sie die erstaunlich kräftigen Finger betrachtete, und räusperte sich energisch.

»Bevor wir Euren Anspruch auf diesen Sitz überprüfen, möchte ich Euch bitten, Euer Gesicht zu zeigen und uns Euren Namen zu nennen. Wir wüssten gern, mit wem wir es zu tun haben.«

»Mein Name …«, sagte die Person langsam. »Ich habe viele Namen getragen in der langen Zeit der Verbannung. Keiner von ihnen würde Euch etwas sagen. Nennt mich ›Krähe‹, wie es alle tun, die mich jetzt kennen.«

»Nun – Krähe«, fuhr Herrad fort und warf Rafiel einen fragenden Blick zu. *Mann oder Frau?* Rafiel zuckte mit den Achseln. Es war nicht nur die Kapuze, die den

Blick auf das Gesicht ihres Gastes behinderte, sondern allem Anschein nach wirkte auch noch ein verhüllender Zauber, der ihnen jede Sicht auf das Gesicht unmöglich machte.

»Seid für heute in unserem Kreis willkommen«, fuhr Herrad fort. »Und ich bitte Euch noch einmal: Zeigt uns Euer Antlitz, wie es die Höflichkeit erfordert.«

Die Gestalt, die sich »Krähe« nannte, schüttelte leise den Kopf, warf aber die Kapuze in den Nacken. Das Gesicht, das sich nun zeigte, erschien völlig nichts sagend, war wohl weiblich, aber von unbestimmtem Alter und ohne jedes charakteristische Merkmal, das ein Antlitz in irgendeiner Weise bemerkenswert machte. Herrad sah fort und blickte auf den Tisch und das verhüllte Kästchen. »Ich danke Euch, Krähe. So wollen wir uns mit Eurem Anspruch auf den Leeren Sitz befassen.«

Sie runzelte die Stirn. Ein unbestimmtes Unbehagen nagte an ihr. Sie sah den Erzmagus und Magister Fulke an und bemerkte, dass auch diese beiden ihre Blicke von dem Gast abgewendet hatten und etwas anderes betrachteten: den Tisch, ihre Hände, die bereitstehenden Becher …

»Bei den Schöpfern«, entfuhr es Herrad. »Ihr lenkt uns mit einem Zauber von Euch ab – das ist ein übler Taschenspielertrick! Und dies ist auch nicht Euer wahres Gesicht!« Sie zwang sich, erneut hinzusehen. Ein schwaches Lächeln glitt über das nichts sagende Antlitz der Krähe, und Herrad musste ihren ganzen Willen aufbieten, um Augen und Aufmerksamkeit auf das Gesicht der Frau gerichtet zu halten und nicht wieder abschweifen zu lassen.

»Unterlasst diesen Zauber«, verlangte die Oberste Hexe. »Spielt mit offenen Karten, das können wir mit Fug und Recht von Euch verlangen. Immerhin erlauben wir Euch als Mitglied eines verbotenen Ordens, hier vor uns zu sprechen!«

»Seid versichert, dass ich diesen Umstand zu schätzen weiß«, erwiderte die klangvolle Stimme. Herrads Augen begannen zu tränen, und sie musste blinzeln. »Aber ich kann es nicht wagen, Euch mein wahres Aussehen zu enthüllen. Mein Orden ist zu lange und zu unbarmherzig verfolgt worden – und ich wage nicht, Euch zu trauen. Noch nicht. Seht mir für heute meine Vorsicht nach, und erlaubt mir, mein Gesicht erneut zu verhüllen. Es kostet mich Kraft, den Zauber aufrechtzuerhalten – und auch Ihr müsst Eure Kräfte anstrengen, um ihm zu widerstehen. Das widerspricht meinen Grundsätzen, denn Magie unnötig zu bemühen schadet dem Gleichgewicht.«

Herrad sog hörbar die Luft ein. »Es erstaunt mich, das aus dem Mund einer Schwarzen Magierin zu hören«, sagte sie. »Aber gut, darüber können wir uns später noch unterhalten. Meine Herren, sollen wir dem Wunsch unseres Gastes nachkommen? Es widerstrebt mir zwar sehr, mit jemandem zu sprechen, dessen Gesicht ich nicht sehen kann, aber wenn wir in dieser Angelegenheit von der Stelle kommen wollen, so bleibt uns wohl nicht viel anderes übrig.« Sie sah die anderen an und erhielt die erwartete widerwillige Zustimmung. Mit einem gemurmelten Dank wies sie auf die bereitstehenden Stühle. »Rafiel, ich bitte, setzt Euch.« Dann zwang sie ihre immer noch missbilligend verzogenen Lippen zu einem verbindlichen Lächeln. »Hm – Krähe –, ich weiß nicht, ob es nötig ist, Euch die Anwesenden vorzustellen, aber der Form halber möchte ich es tun. Euch zur Linken seht Ihr Erzmagus Rumold, den Obersten des Grauen Ordens. Neben ihm sitzt der Hofmagus Fulke, ebenfalls Mitglied dieses ehrenwerten Ordens. Und Euch gegenüber setzt sich nun endlich Hochmeister Rafiel des Ordens vom Herzen der Welt an seinen Platz.« Das inzwischen wieder verhüllte Haupt ihres Gastes neigte sich zum Gruß. Dann wandte es sich in erwartungsvoller Haltung der Obersten Hexe zu. Herrad holte tief Luft und nickte widerwillig. »Einstweilen nehmt auf diesem Stuhl Platz. Wir werden im Folgenden feststellen, inwieweit Euer Anspruch darauf gerechtfertigt ist.«

Die Krähe nahm ohne eine Erwiderung Platz und faltete ruhig die Hände auf dem Tisch. Die anderen sahen sich an, ein wenig unschlüssig, was nun zu geschehen habe.

»Gut«, sagte Herrad endlich, nachdem sie mit einem winzigen Schluck Wasser ihre Lippen befeuchtet hatte. »Ihr habt verkündet, dass Ihr Eure Legitimation als Oberhaupt des Schwarzen Ordens dadurch beweisen wollt, dass Ihr das Herz des Todes in Euren Händen halten könnt. Ich habe mich mit meinen Ratskollegen darüber beraten, und wir sind zu keinem einhelligen Beschluss gekommen. Wenn Ihr in der Lage seid, Ter'nyoss zu ertragen, beweist das meiner Meinung nach nur, dass Ihr eine starke und machtvolle Magierin seid – und das ziehe ich bereits jetzt nicht in Zweifel. Wir benötigen darüber hinaus also noch weitere Beweise, dass das, was Ihr behauptet, der Wahrheit entspricht. Dennoch, lasst uns mit dieser Prüfung beginnen.«

Sie streckte die Hände aus, um nach dem verhüllten Kästchen mit den Herzen zu greifen. Die Krähe hinderte sie mit einer schnellen Bewegung daran.

»Haltet ein«, sagte sie mit klingender Stimme. Herrad sah sie verwundert an. Zeigte die Magierin Angst, nun, da es zur Kraftprobe mit dem Herzen des Todes kam?

»Lasst die Herzen verschlossen«, fuhr die Krähe fort. »Ihr habt sie mit einem starken Bann belegt. Ich werde Euch so besser zeigen können, dass mein Anspruch auf diesen Sitz gerechtfertigt ist.«

Sie legte die Hände mit den Handflächen nach oben auf den Tisch und senkte den Kopf. Die anderen warteten voll Erstaunen und Skepsis darauf, was als Nächstes geschehen werde. Die dunkle Gestalt atmete eine lange Zeit tief und ruhig ein und aus. Der junge Hofmagus ruckelte mit steigender Ungeduld auf seinem Stuhl herum, beugte sich dann zu Erzmagus Rumold hinüber und zischelte ihm ins Ohr: »Hoffentlich schläft sie uns nicht ein.« Der Erzmagus warf ihm einen mahnenden Blick zu, konnte aber ein Schmunzeln nur schwer unterdrücken.

Endlich regte sich die dunkle Magierin. Sie machte einen tiefen, hörbaren Atemzug und stieß die Luft mit einem gehauchten Laut aus, der wie ein befriedigtes »Ah« klang. Dabei streckte sie die Finger der linken Hand, vollführte eine kleine greifende Geste und saß wieder still.

Über ihrer Handfläche wurde es Nacht. Die Oberste Hexe beugte sich fasziniert vor und starrte auf das Phänomen. Sie zwinkerte, um ihren Blick zu klären, aber ihre Augen trogen sie nicht: In dem nächtigen Dunkel, das trotz der umgebenden Helligkeit über der Handfläche der Magierin stand, funkelten winzige Lichter. Der Anblick wirkte, als wäre ein Teil aus dem Raum ausgeschnitten worden und böte nun Aussicht auf ein fernes Stück Nachthimmel mit fremden Sternen.

»So«, sagte die Magierin leise. Ihre nur noch schattenhaft zu erkennende Hand schloss sich sanft, als griffe sie nach einem zarten Falter. Das Dunkel hellte sich auf, und die Sterne erloschen wie in der Morgendämmerung eines neuen Tages. Der verhüllte Kopf der Krähe hob sich, und sie schien die anderen Magier anzublicken. »Seht hier Ter'nyoss, die ihre alte Hüterin erkannt hat«, sagte sie leise und öffnete ihre Hand.

Herrad spürte, wie sich die Härchen in ihrem Nacken aufrichteten, als eine Gänsehaut über ihren Rücken rieselte. Sie starrte sprachlos auf die grobe Handfläche der dunklen Magierin und das, was nun darin lag.

Der Erzmagus sprang auf. »Das ist wieder nur ein Trick«, rief er erregt aus. »Das kann niemals das echte Herz des Todes sein! Gebt her!« Er schnappte nach dem Kleinod wie ein Hund nach einer Wurst. Doch ehe seine gichtigen Finger sich um das Herz schließen konnten, schrie er auf und zog die Hand zurück, als hätte er sich an einem lodernden Feuer verbrannt. Er barg die Hand an seiner Brust und ließ sich schwer in seinen Sitz zurückfallen, das Gesicht bleich und schmerzverzerrt.

»Seid vorsichtig«, mahnte die klangvolle Stimme der Krähe. »Ihr dürft nicht vergessen, die Herzen stehen unter Eurem gemeinsamen mächtigen Bann.«

Herrad schüttelte den Kopf. »Das ist unmöglich«, sagte sie beherrscht. »Rumold hat Recht. Das kann nur ein Blendwerk sein. Ihr seid eine mächtige Hexe, Krähe. Ihr täuscht uns mit großer List.«

»Warum sollte ich das tun? Es geht um mein Recht, diesem Rat anzugehören. Was könnte ich also mit einer List erreichen? Seht doch einfach nach, was dort in diesem Kästchen ist. Ist Ter'nyoss noch darinnen, habe ich Euch belogen.«

Herrad senkte ein wenig beschämt den Kopf. »Wir haben uns von unserer Erregung leiten lassen«, sagte sie. »Natürlich habt Ihr Recht. Meine Herren, öffnen wir das Kästchen.«

Das magische Ritual vollzog sich in gespannter Atmosphäre. Der Erzmagus hatte sich zuvor von seinem jungen Ordensbruder ein wenig heilende Kraft spenden lassen und erfüllte nun mit zusammengebissenen Zähnen seine Aufgabe, sichtlich von Schmerzen geplagt. Endlich konnte Herrad das Kästchen öffnen, und alle beugten sich gespannt vor, um hineinzuspähen.

»Es stimmt«, flüsterte nach einer Weile des verblüfften Schweigens der Hochmeister. Er wandte den Kopf und sah auf das Herz des Todes, das immer noch mit unheilvollem Glanz in der Hand der dunklen Hexe ruhte. »Wie …«, er räusperte sich, »wie habt Ihr das bewerkstelligt? Ist unser Schutzbann denn derart schwach, dass man ihn so leicht durchbrechen kann?«

Herrad schüttelte ärgerlich den Kopf. »Das ist nicht der Fall, Rafiel. Nein, hier ist eine andere Kraft im Spiel, etwas, das wir nicht kennen und nicht recht beurteilen können.« Sie wies auf das Kästchen, in dem immer noch das Herz der Welt lag. »Zeigt uns, dass auch Ter'terkrin Euch gehorcht«, forderte sie.

Die Krähe schüttelte den Kopf. »Das ist mir nicht gegeben«, erwiderte sie ruhig. »Ich bin nicht ihre Hüterin und war es auch nie.« Sie hob die Hand, die das Herz des Todes hielt, und alle blickten besorgt darauf. »Ter'nyoss hat seine alte Hüterin erkannt. Ich bin dennoch selbst erstaunt, dass das Herz des Todes zu mir gekommen ist, denn ich habe kein Recht mehr, es in meinen Händen zu halten. Ihr habt die Herzen von ihrer Hüterin getrennt, und das ist falsch und gefährlich. Ich spüre die Dissonanz in meiner Hand. Sie ist stark, zu stark. Ter'nyoss zürnt.«

Die Oberste Hexe lachte auf. »Welch eine Rede!« Sie deutete wieder auf das Kästchen. »Gut, ich denke, Ihr habt uns bewiesen, dass zumindest dieser Teil Eurer Geschichte der Wahrheit entspricht. Ich habe zwar nie davon gehört, dass der Schwarze Orden das Herz des Todes in seiner Obhut hatte – aber wir wissen ja ohnehin nicht viel über Eure Gemeinschaft. Es ist überraschend genug, dass es den Orden – wie Ihr behauptet – noch immer geben soll.«

Sie wandte sich an die anderen Ratsmitglieder. »Meine Herren, wie lautet Eure Meinung? Die Krähe erhebt Anspruch auf einen Sitz im Rat. Sollen wir ihn zumindest vorläufig gewähren?«

Die Magier schwiegen. Endlich ergriff Rumold das Wort, obwohl seine Stimme immer noch von dem erlittenen Schock bebte. »Ich denke, mit einer vorläufigen

Regelung kann ich mich einverstanden erklären. Wir werden diesen Anspruch noch sorgfältiger prüfen müssen – und vor allem sollten wir uns Gewissheit darüber verschaffen, dass der Schwarze Orden nicht erneut darauf aus ist, Unheil zu ersinnen.«

»Wir werden wachsam bleiben«, fügte Hochmeister Rafiel den Worten des Erzmagus hinzu und musterte die verhüllte Schwarze Magierin drohend. »Mich jedenfalls erfüllt es mit großem Unbehagen, dass Ihr so leicht in der Lage seid, Euch Ter'nyoss' zu bemächtigen.«

»Glaubt mir, es war alles andere als leicht«, erwiderte die Krähe. Die Hand, die immer noch das Herz des Todes hielt, zitterte ein wenig. »Ter'nyoss war nie eine leichtgewichtige Gefährtin. Aber die Hüterin wird die Bürde zu tragen wissen. Ich würde gern einmal mit ihr sprechen, denn ich denke, dass meine Erfahrung ihr dabei helfen könnte.«

Herrad schüttelte energisch den Kopf. »Das werde ich nicht gestatten. Ich bitte Euch, Ter'nyoss nun wieder in dieses Behältnis zu legen, damit wir die Herzen erneut einschließen können.«

Die Krähe erhob sich. Das Herz in ihrer Hand glühte in unheilvollem Feuer, und die Kapuze fiel von ihrem Kopf und enthüllte ein bleiches, strenges Gesicht mit nachtschwarzen Augen. Ein dunkler Stern funkelte zwischen schwarzen Brauen, und der Mund mit schmalen, erbarmungslosen Lippen öffnete sich, um eine wie ferner Donner klingende Stimme ertönen zu lassen.

Die Magier saßen wie erstarrt und lauschten der fremden Stimme, die nun wie aus dem Inneren ihrer eigenen Köpfe zu ihnen sprach: *Wir dulden es nicht länger, getrennt zu sein. Ihr behindert unser Sein. Unsere Existenz erfüllt einen Zweck, den ihr nicht begreift. Ihr seid sterblich, wir sind es nicht. Haltet uns nicht fest. Ihr dürft uns nicht länger daran hindern, unserem Weg zu folgen.*

Die Stimme verstummte, obwohl ihre Worte noch in

den Anwesenden weiterklangen. Die Krähe sank auf den Stuhl zurück und verbarg erneut ihr Gesicht im Schatten der Kapuze. Kraftlos hob sie ihre Hand und legte das Herz des Todes zu seiner hellen Schwester in das bergende Kästchen zurück. Der Deckel schlug zu, und ein Blitz zuckte und hüllte das Kästchen in grelles Feuer.

Herrad schrie auf und löste sich aus ihrer Erstarrung. Sie beugte sich über das Behältnis und nahm es in die Hände. Fassungslos drehte sie es in den Händen und zeigte es dann stumm den anderen: Es gab keinen Weg mehr, das Kästchen zu öffnen, ohne es zu zerstören. Deckel und Behältnis waren ohne erkennbare Naht miteinander verbunden, aus einem Stück geformt wie ein massiver Block.

»Was war das für eine Erscheinung?«, fragte Magister Fulke erschüttert. Er bebte am ganzen Leib.

Die Oberste Hexe raffte sich auf. »Ich erwarte eine Erklärung von Euch, Krähe«, sagte sie wütend. »Was habt Ihr mit diesem Schauspiel bezweckt? Glaubt Ihr etwa im Ernst, wir seien nun nicht in der Lage, das Kästchen wieder zu öffnen?«

Die dunkle Magierin saß zusammengesunken da, den Kopf in offensichtlicher Erschöpfung gesenkt. »Ich habe nichts damit zu tun. Ter'nyoss hat durch mich gehandelt und gesprochen«, erwiderte sie dumpf. »Lasst mich nun gehen. Ich fühle mich, als hätte der Blitz mich getroffen.« Sie legte die Hände auf die Lehnen des Stuhls und stand mühsam auf.

Herrad wollte sie aufhalten, aber ein Blick und ein stummes Kopfschütteln des Hochmeisters ließen sie innehalten. »Gut, ich sehe, dass Ihr angestrengt seid«, sagte sie widerwillig. »Lassen wir es für heute gut sein. Wir haben sicherlich genug, worüber wir erst einmal nachdenken müssen.« Die anderen Magier stimmten zu, beinahe ähnlich erschöpft wie die Krähe.

Die Oberste Hexe blieb im Kellergewölbe zurück, um das wertvolle Kästchen wieder in seinem Gelass zu verbergen. Hochmeister Rafiel zog sich einen Stuhl ans Feuer und legte die Füße hoch. Grübelnd starrte er in die Flammen, bis Herrad den Wandteppich zurückgleiten ließ. Statt den Raum zu verlassen, setzte sie sich neben ihn und reichte ihm einen Becher mit Wein, den sie mit Wasser verdünnt hatte. Dann lehnte sie sich müde zurück, nippte an ihrem Becher und rieb sich die Augen.

»Welch ein Schauspiel«, sagte Rafiel nach einer Weile. Er wandte den Kopf und sah sie an. »Was davon glaubt Ihr?«

Herrad zuckte matt mit den Schultern. »Das war mit Sicherheit ein gut vorbereitetes Schauspiel – allerdings begreife ich nicht recht, was sie damit bezweckt hat. Was mögen ihre Pläne sein?« Sie schüttelte grimmig den Kopf. »Ich frage mich, ob es ein Fehler war, ihr die vorläufige Teilnahme an unseren Sitzungen zu erlauben.«

Der Hochmeister zog grübelnd die Unterlippe zwischen die Zähne, strich mit dem Daumen am Rand seines Bechers entlang und wiegte dann langsam verneinend den Kopf. »Ich denke, es ist gut so. Besser, wir können sie eine Zeit lang beobachten. Das ist der einzige Weg herauszufinden, worauf sie sinnt. Und dass sie etwas vorhat, steht wohl außer Frage.«

»Glaubt Ihr der Frau? Ich meine, glaubt Ihr, dass sie wirklich dem Schwarzen Orden angehört?«

Rafiel nickte zögernd. »Es passt irgendwie. Die Herzen sind wieder aufgetaucht und verursachen eine Menge Ärger, und dazu gehört dieser verfluchte Orden. Vielleicht ist das unsere Gelegenheit, ihm endgültig das Handwerk zu legen. Wer hätte gedacht, dass es ihm gelänge, im Verborgenen zu überdauern?«

»Und dass er jetzt sogar die Frechheit aufbringt, sich in aller Öffentlichkeit zu zeigen«, fügte Herrad voller Grimm hinzu. »Nein, Ihr habt Recht. Wir müssen mehr darüber herausfinden und dann dafür sorgen, dass von diesem Orden kein erneutes Unheil ausgeht. Ach, als wäre uns nicht schon genug aufgebürdet!«

Rafiel legte ihr tröstend seine große Hand auf die Schulter. »Nur Mut, alte Freundin. Lasst uns ausruhen. Und, wenn ich ehrlich bin, könnte ich etwas zu essen vertragen.«

Herrad lachte und erhob sich. »Dann kommt, Herr Hochmeister. Ich denke, in meinen Räumen wartet schon ein schönes Mahl auf uns.«

Anna musste einen erschreckten Aufschrei unterdrücken, als sie auf dem Weg zu ihrer Kammer in der Nähe der Treppe zu den Kellerräumen plötzlich von einer energischen Hand aufgehalten und in eine der tiefen Fensternischen gezogen wurde. Der Gang war nicht allzu gut erleuchtet, und da draußen die Dämmerung herabsank, wusste sie zuerst nicht, wer sie da am Arm gepackt hielt.

Sie hielt die dunkel gekleidete Gestalt beim ersten flüchtigen Hinsehen für einen der Novizen, aber dann erkannte sie die ernsthaften und ein wenig ängstlichen nussbraunen Augen und rief voller Erstaunen aus: »Mika! Was machst du hier?«

Der junge Mann legte hastig einen Finger an den Mund und murmelte: »Bitte, schrei nicht so. Wenn ich hier auffalle …«

»… fliegst du raus«, ergänzte Anna belustigt. »Und zwar hochkantig. Was treibt dich her? Hattest du Sehnsucht nach mir?«

Mika wurde flammend rot. »Natürlich nicht«, stotterte er, biss sich auf die Lippe, als er ihren Blick sah, und murmelte: »Ein bisschen vielleicht. Doch, schon. Aber deswegen bin ich nicht hier.« Er schüttelte sich verlegen wie ein junger Hund und zog sie näher zu sich heran. »Korben ist in Schwierigkeiten«, hauchte er.

Anna hob die Brauen. »Korben ist doch immer in Schwierigkeiten«, sagte sie leichthin, aber mit einem leisen Grummeln in der Magengegend. Wenn Mika hier auftauchte, um mit ihr zu sprechen, musste es sich um etwas Ernsteres handeln als die üblichen kleinen Klemmen, in die Korben sich regelmäßig brachte.

Mikas Gesichtsausdruck bestätigte ihren Gedankengang. »Diesmal ist es wirklich übel«, flüsterte er. Dann sah er sich unruhig um. »Können wir woanders hingehen? Ich habe die ganze Zeit Angst, dass uns jemand sieht.«

Anna überlegte kurz, dann griff sie nach Mikas Hand und zog ihn mit sich. »Im Seminartrakt dürfte sich jetzt kaum noch jemand aufhalten«, erklärte sie ihrem nervösen Begleiter. »Die kleine Bibliothek ist ideal für ein ruhiges Gespräch.« Sie blinzelte Mika zu. Der junge Mann seufzte und blickte sich ängstlich um, weil er Schritte hörte. Eine kleine Gruppe von Novizen querte den Gang und verschwand um die Ecke, ohne ihnen Beachtung zu schenken. Mika atmete erleichtert auf und prallte gegen Anna, die innegehalten hatte. »Pass doch auf«, schalt sie lächelnd und schob ihn durch eine Tür in einen spärlich erleuchteten Raum, in dem es warm und trocken nach altem Pergament und Papier roch.

Mika nieste und wischte sich die tränenden Augen.

»Das ist der Staub«, sagte Anna. »Komm, dahinten können wir uns setzen. Da sieht uns von der Tür aus niemand.« Mika schlängelte sich zwischen voll gestopften Regalen und überbordenden Tischen hindurch. »Wie findet ihr hier bloß, was ihr sucht?«, fragte er und hinderte hastig einen Bücherstapel, den er mit dem Arm angestoßen hatte, am Umfallen. Anna zuckte gleichmütig mit den Schultern.

»Ach, das bekommst du mit der Zeit raus. In der großen Bibliothek geht es aufgeräumter zu, aber diese hier nutzen hauptsächlich die Novizen, und die sind nicht allzu ordentlich. Im Notfall hilft ein Findezauber.«

Mika ließ sich mit einem Aufseufzen auf einen bequemen alten Polsterstuhl fallen. »Ach, ich bin völlig erledigt«, stöhnte er. »Ich habe Cass gebeten, für mich auf den Laden aufzupassen, und bin hergekommen, weil ich nicht weiterweiß.«

Anna zog ihren Stuhl so nahe, dass ihre Knie sich berührten, und beugte sich vor. »Jetzt erzähl mal. Was ist passiert?«

Mika wischte sich über die immer noch tränenden Augen. »Korben hat sich mit der Händlergilde eingelassen.«

Anna sah ihn fragend an. Mika lächelte schief. »Das klingt höchst ehrbar, ich weiß. Aber Samhel, der Gildenmeister, ist ein Schurke, und die Geschäfte, die er tätigt – und duldet –, sind zum großen Teil recht finsterer Natur. Du musst wissen, dass Korben gewisse berauschende Kräuter für mich verkauft ...« Er stockte ein wenig verlegen. Anna zog ein missbilligendes Gesicht, nickte aber. »Wir haben immer darauf geachtet, damit keinen Schaden anzurichten«, beeilte Mika sich zu erklären. »Korben ist manchmal ein bisschen leichtsinnig, aber ich achte sehr darauf, dass wir keine ernsthaft schädlichen Rauschmittel verkaufen.« Er schnitt eine jämmerliche Grimasse. »Natürlich weiß ich, dass das nicht in Ordnung ist, aber Korben kann sehr überzeugend sein. Und ich musste doch auch von irgendetwas leben.«

Anna kratzte sich an der Nase. »Du mischst so großartige Tees«, sagte sie mit leisem Vorwurf. »Warum hast du dich nicht schon viel eher darum gekümmert, deine Waren in der Oberstadt zu verkaufen?«

Mika sah sie verlegen an. »Ich habe mich nicht getraut. Ich dachte, ich würde noch nicht mal bis zum

Kücheneingang vorgelassen werden. Und wenn du mir nicht geholfen hättest …« Er lächelte verlegen. »Weißt du, jetzt habe ich so viel zu tun, dass ich sogar eine Hilfe brauche. Ich habe Cass gefragt, und sie war damit einverstanden, mir zur Hand zu gehen. Sie ist sehr zuverlässig und ordentlich, auch wenn man das nicht glauben sollte.«

Anna schüttelte belustigt den Kopf. »Das freut mich für euch beide, Mika, wirklich. Aber nun erzähl schon: Was ist mit Korben?«

Mika verschränkte mit umwölkter Miene die Hände. »Er hat sich darauf eingelassen, für die Händlergilde höchst illegale Drogen zu verkaufen. Samhel hat ihm allerdings keine allzu große Wahl gelassen. Trotzdem, wir hätten einen anderen Weg finden müssen.« Er versank in sorgenvolles Grübeln, aus dem Anna ihn ungeduldig herausrüttelte. »Komm schon, erzähl weiter. Was genau ist geschehen?«

»Korben hat es geschafft, die erste Lieferung des Zeugs zu verkaufen und damit unser eingesetztes Kapital zumindest zum Teil wieder herauszuholen. Er hat sich Nachschub bei Samhel besorgt und ist damit gleich wieder losgezogen, und seitdem habe ich ihn nicht mehr gesehen. Heute Nachmittag kam dann Cass zu mir und erzählte mir, sie habe gehört, die Wache habe einen Händler erwischt, der Kobbal verkauft hat.« Er sah Annas fragenden Blick und senkte die Augen. »Ein schlimmes Zeug«, murmelte er. »Wir hätten uns nicht darauf einlassen dürfen.«

»Du glaubst also, die Wache hat Korben festgenommen?«, fragte Anna besorgt. »Wenn das stimmt, was werden sie mit ihm machen?«

Mika zuckte mit den Achseln. »Erst mal werden sie ihn wohl in der Festung einsperren. Irgendwann wird er dann verurteilt werden. Möglicherweise schicken sie ihn in einen Steinbruch oder auf eine Galeere. Obwohl, mit seiner verkrüppelten Schulter und dem Fuß …« Mika verfiel wieder ins Grübeln.

Anna klopfte hart gegen seinen Arm, um seine Aufmerksamkeit zu erringen. »Eins nach dem anderen, Mika. Wir sind nicht sicher, dass er es ist, den die Wache erwischt hat. Richtig? Also müssen wir das erst einmal herausfinden. Hast du eine Ahnung, wie das gehen könnte?«

Mika nickte wieder, diesmal ein wenig zögernd. »Ich müsste zur Festung hinaufgehen und versuchen, etwas über ihn in Erfahrung zu bringen. Keine Ahnung, wen ich da fragen muss – ich kenne nicht viele Verbrecher.« Er versuchte sich an einem Lächeln, das Anna herzlich und tröstend erwiderte, obwohl sie selbst nun in großer Sorge um ihren leichtsinnigen Freund war.

»Gut, finde das heraus. Vielleicht weiß Cass ja besser, wie du an solche Informationen kommen kannst.« Sie dachte nach. »Was kann ich tun?«

Mika rutschte auf seinem Sitz herum. »Du könntest die Krähe um Hilfe bitten«, sagte er widerwillig. »Sie hat sicher die Möglichkeit einzuschreiten. Du weißt, was ich von ihr halte, aber die Angelegenheit ist zu ernst, als dass wir eine Chance außer Acht lassen sollten.«

Anna verzog das Gesicht. »Ich wollte eigentlich nicht …« begann sie, unterbrach sich dann aber entschieden. »Na gut, du hast Recht. Ich suche sie gleich morgen auf. Hoffentlich finde ich das Haus wieder.«

»Ich werde dir den Weg beschreiben, es ist nicht schwer zu finden«, erbot Mika sich voller Eifer. Sein Gesicht zeigte deutlich Erleichterung, nun, da er seine Sorge mit Anna teilen konnte.

Anna nickte bedrückt. »Morgen Nachmittag komme ich zu dir«, sagte sie. »Vorher kann ich hier nicht weg. Vielleicht hast du bis dahin ja schon etwas in Erfahrung gebracht. Oder Korben ist wieder aufgetaucht.«

Mika nickte ohne große Hoffnung und erhob sich. »Bringst du mich raus?«, fragte er leise. Anna schob ihren Arm unter seinen und drückte ihn kurz an sich. »Wir werden ihn schon finden«, sagte sie ermutigend. Aber auf dem Weg zum Torhaus hingen beide nicht allzu rosigen Gedanken nach, und in dieser Nacht fand Anna lange keinen Schlaf.

10

Am nächsten Nachmittag wartete Mika schon auf sie. Anna war müde und außer Atem. Ihre Erschöpfung besserte sich aber erstaunlich rasch, nachdem sie eine Tasse seines speziellen Stärkungstees getrunken hatte, wie Mika das dickflüssige, süße Getränk nannte, aus dem Anna neben dem Aroma von Früchten die Beimengung einiger kräftigender Kräuter herausschmeckte, deren Wirkungsweise sie inzwischen bei Meister Wilber kennen gelernt hatte.

»Woher hast du dieses Rezept?«, fragte Anna.

Mika rieb sich die Augen und antwortete eher geistesabwesend: »Ich habe eine Reihe von Rezepturen meines Großvaters ausprobiert und abgeändert. Und Korben kennt sich ja auch ein bisschen aus …«

Korben. Anna trank den Tee aus und nickte Mika zu. »Also, hast du etwas herausfinden können?«

Mika seufzte und lehnte sich gegen die Theke. Er grub seine Finger in den Korb mit Hirse, der neben ihm stand, und ließ die rötlich gelben Körner leise raschelnd durch seine Finger rieseln. »Heute habe ich mich hier im Viertel umgehört. Es ist wohl schwierig, etwas über die Inhaftierten zu erfahren, aber ich habe mich an einen Offizier der Wache gewandt, der nicht abgeneigt ist, sich für eine kleine Gegenleistung mit dem Wachpersonal zu unterhalten. Heute Mittag habe ich ihn aufgesucht, um ihm die Handfläche zu versilbern.« Er grinste ein wenig verlegen. »Er war ziemlich brummig, hat mir aber mehr oder weniger versprochen, mir bis morgen alles an Informationen zukommen zu lassen, was ihm möglich ist. So weit bin ich immerhin.«

Anna stöhnte leise. »Wir wissen also immer noch nicht, ob Korben überhaupt inhaftiert ist. Es kann sein, dass du dein Geld umsonst ausgegeben hast.«

Mika zuckte mit den Schultern. »Das werden wir sehen. Ich wäre jedenfalls froh, wenn Korben *nicht* im Festungskerker säße. Denn schließlich – wie sollten wir ihn da rausholen?«

Anna starrte ihn groß an. Darüber hatte sie noch nicht nachgedacht, wie sie zugeben musste. »Gibt es die Möglichkeit, jemanden freizukaufen, weißt du das?«, fragte sie unsicher.

Mika schnitt eine Grimasse. »Ja, man sagt, das wäre möglich. Aber das nötige Geld könnte ich niemals zusammenkratzen. Das Lösegeld soll sich in dem Bereich von mehreren Schlägen Gold bewegen, je nach Schwere des Vergehens. Manche Zünfte stellen für Mitglieder, die in die Klemme geraten sind – wegen Schulden oder so – das Lösegeld und holen es sich dann nach und nach von dem Freigekauften zurück, habe ich gehört. Aber dieser Weg steht uns nicht offen.« Er sah Anna unglücklich an. »Ich bin nicht besonders wohlhabend. Deswegen haben wir uns ja auf den Verkauf – hm – seltener Kräuter und Substanzen eingelassen.«

Anna musste trotz aller Besorgnis lächeln, denn Mikas zerknirschte Miene glich verblüffend der eines jungen Hundes, der mit Schelte rechnete. Sie legte ihre Hand auf seine und zog sie auch nicht zurück, als er wie erwartet errötete. »Gut, Mika, hör dich weiter um. Vielleicht hält ja auch diese Händlergilde ihn aus irgendwelchen Gründen fest.«

»Ich hoffe nicht«, murmelte der junge Mann. »Da wäre die Festung mir lieber!«

Anna gab ihm einen sanften Knuff und stand auf. »Ich suche also jetzt die Krähe auf.« Sie verzog das Gesicht. »Es bleibt mir ja wohl nichts anderes übrig.«

Nun war es an Mika, ihr mitleidig die Hand zu drücken. Er begleitete sie auf die Straße hinaus und erklärte ihr den Weg hinunter ins Hafenviertel und zum Haus der Krähe.

»Meinst du, du findest dich zurecht?«, fragte er besorgt. »Sonst bringe ich dich lieber hin.«

Anna schüttelte den Kopf. »Das ist nicht schwierig. Wenn ich unten am Kai bin, weiß ich schon Bescheid.« Sie winkte ihm zu und blieb noch einmal stehen, als er »Warte!« rief und zurück ins Haus rannte. Kurz darauf kam er wieder, drückte ihr einen rot geflammten Apfel in die Hand, murmelte verlegen »Wegzehrung!«, und verschwand schnell wieder durch die Tür, ehe sie über sein ebenso rot flammendes Gesicht lächeln konnte.

Anna lächelte wirklich, allerdings eher gerührt, und biss in die Frucht, kaum dass sie um die Ecke gebogen war. Der Apfel war süß und so reif, dass sie den Saft von den Fingern leckte. Sie musste an Sendra denken und die großen Apfelbäume, die dort im Garten wuchsen. Plötzlich erfasste sie Heimweh, ein Gefühl, das sie schon so lange nicht mehr verspürt hatte, dass es ihr ganz seltsam und fremd erschien. Sie war schon so lange Zeit nicht mehr zu Hause gewesen, dass die Bilder zu verblassen begannen. Wie hatte das Zimmer ihrer Eltern ausgesehen? Sie wusste es kaum noch. Ihre eigene Kammer war klein gewesen und hatte unter dem Dach gelegen. Im Sommer war es dort so heiß gewesen, dass sie immer im Garten geschlafen hatte; die alte Köchin hatte ihr oft eins der Küchenmädchen mit etwas Naschwerk geschickt, damit ihre kleine Anna nicht verhungerte. Ihre Großmutter war manchmal in aller Frühe auf nackten Füßen durch das taufeuchte Gras zu ihr gekommen, hatte sich neben sie in die frühe Sonne gesetzt und wie Anna dem lauten Morgengruß der Vögel gelauscht.

In solche Erinnerungsbilder versunken und mit einem leisen Lächeln auf dem Gesicht, fand Anna beinahe traumwandlerisch ihren Weg durch das Hafenviertel. Erst vor der Tür des schmalen, krummen Häuschens, das ihr Ziel war, wachte sie aus ihren Träumereien auf und erinnerte sich unsanft an den Grund ihres Hierseins. Beklommen hob sie die Hand, um anzuklopfen, und ihre Knöchel hatten kaum das rissige Holz der Tür berührt, als von drinnen die Stimme der Krähe erklang: »Tritt ein, Anadia. Ich habe dich schon erwartet.«

Anna tastete sich wie bei ihrem ersten Besuch durch den finsteren Gang und den kleinen Raum dahinter und betrat die Küche. Niemand war darinnen, aber als sie sich umblickte, sah sie draußen in dem winzigen Gärtchen die dunkle Frau über etwas gebeugt, was sie in der Hand hielt. Ihre Lippen bewegten sich nicht, aber die Haltung ihres Kopfes wirkte auf Anna, als spräche sie mit jemandem.

Wie hat sie mich hereinbitten können, wenn sie dort draußen im Garten steht?, fragte Anna sich verdutzt, aber der Gedanke verschwand wie ein Blütenblatt im Wind, als die Krähe nun ihre Hände hob und ein kleiner, schwarz schillernder Vogel – ein Star? – sich daraus erhob und davonflog. Die Frau sah dem Vogel noch eine Weile nach, dann wandte sie den Kopf, blickte Anna durch das Fenster an und winkte ihr auffordernd zu.

Anna trat durch eine schmale Tür in den winzigen Garten hinaus. Sie hatte erwartet, draußen von dem gewohnten Geräuschteppich empfangen zu werden: Kindergeschrei, bellende Hunde, klappernde Töpfe und streitende Nachbarn, das Hämmern aus der Hufschmiede, an der sie vorbeigekommen war – eben all die alltäglichen Geräusche der engen Nachbarschaft in einem Viertel.

Doch es war still, als hätte jemand der Stadt befohlen, den Atem anzuhalten. Sie vernahm deutlich das Flüstern des Laubs an den Zweigen der Bäume und das Knistern des trockenen Grases unter ihren Füßen. Ein Vogel zwitscherte leise und träge und verstummte bald wieder. Die Krähe stand reglos in der Mitte des Gärtchens und sah ihr entgegen. Im hellen Licht des Tages sah sie älter aus, als Anna sie von ihrer ersten Begegnung in Erinnerung hatte. Müde Linien durchzogen das herbe Gesicht, aber ihre Bewegungen, mit denen sie jetzt Annas Hand nahm, bewiesen große Kraft und Energie. Anna ließ die prüfende Musterung der leuchtend schwarzen Augen über sich ergehen, doch nach einer Weile entzog sie sich dem festen Griff der breiten Hand und trat einen Schritt zurück.

»Du hast lange gebraucht, um wieder hierher zu finden«, sagte die Krähe mit sanfter Belustigung.

»Ich bin gekommen, weil ich Eure Hilfe benötige«, kam Anna ohne Umschweife zur Sache. Sie berichtete von Korbens Verschwinden und Mikas Vermutung, wo er möglicherweise festgehalten wurde. Die Krähe lauschte, ohne sie zu unterbrechen.

»Und wie soll ich euch jetzt helfen?«, fragte sie, nachdem Anna geendet hatte.

»Das war eigentlich Mikas Idee. Er glaubt, dass Ihr über Möglichkeiten verfügt herauszufinden, was mit Korben geschehen ist – und ihm aus der Klemme helfen könnt. Ich hätte Euch nicht aufgesucht«, fügte sie leise hinzu.

Die Krähe lachte und griff wieder nach ihrer Hand. »Dann muss ich Korben und seinem ängstlichen Freund wohl noch dankbar sein.« Sie wandte sich zum Haus, ohne Anna loszulassen. Ihre schwielige Hand war warm, und ihr fester Griff flößte Anna ein wenig Mut ein.

»Hat Mika Recht?«, fragte sie. Die Krähe sah sie fragend an, bevor sie Anna durch die schmale Küchentür ins Haus schob. »Könnt Ihr Korben ausfindig machen?«

Die Krähe zuckte mit den Schultern und stellte den Wasserkessel aufs Feuer. »Das wolltest du nicht fragen«, sagte sie und hantierte mit einer zerbeulten Dose herum. Anna kaute auf ihrer Lippe und sah zu, wie die Krähe Tee bereitete.

»Der Schwarze Orden«, sagte Anna endlich. »Ihr gehört wirklich zu diesem Orden, nicht wahr?«

»Ist das wichtig für dich?«, fragte die Krähe zurück. »Der Orden büßt schon lange für das, was in seinem Namen Übles geschehen ist. Einige seiner Obersten erlagen der Verführung, die jede Form von Magie in sich birgt. Der Schwarze Orden war von jeher der mächtigste von allen, und seine Mitglieder waren deshalb auch am stärksten der Versuchung ausgesetzt, Macht zu missbrauchen.« Sie stand da, massiv wie eine alte Steinmauer und auf unnennbare Weise ebenso verwittert, und sah die junge Frau mit großer Eindringlichkeit an. »Der Schwarze Orden hat jahrhundertelang eine der beiden Schwestern gehütet, die nun in deine Obhut gegeben worden sind. Glaube mir, ich weiß, was es bedeutet, Ter'nyoss zu tragen!«

Anna richtete sich auf. »Wie ist Euer Name?«, fragte sie mit stockendem Atem.

Die Krähe lachte. »Das ist eine seltsame Zeit, in der alle Welt plötzlich meinen Namen wissen möchte. Was bedeutet dir mein Name?«

»Man hat mich vor Euch gewarnt«, erwiderte Anna. »Man sagt, Ihr wäret eine Hochstaplerin, die vorgibt, jemand zu sein, der sie nicht ist – nicht sein kann!«

Das Wasser im Kessel kochte. Die ältere Frau drehte sich um, nahm den singenden Kessel vom Feuer und goss das heiße Wasser über den Tee. Dann stand sie eine Weile da und blickte nachdenklich auf die Kanne.

»So«, sagte sie endlich, füllte zwei Becher und gab einen davon Anna. »Setz dich, wir müssen uns nicht die ganze Zeit im Stehen unterhalten. Was meint *man* denn, welche Person ich zu sein behaupte?«

Anna trank einen verlegenen Schluck, um nicht gleich antworten zu müssen. Dann blickte sie in die amüsierten schwarzen Augen der Frau und hob die Schultern. »Es gibt da eine Person, die meiner Großmutter und ihrer Schwester nahe gestanden hat. Sie hat ihnen geholfen, die Herzen zu gewinnen und die Magierin in der schwarzen Zitadelle zu besiegen. Man … man meint, dass Ihr behauptet, diese Person zu sein.«

Die Krähe lächelte, ihre Augen waren umkränzt von einem Netz von Fältchen. »Das ist ja wohl kaum möglich«, entgegnete sie sanft. »Ich bin nicht mehr jung, aber ein so gesegnetes Alter erreicht auf dieser Welt doch wohl niemand.«

Anna senkte den Blick, dann sah sie schnell wieder auf. »Aber zumindest stimmt es, dass Ihr dem Schwarzen Orden angehört«, stellte sie fest.

Die Krähe seufzte und griff nach ihrer stummeligen Pfeife, die auf dem Tisch lag. Sie drehte sie in den Händen und legte sie wieder hin. »Ich weiß, was du von meinem Orden denkst – das, was alle über ihn denken. Wir haben große Schuld auf uns geladen, aber das ist lange her. Mein Orden hat immer eine schwere Bürde und viel Verantwortung tragen müssen. Als die Herzen verloren gingen und alle Magierorden auf der Suche nach ihnen jeden Stein auf dieser Welt umdrehten, war das Herz des Todes in der Obhut einer Magierin, die dazu auserkoren worden war, diese Last zu tragen. Sie war nicht die älteste oder mächtigste der Hexen, sie war jung und kannte wenig von der Welt, und auch ihre magischen Kräfte waren kaum der Rede wert. Aber Ter'nyoss hatte sie ausgewählt, und sie trug das Herz des Todes, auch wenn sie manchmal unter dieser Last zu zerbrechen drohte. Sie klagte darüber, aber sie war die Hüterin.«

Anna starrte in die schillernden Augen der Krähe. Die leise dunkle Stimme zog sie in einen Bann, den sie nicht lösen konnte, obwohl die Worte der Krähe ihr ein namenloses Entsetzen bereiteten und sie am liebsten so weit weg geflohen wäre, wie es nur eben ging.

»Eine halbe Ewigkeit trug die Magierin das Herz des Todes an ihrem Herzen, und sie veränderte sich. Sie wuchs, sie gewann Kraft, denn das musste sie, um Ter'nyoss eine würdige Hüterin zu sein. Die Last wurde nicht geringer, aber sie beklagte sich nicht mehr darüber. Die Ewigkeit lag vor ihr – auch wenn der Gedanke ihr keine Freude bereitete.« Die Krähe hielt inne und trank einen Schluck von dem abgekühlten Tee. Anna spürte, dass ihre Hände zitterten, und faltete sie um ihren Becher.

»Dann geschah es, dass sie verraten wurde. Eine ihrer engsten Vertrauten und Freundinnen stahl das Herz des Todes und floh damit. Floh in den entferntesten Winkel dieser Welt, und als die Hüterin ihr dorthin folgte, floh sie aus dieser Welt in unzählige andere, immer verfolgt von der wahren Hüterin des Herzens.«

Anna schloss die Augen. »Meine Ururgroßmutter«, flüsterte sie und spürte, dass die Krähe nickte.

»Ab da kennst du die Geschichte. Die Hüterin gewann das Herz des Todes zurück, deine Großmutter und ihre Schwester fanden das verlorene Herz der Welt, und damit hatte sich alles verändert. Die Schwester-Herzen verlangten nach einer neuen Hüterin, und sie erwählten dich.«

Anna presste die Lippen zusammen und schüttelte den Kopf. »Ich kann das nicht. Ich bin nicht die Richtige für diese Aufgabe!«

»Das Gleiche sagte einst die junge Magierin.« Die Krähe legte sanft eine ihrer großen Hände auf Annas zitternde Finger. »Du bist stärker als du glaubst«, flüsterte sie. »Die Herzen suchen ihre Hüterinnen gut aus, glaube mir. Ich kann das beurteilen …«

Anna starrte sie an. Aus jedem Fältchen, jeder Furche in dem scheinbar alterslosen Gesicht der Frau schien die schwere und oft bittere Erfahrung von Jahrhunderten zu sprechen.

»Ihr seid die Sturmkrähe«, flüsterte Anna. »Ihr habt Ter'nyoss gehütet. Ihr seid Jinqx. Aber … das ist doch unmöglich!«

Die Krähe lächelte und lehnte sich zurück. Ihre Finger schlossen sich erneut um die Pfeife. »Das ist unmöglich, du hast Recht. Und da man dir gesagt hat, ich sei eine Hochstaplerin, die behauptet, jemand zu sein, der sie unmöglich sein kann – nun, ich behaupte nicht, Jinqx zu heißen. Man nennt mich ›Krähe‹. Aber das habe ich dir sicher schon einmal gesagt.«

Anna schüttelte den Kopf. »Ihr versucht mich zu manipulieren«, sagte sie energisch. »Ich weiß nicht, warum Ihr das tut. Ich weiß nicht, was Ihr von mir wollt. Aber ich bin nicht hier, um über die Herzen zu reden, erinnert Ihr Euch? Korben gilt meine Sorge.«

Die Krähe nickte und stopfte ihre Pfeife. »Der unvorsichtige Junge. Es wundert mich nicht, dass er sich endlich in eine Klemme manövriert hat, aus der er selbst mit all seiner Findigkeit nicht mehr herauskommt. Also gut, ich werde sehen, was ich tun kann. Warte einen Augenblick.«

Sie stand auf und ging in den Nebenraum. Anna erhaschte einen Blick auf ein leeres Zimmer, in dem es keinerlei Möbel oder Hausrat zu geben schien. Die Tür fiel zu. Der abkühlende Wasserkessel summte leise vor sich hin, und im Herd knackte das Feuer; sonst war es ruhig. Aus dem Nebenzimmer drangen keine Geräusche, die auf irgendeine Aktivität schließen ließen. Anna seufzte und schenkte sich Tee nach. Dann stand sie auf und wanderte ein wenig umher. Die Alltäglichkeit der Küche beruhigte nach und nach ihr aufgewühltes Gemüt. In dem Gärtchen pickten Vögel nach ausgestreuten Brotkrumen. Anna stand am Fenster, den Becher in den Händen, und blickte hinaus, und in ihrem Kopf führten tausend unbeantwortete Fragen einen seltsamen Tanz auf.

Die Krähe behauptete nicht, Jinqx zu sein – darin hatte Mellis sich geirrt. Aber angedeutet hatte sie es – oder hatte Anna ihre Erzählung falsch verstanden? Wie auch immer, die Magierin hatte etwas mit ihr und den Herzen im Sinn, und das beunruhigte sie zutiefst.

Eine Tür klappte auf. Anna sah, wie die Krähe aus dem Nebenzimmer in den Garten trat und emporblickte. Wenig später flog erneut ein kleiner Vogel über die Mauer und landete auf ihrer Schulter, um von dort aus in ihre Hände zu hüpfen. Die Krähe neigte den Kopf und schien mit dem Vogel zu flüstern. Dann warf sie ihn in die Luft und sah ihm nach, ehe sie sich umwandte und in die Küche zurückkam.

Anna sah ihr voller Unruhe entgegen. Die Krähe paffte in aller Seelenruhe ihre Pfeife und nahm sich von dem heißen Tee.

»Und?«, drängte Anna. Die Krähe zuckte mit den Schultern.

»Ich bin mir nicht sicher. Es ist möglich, dass er in der Festung ist, doch die Verhältnisse dort erlauben mir nicht, das von hier aus mit Gewissheit festzustellen; zu viel Störendes liegt dazwischen. Aber ich habe eben einen Freund damit beauftragt, sich ein wenig umzusehen.«

Anna runzelte die Stirn. »Wenn Korben wirklich dort ist – wie können wir ihn herausholen?«

»Ich kann ihn dort nicht einfach herauszaubern, wenn du das meinst. Wir werden erst einmal sehen müssen, wie seine Lage ist, und dann überlegen, was wir tun können. Unter Umständen können wir auch gar nichts für ihn tun.«

»Ach«, sagte Anna enttäuscht. »Aber ich dachte …«

»… dass ich mit dem Finger schnippe, und Korben steht hier in der Küche. Anna, Magie ist nicht unbedingt das Werkzeug, das jedes deiner Probleme löst. Im Gegenteil. Wenn ich dich betrachte, sehe ich, dass die meisten deiner Probleme durch Magie überhaupt erst entstanden sind.« Sie schüttelte ernst den Kopf. »Dein Orden behauptet, vernünftig mit magischen Kräften umzugehen. Das ist ein Denkfehler. Es gibt keinen vernünftigen Umgang, was die Magie betrifft. Oder doch: möglichst die Finger davon zu lassen. Wenn du das Feuer nicht anfasst, kannst du dich auch nicht daran verbrennen.«

»Aber wozu ist sie dann gut?«, erwiderte Anna heftig. »Es gibt nun einmal magiebegabte Menschen, und wenn sie darauf achten, klug mit ihren Kräften umzugehen …«

»Sie greifen jedes Mal in das Gefüge der Welt ein«, unterbrach sie die Krähe nicht minder heftig. »Glaube mir, das geht nicht, ohne einen Preis dafür zu bezahlen. Und manchmal bezahlt den Preis ein anderer.«

»Aber was kann man dann noch tun?«, flüsterte Anna entmutigt. »Ich lerne, eine Hexe zu sein. Wozu, wenn das stimmt, was Ihr sagt? Um keine Magie zu wirken?«

»Um zu *wissen*, was du anrichtest, wenn du einen Zauber wirkst. Und gut, sehr gut abzuwägen, ob er wirklich nötig ist und ob du bereit bist, dann auch den Preis dafür zu entrichten.«

Anna schüttelte den Kopf. »Das ist nicht das, was ich gelernt habe.«

Die Krähe nickte unbarmherzig. »Und das war – trotz allem, was einige von uns verbrochen haben – einer der Hauptgründe dafür, warum mein Orden so verfolgt wurde. Wir waren nicht bequem, Anna. Mahner sind nie beliebt.«

»Wenn Ihr so denkt, warum verlangt Ihr dann von mir, die Herzen anzunehmen?«, begehrte Anna auf. »Damit ist schließlich das Wirken von Magie verbunden, oder etwa nicht?«

Die Krähe ließ sich nachdenklich auf den Stuhl am Fenster sinken. Sie klopfte die Pfeife aus und legte sie auf das mit Tabakkrümeln übersäte Fensterbrett. »Die Herzen sind ein Ding für sich«, sagte sie langsam. »Nicht ganz von dieser Welt, oder über allem anderen stehend – ich weiß es nicht, obwohl ich wahrscheinlich die einzige Person auf dieser Welt bin, die wirklich etwas über die Herzen weiß. Anna, du musst herausfinden, was sie von dir wollen. Das ist die eigentliche Aufgabe der Hüterin. Herauszufinden, was die Herzen wollen, und es dann zu tun.«

Sie saß eine ganze Weile in Gedanken versunken da, die Hände still in den Schoß gelegt und den Kopf leicht geneigt. Dann richtete sie sich auf und sah Anna an. »Bist du bereit dazu?«, fragte sie eindringlich.

Anna schloss die Augen, um in sich hineinzulauschen. Unterschwellig war der singende, drängende Ruf der Herzen gegenwärtig, wie er es immer war. Wenn sie sich darauf konzentrierte, meinte sie fast, Worte verstehen zu können, aber wenn sie danach greifen wollte, wichen sie fort und lockten doch weiter.

Anna seufzte und blickte auf. »Ich weiß es nicht«, sagte sie ehrlich. »Ich fühle mich nicht stark genug dafür, aber Eure Geschichte sollte mir aufzeigen, dass es darauf nicht ankommt.«

Die Krähe lächelte schmal und erwiderte nichts.

»Was muss ich tun?«, fragte Anna entschlossen. »Es hat ja wohl keinen Sinn davonzulaufen. Sagt mir, was ich tun soll, Jinqx.«

»Ah«, sagte die Krähe belustigt. »Du gibst mir einen Namen, Anadia? *Diesen* Namen?«

»Ich denke, er passt zu Euch«, sagte Anna schlicht.

Die Krähe neigte den Kopf. »Danke«, erwiderte sie nicht minder schlicht. »Dein Vertrauen ehrt mich.«

»Vertrauen – ich weiß nicht, ob ich es so nennen würde. Ich habe keine große Wahl, oder?«

»Du hast immer die Wahl. Aber ich denke, du hast dich nicht falsch entschieden, ein Stück deines Weges mit mir zu gehen.« Sie erhob sich und rieb sich über die Augen. »Ich bin müde. Die letzten Tage waren anstrengend für eine alte Frau wie mich. Geh jetzt, höre nach, was dein Freund Mika zu berichten hat, und komm dann morgen wieder zu mir. Wir werden sehen, was wir tun können, um Korben aus der Patsche zu helfen.«

»Und alles andere?«, fragte Anna beklommen.

Die Krähe schob sie sanft zur Tür. »Zerbrich dir nicht den Kopf. Und vergiss, was Mellis dir gesagt hat. Sie ist immer noch ein Hitzkopf, auch wenn sie langsam in ein vernünftigeres Alter kommt.«

Anna starrte sie mit offenem Mund an, und ehe sie sich versah, stand sie draußen auf der Straße und blickte auf eine geschlossene Tür.

»Du hast ihr das gesagt, das mit Mellis«, sagte Mika. Er hockte auf einem seiner Getreidesäcke und fuhr müde mit den Fingern durch seine Haare, bis sie zerzaust emporstanden.

Anna schüttelte heftig den Kopf. »Ich bin mir sicher, dass ich ihren Namen nicht genannt habe. Sie hat es gewusst – einfach so.«

Mikas Gesicht war düster. »Sie hat dich eingewickelt. Es war dumm von mir, dich zu ihr zu schicken. Ich weiß doch, dass man ihr nicht trauen kann.«

»Sie wird einen Weg finden, Korben rauszuholen«, sagte Anna energisch. »Immerhin wissen wir jetzt, wo er ist!«

Mika nickte ohne große Zuversicht. »Wir können es nur hoffen. Das Dumme ist nur, ich habe nicht erfahren können, wo in der Festung sie ihn eingesperrt haben. Es gibt wohl die Kerker unten im Berg und dann noch Zellentrakte in einem der Türme. Das konnte oder wollte mein Informant mir nicht sagen.«

»Es würde uns sowieso nichts nützen«, erwiderte Anna entmutigt. »Wir werden ihn schließlich kaum mit Gewalt dort rausholen können.«

Mika stöhnte und gähnte gleich darauf, dass seine Kiefer knackten. »Ich muss schlafen«, murmelte er und stand taumelig auf. »Sei nicht böse, dass ich so ungastlich bin, aber ich bin wirklich erledigt.«

Anna stand auf. »Ich muss sowieso zurück«, sagte sie. »Wenn ich mich beeile, schaffe ich es vielleicht gerade noch zum sechsten Läuten, dann bekomme ich wenigstens keine Rüge.« Sie drückte den überraschten Mika kurz an sich und gab ihm einen Kuss auf die Wange. »Schlaf gut. Morgen sieht alles schon anders aus.« Mit einem Winken war sie verschwunden. Mika sah ihr mit leicht glasigem Blick nach, ehe er die Tür hinter ihr abschloss.

11

Anfangs war eigentlich alles so weit ganz gut gelaufen. Korben brachte dem Gildenmeister das Fläschchen mit dem vermeintlichen Gift, und Samhel konnte sein Erstaunen kaum verhehlen.

»Wollen wir mal sehen, was du uns da gebracht hast«, knurrte er und hielt das Fläschchen gegen das Licht. Die Männer an seiner Seite beugten sich vor und murmelten. Samhel kniff die Augen zusammen und holte sein Messer hervor, um das Wachs vom Korken zu lösen. Dann hebelte er vorsichtig den Korken heraus und roch am Inhalt des Fläschchens. Er schüttelte den Kopf, und Korben fühlte, wie seine Knie weich wurden.

Der Gildenmeister neigte das Gefäß und ließ einen Tropfen der farblosen, leicht zähflüssigen Substanz auf seinen Finger fallen. Er zerrieb sie prüfend, schnupperte daran, probierte vorsichtig eine winzige Menge, schnalzte mit der Zunge und starrte Korben finster an. »Ich weiß nicht, wie du das geschafft hast, aber ich habe dich wohl richtig eingeschätzt. Du bist ein findiges Kerlchen.«

Korben stieß den angehaltenen Atem aus; ihm war schwindelig vor Erleichterung. Der Gildenmeister stieß den Korken wieder tief in den Hals der Flasche und verstaute sie sorgsam in seinem Gürtel. Er winkte die Männer an seiner Seite mit einer knappen Kopfbewegung beiseite und bedeutete Korben, sich neben ihn zu setzen. Mit Unbehagen folgte der junge Mann dem Befehl. Samhel fixierte ihn mit seinen kalten, dunklen Augen aus nächster Nähe. Korben trachtete danach, sich seine Nervosität nicht allzu sehr anmerken zu lassen, aber sein Mund war trocken, und sein Herz schlug hart und hämmernd.

»Wie kommst du mit deinen Verkäufen zurecht?«, fragte Samhel.

»Es geht so«, murmelte Korben. »Kobbal ist nichts für meine alten Kunden. Ich muss ganz neu anfangen, mir neue Plätze und Abnehmer suchen. Das ist nicht leicht.« Er schluckte trocken. »Um ganz ehrlich zu sein, Gildenmeister«, begann er, »das ist kein Geschäft für mich. Ich überlege, mich daraus zurückzuziehen, ehe die Wache mich erwischt.« Er hielt die Luft an.

Samhel fixierte ihn regungslos wie eine Schlange, die sich zum Zustoßen bereit macht. »So«, sagte er langsam. »Du bekommst kalte Füße.« Seine Finger spielten mit dem Messer, das immer noch auf dem Tisch lag.

»Ich weiß, wann etwas zu groß für mich ist«, gab Korben mit dem Mut der Verzweiflung zurück. »Es war in Ordnung, solange ich mit Substanzen gehandelt habe, bei denen die Wache ein Auge zudrückt. Aber das jetzt hat ein anderes Format. Ich bin kein Ver…« Er biss sich erschrocken auf die Lippen.

Der Gildenmeister stocherte nachdenklich in seinen Zähnen. »Ich würde dich als Mitglied meiner Gilde akzeptieren«, sagte er. »Du würdest den Schutz genießen, den alle meine Leute bekommen.«

Korben schüttelte den Kopf. »Ich danke Euch für das Angebot, wirklich«, erwiderte er. »Aber ich bin kein Händler.« Er bemerkte erleichtert, dass Samhels Mundwinkel amüsiert zuckten. Durch diese Reaktion ermutigt, fuhr er fort: »Ich habe das nur getan, um schnell etwas Geld zu verdienen und auch, um einem Freund damit unter die Arme zu greifen. Aber Mika kommt inzwischen ganz gut ohne mich zurecht, und ihm passt das Ganze sowieso nicht. Er ist ein Angsthase.« Samhel schnaubte, unterbrach ihn aber nicht. »Ich bin bei den Hexen in der Lehre, und ich werde einmal ein Magier sein. Es wäre verdammt schlecht für meine Karriere, wenn mich die Wache mit Kobbal erwischen würde.«

Der Gildenmeister seufzte und bohrte das Messer in den Tisch. »Du bist ein mutiger kleiner Feigling«, sagte er. »Aber wer weiß, vielleicht kann ich dich noch einmal gebrauchen. Wenn du ein Magier geworden bist. Es ist immer gut, ein wenig magische Unterstützung zu haben.« Er beugte sich vor und deutete mit dem Finger auf Korbens Nase. »Vielleicht lasse ich dich gehen. Du hast mir hiermit einen Gefallen getan.« Er klopfte auf das Fläschchen in seinem Gürtel. »Damit hast du was gut bei mir. Aber«, sein Finger berührte fast Korbens Nasenspitze, »halte mich nicht für blöde. Du hast noch eine Lieferung Kobbal, die du zu verkaufen hast. Danach lasse ich dich vielleicht erst einmal in Ruhe. Wir werden sehen, wann und wofür ich dich wieder brauche.«

Korben zuckte nervös mit den Lidern, während Samhel ihn aus nächster Nähe anstarrte. Dann lehnte der Gildenmeister sich zurück und winkte Korben fort. »Sitz hier nicht faul rum, verkauf deine Ware. Los, nimm die Beine in die Hand!«

Korben stand hastig auf und stolperte über das Bein eines fetten Mannes, der lachte und ihm einen Schubs gab. Halb fallend, halb humpelnd gelangte Korben zur Tür der Schenke und stieß draußen erleichtert den Atem aus. Er war entkommen!

Die Erleichterung sollte allerdings nur kurze Zeit anhalten. Als er am unteren Pier gerade mit einem angetrunkenen Schauermann darüber stritt, wie angemessen sein Preis für das Kobbal war, das dieser ihm abkaufen wollte, ragten plötzlich zwei Schatten drohend über ihnen auf.

Vielleicht wäre es Korben sogar noch gelungen, sich herauszureden, aber den Schauermann verließen die Nerven, er quietschte wie eine aufgeschreckte Maus, ließ die Kristalle fallen und gab Fersengeld.

Einer der Wächter hetzte hinter ihm her, und der andere packte Korben im selben Moment am Kragen. Er versuchte zwar noch verzweifelt, dem Griff zu entkommen, und biss dem Wächter in seiner Panik sogar in die Hand. Doch sein Widerstand brachte ihm nicht viel mehr ein als einen ordentlichen Schlag auf den Schädel, sodass er den folgenden Abtransport nur halb bei Bewusstsein erlebte.

Das große Verlies, in dem Korben landete, bekam etwas Tageslicht durch hoch oben an den Wänden angebrachte Öffnungen. Der düstere Raum war trocken und sogar einigermaßen sauber, und seine nicht allzu zahlreichen Mitgefangenen hockten in all ihrem Elend auf zusammengehäuftem Stroh und zeigten wenig Interesse an dem Neuzugang.

Korben verzog sich in eine Ecke und rollte sich dort zusammen. Nach dem Schlag auf den Kopf war ihm übel und schwindelig, und er hatte sich auf dem Weg mehrmals erbrochen. Er fror und schwitzte zugleich und lag erbärmlich hart auf dem kalten Steinboden, aber ihm war zu elend, als dass er es geschafft hätte, sich etwas von dem herumliegenden Stroh zu einem notdürftigen Lager zusammenzukehren.

Wie lange er dort so lag, vermochte er nicht zu sagen. Hin und wieder brachte ein Wächter Essen, und irgendjemand sorgte dafür, dass immer ein Napf mit Wasser und ein Stück Brot neben ihm stand. Korben erinnerte sich auch, getrunken und sogar etwas gegessen zu haben, aber er konnte das harte Brot nicht gut bei sich behalten. Sein elender Zustand besserte sich nur langsam, und als er sich das erste Mal wieder zum Sitzen aufrichtete, konnte er das nur für ein paar Minuten aushalten, dann musste er sich schnell wieder ausstrecken.

Ab da ging es langsam aufwärts. Am nächsten Tag weichte er einen Teil seines Brotes im Wasser ein und lutschte es langsam hinunter. Dann suchte er sich ein paar Strohwische aus seiner nächsten Umgebung zusammen und schlief darauf ein, als läge er im allerweichsten Himmelbett. Mit jedem Aufwachen wurde er kräftiger und gleichzeitig auch verzweifelter.

Seine Lage war hoffnungslos. Entweder würde er hier im Verlies vermodern, weil niemand großes Interesse für einen kleinen Verbrecher aufbrachte – oder einer der Richter würde in einem Anfall von Pflichtbewusstsein die Kerker der Festung aufräumen, was für ihn wahrscheinlich den lebenslangen Aufenthalt in einem Arbeitslager oder auf einer Galeere mit sich bringen würde. Korben wusste nicht zu sagen, welche Aussicht er deprimierender finden sollte.

Seine Mithäftlinge schienen sich, ihrem Zustand und dem Aussehen ihrer Kleidung nach zu urteilen, schon länger hier aufzuhalten. Alle paar Tage wurden ihnen Besen und Schaufeln in die Hände gedrückt, und sie mussten den Boden säubern, was immer unter Murren und Schimpfen ablief, aber immerhin für einen gewissen Grad von Sauberkeit in dem düsteren Loch sorgte.

Den Versuch, sich die Langeweile ein wenig zu vertreiben, indem er sich mit seinen Leidensgenossen unterhielt, gab er schnell auf. Keinem von den Männern war an einem Gespräch gelegen, und einer drohte ihm sogar ein paar kräftige Maulschellen an, wenn er ihn mit seinem Gesabbel nicht endlich in Ruhe ließe.

Korben wanderte in dem Verlies umher und warf sehnsüchtige Blicke zu den Fensteröffnungen oben an der Decke. Ab und zu sah er einen Vogel vorbeisegeln, Wolken zogen über den Himmel, und nachts blinkten Sterne und verspotteten ihn, weil er hier festsaß und sich nichts daran ändern ließ.

Also verbot er sich das Grübeln, zog sich auf sein dürftiges Strohlager zurück, kratzte ein paar Felder in den Staub zu seinen Füßen und spielte mit Strohhalmen und kleinen Steinchen »Hase und Bauer« gegen sich selbst.

An einem der endlosen Tage verirrte sich ein kleiner Vogel durch eine der Öffnungen in das Verlies und zog oben unter der Decke seine Kreise. Zwei der Gefangenen – jüngere Männer, die weniger abgestumpft waren als der Rest, und die es wohl auch gewesen waren, die dafür gesorgt hatten, dass Korben in den ersten Tagen Wasser und Brot bekam – sprangen auf und versuchten, den Vogel zu fangen. Das war natürlich von vorneherein zum Scheitern verurteilt, denn das Tierchen flog weit außerhalb ihrer Reichweite, und sie hatten keinerlei Werkzeug, mit dem sie ihn hätten einfangen können. Die älteren Häftlinge protestierten wegen der Unruhe, aber die beiden jungen Männer setzten sich erst wieder hin, als der kleine Vogel den Ausweg durch eine der Öffnungen fand und davonflog. Korben sah ihm nach, und sein Herz zersprang beinahe vor Sehnsucht nach einem freien Himmel und frischer Luft. Er schloss die Augen und stellte sich vor zu fliegen. Er breitete die Flügel aus, große, mächtige Schwingen, sprang vom Boden hoch und schlug kräftig mit den Flügeln, um Höhe zu gewinnen. Die Luft sauste um seinen Kopf, und er wiegte sich auf dem Wind. Unter ihm lag die Stadt, er flog über den Hafen und dann hinaus aufs Meer, unter sich nichts als die bewegte blaue Fläche mit kleinen weißen Schaumkronen, und über sich der endlose Himmel …

Es war tiefe Nacht, als er mit einem Ruck erwachte. Etwas Hartes hatte sich mehrmals schmerzhaft in seine

Hand gebohrt. Er setzte sich auf und rieb die schmerzende Stelle, während er versuchte, in der Finsternis zu erkennen, was ihn da geweckt hatte.

Etwas kratzte über den Stein, er hörte ein kurzes Flattern, und dann landete etwas auf seinem Knie, das sich mit spitzen Krallen daran festklammerte. Korben seufzte erschreckt auf, aber erneut berührte – diesmal nicht ganz so unsanft – das Harte seine Hand. Korben streckte die Hand aus und fühlte Federn in seinen Fingern. Auf seinem Knie saß ein Vogel, und zwar ein recht großer.

»Was ist das?«, murmelte er halblaut. Er spürte, wie das Tier sein Gewicht verlagerte. Ein winziges Licht glomm auf, dessen Ursprung ihm verborgen blieb, und ließ ihn sehen, was er bereits gespürt hatte. Die Krähe, die auf seinem Knie saß, legte den Kopf schief und sah ihn starr und beschwörend an. Dann sprang sie auf den Boden und schüttelte sich. Vor Korbens erstaunten Augen veränderte sich ihre Gestalt, sie wuchs in die Höhe und in die Breite und wurde menschenähnlich. Die Verwandlung vollzog sich in vollkommener Stille, und Korben schlug eine Hand vor den Mund, um seine Mitgefangenen nicht durch einen unbedachten Ausruf zu wecken. Das hier war große, wunderbare Magie, und sein Herz jubelte bei dem Anblick.

»Schön«, flüsterte die Krähe und sah ihn immer noch starr und beschwörend an. »Meine Freunde haben dich gefunden. Und jetzt müssen wir zusehen, wie wir dich hier herausholen. Das wird ein ordentliches Stück Arbeit!«

Sie seufzte leise und hockte sich neben ihn. »Du musst jetzt sehr schnell lernen«, flüsterte sie. »Für das, was ich von dir verlange, benötigt selbst ein ausgebildeter Hexer seine ganze Kraft und all sein Können – und du kennst noch nicht einmal die Grundbegriffe der Magie. Aber ich denke, du hast gute Voraussetzungen, es zu schaffen. Es bleibt dir auch nicht viel anderes übrig, wenn du von hier fort willst.«

Korben sah in der Dunkelheit ihre Zähne blitzen. »Du hast gut lachen«, murmelte er. »Wie lange bitte ich dich schon darum, mich zu unterrichten? Wenn du damit etwas eher angefangen hättest ...«

Die Krähe schüttelte den Kopf. »Das ist jetzt nicht wichtig. Zuerst muss ich wohl oder übel mit dir über deine Eltern reden.«

»Was?« Korben starrte sie an. »Ich habe keine Lust, jetzt Ahnenforschung zu betreiben. Ich will hier raus!«

»Deshalb müssen wir über deine Abstammung reden.« Die Krähe lehnte sich gegen die rauen Steine der Wand und streckte die Beine aus. Sie tastete nach ihrer Pfeife, ließ sie dann aber in der Tasche. »Ich kannte deinen Vater.«

»Mein Vater ist tot«, sagte Korben trotzig. Sein fedriges Haar schien an Glanz verloren zu haben und hing ihm müde in die helle Stirn.

Die kantigen Züge der Krähe zeigten sich ungewohnt weich und mitfühlend. »Ich weiß. Ich habe deinen Vater gut gekannt.« Sie suchte nach Worten. »Er war einst mein Schüler. Er ...«

Korben unterbrach sie. »Er war ebenfalls ein Magier?«

Jinqx nickte, aber ihre Miene hatte sich umwölkt. »Ein Magier, das ist richtig. Ich habe selten einen jungen Mann erlebt, der ein solches Talent, solche Fähigkeiten und solche magische Kreativität mitbrachte wie er.«

Wieder griff sie nach ihrer Pfeife, als suchte sie Halt an etwas Vertrautem. Sie blickte durch Korben hindurch auf etwas, das nur sie sehen konnte. Der junge Mann wartete voller Spannung darauf, dass sie fortfuhr.

»Mein Orden wird immer noch verfolgt.« Ihre Stimme war so leise, dass Korben sich vorbeugen musste, um sie zu verstehen. »Man hat uns gejagt, bis uns kein Schlupfwinkel auf dieser Welt mehr blieb. Bei den Grennach war ich immer noch willkommen, aber ich eigne mich nicht recht dazu, für immer auf einem Baum zu leben. Also ging ich auf die Suche nach einem Ort, an dem ich bleiben konnte, und schließlich war da eine Welt, in der ich mich willkommen fühlte.« Sie vollführte eine winzige, kreisende Geste mit der Hand. »Sehr nahe unserer Welt, sehr ähnlich. Sogar die Magie fühlte sich dort beinahe an wie die unsere. Zum ersten Mal nach langen Jahren des Umherirrens wagte ich es dort, mich wohl zu fühlen und wieder zu leben.«

Sie machte eine lange Pause. »Dein Vater stammte von dort.«

Korben fühlte, wie eine Gänsehaut über seinen Rücken und seine Arme lief. »Wie meinst du das?«, fragte er.

Die Krähe achtete nicht auf ihn; sie war zu tief in Erinnerungen versunken, die schmerzlich zu sein schienen.

»Er gehörte zum Clan der Raben«, fuhr sie fort. »Von seinem Vater habe ich gelernt, was es heißt, ein Vogel zu sein.« Sie lächelte. »Es war übrigens sein Vater, Ludin, der mir das ›Gift‹ für den Gildenmeister mischte.« Für einen Moment kehrte sie aus der Vergangenheit zurück und musterte Korben scharf.

»Mein Großvater«, murmelte der junge Mann halb betäubt. »Das heißt, er lebt noch?«

Jinqx nickte und sprach weiter. »Ich habe lange beim Clan der Raben gelebt und deinen Vater dort aufwachsen sehen, und als seine Fähigkeiten sich immer deutlicher zeigten, fing ich an, ihn zu unterrichten. Ludin hatte nichts dagegen – er war selbst von großer magischer Begabung, aber seine ganze Liebe galt den Kräutern und Essenzen, heilenden und tödlichen, die er der Natur abgewann. Er war mit Leib und Seele Apotheker.«

Korben schüttelte stumm den Kopf. Die Krähe betrachtete ihn voller Mitgefühl. »Vielleicht sollte ich dir das alles doch nicht ausgerechnet hier und jetzt erzählen. Es war kein guter Gedanke, der Zeitpunkt ist nicht günstig gewählt. Komm, wir werden später noch Gelegenheit finden …«

»Nein«, widersprach Korben heftig. »Nein. Der Morgen ist noch fern, und alle schlafen fest. Ich bitte dich, fahre fort.«

Jinqx legte die Hand vor die Augen und sammelte sich. Dann fuhr sie fort. »Kairil – so hieß dein Vater – war ein gelehriger und ungeduldiger Schüler. Beinahe so ungeduldig wie du.« Sie lächelte. »Als ich ihm von der Existenz anderer Welten erzählte, war er kaum noch zu bändigen. Er wollte sie sehen, sie besuchen. Alle. Sofort. Irgendwann hatte er mich so weit, dass ich nachgab. Wir kamen hierher – denn mein Heimweh war groß geworden in all den Jahren meines Exils –, und diese Welt gefiel ihm so sehr, dass er nicht wieder zurück wollte. Er sagte, der Geschmack der Magie sei hier besonders süß und stark – und ich muss zugeben, dass ich das Gleiche empfand.«

Korben hing an ihren Lippen. Seine Augen waren weit geöffnet und blickten ohne Regung in ihr Gesicht.

»Ich kehrte noch einmal mit ihm in seine Welt zurück, damit er sich von seiner Familie verabschieden konnte. Er hatte Angst davor, seinem Vater die Entscheidung mitzuteilen – aber Ludin überraschte uns alle. Er hörte sich Kairils Worte ruhig an und erklärte dann, er wolle mit uns kommen. Das sei eine großartige Gelegenheit, sein Wissen über Pflanzen und Mineralien zu erweitern und sein Können anderswo ganz neu unter Beweis zu stellen.«

Jinqx lächelte versonnen. »Er langweilte sich. Seine Frau war zwei Jahre zuvor gestorben, und er war ohnehin ein Eigenbrötler, der noch nicht einmal sehr viel Kontakt zu seinem eigenen Clan pflegte. Die Aussicht auf eine völlig neue Welt ließ das erloschene Feuer in seinen Augen erneut brennen. Also zogen wir mit ihm hierher.«

»Und meine Mutter?«, flüsterte Korben.

Jinqx hob die Hand. »Zuerst einmal war da ein Mädchen aus Nortenne, dem dein Vater den Kopf verdrehte. Nicht deine Mutter. Sie arbeitete als Gehilfin in der Apotheke deines Großvaters – denn Ludin hatte nichts Eiligeres zu tun gehabt, als hier in der Residenz erneut einen Laden zu eröffnen, in dem er seine Rezepturen verkaufte. Das Mädchen war still und sehr schüchtern – und sie war dem Charme deines Vaters schneller erlegen, als Ludin oder ich überhaupt etwas von einer Liebelei bemerkten.« Jinqx kniff missvergnügt die Lippen zusammen. »Das wäre nicht weiter schlimm gewesen. Ludin war ihr zugetan wie einer Tochter – er freute sich darüber, dass Lissa ein Kind von seinem Sohn erwartete. Aber Kairil wollte sich nicht als Familienvater niederlassen. Er verschwand aus der Residenz und ließ sich einige Jahre lang nicht mehr blicken.«

Korben starrte sie an. »Und die Frau und ihr Kind?«

»Dein Halbbruder«, flüsterte Jinqx. »Lissa starb, als er vier oder fünf Jahre alt war, und sein Großvater zog ihn auf. Er ist in dem Laden groß geworden, der ihm jetzt gehört – und ich habe mir sagen lassen, dass er Ludins Talent geerbt hat, was Kräuter und Gewürze angeht.«

Korben schloss die Augen. »Weiter«, flüsterte er. Sein Gesicht schimmerte blass wie das Licht des Mondes, das durch die Luken unter dem Dach fiel.

Die Krähe hob die Hand, um ihn zu berühren, und ließ ihre Finger eine Weile zögernd über seiner Schulter schweben, ehe sie die Hand lautlos wieder zurückzog.

»Als Kairil zurückkehrte, brachte er deine Mutter mit. Er erzählte nicht viel, er war verschlossen und mürrisch – was sicher auch damit zusammenhing, dass Ludin ihm heftige Vorwürfe machte. Kairil wollte nichts von Mika wissen, er tat, als hätte es seine Affäre mit

Lissa nie gegeben. Seine Frau und er zogen in ein Haus in der Nähe des Marktes, und er hat sich danach nicht mehr bei Ludin blicken lassen.«

»Ich wusste das alles nicht«, murmelte Korben. »Was weißt du von meiner Mutter?«

»Sie war eine junge Weiße Hexe, die gerade mit ihrer Ausbildung fertig geworden war. Zu dieser Zeit war das Ordenshaus noch oben in den Bergen, wurde aber wenig später hierher in die Residenz verlegt. Der Orden hatte es wohl nicht gern gesehen, dass sie mit einem jungen Magus davonzog, von dem niemand so recht wusste, woher er kam, und der keinem Orden anzugehören schien.« Sie seufzte. »Ich habe damals viel mit ihm gesprochen, ihn gefragt, was er mit seinem Leben anfangen wolle. Mein Orden war geächtet, aber er existierte noch immer, auch wenn seine Mitglieder über alle Welten verstreut und im Verborgenen leben mussten. Ich bot ihm an, sich dem Schwarzen Orden anzuschließen. Aber er lachte mich aus.« Sie verstummte und legte eine Hand über die Lippen. Ihre Augen blickten bitter.

»Er wollte Macht um jeden Preis, das habe ich zu spät begriffen. Als ich mit ihm über seine Zukunft sprach, lag sie schon weit offen und dunkel vor seinen Augen. Wäre er Jahrhunderte früher und auf dieser Welt geboren worden, so wäre er einer von den Schwarzen Hexern gewesen, die der Welt großen Schaden zugefügt haben und um deretwillen mein Orden heute noch verfolgt wird.«

Korben biss sich auf die Lippe. »Und – meine Mutter?«

»Sie folgte ihm in allem. Sie war jung und ein wenig naiv, und sie liebte ihn über alles. Als du dann auf die Welt kamst, war er voller Stolz. Er brachte dich zu mir, um dich mir zu zeigen, und er sagte: ›Sieh ihn dir gut an, Krähe. Mein Sohn wird einmal mächtiger sein als der mächtigste Herrscher. Die Welten werden vor ihm zittern. Ich habe Großes mit ihm vor, ihr alle werdet es schon bald erkennen.‹«

Korben schüttelte sich und schlang die Arme eng um seinen Leib. »Und dann?«, hauchte er.

Jinqx tastete mit den Fingern über einen Riss in der Mauer. »Ich weiß nicht, was geschehen ist«, sagte sie schlicht. »Eines Tages waren deine Eltern fort, das Haus stand leer. Und kaum zwei Jahre später kehrte deine Mutter allein zurück, stand bei mir vor der Tür, zerlumpt und mit bloßen, blutigen Füßen. Sie schleppte dich wie ein Bündel auf ihrem Rücken, und du trugst – diese Zeichen an dir.« Jinqx deutete sanft auf Korbens deformierte Schulter und seinen Fuß. »Sie wollte nicht über das reden, was geschehen war. Sie sagte nur, Kairil sei tot und sie bedauere nicht, was geschehen sei – nur, dass ihr Kind dabei zu Schaden gekommen sei. Ein paar Tage wohnte sie noch bei mir, bis sie körperlich wieder bei Kräften war, und dann ging sie hinauf zum Ordenshaus und bat darum, erneut aufgenommen zu werden. Und dort blieb sie die kurze Zeit bis zu ihrem Tod. Ich habe nie wieder mit ihr gesprochen.«

Korben hatte das Gesicht von ihr abgewendet, und seine Schultern bebten. Die Krähe legte sacht eine Hand auf seinen Arm. »Ich bin in der Stadt geblieben, weil ich in deiner Nähe sein wollte. Ich habe in all den Jahren auf dich geachtet, auch wenn dir das sicher nicht aufgefallen ist. Als du dich dann mit Mika angefreundet hast, war mir, als wäre ein Wunder geschehen.«

»Was ist mit meinem Großvater?«, fragte Korben mit erstickter Stimme. »Mika sagte, er sei tot.«

»Ludin wurde hier seines Lebens nicht mehr froh. Und er machte mir zum Vorwurf, was mit seinem Sohn geschehen war. In gewisser Weise hatte er sogar Recht damit. Wenn ich Kairil nicht unterwiesen hätte, wenn ich nicht mit ihm hierher gekommen wäre – dann wäre all das nicht geschehen.«

»Und weder Mika noch ich wären auf der Welt.«

Die Krähe nickte versonnen. »Das ist wahr. Nun, wie auch immer, als Mika alt genug war, um allein zurechtzukommen, bat mich Ludin, ihn wieder nach Hause zu bringen. Er hatte plötzlich Sehnsucht nach seinem Clan, nach seiner Heimat bekommen.« Sie lachte. »Er ist immer noch gesund und munter, ein knurriger alter Kerl, aber es gibt wohl auf allen Welten keinen besseren Kräuterkundigen und Giftmischer als ihn.«

»Ich möchte ihn sehen«, wisperte Korben.

Jinqx hob die Schultern. »Erst einmal musst du von hier fort – dann sehen wir weiter. Meinst du, du bist jetzt noch aufnahmefähig für ein wenig fortgeschrittene Magie? Oder soll ich dich für heute Nacht in Ruhe lassen, damit du über all das nachdenken kannst, was ich dir erzählt habe?« Sie zögerte. »Es tut mir Leid, dass ich es dir unter diesen Umständen und so knapp und kalt erzählen musste. Damit habe ich es dir nicht leichter gemacht.«

Korben wischte sich mit dem Ärmel übers Gesicht und sah sie entschlossen an. »Bereit für alles«, sagte er fest. »Was muss ich tun?«

Die Krähe lächelte und klopfte ihm auf die Wange. »Du bist deinem Vater schon recht ähnlich – er hatte eine Menge guter Eigenschaften. Vergiss das nie! Wenn wir Zeit haben, erzähle ich dir auch mehr von ihm.« Sie wurde ernst. »So, und jetzt beschäftigen wir uns mit dir. Du gehörst schließlich väterlicherseits zum Clan der Raben. Es wird Zeit, dass du dein Erbe antrittst.«

Annas Nachricht, dass Korben in der Festung eingesperrt sei, bereitete der Krähe ganz offensichtlich keine sonderliche Überraschung.

»Ich weiß«, nickte sie und sandte ein kleines Rauchwölkchen in den Himmel, denn sie saßen unter einem Baum in ihrem stillen kleinen Gärtchen. »Man hat es mir bereits gestern mitgeteilt.«

Die Krähe sah noch müder aus als tags zuvor, fand Anna. Beinahe, als hätte sie in der Nacht kein Auge zugetan. Sie selbst hatte auch nicht allzu gut geschlafen und musste nun ein Gähnen unterdrücken.

»Was unternehmen wir jetzt?«, fragte sie schläfrig.

Die Krähe sah dem nächsten Rauchkringel nach, der in einem kaum spürbaren Luftzug zerfaserte. »Wir werden uns um die Herzen kümmern«, erwiderte sie schließlich.

Anna setzte sich auf, mit einem Mal nicht im Mindesten mehr müde. »Korben«, sagte sie scharf. »Ich denke, das hat Vorrang.«

»Eins geht nicht ohne das andere«, murmelte die Krähe. »Ich habe dir gestern schon gesagt, dass ich ihn nicht mit einem Fingerschnippen aus dem Verlies hexen kann. Dazu brauche ich deine Hilfe – und wahrscheinlich auch die der Herzen.«

Anna starrte sie wütend an. Die Krähe lachte und klopfte ihre Pfeife am Baumstamm aus. »Komm, Anadia, spar deine Energie. Lass uns lieber sehen, was die Herzen dir zu sagen haben.«

Sie legte ihre Hand über Annas Augen, und die junge Frau spürte, wie eine große Mattigkeit von ihr Besitz nahm. Sie sank zurück, und ein starker Arm zog sie an sich, dass sie bequem an einer erstaunlich weichen Brust zu liegen kam.

»Lausche«, flüsterte eine Stimme in ihr Ohr. »Was hörst du?«

Die Stimmen sangen. Anna konnte nicht verstehen, was sie sangen, oder vielleicht war es auch ein wortloser Gesang, dem sie lauschte? Es waren nicht nur zwei Stimmen, es schien ein ganzer Chor zu sein. Manchmal war da auch nur eine Stimme, aber diese eine Stimme trug alle anderen in sich. Der Gesang war voller Sehnsucht und Trauer. Trennung schwang darin mit und die beinahe erloschene Hoffnung darauf, etwas wieder zu finden, was verloren war. Anna seufzte mitleidig und spürte, wie ihre Wangen feucht wurden.

»Was hörst du?«, flüsterte die Stimme neben ihr. Anna schüttelte den Kopf und streckte sich so weit es ging, um den Stimmen näher zu sein. Aber ihr Körper hielt sie fest, und sie stöhnte voller Zorn und Ungeduld. »Ich kann sie nicht erreichen«, presste sie durch zusammengebissene Zähne. »Ich stecke fest, und sie sind so weit entfernt.«

Die Stimmen wurden drängender, als hätten sie Annas Anstrengung bemerkt. Worte bildeten sich und verklangen, ehe Anna sie greifen konnte. Einmal, für den Bruchteil eines Atemzuges, glaubte sie, eine Bedeutung erfasst zu haben. »Rufe«, stieß sie hervor. »Was soll ich – wen soll ich rufen?«

rufe

»Wen denn? Wen soll ich rufen? Ich verstehe nicht …«

uns ruf uns ruf uns ruf uns ruf uns …

Anna schrie auf und schlug die Hände vor die Ohren. Dann riss sie die Augen auf und umklammerte die Hände der Krähe, die beruhigend auf ihren Schultern lagen.

»Ruf uns«, brachte sie zwischen keuchenden Atemzügen hervor. »Was soll das heißen? Was soll ich tun?«

»Ah«, sagte die Krähe, und es klang erstaunt und ein wenig ärgerlich zugleich. »Ah, natürlich. Wie konnte ich nur so dumm sein …«

Sie beugte sich vor und nahm Annas Gesicht zwischen ihre groben Hände. Eindringlich sah sie in die Augen der jungen Frau. »Du musst die Herzen zu dir rufen. Das hättest du die ganze Zeit schon tun können, und ich hätte es wissen müssen, weil ich doch selbst …« Sie schüttelte ärgerlich den Kopf. »Es ist gut, dass eine neue Hüterin bestimmt wurde. Meine Zeit ist wahrhaftig vorbei.«

Sie stand auf und lehnte ihre Stirn gegen die glatte Rinde des Baumes. Anna sah sie verwundert und erschöpft an. Die Krähe drehte sich um, und ihr zerfurchtes Gesicht glättete sich. Sie reichte Anna die Hand und zog sie hoch. »Komm, Kind. Dafür sollten wir hineingehen, damit uns nichts und niemand stört.«

Anna folgte ihr, und auf dem Weg ins Haus verflog ein wenig von ihrer Betäubung und Verwirrung. »Sagt mir, was das bedeutet – ›die Herzen rufen‹«, forderte sie. »Ich verstehe es nämlich immer noch nicht.«

Die Krähe öffnete die Tür zu dem Raum neben der Küche. Wie Anna am gestrigen Tag gesehen hatte, war das kleine Zimmer vollkommen leer. Der Dielenboden war sauber gefegt und ebenso kahl wie die geweißten Wände. Anna blickte sich verblüfft um.

»Setz dich«, befahl die Krähe. Anna zuckte mit den Schulten und hockte sich auf den Boden. Die Magierin nahm vor ihr Platz und griff erneut nach Annas Händen. »Du rufst die Herzen zu dir. Sie müssen folgen, denn du bist ihre Hüterin.«

»Das ist alles?«, fragte Anna verblüfft. »Ich rufe und sie kommen, einfach so? Das ist doch ein Scherz!«

»Nun, wahrscheinlich ist es nicht *ganz* so einfach – aber das ist das Prinzip.« Die Krähe schmunzelte. »Wirksame Zauber sind oft sehr simpel, das weißt du doch.«

Anna schüttelte den Kopf und lachte ungläubig. »Das wäre aber doch wohl ein wenig zu simpel. Die Herzen stehen unter einem mächtigen Bann. Ich weiß das, ich habe oft genug zusehen müssen, wie er aufgehoben wurde. Das kostet sogar die Oberste Hexe beinahe all ihre Kraft. Und ich soll nur … *rufen*?«

»Nur rufen«, bestätigte die Krähe müde. »Glaube nicht, dass das so einfach ist, wie es sich anhört. Du wirst all deine Kraft und deinen Mut dafür brauchen. Aber du bist die Hüterin. Du kannst es.«

»Na«, sagte Anna skeptisch. »Das wäre allerdings … Nein, ich glaube Euch nicht. Aber was soll's, ein Versuch kostet ja nichts.«

Die Krähe lachte wieder und strich Anna erstaunlich zart über den Kopf. »Du gleichst deiner Großmutter«, sagte sie sanft. »Nicht vom Äußeren her, aber im Wesen. Die Herzen haben gut gewählt.«

Sie stand auf und ging zur Tür.

»Wohin geht Ihr?«, rief Anna erschreckt.

»In die Küche. Ich koche uns Kribb. Du wirst etwas Heißes, Stärkendes brauchen, auch wenn dein Ruf keinen Erfolg haben sollte.« Sie stand da, die Türklinke in der Hand, und sah Anna ernst an. »Sei nicht enttäuscht, wenn es nicht beim ersten Mal klappt. Der Weg ist der richtige, und mit der Zeit wirst du ihn gehen können.«

Die Tür schloss sich hinter ihr, und Anna saß mitten in dem leeren Zimmer und kam sich gleichzeitig lächerlich und ein wenig verloren vor.

»Ach, na gut«, sagte sie schließlich und schloss die Augen. »Was soll schon passieren?«

Ihr Atem war das Einzige, was sie hörte. Ihr Atem und das Rauschen des Blutes in ihren Ohren. Ihr Atem, das Rauschen des Blutes in ihren Ohren und ein leises Summen, das Erwartung ausstrahlte. *Hallo?*, dachte sie und musste lachen. Wie albern das war!

Sie atmete tief ein und aus und lauschte wieder dem Nichts. Keine Stimme war zu hören, kein Singen, kein Ruf. Nur erwartungsvolle Stille, die fast mit Händen zu greifen war.

Ich bin hier, dachte sie. *Hier in diesem seltsamen leeren Raum bin ich. Kommt her zu mir, ich erwarte euch.*

Nichts geschah. Anna öffnete die Augen, ärgerlich, dass sie sich auf diesen Blödsinn eingelassen hatte. In der Ecke des Zimmers leuchtete etwas. Anna beugte sich verwundert vor, um die Quelle des schwachen Lichts zu ergründen, aber als sie sich bewegte, erlosch das Leuchten – und dort war auch offensichtlich nichts, was diese Erscheinung hätte hervorrufen können. Mit leiser Neugier schloss Anna erneut die Augen und sandte einen – diesmal wortlosen – Ruf aus. Ein leises Echo schien ihr zu antworten. Wieder versuchte sie, sich geistig auszudehnen, damit sie das andere, das ihr antwortete, erreichte, und wieder hielt ihr Körper sie fest. Ärgerlich darüber rief sie erneut, stärker diesmal und überzeugter von sich selbst.

Kontakt. Blendend, schwarz und weiß zugleich, hell und dunkel, heiß und kalt, schmerzhaft reißend und sanft berührend. Anna schrie und riss die Augen auf. Das Licht war gleißend hell und erlosch im selben Augenblick, da sie die Augen öffnete. Anna keuchte und fiel vornüber auf die Handflächen. Splitter aus dem alten Dielenboden bohrten sich in ihre Haut, aber der Schmerz war willkommen.

Sie setzte sich auf ihre Fersen, barg die Handflächen an ihrem wild schlagenden Herzen und beruhigte ihren Atem. »Nicht noch mal«, murmelte sie. »Das mache ich nicht noch mal.«

Sie erhob sich mit zitternden Beinen und ging zur Tür, um festzustellen, dass sie sich nicht öffnen ließ. »He«, rief sie erstaunt und klopfte mit der Handfläche dagegen. »Krähe. Jinqx! Lasst mich raus!«

Niemand antwortete. Auch weiteres Klopfen und Rufen brachte keine Reaktion. Anna hielt den Atem an und legte das Ohr gegen die Tür, aber aus der Küche drang kein Geräusch zu ihr. Nicht das Klappern von Geschirr oder das Summen des Wasserkessels, kein Prasseln des Herdfeuers, keine Schritte …

Anna schüttelte den Kopf und ging zu der schmalen Tür, die zum Garten hinausführte. Auch sie war verschlossen, und auch hier war kein Laut zu vernehmen. Das Fensterchen daneben war zu klein für Anna, um hindurchzukriechen. Sie blickte hinaus und prallte entsetzt zurück. Dort draußen war – nichts.

Es war keineswegs, als blickte man in die Nacht hinaus. Selbst die finsterste, mondloseste Nacht ließ Silhouetten von Bäumen und Gebäuden erahnen, lebte mit Wind und Geräuschen und dem Wissen um Existenz. Das da draußen glich keiner sinnlichen Erfahrung, die sie jemals gemacht hatte, es war keine Farbe, kein Zustand, nichts, das zu dieser Welt gehörte, in der sie aufgewachsen war. Das Einzige, was davon einigermaßen begreifbar war, war das Gefühl von Leere, von Nicht-Existenz … von reinem, schrecklichem Nichts.

Anna wandte sich ab, weil ihr Entsetzen zu groß wurde und sie den Anblick – oder besser, das Gefühl – der Leere vor dem Fenster nicht mehr aushalten konnte. Ihr Gehirn weigerte sich, den Anblick zu akzeptieren, und ihr wurde übel davon.

Sie hockte sich wieder auf den Boden und fühlte seine tröstliche Festigkeit und Härte unter sich. Der Schock bebte noch durch ihren Körper, und sie zwang sich, ruhig zu atmen. Nach und nach bekam sie ihr Zittern in den Griff.

So sehr es ihr auch widerstrebte, in dieser Situation blieb ihr nichts anderes übrig, als ihren Versuch von vorhin zu wiederholen. Was auch immer dabei geschehen war, es hatte sie in diese Lage gebracht, und der einzige Weg, der sie wieder in ihre vertraute Umgebung zurückzubringen vermochte – das zumindest hoffte sie – führte vorwärts.

Anna seufzte und schloss die Augen, um erneut nach den Herzen zu tasten. Ein überraschtes Keuchen entfuhr ihr, denn etwas hatte sich geändert: Ter'terkrin und Ter'nyoss waren nah – so nah, dass sie glaubte, sie berühren zu können, wenn sie die Hand ausstreckte: zwei glühende, pulsierende Wellen von Energie aussendenden Präsenzen, die stumm nach ihr riefen, sie aufforderten, zu vollenden, was sie begonnen hatte.

Zögernd umfasste sie das Bild mit ihrem Geist, aber der erwartete Schmerz blieb aus. Warm und schwer sank etwas in sie hinein und füllte ihr Inneres, bis sie vergaß, wer sie war. Ohne jedes Gefühl für ihre Umgebung, ihren Körper, ohne Erinnerungen und ohne Wünsche schwebte sie in dem Nichts, in dem weder Raum war noch Zeit verging.

Änderung trat ein. Etwas zog sich zusammen, wurde kleiner, heißer, schwerer, verlagerte den Punkt seiner Existenz, teilte sich, Trennung. Schmerz. Trauer. Anadia. Anna.

Sie schlug die Augen auf, erschöpft wie nach einer übergroßen körperlichen und geistigen Anstrengung. Ihre Hände lagen gefaltet in ihrem Schoß und umschlossen einen Gegenstand. Verständnislos blickte sie darauf hinunter, suchte nach einer Erinnerung an die letzten – Minuten? Stunden? Tage? Oder gar Jahre?

Sie wusste nicht, warum ihr Blick zum Fenster schweifte. Die Sonne ging gerade unter und rötete den Himmel, an dem einige Wölkchen hingen. Wieder blickte sie auf ihre Hände nieder und zwang sich, sie zu öffnen.

Schwarz und weiß.

Hastig deckte sie ihre Hand wieder darüber und sah sich um. »Jinqx!« Ihre Stimme war heiser, als hätte sie sie lange nicht benutzt. Die Tür sprang auf, und die Krähe eilte zu ihr, Besorgnis in der Miene. Sie kniete neben Anna nieder und sah sie fragend an. Die junge Frau öffnete wortlos ihre Hände und ließ die Krähe sehen, was sie hielten.

»Ah!« Die ältere Frau schloss für einen Moment beinahe geblendet die Augen. »Das hatte ich erhofft. Du bist stark, Anna.« Sie griff nach Annas Händen und legte sie sanft wieder übereinander. »Jetzt musst du sie verbergen. Finde einen Ort, an dem du sie wohl behütet mit dir führen kannst. Du wirst gut danach suchen müssen. Hast du die Kraft noch?«

Anna schluckte. Sie begriff, was die Krähe damit sagen wollte. »Ich könnte etwas zu trinken gebrauchen, Jinqx«, flüsterte sie. »Meine Kehle ist ganz wund.«

Die ältere Frau erhob sich und ging in die Küche. Als sie mit einem Becher in der Hand wiederkehrte, saß Anna da, versunken in den Anblick ihrer Hände, die eine so kostbare wie gefährliche Last umfangen hielten. Die Krähe stellte leise den Becher neben ihr ab und ging hinaus.

Anna bewegte sich nicht. Ihre Brust hob sich langsam und gleichmäßig mit ihren Atemzügen, und ihr Blick war fern und leer. Die Last in ihren Händen wurde schwerer, bis sie glaubte, sie nicht mehr halten zu können. Dann, plötzlich, nahm der Druck auf ihre Handflächen ab und verlagerte sich. Wanderte zu ihren Schultern, bis sie es kaum noch schaffte, aufrecht sitzen zu bleiben. Sank tiefer, bohrte sich in ihr Inneres, höhlte sie aus, füllte die leere Hülle mit kochendem Blei, ließ den Schmerz eine Ewigkeit lang in ihr wachsen und verschwand. Vollkommen und spurlos. Anna blinzelte und fuhr sich mit der Zunge über die trockenen Lippen. Ihre Hände lagen leer in ihrem Schoß, und die Herzen waren fort.

Spät in der Nacht lag sie in ihrer Kammer, die Hände unter dem Kopf, und starrte ins Dunkel. An ihren Rückweg durch die Unterstadt, den Hügel hinauf und durch das Tor des Ordenshauses konnte sie sich kaum erinnern. Sie hatte noch eine Weile in Jinqx' Küche gesessen. Die Magierin hatte ihr einen Napf Suppe mit einem großen Kanten Brot serviert, und sie hatte wohl alles brav aufgegessen, obwohl ihr Selbst weit von dieser Küche mit der duftenden Suppe und der vom Herdfeuer ausgehenden wohligen Wärme entfernt war. Die Krähe hatte nichts gefragt, hatte nur schweigend und ihre Pfeife paffend neben ihr gesessen, und erst, als Anna sich angeschickt hatte zu gehen, leise gesagt, sie erwarte sie am nächsten Tag.

Die Nacht war dunkel und still. Anna fröstelte. Das beständige Singen der Stimmen, das sie so lange begleitet hatte, war verstummt. Vorsichtig tauchte sie tief in ihr Inneres, aber sie fand dort nichts, was auf die Existenz der Herzen hingedeutet hätte. Sie waren wirklich fort, und langsam begann sie sich zu fragen, was das für Folgen haben mochte. Das Verschwinden der Herzen würde alsbald bemerkt werden, das blieb nicht aus. Die Oberste Hexe würde sie mit Sicherheit befragen. Was sollte sie sagen? Sie hatte die Herzen nicht. Sie wusste auch nicht, wo sie sich verbargen. Vielleicht war das alles gut so, aber es machte ihr Angst. Und Korben – Jinqx hatte gesagt, sie benötige ihre Hilfe und die Macht der Herzen, um ihn zu befreien. Aber sie hatte keine Macht, und die Herzen waren verschwunden …

Anna fing an zu weinen.

12

Es bedeutete kein einfaches Stück magischer Arbeit, das Kästchen wieder zu öffnen. Der Zauber, der es verschlossen hatte, sorgte gleichzeitig dafür, dass jeder Versuch der Manipulation mit einer äußerst schmerzhaften und heftigen Reaktion beantwortet wurde. Herrad und die Hexen, die ihr gewöhnlich bei schwierigen Aufgaben zur Seite standen, hatten schließlich entmutigt aufgegeben, und die Oberste Hexe musste in den sauren Apfel beißen, ihre Grauen Kollegen um Hilfe zu bitten.

Erzmagus Rumold konnte einen gewissen Triumph nicht verhehlen, aber er gab sich alle Mühe, sie das nicht zu sehr spüren zu lassen. Sein jüngerer Ordensbruder nickte der Obersten Hexe nur gleichmütig zu und nahm dann Platz, um mit Herrad und dem Erzmagus gemeinsam den Zauber zu lösen, der über dem Kästchen lag.

Es war Abend, als sie mit ihrem Werk begannen. Sie gönnten sich nur kurze Pausen, in denen sie eine Kleinigkeit zu sich nahmen und ihren Durst löschten, um dann wieder an die Arbeit zu gehen. Die Sonne war bereits aufgegangen, und vom Turm hatte es zum Unterrichtsbeginn geläutet, als Herrad, bleich und mit schweißnassem Haar, tief aufseufzte und sich in ihren Sitz zurückfallen ließ. Der Erzmagus sank schwer auf seine auf dem Tisch aufgestützten Hände, und sein Ordensbruder stützte ihn, damit er sich hinsetzen konnte. Auch Magister Fulke, der Jüngste der drei, war sichtlich von den Strapazen gezeichnet, und er verschüttete zittrig einige Tropfen, als er nach dem Wasserkrug griff und seinen Becher füllte.

»Meine Herren, das war gute Arbeit«, sagte Herrad nach einer Weile erschöpften Schweigens. »Ich danke Euch.« Sie richtete sich auf und griff nach dem Kästchen. »Bevor wir es erneut versiegeln, möchte ich kurz kontrollieren, ob alles seine Ordnung hat.«

Der Erzmagus winkte bestätigend mit der Hand und schloss die Augen.

Herrad hob den Deckel des Kästchens, schlug den Stoff beiseite, der den Inhalt verhüllte, und starrte dann sprachlos in das Innere des Behältnisses, bevor sie hektisch den Stoff herauszerrte und das Kästchen recht unzeremoniell umdrehte und schüttelte. »Sie sind fort«, sagte sie und sah die beiden Grauen Magier fassungslos an.

»Diese verfluchte Schwarze Hexe«, ächzte der Erzmagus und nahm ihr das leere Kästchen aus der Hand, um sich selbst davon zu überzeugen. »Sie hat uns alle getäuscht.«

Herrad schüttelte den Kopf. »Die Herzen waren hier«, widersprach sie. »Sie hatte keine Gelegenheit, sie zu entwenden. Wir haben sie alle scharf beobachtet. Wie hätte sie das bewerkstelligen sollen?«

»Ich weiß nicht, wie sie es gemacht hat«, schnappte der Erzmagus. »Aber die Herzen sind ganz offensichtlich verschwunden – und welche andere Erklärung dafür hättet Ihr anzubieten? Ihr habt genau wie ich gesehen, wie sie Ter'nyoss aus dem verschlossenen und versiegelten Behälter geholt hat. Wahrscheinlich war es eine Lüge, als sie behauptete, das Herz der Welt gehorche ihr nicht ebenso. Sie ist hier rausmarschiert und hat dann in aller Ruhe den Zauber wiederholt.«

Herrad stöhnte und schlug die Hände vors Gesicht. »Wir müssen sie finden«, sagte sie dumpf. »Die Schöpfer mögen uns gnädig sein! Ich kann mir nicht ausmalen, welches Schicksal uns allen droht, wenn der Schwarze Orden die Herzen in seiner Gewalt hat!«

»Kann das Mädchen uns helfen, sie aufzuspüren?«, meldete sich Magister Fulke zu Wort. Die beiden Älteren starrten ihn an.

»Anna«, sagte die Oberste Hexe langsam. »Das ist ein Gedanke. Sie hat die Verbindung zu den Herzen – vielleicht kann sie wirklich feststellen, wo sie jetzt sind.« Sie stand entschlossen auf. »Meine Herren, ich denke, Ihr werdet erst einmal hier bleiben wollen. Eure Zimmer sind vorbereitet, ruht Euch nun aus, und ich benachrichtige den Hochmeister von diesem Debakel. Wir müssen dringend beraten, was zu tun ist.«

Seine Schülerin erschien ihm ungewöhnlich geistesabwesend. Meister Wilber betrachtete Anna besorgt, während sie die Kolben und Tiegel vom Tisch in den Spülzuber räumte und dann mit einem Lappen den großen Tisch abwischte. Er öffnete gerade den Mund, um sie zu fragen, was sie bedrückte, als es klopfte und eine junge Hexe den Kopf ins Zimmer schob.

»Anadia, die Oberste Hexe wünscht dich unverzüglich zu sehen«, sagte sie und nickte den beiden fröhlich zu, ehe sie die Tür wieder schloss. Der Heiler sah, wie Anna erbleichte.

»Was ist?«, fragte er, aber seine Schülerin schüttelte den Kopf.

»Nichts«, sagte sie leise. »Ich beeile mich besser, sie hat ›unverzüglich‹ gesagt.«

Die Oberste Hexe eilte ihr entgegen, als sie eintrat, und griff nach ihren Schultern. Prüfend musterte sie das blasse Gesicht der jungen Frau. »Wie geht es dir?«

Anna lächelte unsicher. »Ich habe nicht gut geschlafen«, wich sie aus.

Herrad führte sie zu einem Stuhl und setzte sich dicht neben sie. »Warum? Was hat deinen Schlaf gestört?«

Anna zuckte mit den Schultern. »Ich weiß es nicht.« Sie schlug die Augen nieder und beobachtete Herrad durch die Wimpern. Die Oberste Hexe sah erschöpft und ungewöhnlich erregt aus. Wahrscheinlich war das Fehlen der Herzen bemerkt worden – und jetzt suchten sie sie bei Anna.

»Hör mir gut zu, mein Kind«, sagte Herrad mit bemühter Ruhe. »Es ist etwas geschehen, was auch dich betrifft. Sag mir, ob dich die Trennung von den Herzen im Augenblick stärker belastet als sonst.«

Anna biss sich auf die Lippe. »N-nein«, antwortete sie zögernd. »Nein, ich glaube nicht. Warum fragt Ihr das?«

»Kannst du spüren, wo sie sind?«

»Nun, dort, wo Ihr sie verwahrt, denke ich. Wie immer.«

Herrad schlug die Hände ineinander. »Ach, ich hatte gehofft ... Nun gut, du kannst uns anscheinend nicht helfen. Anna, was ich dir jetzt sage, musst du unbedingt für dich behalten, hörst du? Ich möchte, dass du dich öffnest und versuchst, den Ort zu erspüren, an dem die Herzen sich befinden. Sie sind nämlich gestohlen worden.«

Anna riss die Augen auf und starrte die Oberste Hexe mit nicht nur gespieltem Entsetzen an. »Gestohlen – von wem?«

»Das wissen wir nicht – aber wir haben einen Verdacht. Bekümmere dich nicht, wir werden die Kleinodien wieder zu finden wissen. Diese starke magische Strahlung zu orten dürfte unseren vereinten Kräften nicht allzu schwer fallen.« Sie schwieg und hing offensichtlich düsteren Gedanken nach. Dann erhob sie sich und schenkte Anna ein aufmunterndes Lächeln. »Wenn du etwas spürst – egal, was es ist –, sag mir sofort Bescheid. Und sorge dich nicht, hörst du? Ich bin jedenfalls beruhigt, dass es dir deswegen nicht schlecht geht, die Herzen können also nicht allzu weit fort sein. Wir finden sie und bestrafen den Dieb mit aller Härte, das verspreche ich dir!«

Anna zitterten die Knie, als sie vor der Tür stand. Sie musste zu Jinqx, sie musste die Krähe um Rat bitten. Früher oder später würde die Oberste Hexe herausfinden, dass Anna der Dieb war – auch wenn sie selbst nicht wusste, wohin die Herzen verschwunden waren. Herrad aber würde ihr das gewiss nicht glauben.

Sie eilte zu den Räumen des Heilers zurück und log ihm vor, dass die Oberste Hexe ihr eine Aufgabe aufgetragen habe, die sie für diesen Tag in der Bibliothek beschäftigen würde. Meister Wilber brummelte gutmütig und ein wenig besorgt und ließ sie natürlich gehen, wobei er sie ermahnte, sich nicht zu überanstrengen.

Den Weg hinunter zum Hafen rannte sie fast. Erst am Ziel fiel ihr auf, dass sie keine Anzeichen ihrer normalen Müdigkeit und Zerschlagenheit verspürt hatte. Sie war besorgt und ängstlich, aber darüber hinaus fühlte sie sich kräftiger als seit Monaten. »Das macht die Aufregung«, murmelte sie, während sie energisch an Jinqx' Tür klopfte.

»Was meinst du?«, fragte die Krähe, die ihr dieses Mal selbst öffnete.

Anna zuckte zusammen und schob sich dann an der älteren Frau vorbei ins Innere des Hauses. Auf dem Weg zur Küche sprudelte die ganze Geschichte aus ihr hervor. Anna wartete bang, während Jinqx in aller Seelenruhe den Wasserkessel aufsetzte. Die Magierin sah aus, als hätte sie in dieser Nacht kein Auge zugetan. Sie ließ sich schwerfällig in ihren durchgesessenen Lehnstuhl sinken und tastete gähnend nach ihrer Pfeife, die sie dann unangezündet zwischen die Zähne klemmte.

»Sie werden die ganze Stadt nach den Herzen absuchen«, sagte Anna drängend. »Jinqx, was sollen wir nur tun?«

Die Krähe blinzelte sie müde an. »Wo sind die Herzen denn?«, fragte sie.

Anna stockte der Atem. »Ich – ich weiß es doch nicht!«, flehte sie. »Sie waren da, das habt Ihr selbst gesehen. Und dann habe ich sie irgendwie verloren.« Sie barg das Gesicht in den Händen und schluchzte auf.

»Das ist doch gut«, murmelte die Krähe und gähnte wieder. »Wenn du nicht weißt, wo sie sind, kann das auch niemand aus dir herausprügeln.«

Anna sah sie erschrocken an. Jinqx lächelte und winkte entschuldigend ab. »Das war dumm dahergeredet, verzeih. Komm, Kind, beruhige dich endlich. Niemand wird denken, dass du die Herzen gestohlen hast – wie hättest du das auch anstellen sollen? Nein, sie werden nach *mir* suchen.«

»Was?«, rief Anna. »Wieso nach Euch?«

»Weil ich im Magischen Rat einen recht mysteriösen Auftritt hingelegt habe. Ich musste mir die Sache mal vor Ort ansehen. Außerdem – ich habe durchaus ein Anrecht auf den Sitz im Rat. Es hat diese selbstzufriedenen Magier hübsch durcheinander gebracht.«

»War das nicht dumm?«, fragte Anna zögernd. »Es hat sie auf Euch aufmerksam gemacht.«

Jinqx lächelte schmal. »Der Auftritt war nicht meine Idee. Ter'nyoss hat mich noch einmal zu sich gerufen, weil sie dich nicht erreichen konnte. Du weißt doch: die Herzen werden dir sagen, was du tun sollst. Deswegen solltest du dich jetzt auch nicht allzu sehr über ihr Verschwinden sorgen. Sie sind nicht weit, das darfst du mir glauben. Es gibt viele gute Verstecke, die nicht von dieser Welt sind.«

Das Wasser kochte, und Jinqx stand mit einem Ächzen auf.

»Warum habt Ihr nicht geschlafen?«, fragte Anna neugierig und halbwegs beruhigt.

»Ich war in der Festung. Tagsüber kann ich ja schlecht mit Korben reden …«

»Ihr habt mit Korben gesprochen? Wie seid Ihr in die Festung hineingekommen? Und wie habt Ihr ihn dort gefunden? Warum hat man Euch zu ihm gelassen …?«

»Bitte, eins nach dem anderen.« Die Krähe schüttelte den Kopf und stellte einen Becher vor Anna auf den Tisch. »Ich erzähle dir gleich alles, was du wissen musst, denn ich brauche deine Hilfe.«

»Wie kann ich Euch helfen?«, flüsterte Anna entmutigt. »Die Herzen …«

»Wir brauchen sie jetzt nicht«, sagte Jinqx scharf. »Deine eigenen Fähigkeiten reichen für den Anfang durchaus.« Anna schluckte und schwieg. »Hör zu. Es reicht nicht, deinen Freund aus der Festung zu befreien, wir müssen uns auch überlegen, was wir danach tun. Ich kann mir zwar vorstellen, dass die Wache nicht allzu genau nach einem eher unwichtigen Häftling suchen würde, aber allein der Umstand, dass er in der Lage war zu entkommen, wird sie genügend antreiben, sich zumindest in der Unterstadt gründlich nach ihm umzusehen. Er könnte zunächst einmal bei mir unterkommen, aber die Tatsache, dass die Hexenorden die ganze Stadt nach mir durchkämmen werden, wird uns beiden den Aufenthalt hier nicht gerade angenehm machen. Wir müssen also, wenn wir Korben befreit haben, für eine Weile von hier verschwinden.« Sie dachte nach, das Kinn in die Hand gestützt, und atmete dabei den Dampf des vor ihr stehenden Tees ein. Anna ließ sie nicht aus den Augen.

»Was wird mit mir?«, fragte sie.

Die Krähe nickte. »Du kommst mit. Und deshalb müssen wir jetzt an die Arbeit, denn damit ich dich mit mir nehmen kann, musst du eine Fertigkeit lernen, die deine Hexen dir sicherlich nicht beigebracht haben.« Sie verzog das Gesicht. »Zu viel Zauberei in der letzten Zeit«, murmelte sie. »Das gefällt mir gar nicht. Aber es geht wohl nicht anders. Das Gefüge ist ohnehin aus dem Gleichgewicht, seit die Herzen eingesperrt waren. Wahrscheinlich kommt es jetzt auf ein bisschen Hexerei mehr oder weniger auch nicht mehr an.«

Anna rieb sich unbehaglich die Arme. »Ich bin keine sehr talentierte Hexe«, sagte sie betrübt. »Ich werde Euch enttäuschen.«

»Ach, dummes Zeug!« Jinqx trank von ihrem Tee und verzog den Mund. »Ich brauche etwas Stärkeres, sonst schlafe ich im Stehen ein.« Sie stand auf und kramte ein verstaubtes Fläschchen aus dem Küchenregal. Sie zog den Korken heraus, schnüffelte misstrauisch daran und zuckte mit den Schultern. »Das taugt nicht mehr viel, hat zu lange hier gestanden.« Sie goss einen großzügigen Schluck in ihren Becher, schwenkte ihn kurz und trank ihn aus. Dann verkorkte sie das Fläschchen wieder und stellte es zurück. »Auf, an die Arbeit. Geh schon mal voran.« Ihr Kopf wies auf die Tür zum leeren Nebenzimmer, während sie die Teebecher neu auffüllte.

Anna seufzte und gehorchte dem Befehl.

Unbehaglich setzte sie sich auf den harten Dielenboden, fragte sich erneut, warum Jinqx hier nicht wenigstens ein paar Kissen oder Stühle zuließ, faltete die Hände im Schoß und wartete. Wie wollte Jinqx die Befreiung Korbens überhaupt bewerkstelligen? Allem Anschein nach hatte sie einen Plan und mit Korben auch schon darüber gesprochen. Und Mika – sie musste unbedingt Mika von all dem in Kenntnis setzen, bevor sie mit Korben und der Krähe aus der Stadt verschwand. Wohin würden sie wohl gehen? Was würde die Oberste Hexe denken, wenn Anna fort blieb – und das kurz nachdem die Herzen verschwunden waren? Und Meister Wilber, der immer so freundlich zu ihr gewesen war … und Mellis, die sich um sie sorgte, und ihre Mutter, die das alles nicht verstehen würde. Würde sie jemals ihr Zuhause wieder sehen?

»Hör auf zu grübeln, Kind«, sagte die Krähe und kniete neben ihr nieder. Anna zuckte zusammen, sie hatte sie nicht hereinkommen hören. »Es wird sich alles zum Guten wenden. Du hast die Herzen befreit – und jetzt holen wir deinen Freund aus der Patsche. Dann sehen wir weiter.«

Sie drückte Anna eine Schale in die Hand, in der eine gelbgrüne, scharf riechende Flüssigkeit schwappte. »Trink das aus, es wird dir helfen, dich zu konzentrieren. Und ich brauche dich konzentriert!«

Anna schnupperte an der Schale und schnitt eine Grimasse. Sie kannte das Mittel, es verhalf Novizinnen im ersten Jahr ihrer Ausbildung dazu, leichter an ihre verborgenen Kräfte zu gelangen. Anna hatte das Gefühl, in ihrer Anfangszeit eimerweise davon getrunken zu haben, ohne dass es ihr irgendwie genutzt hätte. Kläglich sah sie zu Jinqx auf, aber die nickte ihr nur auffordernd zu. »Komm schon, runter damit. Es ist nicht ganz die Rezeptur, die du kennst, deshalb wundere dich nicht über den Geschmack.«

Anna seufzte leise und gehorchte.

»So, und jetzt entspanne dich, ich werde dich leiten.« Die Hände der Krähe legten sich um Annas Schläfen. Die junge Frau schloss die Augen, weil ihr ein wenig schwindelig wurde. »Geh hinab. Du kennst den Weg«, flüsterte eine Stimme in ihrem Kopf. Anna zuckte leise zusammen, hielt die Augen aber geschlossen. Sie versenkte sich in ihr Innerstes, was ihr dieses Mal erstaunlich leicht fiel, und traf endlich auf den Kern, den sie noch nie zu berühren vermocht hatte. Dort lag ihre magische Kraft verborgen, das wusste sie von ihren Lehrerinnen, die allesamt daran gescheitert waren, sie den sicheren Zugriff auf diese Kraft zu lehren. Schimmernd und rund wie eine apfelgroße Perle lag er vor ihr, für sie unerreichbar.

»Gut«, flüsterte die Stimme. »Jetzt dreh ihn um.«

Anna verstand nicht. Sie starrte mit ihrem inneren Auge auf die sanft und milchig weiß schimmernde Perle, die vor ihr schwebte.

»Dreh den Kern um«, wiederholte die Stimme mit leiser Ungeduld. »Es ist nicht schwer, du hast es nur noch nie versucht, oder?«

Anna verneinte stumm und griff unschlüssig mit ihren geistigen Fingern nach der Perle. Sie spürte nicht, wie sie sie berührte, aber die Perle rotierte und drehte Anna langsam ihre bisher nicht sichtbare Seite zu. Anna holte tief und erschrocken Luft und hätte dadurch beinahe den Kontakt verloren.

»Bleib ruhig«, murmelte die Stimme. »Warte ab.« Die Perle vollendete ihre Drehung und kam wieder zur Ruhe. Immer noch schimmerte sie sanft im diffusen Nicht-Licht des geistigen Auges, nur hatte sie die Farbe gewandelt und war nun von samtiger Schwärze.

»Davon haben deine Lehrerinnen dir sicher nicht erzählt.« Die Besitzerin der Stimme schien zu lächeln. »Nur wer beide Seiten seiner Kraft kennt, kann sie wirklich nutzen. Aber welche Seite deine wahre Stärke beinhaltet, musst du erst noch herausfinden. Ich denke, du solltest jetzt eintreten.«

Anna schluckte und wappnete sich gegen eine erneute Enttäuschung. Noch nie war es ihr gelungen, in ihre Kraft einzutreten. Jetzt lag sie schwarz und beinahe drohend vor ihr und machte ihr umso mehr Angst.

Mutig kämpfte sie ihre Angst nieder und konzentrierte sich auf die schwarze Perle. Weil ihr die Bezugspunkte fehlten, konnte sie nicht sagen, ob die Schwärze anschwoll oder ob sie ihr näher kam, aber schließlich fand sie sich vor einer Wand aus Dunkelheit wieder, die drohend über ihr aufragte. Mit einem tiefen Atemzug tauchte sie hinein, bereits gewappnet gegen den Aufprall und das Zurückweichen, das sie von all ihren früheren Versuchen kannte.

Aber diesmal blieb ihr der Schock erspart. Ohne Widerstand tauchte sie in die Schwärze hinein und hindurch, und als sie die andere Seite erreichte, war alles wie zuvor.

Verwirrt schlug Anna die Augen auf und sah die Krähe an. »Es hat nicht geklappt«, sagte sie leise. »Aber es war anders als sonst.«

Jinqx nahm ihre Hand und sah sie prüfend an. »Hat man dich Verwandlungszauber gelehrt?«, fragte sie.

Anna schüttelte resigniert den Kopf. »Zumindest einfachere Anwendungen sollte ich beherrschen – aber ich kann noch nicht mal einen Grashalm in eine Blume verwandeln. Es tut mir Leid, Jinqx, ich bin eine schreckliche Enttäuschung für alle.«

Die Krähe schnalzte missbilligend mit der Zunge und zog einen kleinen Stein aus der Tasche. Mit einer schnellen Handbewegung ließ sie ein Schneckenhaus daraus entstehen und drückte es Anna in die Hand.

»Zeig mir, wie du es gelernt hast«, forderte sie die junge Frau auf und legte die Hand auf Annas Handgelenk. Anna zuckte mit den Schultern und blickte auf das Schneckenhaus hinab. Sie ließ ihren Geist seine Struktur erfühlen und berührte hier und da eine immaterielle Windung, ertastete die Schwingung, fühlte nach dem Wesen, das den Stein ausgemacht hatte …

»Ah, ja«, murmelte Jinqx. »Viel zu kompliziert. Sieh her.«

Anna spürte, wie ein fremder Geist sie umfasste und ihr inneres Auge auf einen Punkt lenkte, den sie nie zuvor bemerkt hatte. Ein kleiner mentaler Ruck, und wieder lag der Stein vor ihr.

»Jetzt du«, sagte die Krähe aufmunternd. Anna entließ den angehaltenen Atem und tastete unsicher nach dem Hebelpunkt. Ein kleines Rinnsal von Kraft durchzuckte sie prickelnd und verschwand. Mit großen Augen starrte sie auf das Schneckenhaus in ihrer Hand.

»Gut gemacht«, lobte die Krähe. »Und jetzt etwas Atmendes.« Sie berührte das Schneckenhaus mit einem Finger, wandte den Blick nach innen und verharrte. Wenige Lidschläge später saß ein blau schillernder Käfer auf Annas Handfläche und versuchte krabbelnd zu entkommen.

Annas Lippen formten ein stummes »Oh«. Sie ahmte Jinqx' Geste nach, suchte nach dem neu entdeckten Punkt, fand ihn mit ein wenig Mühe und benetzte unsicher die Lippen. Jinqx nickte ihr ermutigend zu. Anna schloss die Augen und *zog*. Diesmal war der Kraftstrom größer, und der Ruck, den sie spürte, erschütterte ihren Körper. Sie öffnete die Augen und sah die Maus, die sich durch ihre Finger zu winden versuchte.

»Ausgezeichnet«, sagte Jinqx und verwandelte das zappelnde Tier mit einer winzigen Handbewegung wieder in den Stein zurück, den sie in ihrer Tasche verschwinden ließ. »Das ist genug für jetzt – du solltest dich etwas ausruhen, denn ich brauche dich heute noch für eine schwierigere Verwandlung. Die wird dir wahrscheinlich nicht auf Anhieb gelingen, das sage ich dir gleich, damit du nicht entmutigt wirst. Aber du wirst sie beherrschen.« Sie schwieg eine Weile, ein Lächeln auf den Lippen. »Korben war ganz wild darauf, das zu lernen. Ich habe es ihm immer versagt, aber jetzt bekommt er doch noch seinen Willen.«

Anna sah sie neugierig an, aber als sie fragen wollte, welche Verwandlung Jinqx denn meinte, riss ein gewaltiges Gähnen ihre Kiefer auseinander.

»Ruh dich aus«, wiederholte Jinqx sanft. Sie wies auf eine Ecke des Raumes, auf ein spartanisches Lager aus

Stroh und Decken. Anna blinzelte verblüfft, denn nichts davon hatte sich noch vor ein paar Atemzügen dort befunden. Aber dann, mit einem Mal zu müde, um sich über irgendeinen Zauber den Kopf zu zerbrechen, ließ sie sich auf das Lager sinken, zog die Decke über den Kopf und war im nächsten Moment auch schon eingeschlafen.

Als sie erwachte, wusste sie nicht, wo sie war. Sie hatte geträumt, und ihr Traum setzte sich auch im Aufwachen noch fort. Grünlich goldenes Licht umgab sie, und sie hörte das leise Rauschen von Blättern und Knarren von Ästen im Wind; der Boden schien sich leicht unter ihr zu bewegen, und sie streckte sich wohlig und blinzelte durch die Wimpern, weil sie erwartete, helles Sonnenlicht durch das Flechtwerk ihrer Schlafkugel filtern zu sehen. Der Traum vom Großen Nest der Grennach war sehr wirklichkeitsnah gewesen, und sie brauchte einige Atemzüge lang, um sich zurechtzufinden. Das grünliche Licht des Nachmittags drang durch ein kleines Fenster, und das, was sie für das Rauschen der Blätter gehalten hatte, war das Geräusch des nahen Meeres. Der Wind musste umgeschlagen sein, dass das Meeresrauschen sogar hier mitten im Hafenviertel so deutlich zu vernehmen war.

Anna setzte sich auf und rieb sich den Schlaf aus den Augen. Als sie aus dem Fenster blickte, sah sie in einen stillen, ruhigen Garten, in dem sich kein Blättchen regte, obwohl der Himmel mit seinen zerzausten, eiligen Wolken und den vorbeitreibenden Möwen deutlich anzeigte, dass draußen ein starker Wind blies.

»Kein gutes Reisewetter«, sagte die Krähe, die soeben die Tür geöffnet hatte, um nach ihr zu sehen. »Komm, wir haben Besuch.«

Am Küchentisch saß Mika und drehte einen Becher zwischen den Fingern, den er misstrauisch beäugte, als könnte er Gift enthalten. Als er Anna erblickte, entspannte sich seine Miene, und er lächelte erleichtert. »Ich hab mir Sorgen gemacht«, sagte er ohne Gruß. »Es ziehen Hexen und Graue Magier durch die Stadt und suchen nach ihr.« Sein Blick zuckte zu Jinqx hinüber und gleich wieder fort.

»Und bei all dem Misstrauen, das er mir gegenüber hegt, war er immerhin so anständig, mich zu warnen«, meinte die Krähe mit leisem Spott.

»Ich habe befürchtet, dass Anna bei Euch sein könnte«, erwiderte der junge Mann heftig. »Und ich hatte Recht!«

»Sie werden mich nicht so schnell finden«, beruhigte Jinqx die beiden jungen Leute. »Ich habe bereits Vorsorge getroffen, dass die Suche noch eine ganze Weile in die Irre geht. Wir benötigen schließlich etwas Vorbereitungszeit.« Ohne ein weiteres Wort verließ sie die Küche.

Mikas Blick bat Anna um Aufklärung. Sie hob kurz die Schultern und lächelte ihn an. »Sie hat einen Plan, Korben zu befreien, und ich soll ihr dabei helfen«, flüsterte sie. »Sie hat wohl auch schon mit ihm gesprochen – aber ich weiß immer noch nicht, was sie vorhat.«

Mika schüttelte unglücklich den Kopf. »Sei vorsichtig, bitte«, flehte er.

Anna legte besänftigend eine Hand auf seine. »Ich werde alles tun, um Korben aus seiner Klemme zu helfen. Alles Weitere wird sich finden.« Sie zögerte. »Mika, wir werden alle von hier fortgehen. Jedenfalls für eine Zeit, bis die Wogen sich geglättet haben. Meinst du, du kommst klar?«

Der junge Mann nickte nur, stumm und unglücklich. Anna klopfte ihm auf die Hand und drehte sich dann zu Jinqx um, die wieder eingetreten war. Sie hielt ein Bündel in den Händen, das aus alten Kleidern zu bestehen schien.

»Auf jetzt«, sagte sie energisch. »Wir müssen ans Werk, Anna. Jede weitere Verzögerung würde uns schaden.«

Mika verstand den Wink und erhob sich hastig. »Wann sehen wir uns wieder?«, fragte er.

Anna schüttelte traurig den Kopf. »Ich weiß es nicht. Aber wir sehen uns ganz bestimmt wieder, das verspreche ich dir.«

Der Nebenraum war wieder vollkommen leer, die Bettstelle verschwunden. Jinqx breitete das Bündel auf dem Boden aus – es waren alte, mottenzerfressene Kleidungsstücke. Anna betrachtete sie näher und sah, dass die Lumpen über und über mit winzigen schwarzen Federn besetzt waren. Fragend blickte sie Jinqx an.

»Das hilft dir vielleicht ein wenig. Ich möchte, dass du dich hinlegst und hiermit zudecken lässt.« Anna schauderte zurück, aber die Krähe hielt sie fest. »Hab keine Furcht, es geschieht dir nichts Übles. Du wirst nur eine sehr fortgeschrittene Verwandlung lernen, und diese Sachen hier haben eine gewisse Kraft. Sie gehörten einst meiner Lehrerin.«

Anna gehorchte widerwillig. Die staubigen Fetzen kitzelten in ihrer Nase und überall, wo sie ihre Haut berührten.

»Jetzt versenke dich und suche in deinem Inneren nach dem Punkt, den du bei der Verwandlung des Steins kennen gelernt hast«, befahl die Krähe.

Anna ließ sich hinabsinken und vergaß das kitzelnde Federkleid. Es fiel ihr erstaunlicherweise nicht schwer, den Punkt zu finden. »Ich bin da«, flüsterte sie atemlos.

»Gut. Fühlst du die Federn?« Anna nickte. »Berühre nun den Verwandlungspunkt und stell dir vor, du seiest ein Vogel. Für jetzt ist es ganz gleich, welch einer – nimm einen, den du dir leicht vorstellen kannst.«

Anna schluckte schwer. Die Verwandlung in ein Tier

war etwas, das gewöhnlich nur ausgebildeten Hexen gelang, und beileibe nicht jede beherrschte diese Kunst.

Sie verdrängte die Gedanken und konzentrierte sich auf die Verwandlung. Vor ihrem inneren Auge erschien ein kleiner, bräunlich grüner Vogel, den sie als Kind oft zu Hause im Garten gesehen und wegen seines fröhlichen Gesanges sehr geliebt hatte.

Die Federn kitzelten stärker, so stark, dass sie sich am liebsten gekratzt hätte. Sie übte Druck auf den verwandelnden Punkt aus und schob diesmal, statt daran zu ziehen. Er gab zögernd nach, und die Energie, die sie dabei durchzuckte, ließ sie vor Schmerz und Überraschung laut aufschreien. Durch ihre geschlossenen Lider drang ein helles Licht, das aufflammte und gleich wieder verlosch.

»Das wäre nicht nötig gewesen«, sagte Jinqx freundlich. »Aber ich sehe, du hast auch genügend Kraft für eine größere Verwandlung, wenn so viel abgeleitet werden muss.«

Anna öffnete die Augen und sah sich verwundert um. Alles sah verschoben und verändert aus, die Farben waren verblasst, dafür erschien alles, was sie betrachtete, viel schärfer und näher – und gleichzeitig war auch alles um sie herum in die Höhe und Breite gewachsen.

Sie öffnete den Mund, um etwas zu sagen, und eine Kette perlender Laute erklang aus ihrer Kehle. Erschreckt sprang sie auf, breitete die Flügel aus und flog eine ungeschickte Runde durch das leere Zimmer, ehe sie an eine Wand stieß und zu Boden fiel.

Eine große Hand näherte sich und nahm sie auf. Sie zappelte und pickte mit ihrem Schnabel gegen die Finger.

»Ruhig, Kind«, sagte die Krähe. »Das ist beim ersten Mal alles sehr verwirrend. Deshalb solltest du jetzt zurückkommen. Fürs Erste muss das genügen.«

Anna wurde behutsam auf dem Boden abgesetzt. Sie

spürte, wie ihr Herz schlug, viel schneller als gewöhnlich. Dann schloss sie die Augen und suchte den Punkt. Ein kleiner Ruck, viel weniger schwierig zu bewerkstelligen als zuvor, und die Welt war wieder normal. Hastig stand sie auf und befühlte ihre Glieder.

»Gut hast du das gemacht.« Jinqx hockte ruhig da und beobachtete sie. »Wenn du es dir zutraust, werde ich dir heute noch zeigen, wie du die Verwandlung besser steuern kannst. Und dann müssen wir wohl oder übel richtig fliegen lernen. Aber das geht schnell, du wirst schon sehen.«

Anna schöpfte tief Luft. »Und so holen wir Korben aus der Festung?«, fragte sie ruhig.

Die Krähe nickte. »Genau so. Er lernt schnell, fast so schnell wie du. Heute Nacht bin ich wieder bei ihm, und morgen Nacht kommst du vielleicht schon mit. Ich brauche deine Kraft, um ihn auf einen längeren Weg vorzubereiten. Er ist in einem recht geschwächten Zustand, denn er hatte eine üble Kopfverletzung, die noch nicht ganz ausgeheilt ist.«

»Und wohin werden wir dann gehen? Kann ich jemals wieder zum Orden zurückkehren?«

Die Krähe schwieg. Anna seufzte, denn was die Oberste Hexe von all dem halten würde, war nur zu klar. Wenn Anna nicht bald ins Ordenshaus zurückkehrte, brauchte es keine große Magie, um eine Verbindung zu den verschwundenen Herzen herzustellen. »Ich kann nicht mehr zurück«, sagte sie leise.

»Willst du das denn überhaupt?«, fragte Jinqx. »Welche Seite deiner Kraft hast du zu nutzen gewusst?«

Anna blickte sie groß an. »Wie meint Ihr das?«, fragte sie unsicher. Die Krähe lächelte und schüttelte den Kopf.

»Ruh dich noch ein wenig aus. Dort auf dem Herd steht Suppe, iss etwas. Ich muss fort, mich um meinen anderen Schüler kümmern.« Sie öffnete die Tür zum

Garten; es war dunkel geworden. »Wenn ich zurückkomme, werden wir weiterarbeiten. Wir haben nicht mehr viel Zeit, Anna, also nutze die Ruhepause.«

Anna sah ihr hinterher. Ihre schwere Gestalt verschmolz mit der Dunkelheit des nächtlichen Gartens. Es dauerte kaum einen Atemzug, da hörte Anna das Klatschen von Flügeln, und sie sah schattenhaft einen großen Vogel aufsteigen.

Auf dem Herd blubberte die Suppe. Anna streckte sich, schloss die Tür der Kammer und setzte sich an das Herdfeuer, dessen wohlige Wärme die plötzliche Kälte aus ihren Knochen vertrieb. »Suppe und Brot und etwas Schlaf«, murmelte sie. »Und alles Weitere kommt, wie es kommen muss.«

13

Korben hatte den langen, öden Tag genutzt, zu schlafen und in seinen wachen Momenten immer wieder im Geiste durchzugehen, was die Krähe ihn in den letzten Nächten gelehrt hatte. Sein Kopf schmerzte erbärmlich, aber er ignorierte den Schmerz und tastete mit feinen geistigen Fingern nach dem dunklen Stern, der tief in seinem Inneren glühte und pulsierte. Er konnte ihn sogar fühlen, wenn er sich nicht darauf konzentrierte; es war eine spitze, Hitze und zugleich Kälte ausstrahlende Präsenz, die sich ihm unablässig in Erinnerung brachte, egal ob er wachte oder schlief.

Sein leerer Blick ruhte auf den groben Steinen der Mauer, über die langsam ein Strahl der untergehenden Sonne wanderte. Er nahm den Anblick nicht wahr. Seine Augen sahen den dunkel strahlenden Stern, und er berührte ihn, fühlte seine Kraft und wiederholte im Geiste die mentalen Kniffe, die die Verwandlung herbeiführten. Hin und wieder tauchte klein und schmerzhaft der Gedanke an seinen Vater auf, aber er schob ihn entschlossen beiseite und wandte sich wieder dem zu, was er in den vergangenen Nächten gelernt hatte.

In seinen Schläfen klopfte es, und manchmal bohrte sich ein scharfer Schmerz durch seine Stirn, aber er schenkte dem keine Beachtung. In dieser Nacht wollte er den Flug hinauf zu den Öffnungen im Gemäuer schaffen; er wünschte sich nichts sehnlicher, als die weiche Nachtluft unter seinen Schwingen zu spüren und zu sehen, wie die Festung unter ihm zurückblieb.

Er musste eingeschlafen sein, denn als er das nächste Mal die Augen öffnete, war es dunkel. Seine Mitgefangenen regten sich im Schlaf, und wie immer schnarchten einige von ihnen ganz fürchterlich. Korben setzte sich auf und rieb fest über sein Gesicht. Er hatte sich vorgenommen, die Krähe bereits in Vogelgestalt zu empfangen, und setzte sich nun aufrecht hin, um die Verwandlung zum ersten Mal ohne ihre Hilfe zu bewerkstelligen. Der dunkle Stern glühte und erwartete ihn. Korben berührte ihn sanft und gab ihm die richtige Position. Dann tippte er ihn kurz an, sah zu, wie er zu rotieren anfing, und griff im rechten Augenblick zu, um ihn anzuhalten. Es gab einen scharfen Ruck, ein harter Schlag fuhr durch seinen Körper, und seine Umgebung verschwamm für die Dauer eines Atemzuges.

Der Rabe schüttelte sein Gefieder aus, klappte prüfend mit dem harten Schnabel und hüpfte ein paar Schritte vorwärts, wobei er seine Schwingen halb ausbreitete. Über seinem Kopf rauschte es, und zwei dunkle Schatten stießen auf ihn hinab. Überrascht sah der Rabe auf, betrachtete die vertraute Gestalt der Krähe und musterte verblüfft den kleineren Vogel, der ihr folgte und nun eine etwas ungeschickt hüpfende Landung hinlegte. Es war ein Star, der verlegen seine Kralle hob und sich hinter dem Ohr kratzte.

»Vorzüglich, mein Junge«, vernahm er die amüsierte Stimme der Krähe in seinem Kopf. *»Wie kräftig fühlst du dich?«*

Korben zuckte mit mentalen Achseln. *»Ich habe Kopfschmerzen«*, erwiderte er stumm. Eine leichte geistige

Berührung ließ ihn zuerst zurückschrecken, dann wartete er geduldig ab, bis die Untersuchung beendet war.

»Es ist nicht weiter schlimm. Wir werden dir jetzt zusätzliche Kraft geben, damit du den Flug hinaus schaffst. Für heute nicht weiter als zu meinem Haus, hörst du? Wir sind alle erschöpft und sollten uns erst einmal gründlich ausschlafen, ehe es weitergeht.«

Korben starrte den kleineren Vogel an, der ein wenig verlegen die Augen schloss und wieder öffnete und den Kopf neigte. »Wer ist das?«, fragte er.

Die Krähe schien zu lachen, ihr Schnabel war halb geöffnet. »Keine unnötigen Gespräche«, sagte sie. »Öffne deinen Geist.«

Korben seufzte und gehorchte. Sein schmerzender Kopf erfuhr erneut die sanfte Berührung, dann spürte er, wie ein steter Strom von Kraft in sein Inneres floss.

»Das muss reichen«, sagte die Krähe nach einer Weile, und sie klang erschöpft. »Komm jetzt, auf. Du weißt, worauf es ankommt. Es tut mir Leid, dass wir das nicht haben üben können. Du musst versuchen, es jetzt auf Anhieb zu schaffen. Der schwierigste Teil liegt gleich am Anfang: Du musst schnell Höhe gewinnen, also gebrauch deine Flügel! Ich bleibe hinter dir, meine Begleiterin fliegt dir voran. Orientiere dich an ihr – und sei unbesorgt, du schaffst das.«

Korben atmete tief durch und machte sich startbereit. Der Star flatterte auf, auch das ein wenig ungeschickt, schraubte sich hoch und flog dann in Richtung der östlichen Maueröffnung. Korben nahm einen kurzen Anlauf, sprang, schlug kräftig mit den Schwingen und prallte beinahe gegen die Mauer.

»Noch einmal«, befahl die Krähe. »Du musst deine Schwanzfedern zum Steuern einsetzen.«

Wenn Korben noch in menschlicher Gestalt gesteckt hätte, hätte er sich jetzt den Schweiß von der Stirn gewischt. Er ließ seinen Atem ruhiger werden und hob zum zweiten Versuch ab, verzweifelt darauf bedacht, nicht allzu großen Lärm zu verursachen. Trotzdem klatschten seine Flügel so unangenehm laut, dass er fürchtete, die Schlafenden aufzuwecken.

»Konzentrier dich«, fuhr die Krähe ihn an. Sie flog dicht hinter ihm, und oben in der Maueröffnung konnte er schwarz vor der etwas helleren Schwärze des Himmels die Silhouette des Stars sitzen sehen. Er keuchte mit offenem Schnabel, so schwer war es, seinen großen Vogelkörper in die Luft zu befördern. Aber es gelang ihm, er gewann stetig an Höhe, und auch die Richtung, in die er flog, stimmte. Sein Herz schlug so stark, dass er fürchtete, es könne zerspringen, in seinen Adern rauschte das Blut, und die kräftigen Lungen pumpten wie besessen Luft in seinen Körper und wieder hinaus.

Die Mauern des Verlieses zogen quälend langsam an ihm vorbei. Hoch, immer noch ein Stück höher. Seine Flügel wurden lahm. Er keuchte verzweifelt, fürchtete, wieder abzustürzen, aber mit einer letzten gewaltigen Anstrengung hob er sich über das Sims des Fensters und landete schwer neben dem kleinen Vogel, der dort auf ihn wartete. Einen Augenblick musste er sich festklammern, weil ihm schwindelig war vor Anstrengung, und als er schwankte, stützte der kleinere Vogel ihn mit seinem Körper ab. Dann verging der Schwindel, das Rauschen des Blutes in seinen Ohren wurde leiser, und sein Atem begann sich zu beruhigen.

»Das war der schwierigste Teil«, sagte die Krähe. »Jetzt kannst du dich erst einmal fallen lassen. Breite deine Schwingen *so* aus«, sie übermittelte ein geistiges Bild und ein Gefühl von Spannung. »Wir fliegen eine Kurve mit dem Wind, also erst einmal Richtung äußeres Hafenbecken. Diesmal fliege ich voraus, also passt auf. Wenn du so weit bist, sag Bescheid.«

Korben nickte. »Von mir aus kann es losgehen.«

Die Krähe breitete ohne ein weiteres Wort die Schwingen aus und ließ sich vom Sims fallen. Elegant segelte sie durch die nächtliche Luft, und Korben sah fasziniert zu, bis der kleinere Vogel ihm einen unsanften Schubs gab. Er breitete die Flügel aus, zögerte kurz vor der Tiefe, die ihm entgegengähnte, und sprang. Der Luftstrom, der ihm von unten entgegenkam, hob ihn sanft empor und trug ihn. Er lachte vor Freude und vernahm in seinem Kopf die lautlose Antwort der Krähe. Zu Anfang war sein Flug noch wackelig, aber mit jedem Schlag seiner Flügel wurde er sicherer, und bald war ihm, als hätte er sich nie anders fortbewegt. Die nächtliche Stadt zog unter ihm vorbei wie in seinem Traum. Eine kurze Strecke flogen sie über Wasser – das äußere Hafenbecken –, dann folgte eine weite Kurve, und die Krähe nahm Kurs auf das Hafenviertel.

Als sie die Gartenmauer überflogen, bedauerte Korben, dass der Flug zu Ende war, aber dann spürte er seine Erschöpfung und plumpste wenig elegant neben der Krähe aufs Gras.

»Gut gemacht, alle beide«, lobte sie und verwandelte sich mit einem Zwinkern zurück in ihre menschliche Gestalt. Korben tat es ihr nach, und als er die Verwandlung bewältigt hatte, sah er mit Erstaunen, wer da neben ihm im Gras hockte und ihn erschöpft und zufrieden anlächelte.

»Anna«, er nahm ihre Hand, um sich zu vergewissern, dass sie kein Trugbild war. »Wieso bist du … Aber ich dachte, du kannst nicht …«

»Kommt ins Haus«, unterbrach ihn die Krähe, die nicht minder erschöpft aussah als Anna. »Wir brauchen alle etwas zu essen und ein paar Stunden Schlaf. Lasst uns nicht säumen! Miteinander reden könnt ihr später immer noch und in aller Ruhe. Aber erst einmal müssen wir zusehen, dass wir so schnell wie möglich von hier wegkommen.«

Korben und Anna tuschelten noch eine Weile miteinander, als sie schließlich in dem leeren Zimmer unter ihren Decken lagen. Jinqx hatte es sich in der Küche in ihrem Lehnstuhl bequem gemacht, weil sie nicht schlafen wollte oder konnte. Durch den Türspalt zog ab und zu ein Wölkchen aromatischen Tabakduftes, und gelegentlich war das leise Klappern der Teekanne zu vernehmen.

»Du bist also eine Schwarze Hexe«, stellte Korben mit Genugtuung in der Stimme fest. »Kein Wunder, dass du im Weißen Orden nicht zurechtgekommen bist.«

Anna öffnete den Mund zum Protest und schloss ihn gleich darauf wieder. »Ich weiß nicht, was ich bin«, erwiderte sie nachdenklich. »Ich bin nur froh, dass du hier bist, und sehr, sehr gespannt darauf, wie es nun weitergeht. Und weißt du was?« Sie richtete sich ein wenig auf, und ihre Augen blitzten hell in dem dämmrigen Raum. Korben, das Gesicht in die Hand gestützt, sah sie erwartungsvoll an. »Wir wissen nicht, was aus uns werden wird, ich verfüge plötzlich über magische Kräfte, die ich nie besessen habe, kann mich sogar in einen Vogel verwandeln, die Herzen sind verschwunden, nachdem ich sie gestohlen habe«, sie musste tief Luft holen, und Korben lächelte über ihre Aufregung, obwohl auch sein Herz schneller schlug, »und ich habe überhaupt keine Angst«, schloss Anna laut triumphierend.

»Gebt ihr bald mal Ruhe da drüben«, dröhnte die tiefe Stimme der Krähe. »Ihr sollt schlafen! Wir müssen spätestens bei Tagesanbruch fort sein!«

Anna verschwand unter ihrer Decke, und Korben hörte ihr unterdrücktes Lachen. Er grinste, klopfte an der Stelle, wo er ihre Schulter vermutete, auf Annas Deckenberg und zog sich selbst die Decke über die Ohren. Jinqx hatte Recht, sie mussten jetzt wirklich schlafen. Und kaum hatte er das gedacht, war er auch schon fest eingeschlummert.

Die Morgendämmerung kam viel zu früh. Anna jammerte und Korben stöhnte, als die feste Hand der Krähe beide schüttelte und ihnen die Decken von den fröstelnden Leibern zog. »Auf, ich habe Kribb gekocht.«

Taumelnd kam Anna auf die Beine und griff dankbar nach dem dampfenden Becher. Am ersten Schluck verbrannte sie sich Zunge und Gaumen, aber die Wärme, die das Getränk alsbald durch ihre Glieder strömen ließ, entschädigte sie dafür. Das Fenster war beschlagen, und als die Krähe es aufstieß, kam ein Strom frischer kalter Luft herein. Korben zog sich die Decke um die zitternden Schultern und umklammerte den Becher. Sein zerzaustes Haar stand wild in die Luft, und er bot einen recht erbärmlichen Anblick.

»Du riechst«, rümpfte Anna die Nase.

»Du an meiner Stelle würdest auch ›riechen‹«, gab er beleidigt zurück. »Wir hatten wenig Gelegenheit, uns zu waschen … da drinnen.«

»Draußen im Garten ist eine Pumpe, dort findet ihr auch Seife«, rief Jinqx durch die Tür. »Kommt ans Feuer, wenn ihr euch gewaschen habt.«

Anna schnitt eine Grimasse, die Korben stumm erwiderte. Sie standen auf, zogen die Decken eng um sich und gingen in den erwachenden Garten.

Die ersten Sonnenstrahlen tanzten durch das Fenster, als sie endlich mit nassen Haaren und dampfend in der Wärme vor dem Herdfeuer saßen. Jinqx hatte Korbens zerlumptes Zeug durch einige alte, aber saubere Kleidungsstücke ersetzt und betastete nun vorsichtig seinen Kopf. »Ich bin keine Heilerin«, sagte sie, »aber ich denke, du hast keinen Schaden davongetragen. Was machen deine Kopfschmerzen?«

»Sind auszuhalten«, gab der junge Mann zurück. »Und sie werden uns nicht behindern.«

»Dann können wir aufbrechen.«

»Wohin werden wir gehen?«, fragte Anna leise.

Die Krähe lächelte kurz. »Nach Hause«, sagte sie sanft.

Hochmeister Rafiels Augen lagen tief und von dunklen Schatten umgeben in ihren Höhlen, und seine Kleider sahen aus, als hätte er sie nicht nur tagelang getragen, sondern auch noch mehrmals in ihnen übernachtet. Die Oberste Hexe bot keinen sehr viel besseren Anblick – es waren nur wenige, unbedeutende Stunden Schlaf, die sie sich gegönnt hatte, ehe sie wieder mit allen Mitteln, die ihr zur Verfügung standen, nach dem Aufenthaltsort der Herzen und der verfluchten Schwarzen Magierin gesucht hatte.

Aber weder ihre Magie noch die der anderen Ratsmitglieder hatte Erfolg gezeitigt. Dagegen schien die schlichte Suche in der Unterstadt, die der Hochmeister geleitet hatte, nun endlich zu einem Ergebnis geführt zu haben.

»Wir sind den Gerüchten gefolgt, dass es noch einen Schwarzen Magier im Hafenviertel geben soll. Das Haus, auf das wir schließlich gestoßen sind, stand leer, offensichtlich schon seit einigen Tagen, aber wir haben ein paar Dinge darin gefunden, die uns zu denken gegeben haben.«

Er legte einige Gegenstände auf den Tisch: ein paar zerlumpte, vor Schmutz starrende Kleider, einen unscheinbaren Stein, einige schillernde Federn, die einem dafür empfänglichen Auge deutlich ihren Zauber offenbarten.

»Die Lumpen?«, fragte Herrad verwundert und hob mit spitzen Fingern einen Fetzen an.

Der Hochmeister setzte sich mit steifen Knochen und knackenden Gelenken und stöhnte leise. »Wir haben unsere Ohren für alle seltsamen Vorkommnisse in der Stadt offen gehalten. Vor ein paar Tagen ist ein Gefangener auf unerklärliche Weise aus der Festung entkommen. Meine Leute haben sich mit den Wachen unterhalten. So, wie es aussieht, gehört der junge Mann hier zum Ordenshaus, ein Lehrling. Verkrüppeltes Bein, deformierte Schulter …«

Herrad riss die Augen auf. »Korben«, flüsterte sie. »Anna ist mit ihm befreundet.«

Der Hochmeister deutete auf die Lumpen. »Das Zeichen Eurer Wäscherei ist in einem der Kleidungsstücke zu finden. Die Sachen scheinen dem entflohenen Gefangenen zu gehören.«

Die Oberste Hexe starrte auf den Kleiderhaufen. »Aber was bedeutet das alles?«, fragte sie niemanden im Besonderen. Dann schüttelte sie den Kopf und nahm den kleinen Stein in die Hand. »Ein Rufstein. Und Federn, die einem unbekannten Zweck gedient haben, der ganz offensichtlich magischer Natur war.« Sie seufzte. »Gut, in diesem Haus wohnt oder wohnte ein Magier ...«

»Eine Frau«, warf der Hochmeister ein. »Das haben jedenfalls die Nachbarn gesagt.«

»Eine Magierin. Gerüchte bestätigen, dass es sich um eine Schwarze Hexe handeln soll. Außerdem hat sich in diesem Haus ein Laienmitglied meines Ordens aufgehalten, das, aus welchen Gründen auch immer, in der Festung inhaftiert war und von dort entflohen ist.« Sie senkte den Kopf in die Hände. »Wo sind die Herzen? Und wo ist Anna? Hat der Schwarze Orden sie am Ende entführt?«

»Wir werden sie finden«, sagte der Hochmeister fest. »Meine Ritter schwärmen aus und drehen, wenn es sein muss, jeden Stein auf dieser Welt um, bis die Verlorenen gefunden sind. Das verspreche ich Euch!«

14

So beschwerlich ihre Reise zu Anfang auch gewesen war – je näher sie ihrem Ziel kamen, desto gründlicher gerieten die Strapazen in Vergessenheit. Nach der ersten Nacht hatten sie auf Jinqx' Rat hin darauf verzichtet, während ihrer Pausen wieder in ihre menschliche Gestalt zu wechseln, und das hatte ihnen alles Weitere nicht nur sehr erleichtert, sondern geradezu zu einem Vergnügen gemacht. Es war herrlich, durch die klare Luft zu segeln, mit kräftigen Muskeln die beinahe unermüdlichen Schwingen zu bewegen und unter sich die weite Landschaft vorüberziehen zu sehen. Es gab lange Zeiträume, in denen Anna an nichts mehr dachte, nur noch das Gefühl genoss, zu fliegen, zu atmen, die Sonne und den Wind zu spüren und sich dem Da-Sein hinzugeben, ohne Sorgen und ohne Angst.

Neben ihr flog der Rabe, der Korben war, und auch ihm schien diese Art des Reisens überaus zu gefallen. Manchmal drehte er den Kopf und zwinkerte ihr zu, und das war wie ein Lächeln, das Anna gern erwiderte.

Fast hätte sie es bedauert, sich dem Ende der Reise zu nähern, aber als sie erkannte, wohin Jinqx sie führte, gewann doch die Vorfreude die Oberhand. Als die ersten Ausläufer des riesigen Grennach-Waldgebietes vor ihnen auftauchten, klopfte ihr Herz so stark, dass sie es in jeder Faser ihres Vogelkörpers spüren konnte. Sie flogen einen ganzen Tag über einer geschlossenen Decke aus Wipfeln, dann erschienen am Horizont die ersten Baumriesen. Anna stieß einen lauten Ruf aus, den Jinqx, vor ihr fliegend, ebenso laut erwiderte.

Die letzte Nacht ihrer Reise verbrachten sie schon in Sichtweite des Großen Nestes. Annas Ungeduld war so groß, dass sie am liebsten noch in der Nacht weitergeflogen wäre, aber die Krähe ließ es nicht zu. »Unsere Flügel sind müde, und der Weg ist noch ein ganzes Stück länger, als er dir in deiner Ungeduld erscheint. Lass uns ausruhen und morgen erfrischt weiterfliegen. Was hätte es außerdem für einen Sinn, mitten in der Nacht dort anzukommen? Wer sollte uns willkommen heißen?«, erklang ihre mahnende Stimme in Annas Kopf. Der kleine Star ließ ein wenig die Flügel hängen, sah aber ein, dass Jinqx Recht hatte.

In der ersten Morgendämmerung brachen sie auf, auch wenn Korben sich leise krächzend beschwerte. Jinqx hatte sich nicht geirrt. Zwar hätte Anna geschworen, das Große Nest sei zum Greifen nahe, aber es dauerte noch bis zum frühen Nachmittag, bis sie den gigantischen Baum endlich erreichten.

Anna war wie beim allerersten Anblick vor Jahren auch diesmal fasziniert von den Ausmaßen des Großen Nestes. Die Krone des Baumes, höher als jeder andere Baum dieses Waldes – und wahrscheinlich der ganzen Welt –, ragte weit über die der anderen Baumriesen hinaus, die ihn umgaben. Sein uralter, rissiger Stamm hatte den Durchmesser eines ganzen Stadtviertels, und die Wurzeln, die den Boden der Lichtung durchzogen, bildeten hohe Wälle, zwischen denen Menschen verschwinden konnten.

Sie drehte den Kopf, um Korben anzublicken, und sah das Staunen in seinen Augen. Die Krähe stieß einen lauten Ruf aus, und Anna wandte ihr wieder die Aufmerksamkeit zu. Jinqx flog einen weiten Bogen und schien nach dem geeignetesten Platz für eine Landung zu suchen. Sie flogen recht schnell zwischen den höchsten Ästen hindurch, und Anna musste all ihre neu erworbenen Flugkünste aufwenden, um Jinqx nicht zu verlieren. Die Krähe krächzte wieder, und Anna antwortete mit einem bestätigenden Ruf. Sie erblickte eine Plattform aus Holz und Flechtwerk, die sich über den Abgrund zwischen zwei straßenbreiten Ästen erstreckte. Die Plattform war leer, aber auf dem Nebenast bewegten sich zwei kleine Gestalten in bunten Kleidern, die anscheinend auf dem Weg hinunter in das dichtere Geäst in der Nähe des Stammes waren. Als Jinqx auf der Plattform landete, blieben die beiden Grennach stehen und beobachteten stumm, wie die Krähe sich streckte und ihre Flügel ordentlich zusammenlegte. Dann landete mit einem Plumps Korben und gleich hinter ihm in Vogelgestalt die kleinere Anna.

»Bleibt, was ihr seid und wo ihr seid«, hörten die beiden die Stimme der Krähe in ihren Köpfen flüstern. »Ich möchte so wenig Aufsehen wie möglich erregen.« Sie hüpfte auf die beiden Grennach-Frauen zu, die sie immer noch mit Misstrauen und Verwunderung musterten, und öffnete den Schnabel zu einem lauten und auffordernden Krächzen.

Die kleinere der beiden Grennach lachte und klopfte ihre Taschen ab. »Ein zahmes Tier, wahrscheinlich sind das Botenvögel vom südlichen Bezirk«, hörte Anna sie sagen. Sie reichte der Krähe ein Stückchen Brot, das der Vogel würdevoll nahm und hinunterschluckte. Die beiden Grennach setzten ihren Weg fort, und Anna hörte, wie die größere, dunkelhaarige Grennach zu ihrer Begleiterin sagte: »Wir sollten Briddis benachrichtigen, damit sie sich um die Vögel kümmert.«

Jinqx zwinkerte Anna und Korben zu, schüttelte sich und verwandelte sich in ihre menschliche Gestalt zurück. Die beiden folgten ihrem Beispiel und streckten erleichtert ihre Gliedmaßen, die so lange in so ungewohnter Haltung hatten verharren müssen. »Meine Hand ist eingeschlafen«, murmelte Korben und rieb das taube Glied. Anna trat mit knackenden Knien von einem Bein auf das andere und streckte sich ächzend. »Und jetzt?«, fragte sie.

Jinqx blickte sich um. »Ich war lange nicht mehr hier.« Sie deutete auf eine hinabführende Leiter aus Seilen. »Dort entlang. Wir versuchen, eine von den Ältesten zu finden.«

Anna erinnerte sich schnell wieder an das zunächst etwas ungewohnte Gefühl, das die Fortbewegung in einem – wenn auch gigantischen – Baum mit sich brachte. Anfangs war es beängstigend, keinen festen Boden unter sich zu haben und zu wissen, dass der Erdboden erschreckend weit unter den eigenen Füßen lag. Der Grund, auf dem sie gingen, schien sich sacht zu bewegen, obwohl das im Fall der straßenbreiten, dem Stamm näheren Äste wohl eher Einbildung war. Zu Beginn klammerte sich Anna noch an jedes Seil, jeden kleineren Ast, den sie passierten, aber mit jedem Schritt fand sie zu ihrer alten Sicherheit zurück, bis sie beinahe so leichtfüßig über die Äste lief, als wäre sie in diesem Baum geboren. Jinqx, die sie führte, bewegte sich unbekümmert und sicher wie eine Grennach, ihr fehlte nur der Schweif.

»Rennt doch nicht so«, keuchte Korben, der sich natürlich in dieser ungewohnten Umgebung am schwersten tat. Anna blieb ein wenig zurück, um ihn an der Hand zu nehmen.

»Man gewöhnt sich daran«, flüsterte sie. »Schau nicht hinunter. Die Äste sind hier so breit, dass dir nichts geschehen kann. Und die Leitern sind alle so konstruiert, dass auch Menschen darauf sicher zu klettern vermögen. Du kannst dich überall festhalten.«

Korben nickte mit zusammengebissenen Zähnen.

»Kommt her«, rief Jinqx. Anna zog Korben mit sich, und beide bogen um einen Ast, der vor ihnen aufragte. Die Krähe stand neben einer fast weißblonden Grennach, die sie ungläubig musterte. Als die beiden jungen Leute dazukamen, sah die Frau sie ebenfalls verwundert an, lächelte dann aber und reichte Anna die Hand. »Du bist das Mädchen, das hier gelebt hat«, sagte sie mit erstaunlich tiefer Stimme. »Ich grüße dich und deinen Begleiter.« Sie sah wieder mit Staunen im Blick zu Jinqx auf. »Ich bin verwirrt, die Sturmkrähe zu sehen«, sagte sie. »Am besten bringe ich euch gleich zu Mellis.«

»Das ist mir sehr recht«, erwiderte Jinqx würdevoll. Sie nickte Anna und Korben zu, und alle drei folgten der Grennach, die sie mit rücksichtsvoller Langsamkeit weiter zum Stamm und dann hinunter führte.

An einer großen Kugel aus Flechtwerk hielt sie schließlich an, bedeutete ihnen zu warten, und trat durch eine Öffnung in das Innere. Korben musterte das locker geflochtene Gebilde und streckte eine Hand aus, um die gebogene Wand zu betasten.

»Das ist eine Art Zimmer«, wisperte Anna. »Die Grennach halten sich nicht gern in geschlossenen Räumen auf, aber diese Nester bieten ein wenig Schutz und Privatsphäre für den Schlaf oder für Gespräche und sind trotzdem nicht so abgeschlossen, dass sie sich unwohl darin fühlen.«

»Tretet ein«, unterbrach sie die blonde Grennach.

Jinqx nickte ihnen zu und zog den Kopf ein, um durch die niedrige Öffnung zu klettern. Anna folgte ihr mit klopfendem Herzen.

Mellis saß mit gekreuzten Beinen auf einer Matte, ein Buch in der Hand, das sie nun weglegte, und sah sie schweigend an. Neben ihr auf dem Boden lag ein Glühstein und verbreitete warmes Licht.

»Sag der Ältesten Bescheid«, wandte Mellis sich nach

einem Augenblick der Stille an die blonde Grennach. Die nickte und verließ das kugelige Zimmer. »Setzt euch«, murmelte Mellis. Sie hob eine Hand und rieb sich über die Augen.

»Meister Wilber hat mich schon benachrichtigt, dass du verschwunden bist«, sagte sie nach einer Weile.

Anna seufzte. »Es tut mir Leid, er hat sich bestimmt Sorgen gemacht.«

»Wie wir alle«, sagte Mellis scharf. Sie sah Anna nur kurz an, dann blickte sie wieder auf die Krähe, die gelassen dahockte, ihre Pfeife aus der Tasche genommen hatte und sie kalt zwischen die Zähne klemmte.

»Wer bist du?«, fragte Mellis.

Jinqx blickte sie amüsiert an. »Was denkst du, wer ich bin?«, fragte sie zurück, ein wenig undeutlich, weil die Pfeife im Mund sie behinderte.

Mellis kniff die Augen zusammen. »Du siehst aus wie die Sturmkrähe, und du redest wie sie. Aber ich glaube, dass das eine Täuschung ist.«

»Warum sollte ich dich zu täuschen versuchen? Was hätte ich davon?«

»Ich weiß nicht, was du damit beabsichtigst. Aber der Schwarze Orden war immer für seine Tücke und seinen Einfallsreichtum bekannt, wenn es darum ging, Ränke zu schmieden.«

»Du tust uns Unrecht«, erwiderte Jinqx sanft.

Anna fuhr auf. »Sie hat niemandem etwas zuleide getan«, sagte sie wütend. »Im Gegenteil, sie hat mir geholfen, was keiner von euch gelungen ist. Die Herzen ...«

Mellis fuhr herum. »Meister Wilber hat so etwas angedeutet«, sagte sie. »Wo sind die Herzen? Hast du sie?«

Anna sank in sich zusammen. »Nein«, murmelte sie. »Sie waren bei mir, für eine kurze Zeit, aber dann habe ich sie verloren.«

»Verloren?«, schrie Mellis. Wutentbrannt deutete sie auf Jinqx. »Du hast sie ihr gestohlen. Deshalb dieses

Täuschungsmanöver, das ist der Grund, warum du vorgibst, Anna zu helfen!«

»Ach ja?«, entgegnete Jinqx scharf. »Und deshalb bin ich auch so dumm, mit ihr hier im Großen Nest aufzutauchen, oder was?«

Mellis stutzte. Einen Moment lang war es still, dann gähnte Korben herzzerreißend, schlug die Hand vor den Mund und entschuldigte sich verlegen. Mellis sah ihn und Anna an, und dann glitt erstaunlicherweise ein winziges Lächeln über ihr angespanntes Gesicht. »Ich muss mich bei euch entschuldigen«, sagte sie. »Ich mache der Gastfreundschaft meines Volkes keine Ehre. Ihr habt eine lange und anstrengende Reise hinter euch, seid müde und ganz sicher auch hungrig – ich lasse euch eine Erfrischung bringen und ein Ruhenest zuweisen. Wir können auch heute Abend noch miteinander reden.«

Sie stand auf und ging hinaus. Anna sah besorgt zu Jinqx, aber die hockte gelassen da und schien sich über nichts zu beunruhigen. »Ich dachte, wenn Mellis Euch sieht, ist alles in Ordnung«, flüsterte Anna.

Jinqx zuckte gleichmütig mit den Schultern. »Mellis ist misstrauisch. Ich verdenke es ihr nicht. Das Volk der Grennach hatte immer eine enge Verbindung zu den Hüterinnen der Herzen. Aber das bin ich nun schon lange nicht mehr, und deshalb ist Mellis unsicher, ob ich wirklich die bin, für die ihre Augen und auch ihr Verstand mich halten.« Sie lächelte grimmig.

Korben hatte sich an die Wand des Nestes gelehnt und die Augen geschlossen. Er atmete tief und ruhig, aber sein mageres Gesicht war noch bleicher als gewöhnlich, und die Nase stach scharf daraus hervor. Jinqx bemerkte Annas besorgten Blick und schüttelte sacht den Kopf. »Er muss sich erholen. Das ist hier der richtige Ort dafür – ich werde dafür sorgen, dass die Heilerinnen der Grennach sich um ihn kümmern, damit er wieder auf die Beine kommt. Der lange Flug muss ihn den Rest seiner Kraft gekostet haben.«

Eine weißhaarige Grennach, die gerade den Kopf durch den Eingang steckte, hatte wohl ihre letzten Sätze gehört. Sie drehte sich noch im Eingang um und gab ein paar schnelle Anweisungen. Dann kam sie herein und hockte sich wortlos vor Jinqx nieder. Die Krähe sah sie mit untypischer Rührung in ihrem herben Gesicht an.

Anna sagte nichts, aber sie hatte die Älteste der Grennach gleich erkannt, obwohl sie sie während ihres Aufenthalts im Großen Nest nur ein paar Male zu Gesicht bekommen hatte. Anna wusste, dass Grennach alt wurden, älter wohl als jedes andere Lebewesen auf der Welt, abgesehen von den Bäumen. Mellis war damals mit ihrer Großmutter gereist, und sie sah noch immer aus wie eine junge Frau. Aber diese Grennach hier schien so alt zu sein wie die Welt – und Anna fragte sich ein wenig beklommen, ob das möglicherweise sogar stimmen konnte.

»Tallis«, sagte Jinqx nach einer langen Weile, in der die beiden sich nur angesehen hatten. Die weißhaarige, zerfurchte Grennach hob eine Hand und berührte sanft den Arm der Krähe. Wieder saßen sie einige Atemzüge lang still da, dann hob die Grennach-Älteste den Kopf und nickte. »Sei mir willkommen, Sturmkrähe«, sagte sie leise.

Mellis, die hinter ihnen im Eingang des Nestes gekniet hatte – denn der kleine Raum fasste keine weitere Person –, atmete scharf ein. »Mutter!«, sagte sie halblaut und ein wenig vorwurfsvoll.

Die alte Grennach wandte würdevoll den Kopf. »Sei still, Nesttochter«, mahnte sie. »Du solltest manchmal ein wenig mehr deinem Gefühl vertrauen. Dies hier ist Jinqx. Es besteht nicht der geringste Zweifel.«

Mellis nahm die Zurechtweisung hin und seufzte nur leise. Sie sah Jinqx an und sagte: »Ich habe die Ruhenester und eine kleine Mahlzeit für euch bereiten lassen. Wollt ihr euch nun erst einmal zurückziehen?«

Jinqx wechselte einen Blick mit der Grennach-Ältesten. »Ich möchte noch ein wenig mit Tallis reden, aber Anna und Korben sollten sich ausruhen«, sagte sie. »Geleite die beiden zu ihren Nestern.«

Anna wollte einen Einwand erheben, aber die Erschöpfung von der Reise und der Aufregung der letzten Tage steckte tief in ihren Knochen und füllte sie wie mit Blei. Die Aussicht auf ein weich gepolstertes Schlafnest, in dem sie ihre müden Glieder ausstrecken konnte, ließ ihre Augenlider noch schwerer werden. Mit einem unterdrückten Gähnen kam sie auf die Füße und folgte mit dem halb schlafenden Korben der hellhaarigen Grennach ins Freie.

Anna glaubte kaum die Augen zugetan zu haben, als auch schon wieder eine Hand sie sanft, aber unnachgiebig aus dem Schlummer rüttelte. Sie blinzelte in das dämmrige Licht des kleinen Nestes, das nur von dem matten Schein des Glühsteins neben ihrer Schlafmulde erhellt wurde. Es musste spät am Abend sein, denn nicht der kleinste Rest Tageslicht drang durch die geflochtenen Wände.

»Die Älteste will dich sehen«, sagte die Grennach, die sie geweckt hatte. »Es tut mir wirklich Leid, dass ich dich aus dem Schlaf holen muss.«

»Schon in Ordnung«, murmelte Anna und stieg in ihre Kleider. Sie benetzte ihre Hände mit dem Wasser aus einem Krug und fuhr damit schnell über ihr Gesicht. »So, fertig«, sagte sie mit einem Lächeln.

Der Abstieg in der Dunkelheit verlangte ihr mit ihren schlafmüden Beinen einige Konzentration ab. Zwar waren an den Hauptwegen im Geäst hier und da Glühsteine angebracht, aber das Licht reichte kaum aus, seine eigenen Füße zu erkennen, geschweige denn die Stellen, an die man sie setzen konnte. Ihre Führerin gab ihr aber während des ganzen Weges leise Anweisungen, die sie sicher hinab zu einem der kleineren Versammlungsnester leiteten. Trotzdem zitterten Annas Beine von der Anstrengung, als sie schließlich durch die Türöffnung kletterte.

In der schummrig erleuchteten Höhle saßen Jinqx, Mellis, die Grennach-Älteste und ein rundlicher kleiner Grennach-Mann, der sich etwas abseits von den Frauen hielt. Anna erkannte ihn, es war der Tlen-na'Tian – das Gedächtnis – des Großen Nestes, derjenige, der alle Überlieferungen in seinem Kopf hatte. Die Grennach besaßen keine Bibliotheken und einen großen Widerwillen dagegen, etwas aufzuschreiben, um es zu bewahren. Eigentlich hatte Anna immer nur Mellis mit einem Buch oder anderen Schriftstück in der Hand gesehen – aber Mellis hatte lange Zeit außerhalb des Nestes gelebt und galt deshalb in den Augen der Grennach ohnehin als etwas exzentrisch.

Tallis sah auf, und ein warmes Lächeln erhellte ihr runzliges Gesicht. Sie streckte ihr die Hand entgegen. »Sei erneut willkommen in unserem Nest, Anadia. Ich freue mich, dich wieder zu sehen. Die Enkelin Anidas ist mir immer ein hochgeschätzter Gast.« Sie wies auf den Platz an ihrer Seite, und Anna murmelte verlegen einen Dank und hockte sich neben die Älteste. Mellis lächelte sie müde an, und Jinqx saß nur da, die Augen geschlossen, und kaute auf ihrer kalten Pfeife herum. Sie musste todmüde sein, dachte Anna mitleidig. Vor ihrer Flucht hatte sie einige Nächte überhaupt nicht geschlafen, weil sie bei Korben im Verlies gewesen und ihn in aller Eile den Verwandlungszauber gelehrt hatte, und während ihrer Reise hatte sie des Nachts immer mit einem Auge über den Schlaf ihrer beiden Schützlinge gewacht.

»Anna«, sprach Mellis sie an, und sie schrak aus ihren

Gedanken. »Die Krähe hat uns erzählt, was geschehen ist. Wir würden jetzt aber gern deine Seite der Geschichte hören. Kannst du uns erzählen, was du mit den Herzen erlebt hast?«

Anna nickte, und der Tlen-na'Tian rückte ein wenig näher, um kein Wort von dem zu versäumen, was sie sagte. Mit leiser Stimme begann Anna an dem Punkt, als Mika im Ordenshaus aufgetaucht war, um ihr von Korbens Verschwinden zu erzählen. Die Anwesenden hörten konzentriert zu, bis auf Jinqx, die eingeschlafen zu sein schien. Die Pfeife lag inzwischen neben ihren reglosen Händen in ihrem Schoß.

Anna endete bei ihrer Flucht aus dem Verlies, und danach herrschte eine Weile Schweigen.

»Seitdem hast du die Herzen nicht mehr gespürt?«, fragte Tallis schließlich. Anna schüttelte den Kopf.

Tallis und Mellis sahen sich an und wechselten einige Worte in der Sprache der Grennach. Die beiden sprachen zu schnell und zu leise, dass Anna etwas davon verstanden hätte.

»Gut«, sagte Tallis. »Der Weiße Orden hat uns schon über dein Verschwinden und das der Herzen in Kenntnis gesetzt. Wir haben bis jetzt noch nichts dazu gesagt und werden das auch erst einmal weiter so halten. Wie lange wir den Orden allerdings über dein Hiersein im Unklaren lassen können und sollten, weiß ich nicht. Darüber muss ich mich noch mit euch und mit den anderen Ältesten beraten. Wir wollen keinen Unfrieden mit den Menschen – und du hast mit dem, was du getan hast, große Unruhe geschaffen.« Sie lächelte Anna beruhigend an, weil sie ihre Angst erkannte. »Sei unbesorgt, Kind. Was du getan hast, war in meinen Augen richtig. Man hätte dir die Herzen nicht nehmen dürfen, das war ein großes Unrecht, und das habe ich dem Magischen Rat auch in aller Deutlichkeit zu verstehen gegeben.«

Sie seufzte und rieb mit einem gekrümmten Zeigefinger über ihre Augen. »Morgen ist ein neuer Tag. Ich werde mich mit unserem Tlen-na'Tian und einigen der Ältesten zurückziehen und zu ergründen versuchen, was mit den Herzen geschehen sein mag.« Sie dachte einen Moment lang nach. »Jinqx hat dir geraten, sie an einem sicheren Ort gut zu verbergen, nicht wahr?« Anna nickte. Tallis stützte sich auf Mellis, erhob sich und lachte. »Nun, das scheint dir gelungen zu sein. Du bist nicht weniger stark als deine Großmutter und ihre Schwester. Aber wir werden das Verborgene schon zu finden wissen.«

Anna nickte erleichtert. Jinqx öffnete ein Auge und brummte: »Lasst das Mädchen jetzt schlafen. Nichts ist so eilig, dass es heute Nacht noch geschehen muss.«

Jinqx geleitete Anna zu ihrem Nest zurück und wünschte ihr einen erholsamen Schlaf. Dann steckte sie noch einmal den Kopf durch die Türöffnung und sagte: »Du solltest vielleicht einmal im Traum nach den Herzen suchen. Nicht diese Nacht, heute wäre es gut, du ruhtest dich einfach nur aus. Aber wenn du dich das nächste Mal zum Schlafen hinlegst … Denk mal darüber nach.« Sie schob den Vorhang vor der Tür zu und war fort.

Anna kuschelte sich unter ihrer Decke zusammen und war schon eingeschlafen, als draußen noch die leisen Schritte von Jinqx zu vernehmen waren, die zu ihrem Schlafplatz ging.

15

Das Erste, was sie am anderen Tag erblickte, als sie die Augen aufschlug, war das blasse, aber vergnügte Gesicht Korbens. Er hockte neben ihrer Schlafmulde, hatte ein Tablett mit Früchten und Brot auf dem Schoß und kaute hingebungsvoll auf etwas herum.

»Schmeckt dir mein Frühstück?«, brummelte Anna schlaftrunken und ein wenig ärgerlich. Korben schluckte und nickte leicht verlegen.

»Komm, es ist bald Mittag«, sagte er. »Ich möchte mich ein bisschen umsehen, aber ich finde mich hier nicht zurecht.« Er blinzelte sie kläglich an. »Jetzt kannst du mich ja mal herumführen. Hier kennst du dich besser aus als ich.«

Anna grinste und setzte sich auf. »Gut, raus mit dir. Ich komme gleich und hole dich ab.«

Müßig streiften sie einen Nachmittag lang durch das Gewirr der Äste, Zweige und Seiltreppen, und Anna zeigte Korben all die Plätze, an die sie sich aus ihrer Zeit im Großen Nest noch erinnerte. Schließlich saßen sie friedlich und müde von all den Eindrücken nebeneinander auf einem hohen Ast, ließen die Beine über dem Abgrund baumeln und aßen von den Äpfeln, die sie sich in einem der großen Nester, die als Speiseräume dienten, geholt hatten. Korben zeigte inzwischen kaum noch

Angst vor dem unsicheren Grund, auf dem sie sich bewegten.

»Du hast dich schnell eingewöhnt«, sagte sie anerkennend.

Korben warf ein Kerngehäuse hinunter und sah ihm nach, wie es den scheinbar endlosen Fall zum Waldboden aufnahm. Er leckte seine Finger ab und streckte sich. »Es gefällt mir hier. Und außerdem – die Zeit als Vogel hat mir fast alle Angst vor der Höhe genommen. Es fühlt sich anders an, wenn man ein Mensch ist, aber ich erinnere mich auch noch daran, wie schön es war, hoch oben in der Luft zu fliegen. Das hilft.«

Anna nickte nachdenklich. Korben lehnte sich an einen aufstrebenden Ast und gähnte herzhaft. »Was geschieht jetzt mit uns?«, fragte er schläfrig. »Es gefällt mir hier zwar, aber ich möchte nicht für immer im Großen Nest bleiben. Was meinst du, kehren wir in die Residenz zurück?«

Anna schwieg lange. Dann zuckte sie mit den Achseln und schüttelte den Kopf. »Ich weiß es nicht, Korben. Was dich angeht – du bist ein entflohener Gefangener. Aber wenn Gras über die Sache gewachsen ist, sucht möglicherweise keiner mehr nach dir. Und wenn du es vermeidest, der Wache unangenehm aufzufallen …«

»Und der Händlergilde«, fügte Korben sarkastisch hinzu.

»Und dem Weißen Orden«, lachte Anna. »Nein, ich glaube, die Residenz ist nicht unbedingt ein Ort, an den du zurückkehren solltest.«

Korben nickte stumm, aber sein Gesicht drückte Zuversicht aus. »Ich werde schon zurechtkommen. Die Krähe hat angefangen, mich das zu lehren, was ich wissen will, und vielleicht behandelt sie mich ja jetzt endlich richtig als ihren Schüler. Dann ist es mir egal, wo ich lebe. Es tut mir nur Leid wegen Mika. Er kommt allein so schlecht zurecht.« Über sein Gesicht huschte ein Schatten, als er das sagte, und Anna deutete es gerührt als Sorge um seinen Freund.

»Er wird zurechtkommen«, sagte sie zuversichtlich. »Er hat doch schon damit angefangen. Cass hilft ihm im Laden, und ich habe meiner Mutter einen Brief geschrieben, damit sie sich ein bisschen um ihn kümmert.« Sie kicherte. »Sie wird ihn mögen. Er ist so nett schüchtern.«

Korben sah sie mit ernster Miene an, als wollte er ihr etwas Wichtiges mitteilen, aber im selben Moment rief vom Ast über ihnen jemand nach Anna.

»Hier bin ich«, rief sie zurück und stand auf. Mellis' Kopf tauchte über ihnen auf, und sie winkte.

»Komm hoch«, rief sie. »Die Älteste will dich sehen.«

Wie in der gestrigen Nacht saßen sie in dem kleinen Versammlungsnest zusammen. Tallis und Jinqx beugten sich über einen Rufstein, den beide gemeinsam zwischen sich in den Händen hielten. Mellis legte den Finger auf die Lippen und bedeutete Anna, sich still hinzusetzen. Anna sah neugierig zu, wie die beiden Frauen den Stein auf eine Weise handhabten, die sie nie zuvor gesehen hatte. Fragend blickte sie zu Mellis, aber die schüttelte nur mahnend den Kopf. Der Tlen-na'Tian lehnte an der Wand des Nestes, die Augen halb geschlossen, und schien zu dösen.

Nach einer ganzen Weile stieß Tallis ein leises Stöhnen aus und setzte sich auf. Sie löste die Verbindung zu dem Stein und ließ ihn in Jinqx' raue Handfläche gleiten. Die Krähe nickte und steckte ihn in die Tasche. Dann drehte sie den Kopf und begrüßte Anna.

»Was habt Ihr da gemacht?«, fragte Anna neugierig. Die Krähe blinzelte ihr zu.

»Rufsteine sind ein gutes Instrument, wenn man nach etwas sucht. Wir haben die Herzen nicht lokalisieren können – und das ist gut.«

»Warum?«, fragte Anna verdutzt.

»Weil die Hexenorden sie dann auch nicht finden werden. Wir haben also alle Zeit der Welt, um uns um deine Aufgabe zu kümmern.«

Anna seufzte. »Ich habe nichts geträumt heute Nacht.«

»Das solltest du auch nicht. Aber jetzt wäre ein guter Zeitpunkt dafür – komm her.«

Die Krähe deutete auf den leeren Platz in der Mitte des Nestes. Anna hockte sich dorthin und zog unbehaglich die Schultern hoch, weil alle sie anblickten. »Was muss ich tun?«

»Schließ die Augen.« Eine Hand legte sich auf ihre Stirn, eine zweite, kleinere, berührte sacht ihr Kinn. *Tallis,* dachte Anna.

Ja, erklang die amüsierte Antwort in ihrem Kopf. Anna zuckte ein wenig zusammen, entspannte sich aber gleich wieder.

»Leite uns«, hörte sie Jinqx wispern. In ihrem Geist entstand das Bild einer sich drehenden Perle, die eine schwarze und eine weiße Seite besaß. Anna gehorchte und glitt hinab. Schichten ihres Bewusstseins zogen unbeachtet an ihr vorbei. Sie sank tiefer, um sie herum wurde es dunkler, aber in der Ferne lockte ein sanfter Glanz und zeigte ihr den Weg. *Es ist anders als beim letzten Mal,* dachte sie verwundert. *Der Weg ist mir fremd. Er erscheint mir viel – weiter.*

»Sei unbesorgt«, murmelte die Krähe. »Geh nur weiter.«

Anna glitt weiter, und alle Geräusche um sie herum verstummten. Sie wusste, wenn sie jetzt die Augen öffnete, würde sie nichts sehen außer der matten Dunkelheit, in der in weiter Ferne der milde Schein ihres Kraftzentrums glühte.

Der Weg erschien endlos, und die Helligkeit wurde nicht stärker, sondern schien immer gleich entfernt zu bleiben. Langsam wurde sie müde. Rechts und links von sich gewahrte sie schattenhafte Gestalten, die ihr nun die Hände reichten. Neue Kraft strömte von ihnen in sie hinein. Sie sprang, und mit einem einzigen, weiten Satz hatte sie die Entfernung überwunden und stand vor dem Zentrum ihrer Magie. Es hatte sich verändert. Die Perle schien sich rasend schnell zu drehen und schimmerte nun, weiß und schwarz zugleich, in einem augenverwirrenden Wirbel.

Anna stöhnte und spürte, wie Übelkeit sie überkam. Die Hände ihrer Begleiterinnen umfassten sie stärker, schirmten sie ab.

Tritt ein, wisperte eine von ihnen. Anna schrak zurück, aber die Hände hielten sie unbarmherzig fest.

Du kannst es, flüsterte die andere. *Du bist stärker geworden, Anna. Du beherrschst deine Kräfte noch nicht zur Gänze, aber das wird schon bald der Fall sein. Jetzt. Tritt ein!*

Mit einem Ruck befreite sich Anna von den Händen und tat den entscheidenden Schritt. Das mentale Heulen und sinnverwirrende Sausen der sich drehenden Perle riss schlagartig ab. Es war still. Anna drehte sich im Kreis, aber rund um sie war nichts als weiche Dunkelheit. Unschlüssig stand sie da, die Hände ausgebreitet, aber nichts war zu fühlen, zu sehen oder zu hören. Zögernd tat sie einen weiteren Schritt, der sie nirgendwohin führte. Noch einen, noch einen. Nichts schien sich zu bewegen oder zu verändern.

Wo bin ich? Wo seid ihr?

Hier.

Wo ist ›hier‹?

Keine Antwort. Anna atmete stoßweise, aber es gab keine Luft, die sie in ihre Lungen hätte saugen können. Keine Luft, kein Licht – das hier war ähnlich schrecklich wie das Nichts, das sie einmal – vor Jahrhunderten, wie es ihr schien – vor Jinqx' Fenster gesehen hatte. Damals hatte sie die Herzen berühren können …

Als sie an die Herzen dachte, blitzte in ihrem Augenwinkel etwas auf und erlosch gleich darauf wieder. Sie fuhr herum – oder glaubte es zumindest. Da war nichts. Die Herzen. Anna konzentrierte sich darauf, wie sie in ihrer Hand gelegen hatten – wieder ein Aufblitzen, und wieder erlosch es im nächsten Moment. Sie stöhnte enttäuscht und versuchte, das Licht erneut herbeizuzwingen. Und wieder. Und wieder …

Jemand hielt sie an den Schultern gepackt, und jemand anderes wischte ihr Gesicht mit etwas Nassem ab. Anna drehte den Kopf weg.

»Hörst du mich?«, fragte eine Stimme drängend. »Anna. Kannst du mich hören?«

Sie hob matt eine Hand und öffnete die Augen. Besorgte Gesichter starrten auf sie hinab. »Was ist los?«, fragte sie undeutlich.

Mellis, die vor ihr kniete, ließ sich auf die Fersen zurücksinken und seufzte erleichtert. Jinqx nahm ihre Hände von Annas Schultern und strich ihr eine Haarsträhne aus der Stirn. »Du warst zu lange sehr weit weg«, sagte sie leise. »Wir hatten große Sorge, dass du nicht zurückfinden würdest.«

Anna ächzte und setzte sich auf. Ihr war schwindelig und übel, und sie war so erschöpft, als wäre sie ohne Pause den ganzen Weg von der Residenz zum Großen Nest geflogen.

»Kannst du uns sagen, was geschehen ist?«, fragte Jinqx. Mellis blickte sie missbilligend an, aber die Grennach-Älteste hinderte sie mit einer strengen Handbewegung daran, etwas einzuwenden, und beugte sich aufmerksam vor.

Anna schloss die Augen. »Ich war drinnen«, begann sie zögernd. »Es war dunkel und leer. Aber da war etwas außer mir, und ich habe versucht, es zu finden.«

Sie riss die Augen auf. »Die Herzen«, flüsterte sie. »Ich habe sie gespürt. Sie sind nicht fort, aber ich kann sie nicht erreichen. Meine Kraft reicht dafür nicht aus.

Ich habe es versucht, immer wieder, aber ich habe es nicht geschafft.« Sie barg das Gesicht in den Händen.

»Das ist eine gute Nachricht«, sagte Jinqx. Anna sah sie verblüfft an. »Wenn du die Herzen so weit fortgeschickt hättest, dass du sie nicht mehr hättest finden können, wäre das schlimm gewesen. Jetzt wissen wir, dass sie noch da sind – alles Weitere wird sich finden.«

Anna blickte sie zweifelnd an, doch Tallis tätschelte ihr aufmunternd die Hand. »Die Krähe hat Recht«, sagte sie. »Jetzt, da wir wissen, wo sich die Herzen verbergen, können wir dir helfen. Also sei guten Mutes, Kind.« Sie blickte ihre Tochter an, und Mellis erhob sich.

»Kannst du laufen?«, fragte sie Anna. »Oder sollen wir dir hier ein Lager herrichten? Du musst dich jetzt ausruhen.«

Anna stand mit wackeligen Beinen auf. »Es geht. Danke. Ihr habt Recht, ich muss schlafen.« Sie wagte ein zittriges Lächeln. »Das ist alles sehr neu für mich.«

Jinqx legte ihr tröstend eine Hand auf den Rücken und geleitete sie zu ihrem Schlafnest. Sie sprachen während des Wegs nicht miteinander, aber als Anna in ihrer Schlafmulde lag, setzte sich die Krähe noch eine Weile neben sie.

»Ich kann mich kaum an den Gedanken gewöhnen, dass mir meine magischen Kräfte jetzt endlich zur Verfügung stehen«, flüsterte Anna. »All die Jahre im Orden bin ich fast daran verzweifelt, ständig zu versagen. Das ist jetzt vorbei, oder?« Jinqx nickte. Anna richtete sich auf und sah die Krähe eindringlich an. »Korben sagt, ich sei eine Schwarze Hexe. Hat er Recht?«

Die Krähe lächelte schmal. »Korben ist ein kluger Junge, und ich denke, ich werde mich in der nächsten Zeit ein wenig um ihn kümmern – schon, damit er keine Dummheiten macht. Aber er vereinfacht die Dinge gern ein wenig. So simpel ist es nicht …« Sie verstummte und starrte blicklos vor sich hin. Dann sprach sie leise weiter: »Die meisten Menschen sehen gern nur die Oberfläche dessen, was ist. Das unterscheidet sie von den Grennach. Die Grennach denken vielschichtiger und komplizierter – und kommen damit sicherlich der Wirklichkeit näher. Magie ist etwas, das Menschen nie wirklich begriffen oder beherrscht haben. Dieser Unsinn mit weiß und schwarz und grau beweist das.«

»Aber Ihr selbst macht es doch nicht anders«, protestierte Anna, die plötzlich gar nicht mehr müde war.

Jinqx verzog das Gesicht. »Ich war eine Hexe des Schwarzen Ordens. Ich bin seit langem seine Oberste Hexe – es sind ja nicht mehr allzu viele von uns übrig. Aber ich habe gelernt – und daran haben die Herzen ihren Anteil. Die Herzen sind Grennach-Magie, und gleichzeitig, wie jede starke Magie, viel mehr als das. Sie sind zwar einst von den Grennach geschaffen worden, aber nur, weil eine starke Kraft ein Gefäß benötigte und sich ihr Werkzeug dafür wählte.« Sie seufzte schwer. »Kind, das ist kein Gesprächsstoff nach einem solchen Tag. Du solltest jetzt schlafen. Und mach dir nicht so viele Gedanken darüber, was du bist und wohin du gehst. Du bist eine Hexe, das reicht. Und du bist stark.« Sie strich sacht über Annas Stirn und ging hinaus.

Anna lag trotz dieser Worte noch eine ganze Weile da und grübelte. Dann endlich holte der Schlaf sie ein, und sie ließ sich dankbar in seine weichen Arme sinken.

Korben fand sie am anderen Morgen in luftiger Höhe an einem ihrer alten Lieblingsplätze, wo sie versonnen auf das Blätterdach des Waldes hinabblickte.

»Ich wusste, dass du hier bist«, sagte er zufrieden. »Da unten sucht man nach dir.«

Anna lächelte ihn an. »Es war ein Fehler, dir diesen Platz zu zeigen. Ich glaube nicht, dass man mich hier so schnell gefunden hätte.«

»Hat man ja auch nicht«, gab Korben zurück und klammerte sich an einem Ast fest. Er vermied es, nach unten zu blicken, und suchte lieber einen Haltepunkt für seine Blicke irgendwo in der Ferne.

Anna klopfte neben sich auf den Ast, auf dem sie saß. Ihre Beine baumelten rechts und links hinab, und unter ihren Füßen lag nicht viel mehr als die Ahnung, dass weit, weit unten der Waldboden war. Korben schluckte und ließ sich ein wenig zittrig neben ihr nieder.

»Du hast seltsame Lieblingsplätze«, sagte er nach einer Weile.

Anna legte den Kopf in den Nacken und sah zum Himmel empor. Weit oben zogen ein paar Wölkchen vorüber.

»Hier habe ich meine Ruhe«, erwiderte sie. Korben nickte voller Verständnis.

»Was erwarten sie eigentlich von dir?«, meinte er.

Anna hob die Brauen. »Gute Frage«, sagte sie leicht erstaunt. »Ehrlich gesagt, ich weiß es nicht genau.« Sie zog die Lippe zwischen die Zähne. »Ich weiß ja noch nicht einmal, was ich will.«

Korben musterte sie. »Du hast jetzt deine Kraft gefunden«, sagte er vorsichtig. »Du kannst endlich deine Ausbildung zur Hexe beenden.«

Anna seufzte. »Wo?«, fragte sie ironisch. »Soll ich in die Residenz zurückgehen und der Obersten Hexe erklären, dass ich zwar die Herzen gestohlen – und gleich darauf verloren – habe, aber dafür endlich Kräfte gewonnen habe, die der Weiße Orden sicherlich für fragwürdig hält? Und dass sie mich bitte weiter ausbilden sollen?«

»Du brauchst den Weißen Orden nicht.« Korben senkte die Stimme zu einem verschwörerischen Wispern. »Die Krähe hat mir gesagt, dass sie mich als Schüler annimmt. Wir beide könnten zusammen bei ihr lernen – hier bei den Grennach. Wäre das nicht großartig?«

Anna hob nachdenklich eine Hand und ließ ein winziges helles Geistfeuer auf ihrer Handfläche entstehen. Funken sprühten von ihren Fingerkuppen. »Das habe ich nie richtig gekonnt«, murmelte sie. »Jetzt ist es ganz einfach ...« Mit einem Fingerschnippen löschte sie das Feuer und sah Korben an. »Ich denke, du hast Recht. Es ist großartig. Ich muss mich an den Gedanken wohl nur erst gewöhnen.«

»Gewöhn dich ruhig dran«, gab Korben zurück. »Denk an all die dummen Bemerkungen, die du dir im Orden hast anhören müssen. Das ist jetzt vorbei – und ich sage dir was: Das, was die Krähe uns lehren wird, kann uns kein anderer beibringen!« Er strahlte förmlich vor Freude und Aufregung. Anna musterte ihn ein wenig unbehaglich, entspannte sich dann aber und gab ihm lachend einen Stoß in die Rippen, der ihn blass werden ließ.

»Nicht«, stöhnte er und suchte hastig nach Halt.

»Du bist ein Rabe, du kannst doch fliegen«, neckte Anna ihn.

Korben wurde schlagartig ernst. Anna sah ihn verdutzt an. »Was hast du?«, fragte sie.

»Das, was du gesagt hast«, murmelte er. »Dass ich ein Rabe sei. Was hat Jinqx dir erzählt?«

»Was soll sie mir denn erzählt haben?« Anna runzelte die Stirn. »Ich habe dich fliegen sehen – und du musst zugeben, du hast ausgesehen wie ein Rabe. Oder sollte das eigentlich eine Möwe sein, und du hast bloß Form und Farbe nicht richtig hinbekommen?«

Sie hatte erwartet, dass er lächeln würde, aber seine Miene blieb finster. »He, was ist los?«, fragte sie behutsam. »Was bekümmert dich?«

Er zog die Schultern hoch, als fröre ihn, und kreuzte die Arme vor der Brust. »Die Krähe hat mir im Kerker von meiner Familie erzählt«, sagte er widerwillig. »Mein Vater war der Grund dafür, warum sie sich die ganze

Zeit geweigert hat, mich zu unterrichten. Aber um mich aus dem Kerker zu holen, musste sie mir zeigen, wie ich meine Kräfte anwenden kann – und jetzt, meint sie, kann sie mich nicht halb ausgebildet durch die Welt stolpern und Unheil anrichten lassen.« Er schnitt eine Grimasse. »Nicht sehr schmeichelhaft für mich«, fügte er bitter hinzu.

Anna sah ihn aufmerksam an. »Dein Vater war der Grund für ihre Weigerung?«, wiederholte sie fragend seine Worte.

Korben sah sie nicht an. Er stocherte mit unglücklicher Miene in einem Astloch herum und schien mit sich zu ringen. Dann holte er tief Luft und erzählte Anna, was er von der Krähe erfahren hatte.

Anna lauschte mit großen Augen und ohne ihn zu unterbrechen. Als er geendet hatte, schwieg sie eine ganze Weile und starrte hinunter auf das Blätterdach des Waldes. Korben hockte mit unglücklicher Miene neben ihr und riss kleine Fetzen von der Rinde des Baumes ab.

»Welch eine Geschichte«, rief sie endlich aus und schüttelte den Kopf. »Ich kann mir vorstellen, dass du daran erst einmal zu schlucken hattest. Aber warum hast du mir das alles nicht früher erzählt?« Sie stockte und fügte mit Vorwurf in der Stimme hinzu: »Und warum hat Jinqx *dir* nicht früher davon erzählt?!«

Korben lächelte schwach. »Sie wollte wohl keine schlafenden Hunde wecken«, sagte er ironisch. »Die Sache mit meinem Vater hat ihr einen großen Schrecken eingejagt. Sie fühlt sich schuldig – und sie war besorgt, dass ich in seine Fußstapfen treten könnte, wenn ich einmal ein voll ausgebildeter Magier sein würde. Sie hatte Angst, Anna. Mein Vater hat ihr einen mörderischen Schrecken eingejagt – auch mit seinen Worten ›die Welt werde vor mir zittern‹.« Er schnaubte. »Vor mir! Genauso gut könnte die Welt schon mal anfangen, vor meinem Bruder zu zittern – dem mächtigen und furchtbaren Tee- und Gewürzhändler!«

Anna verschluckte sich und musste husten. Als sie wieder bei Atem war, keuchte sie: »Du und Mika – dass ihr wahrhaftig Brüder seid! Ich kann es kaum glauben.«

»Ich habe auch Mühe, mich an den Gedanken zu gewöhnen.« Korben seufzte. »Und daran, dass ich einen Großvater habe, den ich nicht kenne und der auf einer anderen Welt lebt.« Er schüttelte den Kopf. »Ich gäbe meinen gesunden Fuß dafür, ihn einmal sehen zu können.«

Anna strich ihm sacht über die Schulter. »Warte doch ab«, flüsterte sie. »Wenn Jinqx dir alles beibringt, was sie weiß – vielleicht kann sie dich dann auch einmal zu ihm bringen. Oder du bist in der Lage, aus eigener Kraft zu ihm reisen. Das ist doch jetzt alles möglich.«

Korben lächelte sie an. »Du hast Recht«, sagte er mit neuer Zuversicht. »Es geht doch alles den Weg, den ich mir gewünscht habe, also warum blase ich Trübsal? Ich bin gespannt darauf, was Jinqx mir noch alles über meine Familie erzählen wird.« Sein Gesicht bewölkte sich wieder ein wenig, als er an seinen Vater dachte, aber dann lächelte er und gab Anna einen Stoß. »Los, ich habe keine Lust mehr, hier herumzuhocken. Hast du vergessen, dass man da unten nach dir schreit?«

Anna lachte und stand leichtfüßig auf. Sie streckte sich und ließ sich dann geschickt auf einen tieferen Ast fallen. Korben schluckte und schloss die Augen.

»Du hast Recht, wir nehmen die Abkürzung«, rief Anna. »Es ist leichter, als es aussieht. Gib mir deine Hand.«

Mit ihrer Hilfe rettete sich Korben – wenn auch mit weichen Knien – in die tiefer gelegenen, dichteren Regionen der Baumkrone, wo die Äste breiter waren und gleichzeitig näher beieinander lagen. Korben schnaufte erleichtert und lehnte sich gegen einen festen Ast. Zwei halbwüchsige Grennach-Mädchen, die vorbeikamen, stießen sich an und kicherten leise, was Korben zu einer finsteren Grimasse veranlasste. Die Mädchen lachten lauter und tauchten halsbrecherisch an ihm vorbei in das Gewirr der Äste und Zweige. Korben sah ihnen mit einem leisen Schaudern nach.

»Ich habe mich zu Anfang auch nicht von den Hauptästen heruntergetraut«, sagte Anna, »aber man wird schnell mutiger.«

Korben wischte sich übers Gesicht. »Ich bin jetzt hier, und ich werde zurechtkommen.«

»Das wirst du«, sagte Anna überzeugt. Sie blickte sich um und krauste die Stirn. »Jetzt werde ich mich wohl oder übel stellen müssen. Wer hat nach mir gesucht, und wo soll ich hinkommen?«

Jinqx lehnte mit lang ausgestreckten Beinen in einem Fleckchen Sonne, das sich durch die Blätter stahl, und rauchte ihre Pfeife. Sie blinzelte zu Anna hoch und machte eine einladende Handbewegung. Die junge Frau hockte sich neben sie und faltete die Hände im Schoß.

»Die Grennach-Ältesten gehen gerade anderen Geschäften nach.« Jinqx schob ihre Pfeife in den Mundwinkel und faltete die Hände hinter dem Kopf. »Der Magische Rat sendet ständig beunruhigte Botschaften und fordert die Hilfe der Grennach bei seiner Suche nach den Herzen.«

»Und jetzt hätten die Grennach gern, dass ich die Herzen wieder finde«, folgerte Anna.

Jinqx lächelte dünn. »Nicht, um dem Magischen Rat zu gefallen. Aber es muss etwas geschehen, die Grennach-Ältesten sind beunruhigt. Sie sagen, das Gleichgewicht sei empfindlich gestört – schon seit geraumer Zeit –, und dies habe sich seit dem Verschwinden der Herzen nicht gebessert. Im Gegenteil.«

»Welches Gleichgewicht?«, fragte Anna.

Die Krähe hob die Schultern. »Das ist schwer zu erklären. Ich kann den Grennach-Begriff dafür nicht richtig übersetzen, aber es gibt wohl Strömungen im magischen Gefüge, die ausbalanciert sein müssen, damit der Fluss erhalten bleibt.« Sie schmunzelte, als sie Annas ratlose Miene sah. »Kümmere dich nicht darum. Es ist einfach wichtig, dass du noch mal hinabgehst und versuchst, den Kontakt mit den Herzen zu schließen. Du hast sie schon einmal zu dir gerufen. Du wirst es wieder tun können.«

Anna verzog zweifelnd das Gesicht. »Ich bin froh darüber, dass ich nicht mehr als magischer Krüppel herumlaufen muss«, sagte sie leise. »Korben hat mir den Mund wässrig gemacht und gesagt, Ihr würdet uns beide in der Kunst unterrichten.« Sie warf einen Blick auf das Gesicht der Krähe, doch die gab auch nicht mit der kleinsten Regung zu verstehen, was sie davon hielt. »Aber die Herzen«, fuhr Anna eilig fort, »ich glaube nicht, dass ich es schaffe, sie noch einmal zu erreichen. Sie sind so weit fort, so weit …«

»Du bekommst Hilfe.« Die Krähe klopfte ihre Pfeife aus und hielt Anna die Hand hin. Anna legte zögernd ihre Hand hinein und fühlte, wie kräftige Finger sie warm umfassten. »Hab keine Angst. Angst ist das Einzige, was dich behindern kann. Ich bin bei dir – und Talis ebenfalls. Die Grennach sind wirklich begabte Magier, auch wenn sie davon kaum Gebrauch machen. Wir Menschen haben diese Fähigkeit von ihnen gelernt, aber im Vergleich zu ihnen sind selbst die Begabtesten unter uns nur Kinder.«

Sie stand auf, und Anna folgte ihr mit klopfendem Herzen. Sie hatte Angst, ganz gleich, was Jinqx auch sagte. Das Erlebnis, dort in der finsteren Leere nach den Herzen zu suchen, war zu erschreckend und zu schmerzhaft gewesen. Alles in ihr sträubte sich dagegen, diesen Versuch noch einmal unternehmen zu müssen. Der innerste Kern ihres Wesens, der ihre Kraft und ihre magischen Fähigkeiten ausmachte, schien nicht mehr ihr allein zu gehören, sondern war fremdes und gefährliches Gebiet geworden, kaum, dass sie die ersten zaghaften Schritte zu seiner Erkundung unternommen hatte.

Jinqx führte sie zu einer Baumhöhle, wie sie von den Grennach nur selten und dann meist als Vorratskammern genutzt wurden. Die Baumbewohner fühlten sich nicht wohl, wenn sie nicht den Himmel sehen konnten – und sei es durch das lockere Flechtwerk einer Nestkugel.

Anna verspürte einen ähnlichen Schauder, als sie jetzt hinter der Krähe durch den schmalen Eingang trat. Die Baumhöhle bot leicht fünf oder mehr Personen Platz. Einige weiche Decken waren auf dem Boden ausgelegt, und eine Hand voll Glühsteine verbreitete ihr mildes Licht; sonst war die Höhle leer. Jinqx ließ Anna auf einer der Decken Platz nehmen und sah sich um. »Gut, hier bleiben wir sicher ungestört. Ich möchte jetzt mit dir hinuntergehen und sehen, was du siehst, wenn du nach den Herzen suchst. Streng dich nicht an, sie zu rufen, schau dich nur um und lass mich zusehen. Es ist am besten, wenn du dich dazu an mich lehnst.« Sie nahm hinter Anna Platz und umfing sie mit ihren starken Armen. Anna blieb zuerst ein wenig steif hocken, dann schimpfte sie sich eine Angsthäsin und entspannte sich in der schützenden Umarmung. Sie schloss die Augen, und Jinqx bedeckte sie mit einer Hand. Sie sagte nichts, aber Anna wusste, was sie zu tun hatte. Sie entließ ihren Atem und tauchte tief hinab.

Der Anblick der wirbelnden, weiß-schwarz blitzenden Kugel, die seit dem letzten Mal sogar noch größer und beängstigender geworden war, erschreckte sie erneut. Sie spürte Jinqx' festen Griff, der ihr Halt gab, und nahm all ihren Mut zusammen, um durch den tobenden Wirbel hindurchzugehen.

Auf der anderen Seite war es dunkel und still, so, als hätte die wirbelnde Masse aus weißen und schwarzen Blitzen nie existiert. Anna lauschte und wartete. Leise Stimmen erklangen in der Ferne, doch sie konnte nicht verstehen, was sie sagten. Waren es überhaupt Stimmen? Oder waren es vielmehr Lichter, kleine Funken, die ihr Ohr kitzelten und ihre Nase reizten?

Anna ging ein paar Schritte weiter in die Dunkelheit hinein. Hinter sich spürte sie die Gegenwart der Krähe, und das beruhigte sie. Solange sie wusste, wo Jinqx war, konnte sie sich nicht verlaufen. Tastend ging sie weiter. Silbrige Fäden wie von einem Spinnengewebe verbanden sie mit der Krähe, und je weiter sie voranschritt, desto fester wurde der Zug, den sie ausübten. Sie zitterte vor Anstrengung, und wenn da Luft gewesen wäre, die sie hätte atmen können, wären ihre Lungen sicher fast zersprungen, so sehr vermeinte sie zu keuchen. Sie kämpfte sich weiter voran, aber die Stimmen – oder Lichtfunken? – wichen vor ihr zurück, und die Entfernung zu ihnen verringerte sich nicht um einen einzigen Schritt.

Entmutigt blieb sie stehen. Weit hinter sich glaubte sie Jinqx rufen zu hören, und vor ihr lockten die leisen Stimmen. Sie wusste, wessen Ruf stärker war.

Jeder weitere Schritt war eine flammende Qual. Die Silberfäden, die sie mit Jinqx verbanden, waren zu Banden aus Eisen geworden, die sie unbarmherzig fesselten und ihr die Luft abschnürten. Sie musste sie unbedingt abstreifen, damit sie weitergehen konnte. Anna sank in die Hocke und konzentrierte sich auf die Bande, die sie hielten. Ihre geistigen Finger berührten eins von ihnen, hakten sich darunter, und sie spürte, wie es sich lockerte und abfiel. Die mentale Entsprechung eines warnenden, erschreckten Schreis erklang weit hinter ihr.

Sie tastete nach der nächsten Verbindung. Auch diese löste sich, wenn auch schwerer als die erste. Etwas schien danach zu trachten, die Bande zu stärken und zu erhalten. Anna zögerte. Wenn sie sich von der Verbindung zu Jinqx befreite, war es fraglich, ob sie den Rückweg finden würde. Sie wusste nicht, ob es ihr überhaupt gelingen würde, die Herzen zu erreichen, die trotz ihres lockenden Rufes immer vor ihr zurückwichen. Was, wenn sie endlos weiter durch diese Dunkelheit tappen würde, ohne Ziel und ohne die Möglichkeit zurückzukehren?

Die Stimmen riefen. Anna lockerte die nächste Bindung und ließ sie hinter sich. Zwei waren noch übrig, und die pulsierten mit einem Gefühl der Angst und Sorge. Als Anna danach tastete, wanden sie sich wie Schlangen und wichen ihrem Zugriff aus. Endlich bekam sie einen der Stränge zu fassen und griff fest zu, damit er ihr nicht mehr entkam.

Halt ein, erklang eine Stimme wie ein volltönender Gong in ihrem Bewusstsein. Das war nicht die inzwischen vertraute mentale Stimme der Krähe.

Trenne die Verbindung nicht! Wir stärken sie, damit du weiterkommst, sagte Tallis. Weitere Grennach-Stimmen murmelten im Hintergrund.

Anna zögerte. Der verbindende Strang, den sie umklammerte, schien dicker zu werden und sich zu erwärmen. Sie erhob sich und versuchte sich zu orientieren. Dort waren die Lichter-Stimmen, denen sie folgen musste. Neue Kraft durchströmte sie, und sie eilte weiter.

Sie weichen fort, sagte Tallis. *Du wirst sie so nicht erreichen können. Komm zurück.*

Anna starrte die in weiter Ferne funkelnden Lichter an. Das Verlangen danach, sie zu berühren, sie in den Händen zu halten, war übermächtig.

Geh nicht weiter, drängte die Stimme der Krähe. Anna wich einen Schritt zurück. Wie zum Hohn rückten die fernen Lichter wieder näher. Sie stöhnte. Und mit einem festen Ruck warf sie die Kraft spendenden Fesseln ab und stieg empor – eine silberne Möwe mit sichelförmigen Schwingen, die durch die Nicht-Luft schnitten und sie den Lichtern entgegentrugen, während hinter ihr ein vielstimmiger, entsetzter Aufschrei verhallte.

16

Tullis, eine der Grennach-Heilerinnen aus dem Großen Nest, zog behutsam die Decke über die reglose Gestalt der jungen Frau und richtete sich auf. Sie begegnete den besorgten Blicken der anderen und schüttelte sacht den Kopf.

»Ich kann nichts für sie tun«, sagte sie. »Sie hat keinerlei körperlichen Schaden davongetragen, doch wo immer ihr Geist jetzt weilt – es übersteigt meine Fähigkeiten, ihn zurückzurufen. Lasst sie schlafen, und es sollte immer jemand hier bei ihr wachen, damit wir sofort reagieren können, wenn sich etwas an ihrem Zustand ändert.«

»Lassen wir sie hier liegen?«, fragte Mellis und sah sich unbehaglich in der Baumhöhle um. Sie hatte den Kopf ein wenig eingezogen, als drückte die niedrige Decke sie hinunter.

Jinqx, die neben Anna hockte und ihre Hand hielt, nickte müde. »Sie ist ein Mensch. Diese Umgebung bietet Schutz und Ruhe. Geht nur hinaus, ich bleibe hier bei ihr.«

Die Grennach-Älteste blieb, als die anderen die Höhle verließen. Der Schock über das, was geschehen war, hatte noch tiefere Falten in ihr zerfurchtes Gesicht gegraben. Jinqx sah sie an und schüttelte leise den Kopf.

»Mach dir keine Vorwürfe«, sagte sie. »Ich bin schuld daran. Ich hätte nicht allein mit ihr beginnen dürfen – aber ich dachte, ich könnte sie halten. Sie hat in den wenigen Tagen große Kraft gewonnen. Zu große Kraft, denn sie beherrscht sie einfach noch nicht.«

Tallis lehnte sich an die Wand der Höhle. »Auch du solltest dir nichts vorwerfen. Es sind die Herzen, sie sind stärker als wir alle zusammen. Es war ein Fehler meiner Ahninnen, sie zu schaffen; damit haben wir der Magie eine Form und eine Stärke gegeben, die unsere Fähigkeiten übersteigt. Die Magie der Welten ist nichts, was ein Mensch oder eine Grennach jemals beherrschen kann. Es wäre besser, wenn …« Sie verstummte und schloss die Augen.

»Du musst nicht mit mir wachen«, sagte die Krähe nach einer langen Weile des Schweigens. »Schick mir den Jungen, er kann sein Lager hier aufschlagen und mich ablösen, wenn ich Schlaf brauche.«

Tallis schüttelte den Kopf, ohne die Augen zu öffnen. »Es kann gut sein, dass du mich brauchst. Du bist eine weise und starke Zauberin, Sturmkrähe, aber die Herzen sind Grennach-Magie. Du kennst die eine ihrer Seiten – ich die andere.«

Jinqx akzeptierte schweigend die sanfte Zurechtweisung. Sie rückte sich bequemer zurecht und entspannte Muskeln und Geist gerade so weit, dass sie nicht in Schlaf sank. Annas Gesicht, wächsern und still im gedämpften Licht der Glühsteine, sah mit halb geöffneten Augen blicklos zur Decke der Höhle hinauf. Nichts störte die Ruhe als der leise Atem der beiden wachenden Frauen.

Sie flog unter einem düsteren Himmel, an dem fremde Sterne in einem beunruhigenden Glanz erstrahlten. Die Luft war warm und still, nichts regte sich, nichts außer ihr schien zu leben. Sie wusste nicht, wie lange sie schon so dahinflog, sie hatte vergessen, was ihr Ziel war und woher sie kam. Sie flog, und die warme, stille Luft trug sie.

Irgendwann wurde sie müde, und sie landete am Ufer eines Meeres, das grau und reglos unter dem düsteren Himmel lag. Weit in der Ferne, wo Himmel und Meer zu etwas verschmolzen, das weder das eine noch das andere war, blinkten Sterne, die größer und näher zu sein schienen als die kalten Lichtpunkte über ihrem Kopf. Sie sehnte sich danach, diese Sterne zu berühren, aber sie wusste, dass die Kraft ihrer Schwingen nicht ausreichen würde, sie dorthin zu tragen. Mit einem tiefen, hoffnungslosen Seufzer verwandelte sie sich zurück in ihre menschliche Gestalt und setzte sich auf einen vom Wasser glatt geschliffenen Felsen.

»Wonach suchst du?«, fragte eine Stimme. Ohne Überraschung wandte sie den Kopf und sah die große, weißhaarige Frau an ihrer Seite an. Wortlos deutete sie auf die beiden hellen Lichter am Horizont.

Die alte Frau kniff ein wenig kurzsichtig die Augen zusammen und folgte ihrem Fingerzeig. »Ah, ja«, sagte sie. »Das ist ein sehr weiter Weg, wenn du ihn gehen willst.«

»Zu weit für mich«, antwortete Anna.

Die Frau schüttelte den Kopf. »Solange du das denkst, wirst du scheitern«, sagte sie mit stillem Humor. »Weißt du, wo du bist?«

Anna verneinte. Die Frau nickte bedächtig. »Das ist dumm. Wie kannst du einen Weg dorthin finden, wenn du nicht einmal weißt, wo ›hier‹ ist?«

»Könnt Ihr mir nicht sagen, wo wir sind?«, bat Anna.

Die alte Frau lachte. »Oh, ich weiß, wo *ich* bin. Aber das würde dir nicht viel weiterhelfen, oder?«

Anna dachte nach. »Nein«, sagte sie schließlich. »Nein, das hilft mir nicht weiter.« Sie stand auf. »Danke schön«, sagte sie höflich. »Ich muss gehen. Man wartet auf mich.«

Die Frau sah zu ihr auf. »Lass sie warten«, sagte sie scharf. »Denk lieber nach, statt loszurennen. Was willst du erreichen?«

Anna starrte die beiden Sterne an. Sie lockten mit süßen Stimmen.

»Das sind keine Sterne«, sagte sie. »Es sind Ter'terkrin und Ter'nyoss, sie rufen mich zu sich.«

»Was wollen sie von dir?«

»Sie wollen, dass ich …« Anna schloss die Augen und horchte. Dann sah sie die Frau hilflos an. »Ich kann sie nicht verstehen. Ich fühle nur, dass es etwas sehr, sehr Wichtiges ist. Und es hat damit zu tun, dass sie getrennt sind.«

»Getrennt wovon?«, fragte die Frau sanft.

Anna schloss wieder die Augen. »Von … mir. Nein, von sich. Das, was die Welten trennt, ist dünn und fadenscheinig geworden. Die Magie der Grennach hat Kräfte zerrissen, die nicht ohne einander existieren können. Das Gefüge ist brüchig geworden. Die Magie der Menschen gebraucht Kräfte, die an anderen Orten fehlen. Es wird leichter, andere Welten zu betreten, aber durch das brüchige Gefüge läuft die Kraft heraus wie aus einem Sieb. Sie sammelt sich an falscher Stelle, und sie wird dafür sorgen, dass alles …« Sie suchte nach Worten und fand sie nicht. »Alles wird vergehen«, sagte sie schwach. »Nicht jetzt, nicht in hundert Jahren. Aber schon morgen, wenn man so alt ist wie die Welt.« Sie öffnete die Augen. »Was kann ich tun?«, fragte sie kläglich.

Die Frau seufzte. »Wir wissen es nicht«, erwiderte sie. »Wir haben sie getragen, und sie wollten, dass wir etwas tun. Wir waren dazu nicht in der Lage, weil wir nicht verstanden haben. Möglicherweise kannst du es, Anadia.« Sie erhob sich und berührte sanft Annas Wange. »Wir sehen uns nicht wieder. Das hier ist das Land zwischen den Welten. Wir können hier nicht bleiben, und auch du solltest das nicht tun. Hier kann nichts leben.«

»Großmutter«, rief Anna, aber die Frau war fort. Anna starrte mit Tränen in den Augen die beiden hellen Lichter am Himmel an. Ihre Tränen verliehen ihnen einen leuchtenden Hof. Anna schluchzte und griff halbblind nach ihnen. Scharfkantig und schwer fiel etwas in ihre Hand und zog sie zu Boden. Sie hockte sich hin und ließ die beiden Herzen in ihren Schoß fallen. »Was jetzt?«, fragte sie laut.

»Was?«, Jinqx fuhr hoch. Anna hatte sich aufgerichtet und starrte in ihren Schoß.

»Was jetzt?«, wiederholte Anna zornig. Sie deutete anklagend auf die beiden Herzen. »Wenn ich das tue, was sie von mir wollen, wird es unsere Welt verändern. Wir werden alles verlieren, was uns stark gemacht hat. Ich habe gerade erst gelernt, was es heißt, eine Hexe zu sein.« Sie funkelte Jinqx an. »Wie würde es Euch gefallen, ohne Eure Magie dazustehen? Was wärt Ihr dann?«

Jinqx starrte sie sprachlos an, und auch Tallis wusste nicht, was sie sagen sollte.

»Du hast sie gefunden«, sagte Jinqx schließlich. »Und du bist wieder da, und nur die Schöpfer wissen, wie du das geschafft hast.«

»Ach«, sagte Anna ungeduldig. »Das ist doch alles unwichtig. Wir haben ein Problem, hört Ihr mich?« Sie rieb sich die Augen. »Wenn ich das tue, was die Herzen von mir wollen, wird es auf dieser Welt keine Magie mehr geben.« Sie lauschte kurz. »Keine Menschenmagie«, fügte sie unsicher hinzu. »Die Kräfte, die das Erbe der Grennach sind, werden davon wohl nicht berührt werden, denn sie sind ein Teil ihres Wesens. Aber auch die Grennach-Kräfte werden sich verändern. Ich kann nur nicht sagen, auf welche Weise.«

Die beiden Frauen sahen sich an. »Kannst du uns erklären, was du meinst?«, fragte Tallis behutsam. »Wir verstehen dich nicht, Anna.«

Die junge Frau stieß den Atem aus. »Ich kann es nicht erklären«, rief sie, halb unglücklich und halb wütend. »Die Grennach haben die Herzen geschaffen, als sie in Not waren, und haben damit in das Gefüge der Welten eingegriffen. Die Grenzen werden brüchig. Der Prozess verläuft so langsam, wie eine Welt altert, aber er schreitet voran. Ein Teil der Heilung ist erfolgt, als meine Großmutter die kleinen Herzen zu dem einen großen verschmolzen hat, aber das war nicht genug. Ter'terkrin und Ter'nyoss müssen ebenfalls verbunden werden – und das wird unsere Welt grundlegend verändern.«

Sie legte das Gesicht in die Hände. »Ihr könnt mir nicht raten«, sagte sie dumpf. »Ihr könnt mir auch nicht helfen. Es ist eine Entscheidung, die ich ganz allein treffen muss, denn ich bin die Hüterin. Ich wollte, es wäre anders.« Sie hob den Kopf. »Lasst mich allein«, bat sie. »Ich verspreche Euch, ich werde nichts Übereiltes tun. Aber ich muss nachdenken, und das kann ich nicht, wenn Ihr mich anstarrt.«

Jinqx und die Grennach-Älteste sahen sich verblüfft an, aber sie standen auf und gingen hinaus. Die Krähe steckte noch einmal den Kopf durch den Eingang und blickte die junge Frau an, die erschöpft und unglücklich in der Mitte der Höhle hockte. »Ruf mich, wenn du mich brauchst«, sagte sie. »Ich kann dir vielleicht nicht raten – aber ich kann dir zuhören.«

»Danke«, murmelte Anna. »Geht nur. Schlaft, wenn Ihr das könnt. Ich rufe Euch, das verspreche ich Euch.«

Die Krähe nickte und ging. Anna hörte, wie sie den Ast entlangging und auf die nächste Ebene hinabkletterte. Ihre Ohren waren so scharf, als gehörten sie einem Nachtvogel. Weit über sich hörte sie die Blätter im Wind wispern und das leise Rufen einer Taube. Im Inneren des alten Baumes seufzten die Säfte, die von seinen

Wurzeln zu den weit entfernten Zweigen an der Spitze aufstiegen. Unter ihren Füßen spürte sie, wie sich der Baum leise regte wie ein riesiges, atmendes Tier. Sie legte ihre Hände an das warme, alte Holz und spürte seine Kraft und sein unendlich langsames Wachstum.

Entschlossen nahm sie die Herzen, steckte sie beinahe achtlos in die Tasche ihres Kittels und kletterte aus der Höhlung hinaus ins Licht der Abenddämmerung. Flink stieg sie durch das Geäst hinauf, bis sie den Himmel über sich sehen konnte. Mit einem kleinen geistigen Achselzucken verwandelte sie sich wieder in einen Star und flog hoch hinaus in den lichten Abendhimmel. Unter ihr erstreckte sich das schier endlose Waldgebiet, hinter dessen Grenze die ersten Dörfer der Menschen auftauchten. Weit voraus erahnte sie die Gipfel der Ewigkeitsberge, und während die Sonne hinter dem Horizont unterging, tauchten ihre Strahlen den Schnee der Gipfel in rötlichen Glanz.

Anna ließ sich zum Großen Nest fallen und landete auf einem der äußeren Äste. Dort saß sie eine Weile in menschlicher Gestalt und blickte über die Baumwipfel rundum. Als ein Rabe neben ihr landete, wandte sie den Kopf und lächelte schmerzlich.

»Hallo«, sagte Korben.

»Hallo«, erwiderte Anna. »Hat Jinqx es dir gesagt?«

Korben verzog das Gesicht. »Du wirst die Magie verschwinden lassen. Stimmt das?«

Anna hob die Schultern. »Ich fürchte, es gibt keine andere Möglichkeit«, sagte sie. »Was würdest du tun, wenn du an meiner Stelle wärst?«

Korben schwieg und rieb gedankenverloren seine verkrüppelte Schulter. »Wie wird das Leben hier aussehen ohne Magie?« Er grinste kurz und humorlos. »Die Oberste Hexe wird schäumen. Und der Magische Rat …«

Anna schnaubte. »Dem gilt wohl meine kleinste Sorge«, sagte sie scharf. »Sie werden andere Möglichkeiten finden, sich zu beschäftigen. Meister Wilber zum Beispiel wird auch ohne Magie bestens zurechtkommen, da bin ich sicher.«

Korben seufzte. »Und ich? Und du?«

Anna schüttelte den Kopf. »Es geht nicht um uns beide. Es geht um viel, viel mehr. Und sei ehrlich – die meisten Menschen würden es gar nicht bemerken, wenn es keine Zauberei mehr gäbe. Denk an Mika.«

Korben wandte den Kopf ab. »Aber ich würde es bemerken«, sagte er leise. »Es wäre schlimm, nie wieder fliegen zu können. Meinen Großvater niemals zu sehen. Nicht zu wissen, was ich alles kann und wer ich wirklich bin. Ich wäre nichts weiter als ein schlechter Heiler oder ein unzufriedener Kräuterhändler!«

Anna nahm traurig und voller Mitgefühl seine Hand und drückte sie. Dann hob sie den Kopf und rief leise in den Wind: »Jinqx!«

Es dauerte nicht lange, und die Krähe landete neben ihnen. Sie legte den Kopf schief und beäugte Korben und Anna mit aufmerksamen schwarzen Augen. Korben erwiderte den Blick voller Trotz. »Ich will nicht darauf verzichten«, sagte er heftig. »Mein ganzes Leben lang habe ich davon geträumt, ein Magier zu sein. Jetzt habe ich eine Meisterin gefunden, die mächtiger und klüger ist als alle anderen auf der Welt und die mich als ihren Schüler will … Anna, ich kann darauf nicht verzichten! Ich bitte dich, suche nach einem anderen Weg.«

Die Krähe schüttelte sich und wurde zu Jinqx.

»Ich brauche Euren Rat«, sagte Anna. »Ihr habt Ter'nyoss gehütet. Wenn die Herzen zu ihrer Hüterin sprechen – können sie lügen?«

Jinqx schwieg lange. Ihre dunklen Augen hielten Annas Blick stand. »Nein«, sagte sie schließlich zögernd. »Nein, ich denke nicht, dass die Herzen dich anlügen würden. Aber es ist möglich, dass sie … unklar sind. Dass du nicht alles siehst oder begreifst, was sie dir zeigen.«

Anna schüttelte den Kopf. »Nichts ist unklar«, stellte sie fest. »Ich wollte fast, ihre Botschaft wäre weniger deutlich, das wäre barmherziger.« Sie seufzte und sah Korben voller Mitleid an.

»Ich kann es dir nicht ersparen«, sagte sie traurig. »Ich weiß, wie viel dir daran gelegen hat und wie glücklich du warst, dass Jinqx dich angenommen hat. Aber ich kann nicht anders handeln, das musst du verstehen.«

Korben wandte sich ab. Jinqx betrachtete ihn mit grübelnder Miene. Dann berührte sie ihn sacht an der Schulter. »Lass mich kurz allein mit ihm reden«, sagte sie zu Anna.

Die junge Frau stand auf. »Ich werde unten in der Baumhöhle auf Euch und Tallis warten. Ich möchte das Unvermeidliche nicht länger hinauszögern.«

Die Herzen blitzten düster im schwachen Schein der Glühsteine. Anna war in ihren Anblick versunken, aber als sie die Schritte am Eingang hörte, blickte sie auf. Zu ihrer Überraschung war es Korben, der sich durch den Eingang schob und neben ihr niedersetzte. Er starrte die Herzen an, hob eine Hand, um sie zu berühren, und zog die Finger rasch wieder weg, als hätte er Hitze gespürt, an der er sich verbrannt hätte. Anna sah ihn fragend an. Sein bleiches Gesicht war verschlossen und seine Miene für sie nicht zu deuten.

»Bevor …«, er räusperte sich, »bevor du das da vollendest«, er wies auf die Herzen, »wollte ich dich noch einmal sehen.«

»Das klingt wie ein Abschied«, sagte Anna, um einen leichteren Ton bemüht.

Korben ging darauf nicht ein. Er sah auf seine Hand nieder, die den Stoff seiner Hose knetete. Dann hob er den Kopf und versuchte ein Lächeln, was ihm allerdings nicht allzu gut gelang. »Das ist ein Abschied«, sagte er. »Jinqx hat mir etwas angeboten, was ich annehmen werde.« Er befeuchtete seine Lippen und sah Anna traurig und trotzig zugleich an. »Sie wird mich von hier fortbringen«, fuhr er fort. »Sie bringt mich zu der Welt, von der mein Vater stammt und wo mein Clan – der Clan der Raben – lebt. Sie glaubt, dass ich meine Kräfte weit genug entwickelt habe, um den Weg dorthin zu schaffen.«

Anna starrte ihn an. »Du würdest wirklich lieber von hier fortgehen, als deine Kräfte zu verlieren?«, fragte sie fassungslos. Korben nickte, und sein Gesicht zeigte nichts als eiserne Entschlossenheit.

»Aber könnt ihr hierher zurückkehren, wenn … wenn die Herzen ihr Werk vollendet haben?«

Korben zuckte mit den Schultern, aber sein Blick flackerte ein wenig. »Wahrscheinlich könnten wir das sogar. Aber das wäre ein Weg, den wir nur einmal beschreiten könnten, denn dann wären wir in einer Welt ohne Zauberkräfte gefangen. Ich glaube nicht, dass ich das möchte. Versteh mich doch, Anna. Ich kann nicht ohne meinen Traum leben. Und ich würde endlich meinen Großvater kennen lernen.« Er versuchte ein Lächeln, das recht kläglich ausfiel.

»Dann sehen wir uns nie wieder. Und du wirst auch deinen Bruder nie wieder sehen, der bis jetzt noch nicht einmal weiß, dass er dein Bruder ist«, sagte Anna. »Ist es dir das wirklich wert? Hast du überhaupt gründlich genug darüber nachgedacht?« Korben antwortete nicht, aber er schüttelte stur den Kopf.

»Und Jinqx – warum tut sie das?«, fragte Anna hartnäckig weiter.

»Weil ich denke, dass es so richtig ist«, sagte die Krähe und trat ein. »Ich habe etwas angefangen, und das muss ich zu einem Ende bringen. Außerdem«, sie lächelte, »bin ich eine alte Frau, und ich habe all die langen Jahre als Hexe gelebt. Ich werde ein anderer

Mensch sein, wenn die Magie aus der Menschenwelt verschwunden ist. Vielleicht muss ich mich erst ein wenig auf den Gedanken vorbereiten. Ich werde später immer noch die Möglichkeit haben, meinen Lebensabend als nutzlose Alte hier bei den Grennach zu verbringen – aber noch fühle ich mich dazu nicht bereit.«

»Nutzlos«, knurrte Tallis, die hinter ihr eingetreten war. »Das ist nicht das Wort, das mir als Erstes einfällt, wenn ich an dich denke. Sei ehrlich, Sturmkrähe – du hast einfach Angst, dass du dich langweilen könntest. Und es juckt dich gewiss in den Fingern, nach all den Jahren wieder einmal einen Schüler zu unterrichten.«

Die Krähe blinzelte. Anna schluckte schwer und wischte sich über die Augen. »Und jetzt?«, fragte sie kläglich.

Tallis kam an ihre Seite und griff mit ihrer faltigen kleinen Hand nach ihren kalten Fingern. Anna genoss das Gefühl der Wärme, die von der Grennach ausstrahlte, und beruhigte sich. Der Schmerz der bevorstehenden Trennung war groß, aber noch darüber stand die Angst vor dem, was danach auf sie wartete.

»Ich weiß nicht, was mit mir geschehen wird, wenn ich die Herzen vereinige«, sagte sie. »Was auch immer dabei geschieht, ich bin das Werkzeug, durch das es passiert. Es kann sein, dass ich danach – nicht mehr lebe. Die Herzen sagen mir nichts darüber.«

Tallis blickte sie besorgt an. »Du willst es dennoch tun«, stellte sie fest.

»Ich werde es tun, und ich werde es noch heute tun, weil mich sonst mein Mut verlässt.« Sie wandte sich an Korben und Jinqx. »Wenn ihr gehen wollt, müsst ihr es jetzt tun. Ich kann nicht mehr länger warten.«

Jinqx nickte und stand auf. Korben sah Anna aus großen Augen an, und sie sah die Angst darin. »Geh«, sagte sie heiser. »Und mach dir keine Sorgen um mich. Ich habe nicht vor, heute Nacht zu sterben.« Sie zwang sich zu einem Lächeln. »Schließlich muss ich Mika noch von dir erzählen. Er wird böse auf mich sein, dass ich dich habe gehen lassen.« Sie räusperte sich. »Ich würde mich freuen, wenn du irgendwann einmal zurückkehren würdest. Ich werde dich nämlich vermissen.«

Korben beugte sich vor und gab ihr mit trockenen Lippen einen Kuss auf die Wange. »Ich dich auch«, flüsterte er. Dann stand er auf und stellte sich neben die Krähe. »Ich bin bereit.«

Jinqx beugte sich vor und legte eine Hand an Annas Wange. »Wir sehen uns wieder«, sagte sie. Anna nickte und zwinkerte Tränen fort.

Die Krähe hob die Hand und deutete in die leere Luft. Die Stelle, auf die sie zeigte, begann zu wabern wie erhitzte Luft in der Sonne, wurde undurchsichtig und wuchs in die Breite und in die Höhe. Anna sah fasziniert zu, wie der neblige, undurchsichtige Fleck türgroß wurde und sich an den Rändern scharf abgezirkelt zu verfestigen schien. Sie konnte nicht sehen, was sich hinter diesem matt schimmernden Nebelfleck befand, und Korben ging es wohl nicht anders – seinem misstrauischen Blick nach zu urteilen.

Jinqx atmete aus und griff nach Korbens Schulter. »Du weißt, was du zu tun hast. Überlasse mir die Führung, aber gib mir deine Kraft. Am besten machst du die Augen zu, dann ist es einfacher für dich«, riet sie ihm. »Hab keine Angst, ich bringe dich schon heil hinüber.« Sie sah Tallis an, die das magische Werk mit der wohlwollenden Miene einer Kennerin begutachtete, und sagte: »Lebwohl, alte Freundin. Wir sehen uns später.«

»Du wirst im Großen Nest immer willkommen sein, Sturmkrähe«, erwiderte die Älteste warm. »Gute Reise euch beiden.«

Jinqx lächelte Anna zu und schob Korben leicht voran. Der junge Mann seufzte und tat einen Schritt in den Nebel hinein, der mitten in der Höhle wallte. Im selben

Augenblick verschwand er darin, und Jinqx, die Hand immer noch auf seiner Schulter, mit ihm. Das matte Schimmern zog sich blitzschnell zusammen und war fort. Anna atmete vor Schreck scharf ein und wäre aufgesprungen, wenn Tallis sie nicht festgehalten hätte.

»Sie sind fort, Kind«, sagte sie mitfühlend. »Jetzt kümmere dich um dich. Deinem Freund wird nichts geschehen. Jinqx passt auf ihn auf. Sag mir nun, was ich tun kann, um dich zu unterstützen.«

Anna schloss die Augen und sammelte sich. »Ich bin nicht sicher«, antwortete sie nach einer Weile. »Ich denke, ich weiß, was ich tun muss, aber ich glaube nicht, dass du oder irgendein anderer mir dabei helfen könnte.« Sie lächelte und straffte ihre Schultern. »Aber ich wäre beruhigt, wenn ich dich an meiner Seite wüsste. Dann bin ich nicht ganz so allein.«

Tallis nickte und lehnte sich an die Höhlenwand. Sie zog eine Decke über ihre Knie und verschränkte die Arme. Ihre großen, warmen Augen fixierten Anna und flößten ihr Mut ein.

Anna setzte sich aufrecht hin, nahm jedes der Herzen in eine Hand und sah lange darauf nieder. Dann hob sie den Kopf und schloss die Augen. »Ich bin bereit«, flüsterte sie.

Tallis, die Anna nicht aus den Augen ließ, sah, wie sich die Luft rund um sie verfinsterte. Das Licht der Glühsteine reichte nicht aus, das tintige Dunkel zu durchdringen, und nach wenigen Atemzügen war von der Gestalt der jungen Frau nichts mehr zu sehen. Es wurde kalt in der Höhle. Der Atem kondensierte vor Tallis' Mund, und die Luft knisterte eisig. Die alte Grennach zog die Decke eng über ihren Kopf und kauerte sich wartend zusammen.

Es tobte ein eisiger Sturm. Weiße und schwarze Blitze fuhren unaufhörlich rund um sie zu Boden, und der ohrenbetäubend heulende Wind riss an ihr, dass sie Mühe hatte, auf den Beinen zu bleiben. Sie kämpfte sich vorwärts, und der Sturm raubte ihr den Atem von den Lippen. An ihren Wimpern froren die Tränen zu Eis, und ihre Hände und Füße wurden taub.

Im Toben des Sturms waren Stimmen zu hören, die sie kannte: ihre Mutter, Jinqx, Korben, Meister Wilber, Mellis … Alle riefen nach ihr, beschworen sie umzukehren. Sie wusste nicht, wohin sie unterwegs war, aber das Gefühl drohenden Unheils war beinahe übermächtig. Sie spürte, dass sie großes Unglück über alle bringen würde, wenn sie weiterginge.

Ihre Füße kämpften sich durch den schwarzen Schnee. Die Kälte drohte ihre Knochen erstarren zu lassen, und jeder keuchende Atemzug schnitt wie mit Messern in ihre Lunge. Weiter. Weiter.

Das Toben ließ nach. Immer noch schlugen unaufhörlich Blitze ein und raubten ihr die Sicht, aber der schreckliche und unnatürliche Wind legte sich nun. Anna blieb stehen, um Luft zu schöpfen und sich umzusehen. Sie glaubte, zwischen den zuckenden Blitzen einen dunklen Umriss zu erblicken, der links vor ihr aufragte. Auf dieser endlosen Ebene gab es sonst keinen Haltepunkt und keine Unterbrechung. Also drehte sie sich in diese Richtung und stapfte weiter.

Es war ein Monolith, groß wie ein Haus, schwarz und weiß geädert und rund wie eine geschliffene Perle. Sie tastete über seine seidenglatte Oberfläche, die erstaunlich warm unter ihren Händen war. Ratlos umrundete sie den Felsen und hockte sich endlich in seinem Windschatten nieder. Gegen seine warme Haut gelehnt, schlief sie ein.

»Ich bin so stolz auf dich.« Ihre Mutter umarmte sie und lachte mit Tränen in den Augen. »Du machst deiner

Großmutter und mir alle Ehre. Komm, lass dich anschauen – die nächste Weiße Hexe in der Familie.«

»Du musst mir helfen!« Mika rang die Hände und blickte sie voller Hoffnung an. »Wenn ich der Händlergilde das Geld nicht gebe, bringen sie mich um. Aber Samhel hat Angst vor Zauberei, und er will keinen Ärger mit dem Weißen Orden. Wenn du mit dem Gildenmeister redest, ihm mit Magie drohst …«

Meister Wilber stand mit resignierter Miene vor dem Bett, in dem bleich und still Cass lag. Er hob den Kopf und sah Anna an. »Hier versagt meine Heilkunst«, sagte er traurig. »Das Einzige, was ihr noch helfen kann, ist Magie. Du kannst nicht so unbarmherzig sein, sie sterben zu lassen, Anna. Du bist eine Heilerin!«

Der Rabe flog neben ihr, und sie hörte sein Lachen in ihrem Geist. »Ist es nicht wunderbar? Wenn ich fliege, merke ich nicht mehr, dass ich ein Krüppel bin. Anna, uns beiden gehört die Welt. Jinqx wird uns alles zeigen …«

»Genug«, sagte Anna. »Ich weiß. Aber ich habe mich entschieden – und möglicherweise mache ich einen Fehler. Aber das ist etwas, das ich riskieren muss.«

Sie stand auf und trat durch die dünne Membran in die schwarz-weiße Perle ein. Der innere Raum schloss sich eng und warm um sie. Sie hob die Hände mit den beiden Herzen empor, wandte das Gesicht nach oben und rief.

Ein blendend heller Strom aus purer Energie brach durch die Hülle und traf ihre Hände. Die Herzen schmolzen in dem Sonnenfeuer und verdampften. Anna sah, wie ihre Hände durchsichtig wurden und die Geisterschatten der Herzen in sie hineinsanken. Ihre Hände lösten sich auf, dann ihre Arme. Sie schrie vor Entsetzen, als der lautlose, eiskalte Strom ihr Herz erreichte und dort zu einem Ball aus weißer und schwarzer Energie explodierte, der gleichzeitig ihr Bewusstsein auslöschte und nichts mehr übrig ließ als Agonie und Dunkel und danach das Nichts.

Der magische Sturm, der durch die dunkle, eisige Baumhöhle getobt war, hatte sich gelegt. Tallis schob die hart gefrorene Decke von sich, richtete sich mit steifen, knackenden Beinen auf und humpelte zu Anna, die reglos in der Mitte des Raumes lag. Tallis berührte ihr kaltes Gesicht und sah das schwarze Eis, das bizarre Kristalle auf ihrer Haut bildete. Kein Atem, kein Lebenszeichen. Mit einem Stöhnen zwang die alte Grennach ihre erstarrten Finger dazu, ein Zeichen in die Luft zu malen, das sie schon ein Lebensalter lang nicht mehr gebraucht hatte. Goldenes Licht floss von ihren Fingern und breitete sich wie eine warme, kostbare Decke über die Liegende.

Die Temperatur in der Höhle stieg spürbar an. Tallis benetzte ihre Lippen und rief. Wenig später stand Mellis mit der kleinen Heilerin Sullis neben ihr und blickte auf Anna nieder. Sullis legte ihre Hände auf Annas Gesicht und auf ihr Herz. Die beiden anderen Grennach beobachteten sie besorgt.

Endlich sah Sullis mit ernster, aber zuversichtlicher Miene auf. »Sie ist völlig unterkühlt, aber ich spüre Lebenszeichen. Es war gut, was du getan hast, Älteste, doch jetzt sollten wir uns auch um dich kümmern. Ruft meine Helferinnen, damit wir euch beide versorgen können.«

Warmes Sonnenlicht filterte durch das lockere Flechtwerk und kitzelte sie an der Nase. Anna knurrte und vergrub sich tiefer in ihrer Schlafmulde. Die schwere Decke wurde ihr zu warm, und sie steckte einen Fuß heraus, um sich ein wenig abzukühlen.

Mit einem wohligen Grunzen schlief sie wieder ein.

Als sie das nächste Mal erwachte, stieg ihr der verlockende Duft von Kribb in die Nase. Sie schlug die Augen auf und sah in das lächelnde Gesicht von Mellis, die einen Becher neben ihr abstellte.

»Oh, ich habe Durst«, beschwerte sich Anna und setzte sich auf.

»Vorsicht, es ist heiß«, warnte Mellis, aber es war zu spät, Anna hatte sich schon die Zunge verbrannt und schimpfte leise. Nachdem sie den Becher geleert hatte, machte sie sich mit einem Wolfshunger über den Teller mit Obst und Nüssen her, den Mellis ihr reichte.

»Wie fühlst du dich?«, fragte die Grennach nach einer Weile. Anna nickte kauend und winkte ihr beruhigend zu.

»Gut, wirklich gut«, brachte sie endlich zwischen zwei Bissen hervor. »Was war los? Ich erinnere mich an einen Schneesturm.« Sie verstummte und warf einen Blick auf das helle Sonnenlicht, das draußen durch die goldgrünen Blätter fiel.

Mellis lachte. »Du und meine Mutter – ihr seid beide knapp an bösen Erfrierungen vorbeigekommen.« Sie wurde ernst. »Woran erinnerst du dich noch?«

Anna stellte den Teller ab und betrachtete ihre Hände. Sie drehte und wendete sie und suchte nach irgendwelchen Zeichen. »Die Herzen«, sagte sie zögernd. »Ich habe sie – sie haben sich …«

Sie schloss die Augen und tauchte in ihr Inneres. Dann schlug sie die Augen wieder auf und sah Mellis an. »Sie sind fort. Diesmal sind sie wirklich fort.« Sie atmete zitternd ein. »Und meine Kräfte mit ihnen. Ich bin keine Hexe mehr.«

Mellis nickte. »Ich weiß. Du hast lange geschlafen, Anna. Inzwischen haben wir Botschaft aus der Residenz erhalten, aus dem Ordenshaus. Dort herrscht die helle Aufregung und Panik, weil niemand mehr über magische Kräfte verfügt.« Sie schwieg, um Anna den Schock verdauen zu lassen.

»Sie werden sich daran gewöhnen müssen«, sagte sie nach einer Weile sanft. »Wir haben den Menschen unsere Magie zur Verfügung gestellt, weil wir es damals für richtig hielten. Aber die Herzen haben mit deiner Hilfe unseren Fehler wieder korrigiert. Und jetzt müssen wir Grennach dafür sorgen, dass ihr Menschen lernt, ohne Magie zurechtzukommen.« Sie lächelte und stand auf. »Ich mache mir deswegen keine großen Sorgen. Ihr Menschen habt immer schnell gelernt, euch veränderten Umständen anzupassen.«

Anna nickte schwach. »Und was mache ich jetzt?«, fragte sie leise, als Mellis gegangen war.

»Du kannst natürlich bei uns bleiben«, sagte Tallis. Anna saß neben ihrem Lager und hielt die Hand der alten Grennach. »Ich würde mich freuen, wenn du bliebest. Du kannst bei unseren Heilerinnen weiter in die Lehre gehen. Meister Wilber sagte, dass du eine große heilerische Begabung hast – ganz ohne Magie.« Sie lächelte.

Anna drückte ihre Hand. »Danke, Tallis, das bedeutet mir sehr viel.« Sie zögerte. »Aber ich möchte in die Residenz zurückkehren. Meister Wilber ist mein Lehrer, und der Weiße Orden kann jetzt jede Unterstützung brauchen. Wir werden eine neue Aufgabe finden müssen, und dabei kann ich helfen.«

Ein Lächeln flog über ihr Gesicht. »Und außerdem ist da ein junger Mann, dem ich etwas versprochen habe. Er ist ein Künstler, wenn es darum geht, Tees zu mischen, aber sein Geschäftssinn ist noch immer nicht allzu ausgeprägt. Er braucht jemanden, der ihm das abnimmt. Und ich habe eine Verpflichtung ihm gegenüber, weil ich etwas über seine Familie weiß, was ihm noch nicht bekannt ist.«

Tallis zwinkerte ihr zu. »Nun gut, ich sehe, du machst deinen Weg auch ohne uns. Aber du bist hier jederzeit willkommen, Tochter meines Nestes. Und ich würde mich freuen, wenn du schon bald wieder herkämest – mit einem Sortiment von Tees.«

Anna lachte und umarmte die alte Grennach. »Versprochen«, sagte sie vergnügt.

Tallis stand auf. »Ich werde dir Mellis als Reisegefährtin mitgeben, das ist sicher in deinem Sinn. Wann willst du aufbrechen?«

»So bald wie möglich. Ich habe auf dem Weg Zeit genug, mir zu überlegen, wie ich der Obersten … wie ich Herrad gegenübertrete.« Anna verzog das Gesicht, und Tallis klopfte ihr mitfühlend auf die Hand.

»Ich kümmere mich um alles. Und ich werde dir einen Brief für die Oberste deines Ordens mitgeben. Vielleicht kann ich helfen, sie ein wenig zu besänftigen.«

Anna dankte ihr und stand dann ein wenig verlegen da.

»Wir sehen uns noch vor deiner Abreise, Kind«, sagte Tallis und schob sie zur Tür. »Geh nun, mach dich reisefertig.«

Anna kletterte hinaus, und die Grennach-Älteste blieb im Eingang stehen und sah ihr nach, wie sie flink durch das Geäst turnte und im dichten, vom Herbst rot und golden getönten Laubwerk verschwand.

»Ich wünsche dir alles Glück der Welt, Anadia«, flüsterte die alte Grennach.